红星照耀中国

| 新译本 |

[美] 埃德加·斯诺 著
王涛 译

RED STAR OVER CHINA

長江出版傳媒 | 长江文艺出版社

图书在版编目（CIP）数据
著作权合同登记号：图字 17-2017-390

红星照耀中国：新译本 / （美）埃德加·斯诺著；王涛译. -- 武汉 ：长江文艺出版社， 2018.10（2021.5 重印）
ISBN 978-7-5702-0567-7

Ⅰ. ①红… Ⅱ. ①埃… ②王… Ⅲ. ①纪实文学一美国一现代 Ⅳ. ①I712.55

中国版本图书馆 CIP 数据核字(2018)第 208690 号

出 品 人：尹志勇　　责任校对：毛　娟

策划编辑：陈俊帆　　责任印制：邱　莉　胡丽平

责任编辑：沈瑞欣　　封面设计：蒋宏工作室

出版：長江出版傳媒　长江文艺出版社

地址：武汉市雄楚大街 268 号　　邮编：430070

发行：长江文艺出版社

电话：027—87679360

http://www.cjlap.com

印刷：长沙鸿发印务实业有限公司

开本：700 毫米×980 毫米　1/16　印张：23.5

版次：2018 年 10 月第 1 版　　2021 年 5 月第 3 次印刷

字数：346 千字

定价：48.80 元

中文新译本序（2018）

斯诺基金会　西安·斯诺（斯诺之女）

1936年6月，埃德加·斯诺穿过国民党的防线，进入华北地区的红色区域。作为记者，他想去那里自由地探寻真相。在这片他逐渐了解并热爱的土地上，他目睹了诸如饥荒爆发这样的惨状。他后来记述道："在中国各地，贫苦的农民因为苛捐杂税，被赶出了土地。在长年干旱的地区，数百万人穷困潦倒，卖儿卖女成了常有之事。"他还写道："收受贿赂、贪污腐败的官员随处可见；非法没收、不经审判就拘禁处决的情况司空见惯；镇压工会和普遍的仇外情绪都是常态。"①

要前往西北苏区，须得穿过蒋介石政权的重重封锁，这段旅程因而险象环生。但是斯诺有很多问题想要找到答案。中国共产党是些什么人？他们的目标是什么？为了实现这个目标，他们都制订了哪些计划？他们是否真的准备联合蒋介石建立抗日统一战线？没有人确切地知道答案，也从未有外国记者进入过苏区。

此前，斯诺在中国生活了七年，遇到了许多对现政权丧失信心的中国知识分子、作家、艺术家和各界爱国人士。许多人认为国民党背叛了中华民国创始人孙中山的原则。作为燕京大学讲师，斯诺还结识了许多地下学生运动的成员，他们组织了广泛的反政府示威游行活动。

1936年，对日战争一触即发，而蒋介石并未采取明确的抵抗态度。如果

① 《旅行于方生之地》，斯诺，1958年，纽约兰登书屋，第6页，第38页。

红军与蒋介石联合起来保卫中国，那会是怎样的情况？谣言、假设和虚假的信息四处弥散。哪些是真相？哪些是宣传？哪些是谣传？斯诺下定决心要前往保安。共产党人在长征后将临时首都设在那里，斯诺要与他们直接进行交流。他想向外界报道他所看到的事实、听到的声音——然后人们可以形成自己的观点。

斯诺于1905年出生于密苏里州的堪萨斯城，该城在美国被称为“索证之州”——这个别称也是斯诺铭记心中的理想。他想以亲眼所见，尽可能准确地进行报道。在他看来，那就是记者的工作。“在我看来，如果我们要对历史的发展提出任何指向性的见解，就必须努力挖掘他人真正关心的事，了解他们如何感受和思考自己的问题以及自己在世界的地位。我们必须认识到如果我们对历史的走向缺乏概念，我们所说的国际社会便要大打折扣，更别说和平了。”①

这是见证者对事件的叙述，也是他们在特定时间记录的传记故事。斯诺在共产党的苏区居住了四个月的时间，他尽可能多地收集了包括毛泽东人生故事在内的大量资料。《红星照耀中国》一书因此成为中国历史关键转折点的独特记录。在这个过程中，那些以勇气和正直来报道所见所闻的新闻工作者们发挥了至关重要的作用。

埃德加·斯诺在他1968年撰写的序言中曾写道（摘录）：

“本书所描述的旅行及事件发生在1936年和1937年。当时居住在北平的我，于1937年7月完成了手稿，耳边伴随的就是日本军队在城墙外发出的炮火声。那年7月，中国大地上的枪声开启了抗日战争的序幕，抗日战争由此成为第二次世界大战的组成部分。这枪声同样也预示着共产主义在中国的最终胜利，它彻底改变了过去所谓的‘共产主义阵营’内外的力量平衡。

“1936年，我已经在中国生活了7年。作为一名外国记者，我曾四处走访，掌握了一些汉语知识。此书是我撰写的最长的一篇关于中国的报道。如果说它比其他多数报道更有用，那是因为此书不仅是讲究新闻时效的‘独家

---

① 《旅行于方生之地》，斯诺，1958年，纽约兰登书屋，第6页，第48页。

报道'，而且还记录下了许多历史久远的史实内容。它还赢得了同情的关注，这也许是因为西方列强出于自身利益的考虑，希望中国会有奇迹出现。他们梦想着民族主义的新生，这将使日本陷入困境，使之永远不可能实现其真正的目标——对西方殖民地构成威胁。

"其他的一些情况也使本书具有更加长久的价值。我在一个特别合适的时刻，在长年战争的间歇期，见到了毛泽东及其他一些领导人。他们留给我大量的时间，并以前所未有的坦率提供了个人或非个人的信息，这些信息是如此丰富，任何一位外国记者都无法完全吸收。1939 年我第二次拜访毛泽东之后，西北地区所有红军根据地都被后方的国民党军队封锁，游击区也被周围的日占区切断。接下来的五年，因为没有外国记者能够抵达红都延安，所以这些报道仍然是唯一的信息源。

"当然，本书大多是从党派的角度来审视历史，但这正是创造了它的人们走过的历史。它不仅为非中国读者，而且也为全体中国人民——包括除了共产党领导人自身以外的所有人——展现了对中国共产党的第一次真实记录，同时，它也是反映中国 3000 年历史中为进行最彻底的社会革命而长期斗争的第一个史实故事。

"1937 年，当《红星照耀中国》首次在英格兰面世时，书中提供的大部分材料几乎没有文献资料来源。随着大量新信息的出现，我通过本人的努力及他人的帮助，对原文进行了许多改进，尽量减少它的不足。

"本书在引用或复述他人的言论时，一般都保留了原始文本的措辞——这是为了避免篡改先前的历史资料的原因——即使是与现在已知的更为可信的信息存在冲突。本书所有的事件、主要的旅行记录、访谈和传记——包括毛泽东的传记——均未作改动。

"在保留初版原貌的基础上，我对本书印刷、拼写上的错误或与事实细节有所出入的部分做出了校正，部分二手材料已被证实有误的，我已将其删除或更正，而非让已知的错误延续。"

中华苏维埃政府主席毛泽东

周恩来在保安

毛泽东与夫人贺子珍在保安

毛泽东在陕北向战士讲话

八路军哨兵

陕北的红军机关枪班

陕北苏维埃边区附近哨所门口的红色哨兵

露天剧社

保安的抗大校门

女子大学的露天教室

网球场上的“赤匪”

邓颖超等

“红军小上校”

识字和朗读

保安的“红小鬼”

抗战之声

第一军团青年演员

1936 年斯诺在保安，时年 31 岁。斯诺所戴的这顶红军军帽后来在他为毛泽东拍摄那张著名照片时，被他戴在了毛泽东的头上。这顶军帽被洛伊丝·斯诺捐赠给了北京的革命历史博物馆（今中国国家博物馆）。

本书中收录的所有照片均由斯诺基金会提供

目录 contents

第1篇 探寻红色中国

Part One In Search of Red China

第一节 一些未曾解答的问题

第二节 开往西安的慢车

第三节 大汉子孙

第四节 穿过红色的大门

第 *1* 节

一些未曾解答的问题

Some Unanswered Questions

我在中国待了七年，在此期间，人们提出过许许多多关于中国红军、苏维埃和共产主义运动的问题。热情的党人们有一大堆现成的答案可以向你提供，但这些答案总是不尽人意。因为，他们是如何得知的呢？他们可是从未去过红色中国。

事实上，世界上的其他国家，可能没有比红色中国的情况更具神秘感，没有比红色中国的传闻更让人困惑的了。在这个世界上人口最多的国度的心脏地带，中国的红军正在战斗。九年来，他们一直遭受着铜墙铁壁般严密的新闻封锁，情况不被外界所知。成千上万的敌军部队构成了一道“围墙”，将他们紧紧包围。他们的地区比西藏更加难以涉足。1927 年 11 月，中国红军在湖南省东南部茶陵建立了第一个苏维埃政权。自那以后，尚未有任何人，自告奋勇穿过那道“围墙”后，再回来记述他的经历。

关于红军，即便是最基本的事情，也会众说纷纭。有人不承认红军的存在，认为压根没有这样的队伍，那只不过是几千个吃不饱的土匪。还有人不相信有苏维埃，认为这是共产党宣传的“产物”。然而，了解红色政权的人们却相信，红军和苏维埃是唯一能够让中国摆脱一切灾难的“救星”。在这场宣传与反宣传的角逐中，冷静的观察者想要了解事实真相，却苦于缺乏真凭实据。每一个关注东方政治及其风云变幻的历史的人，都对这样一些未曾解答的问题感兴趣：

中国红军是不是一群有着自觉意识的马克思主义革命者，服从且遵守统一的纲领，坚持中国共产党的统一领导？如果是，那么这个统一的纲领是什么？共产党人宣称，他们在为实现土地革命、反对帝国主义、争取苏维埃民主和民族解放而斗争。可是南京方面却说，红军只不过是“知识匪徒”领导的新式匪徒。究竟谁对谁错？抑或两方面都是对的？

1927年以前，共产党员是可以加入国民党的。但在当年4月，一场众所周知的“清党运动”爆发了。共产党员、无党派激进知识分子以及成千上万名组织起来的工人和农民，遭到了右派政变领导人蒋介石的大肆杀戮。当时，蒋介石已经夺取了政权，在南京建立起“国民政府”。自那以后，要做一名共产党员或者同情共产党，就要被判处死刑，千千万万的人因此惨遭屠杀。但是，仍然有千千万万的人心甘情愿地继续去冒这样的风险。千千万万的农民、工人、学生和士兵加入了红军，武装反抗军事独裁的南京政府。这究竟是出于什么原因？究竟有怎样一种不屈不挠的力量在推动他们不畏牺牲，去拥护这种政治见解？国共两党之间的根本性争论究竟是什么？[①]

中国共产党员到底是些什么样的人？他们与别国的共产党员或者社会主义者在哪些方面相似，又在哪些方面不同？观光客想知道的是，他们是否留着长胡子，喝汤时是否会发出响声，公文包里是否带着土造炸弹。严肃的思想者想知道的是，他们是不是“真正的”马克思主义者？有没有读过《资本论》和列宁的著作？有没有彻底的社会主义经济纲领？是斯大林派还是托洛茨基派？抑或两派都不是？他们的运动真的是世界革命的有机组成部分吗？他们是不是真正的国际主义者？他们“仅仅是苏联的工具”，抑或在根本上是民族主义者，为中国独立而斗争？

这些战士进行了如此持久、如此激烈、如此英勇的战斗，而且——就像各种立场的观察家们所承认的那样，甚至于蒋介石的部下，私底下也承认——从整体上来说是如此难以征服。他们都是些什么人？他们之所以那样战斗，是因为什么？是什么在支撑着他们？在他们的运动背后，隐藏着怎样的革命原理？相较于中国妥协退让的历史，关于他们的一切都令人难以置信。他们经受了无数次战斗、封锁、缺盐、饥饿、疾病和瘟疫，最后走完了二万五千里“长征”，跨越了中国的12个省份，一路粉碎了无数国民党军队的围追堵截，终于胜利抵达西北地区新的根据地。他们之所以顽强得不可思议，是因为他们怀揣着怎样的希望、怎样的目标、怎样的理想？

① 国民党由孙中山等人建立，领导了1924—1927年的“国民革命”。共产党创建于1921年，在国民革命期间是国民党的主要盟友。

谁是他们的领袖？他们是不是对一种理想、一种意识形态和一种学说怀有炽热信仰，受过良好教育的人？他们是社会的先驱者，或者仅仅是无知的农民，为了生存而盲目地进行战斗？譬如毛泽东——南京方面通缉名录上的头号“赤匪”，蒋介石曾经悬赏25万银元[①]缉拿他，不管他是死是活，那么，他究竟是个什么样的人？那个被标上如此高价码的东方人，他的脑袋里究竟装着些什么？或者真的像南京方面声称的那样，毛泽东已经死了吗？再如红军总司令朱德，他的脑袋，对于南京方面来说，也具有同等的价值，他又是个什么样的人？还有林彪——28岁的红军战术家，他领导的著名的红一军团，据说从未吃过败仗，那么，他是个什么样的人，有着怎样的来历呢？还有其他许多红军领袖，多次报道说已经丧生，却又一再出现在新闻报道中——生龙活虎地指挥着新的部队与国民党军队作战，他们又是些什么样的人？

该如何解释这一非同寻常的纪录：红军抗击占据绝对优势的联合军事力量长达9年，南京方面拥有的可支持持续作战的工业基地、大炮、毒气、飞机、金钱和现代技术，红军一无所有，却并没有被剿灭，反而力量逐渐壮大，这又是什么缘故呢？他们运用的是怎样的军事战术？他们是如何进行训练的？是谁在担任他们的顾问？他们当中是否有来自苏联的军事顾问？他们的战略战术，不仅战胜了所有与他们作战的国民党军队指挥官，还战胜了蒋介石重金聘请的大批外国顾问——顾问团团长先由希特勒的国防军头目冯·塞克特将军担任，后由冯·法肯豪森将军担任。那么，这又是谁领导的呢？

中国的苏维埃究竟是怎样的？有没有得到农民的支持？如果没有得到农民的支持，那么是什么力量将它组织在一起的？在共产党建立了红色根据地的地区，“社会主义”发展到了怎样的程度？红军为什么没有攻占大城市？这是否说明，这不是真正由无产阶级领导的运动，而在根本上仍然是一场农民起义？“共产主义”或者“社会主义”在中国从何谈起？在中国，80%以上的人口仍然是农民，工业体系哪怕不能说是患上了小儿麻痹症，也仍然处于襁褓之中。

共产党人怎么穿衣？怎么吃饭？怎么娱乐？怎么恋爱？怎么工作？他们的婚姻法是什么样子的？他们的妇女真的被“共妻”吗，就像国民党宣传的那样？中国的“红色工厂”是什么样子的？红军剧社又是什么样子的？他们

① 中国“大洋”，外国人称为“元”，1个银元约合0.35美元。

如何组织经济？他们的公众卫生、娱乐、教育以及“红色文化”又是什么样子的？

红军有多少兵力？难道真的像共产国际出版物宣称的有50万人马？如果真有这么多，他们为何没有夺取政权？他们从哪里获得武器弹药？这支军队纪律严明吗？士气怎样？他们真的是官兵平等吗？蒋介石曾在1935年宣称，南京方面已经“消除了共匪的威胁”，那么，1937年，在中国战略地位最重要的西北地区，共产党占领了比以前更大的一整块区域，这又该作何解释？如果共产党真的被消灭了，那么为何日本在众所周知的广田弘毅（1933—1936年担任日本外相）对华三原则中的第三条中，要求南京方面签署反共协定，向日本和纳粹德国承诺“防止亚洲的布尔什维克化”？共产党真的“反帝”吗？他们真的要向日本开战？在这场战争中，莫斯科会不会援助他们？北平的学生们群情激愤，著名的胡适博士信誓旦旦向他们保证，共产党那些激昂的抗日口号只不过是些哗众取宠的伎俩和垂死的挣扎，是意志消沉的匪徒发出的最后的呼号，真的是这样的吗？

中国共产主义运动有着怎样的军事和政治前景？它有着怎样的发展历程？是否能取得成功？这种成功对我们意味着什么？对日本又意味着什么？对于世界上五分之一（一说为四分之一）的民众，这种巨变将造成怎样的影响？对于世界政治，将造成怎样的影响？对于世界历史，将造成怎样的影响？对于英、美及其他国家在中国投入的巨额资金，又将造成怎样的影响？说真的，共产党到底有没有“对外政策”？

最后，共产党提出，在中国建立“民族统一战线”，停止内战，这到底有什么含义？

长期以来，竟然没有一位非共产党观察家能够基于亲身调查的事实，自信并且准确无误地回答这些问题，这似乎有些不可思议。这是一个故事，它越来越引人入胜，其重要性与日俱增；就像新闻记者们在对无关痛痒的小问题发出电讯之余，坦白承认的那样：这是中国唯一的故事了。然而，我们所有人却对这个故事一无所知，这实在有些可悲。毕竟要在“白区”接触到共产党员，是极其困难的。

每一名共产党员，都时刻面临着死亡的威胁。无论是在上流社会还是社会底层，他们都不会暴露自己。租界里有南京方面用高薪雇来的间谍系统，其中包括像帕特里克·吉文斯那类机警的人物。吉文斯原先在上海公共租界英国警务处工作，主要负责缉拿共产党员。据说他每年都要逮捕几十名共产党嫌疑者，其中大多数年纪在 15—25 岁之间。然后，国民党当局将这些嫌疑者从租界引渡，再进行监禁或者处决。在中国，受雇监视和抓捕中国进步青年的外国侦探有很多，吉文斯只不过是其中之一。

众所周知，要想了解红色中国，唯一的办法就是去实地探访。但我们总推说“没有法子”。有些人也曾经进行过尝试，但没有成功。因此人们都认定，这件事是办不到的。人们都以为没有人能够进入红区，然后再活着出来。

后来，到了 1936 年 6 月间，我的一位中国密友带给我一则消息，中国西北地区发生了令人震惊的政治局势变化——这在后来终于发展成蒋介石被扣押的轰动性事件，从而改变了中国历史的发展潮流。但在当时，对我来说更为重要的是，我从这则消息中发现了可能进入红区的机会。我需要马上动身。机不可失，时不再来。于是我决定抓住机会，打破这一新闻封锁，尽管这种封锁已经持续了 9 年。

这样做的确有风险。后来有报道称我已丧生——说是“被土匪杀害”——其实是夸大了事实。但许多年来，各类领取政府津贴的本国和外国新闻媒体上充斥着大量关于共产党“暴行”的恐怖故事。鉴于此，在旅途上几乎没有什么能让我感到安心，真的没有，除了那封带给苏维埃政府主席毛泽东的介绍信。我所需要做的就是找到他。这将要经历怎样的冒险？我不得而知。但是，已经有成千上万的人在这些年的国共内战中牺牲。为了探寻事情的缘由，难道不值得让一个外国人去冒一下生命危险吗？我也发现自己可能会有性命之忧。然而在我看来，这个代价算不上太大。

怀着这种兴奋的心情，我出发了。

第 2 节

开往西安的慢车

Slow Train to “Western Peace”

当时是6月初，北平披上了春天的绿色蕾边，数不尽的杨柳和挺拔的松柏令紫禁城成为一个梦幻之境；许多清凉的花园里，人们难以相信，在这金碧辉煌的宫殿屋顶之外，还有一个苦难、饥饿、正在遭受着外国侵略的中国，革命的浪潮席卷了全国。而在这里，生活优裕的外国人在自己小小的安乐窝里喝着掺苏打水的威士忌，打着马球、网球，终日无所事事地闲聊，全然不知这座伟大城市静默的高墙外的人间疾苦——许多人也确实如此。

但在过去的一年里，即使是北平这片绿洲也被那弥漫全国的战斗气氛所感染。日本侵略者的威胁在民众中间激起了大规模的示威抗议，尤其是年轻人，群情激愤。几个月前，在那弹痕累累的斑驳城墙下，我曾目睹上万名学生聚集在那里，不顾宪兵的棍棒，铿锵有力地齐声高呼：“一致抗日！反对日本帝国主义侵占华北！”

中国红军宣布对日作战，他们试图穿过山西，向长城挺进，收复失地。北平所有的砖石城墙，都无法阻挡他们这一惊世之举所引发的巨大回响。这一带有“堂·吉诃德”色彩的行动，立即遭到了蒋介石11个师的精锐部队的堵截。然而，他们无法阻止那些爱国学生，他们冒着被监禁甚至可能被杀头的危险，涌向街头，高喊那些被禁止的口号：“停止内战！国共合作！抗日救国！”①

这天午夜，我爬上一列破旧的火车，身体虽然有些不适，但心里却格外兴奋。这是因为我即将进行一场探险之旅。我要去探索一个与紫禁城的古老

---

① 1935年12月9日爆发的学生示威游行，是有利于共产党的历史性“转折点”。黄敬和黄华都是当时的学生领袖。

荣光相隔几百年、相距千百英里的地方：我要去往“红色中国”。我之所以“身体不适”，是因为我身上注射了所有可以用上的疫苗。从微生物的视角观察我的血液，就会发现里面有一支可怕的队伍：我的手臂和腿上注射了天花、伤寒、霍乱、斑疹伤寒和鼠疫病菌的疫苗。这五种疾病正在当时的中国西北地区流行。而且，最近还有令人恐慌的报道称，陕西省最近发现淋巴腺鼠疫正在扩散。这种疫病只在世界上少数几个地方流行，陕西便是其中之一。

我的第一个目的地就是西安府——地名的意思是“西方平安”。西安是陕西省省会，位于陇海铁路西端的终点站。从北平往西南方向，得坐上两天两夜的火车，才能到达这个城市，一路行程颇为劳累。我计划从那里再往北走，进入位于中国大西北腹地的苏区。西安府以北 150 英里处的小城洛川，便是陕西苏区的起点。除了公路干线两侧的一些狭长地带和后文将提及的几个地方之外，共产党在洛川以北的地区，全部建立了红军根据地。大致的情况是，陕西红色根据地南起洛川，北至长城，东西两侧以黄河为界。那条宽阔、浑浊的大河发源于西藏边界，向北流经甘肃和宁夏，在长城以北处汇入绥远省——内蒙古，再继续向东许多英里，又转而往南，穿过长城，形成了陕西省和山西省的分界线。

当时苏维埃活动的区域，就位于中国这条洪水泛滥的大河的河套里——陕西北部、甘肃东北部和宁夏东南部。这个区域恰好就是历史上中华文明发源地的最初疆域，真可谓历史的机缘巧合。数千年前，正是在这一带，形成了中华民族。

天亮了，我观察了一下同行的旅伴，见到一个年轻人，还有一位慈眉善目、胡子花白的老者，正坐在我对面啜着苦茶。那个青年人随即和我聊天，先客套了几句，然后不可避免地聊到了政治。我得知他妻子的叔叔是铁路职员，他拿着一张免票证坐火车。此行是要返回四川老家，他已经离家 7 年了。但他确定不了自己能否安然到家，据说在他家乡那一带有土匪。

“你是说红军？”

“不，不是红军，虽说四川也有红军。不，我说的是土匪。”

“红军不就是土匪吗？”我好奇地问，“报纸上总是叫他们‘赤匪’或者‘共匪’。”

“哦，不过你得知道，那些编辑必须管他们叫土匪，因为这是南京方面的指令。”他解释道，“他们要是称其为共产党或者革命者，那就说明他们是共产党的同伙。”

“不过在四川，大家不是像害怕土匪一样害怕红军吗？”

“嗨，这得看是谁了。有钱人是怕红军，地主、当官的和收税的都怕得很。不过，农民并不怕红军，有时他们还欢迎红军呢。”说到这儿，他有些顾忌地朝那位老者瞟了一眼，那位老者坐在那里留意地听着，却又表现出一副漫不经心的样子。“你看，”他继续说道，“农民太无知了，他们不知道红军只是要利用他们。他们把红军的话都太当真了。”

“不过红军的话难道不是真的？”

“我父亲写信告诉我说，红军在松潘取缔了高利贷和鸦片，进行了土地改革。所以呀，他们和土匪不一样。他们有原则，这没错。但他们不是好人。他们杀了太多人啦。”

这时，那位胡子花白的老者忽然扬起他那慈祥的面孔，非常镇定地说出一句令人震惊的话来。“杀得不够！”他说，“他们杀得还不够！”我们俩禁不住惊愕地看着他。

不巧的是火车就要到郑州了，我得在那里换乘陇海线，不得不终止这番谈话。但从那时起，我心里一直在疑惑，不知这位温文尔雅的老者，是用什么切实的证据来支持他那令人震惊的观点。在接下来一天的旅途中，我一直很疑惑。我们随着火车，缓缓爬行在河南和陕西地形奇特的黄土山中——这列火车还比较新，很舒适。最后，火车驶进了西安府新建的气派车站。

一到西安府，我便去拜访陕西省绥靖公署主任杨虎城将军。几年前，陕西还未被红军控制，杨将军还是这些地区独掌大权的统治者。他早先当过土匪，后来通过中国许多精干人物步入仕途的终南捷径加官晋爵，据说也同样通过那条康庄大道发了大财。但在最近，他不得不同西北地区其他一些大佬分享权力。因为曾经是东北地区统治者的“少帅”张学良，于 1935 年率领他的东北军进驻陕西，在西安府就任这片地区围剿红军行动的最高指挥官——“西北剿匪总司令部”副司令。为了监视少帅，蒋介石又派来亲信邵力子。邵力子是陕西省的省主席。

这些人物，还有其他一些人之间，维持着某种微妙的权力平衡。而在所有人的背后，是手段老辣的蒋介石在牵着线，他竭力将自己的独裁统治向西北地区延伸，不但要消灭共产党领导的革命，还要肃清杨虎城和张学良的军队。他的手段很简单，就是要让他们自相残杀——这是一出精妙的政治军事三幕剧，至于剧中的主要谋略，蒋介石显然认定只有他自己才能领略。正是这个错误的估计——他急于达到目的，且认定对手愚蠢，还有些盲目自信——导致蒋介石几个月后在西安府沦为阶下囚，听候上述三方处置。

我在一座刚刚落成的高大宅院里见到了杨将军[①]，这所有着许多房间的拱顶建筑，也就是绥靖公署主任的官邸，据说耗资5万美元。当时他没带家眷，独自住在这里。杨虎城和这个过渡年代的许多中国人一样，苦于家庭纷争，因为他有两位夫人。第一位夫人是他年轻时娶的有着三寸金莲的女子，是父母在蒲城给他订的婚。第二位夫人则是像蒋介石夫人那样活泼的现代女性，年轻漂亮，已经生了5个孩子，思想先进，据说以前曾是共产党员，是杨将军自己选中的。两位夫人也都为他生了儿子，都是他合法的妻子，但她们相互嫉恨。按照传教士的说法，当这座新宅子落成之时，她们都不肯搬进那座高大宅院，她们提出了同样的要求：除非对方不在这里住。

在局外人看来，事情似乎很简单：最简单的办法就是和一位夫人离婚，或者再娶第三位夫人。但是杨将军似乎没有下定决心，于是他还是一个人住着。他的这种境况在当时的中国并不少见。同样的难题，蒋介石在和那位受过美国教育的富家小姐宋美龄结婚的时候，也曾遇到过。宋美龄是基督新教教徒，不接受一夫多妻。最终，蒋介石与第一位夫人（他儿子蒋经国的母亲）离婚，并且给了另两位旧式夫人一笔补助金，解除了婚约。传教士们高度赞扬这一决定，打这以后一直在为他的灵魂祈祷。不过，这种解决办法是来自西方的新奇思想，许多中国人听说了直皱眉头。至于平民出身的杨将军，考虑更多的恐怕并不是自己灵魂的归宿，而是祖宗的传统。

千万不要以为杨虎城将军早期当过土匪，他当将军就不够格。这种推理在中国是不成立的。在中国，一个人年轻时当过土匪，常常意味着他具有刚毅的性格和意志。翻开中国历史会发现，历史上有很多杰出的人物都曾经一度被称为“土匪”。事实是，许多最十恶不赦的无赖、流氓和叛徒反倒摆出一副道貌岸然的样子——即《论语》中的伪善，中国经典里所说的城府——从而获得显赫的权位，虽然，他们为了达到这个目的，也常常借用没有心机的土匪的力量。这种情形，到现在也还是差不多的。

① 引荐我见到杨将军的是王炳南，杨的政治秘书，他和他的夫人安娜当时就住在杨将军的府邸，王炳南也是西安中国共产党中央委员会与杨将军和张少帅之间的重要联络人。

杨将军个人的革命史表明，他本是个普通农民，可能也曾有过崇高的梦想，想要改变世界。不过，在他掌权之后，却没有找到任何办法，而且听惯了聚集在他周围的那些唯利是图者的进言，也渐渐感到疲倦和困惑。不过，即使他有过这样的理想，也不会和我推心置腹。他不愿意多谈政治，而是客气地派了一个秘书陪我游览这座城市。而且，当我见他的时候，他恰巧患着严重的头痛和风湿症。在他深陷种种烦乱的情况下，我不便坚持向他提出令人恼火的问题。相反，我对他面临的困境抱有极大的同情。于是，在对他进行了简短的采访后，我就“识时务”地告辞了。我打算去找省主席邵力子，去他那里寻求一些解答。

邵主席的官邸十分宽敞，在花园里，他接见了我。我刚从尘土飞扬、热浪滚滚的西安街头走过，一进花园，顿觉凉爽宜人。上一次见到邵力子，还是在6年以前，当时他是蒋介石的私人秘书，引荐我拜访了蒋介石。自那以后，他在国民党里擢升很快。他有才干，受过良好教育，现在蒋介石任命他为省主席。然而，可怜的邵力子和其他许多担任省主席的文官一样，在省城那座灰色的城墙之外，并没有多少权力——城外的地盘正在被杨将军和张少帅瓜分。

邵力子曾经当过“共匪”。事实上，他还曾经是中国共产党的先驱者。在那个时期，成为一名共产党员是一件时髦的事，没有人清楚这到底意味着什么，只知道许多青年才俊都加入了共产党。在1927年以后，加入共产党意味着什么，已经非常明确了——那会让你掉脑袋。后来他退了党，成为一名虔诚的佛教徒。他是中国最具魅力的绅士之一。

“现在红军怎么样了？”我问他。

“已经没多少了。在陕西的只是一些残部。”

“那还在接着打仗吗？”我问道。

“没有，现在陕北几乎没什么战事。红军正在向宁夏和甘肃转移。他们好像在尝试跟蒙古取得联系。”

他回避了这个话题，谈起了西南地区的局势，那里的起义将领们正要求对日作战。我问他是否认为中国应该与日本开战。“我们能打吗？”他反问道。然后，这位信奉佛教的省主席原原本本地向我谈了他所理解的日本问题——但不让我公开发表——就像当时其他的国民党官员那样，他们会把自己对日本的观点告诉你，但不能见诸报端。

然而，就在此次采访几个月之后，可怜的邵力子就因为这一对日战争问题——和他的“委员长”一道，被张学良少帅部下的一些进步青年弄得下不了台。这些青年们不再同他们讲理，也拒绝接受“或许有一天”这样的回答。而邵力子那位娇小的夫人——从莫斯科回来的留学生，也曾经是共产党员——甚至被困在角落里，她只好奋力抵抗。

可是，在我们当初谈话的时候，他并没有对此表达出什么预感。等到我们交流了彼此的看法，几乎达成共识的时候，我也该告辞了。当时我所想要知道的事情，已经从邵力子那里探听到了。他证实了我在北平的朋友告诉我的消息，陕北方面的战事已经告一段落。这样看，如果安排得当，应该有可能去到前线。于是我开始着手做起种种准备来。

第 3 节

大汉子孙

Some Han Bronzes

在我到达西安府大约 6 个月后，西北地区出人意料地爆发了危机，张学良少帅的大军和“匪军”结成了联盟，而就在不久前，他还以剿共部队副司令的身份奉命剿灭他们，这个消息一传出，举世震惊。但就在 1936 年 6 月，外界对于这些出人意料的发展仍然一无所知，就连蓝衣社宪兵总部——蒋介石直管的西安府警察，也没有人能够确切地掌握正在发生的情况。300 多名共产党员被抓捕，关押在西安的牢房，宪兵队还在继续搜捕。西安的局势极度紧张，到处是间谍和反间谍人员。

不过，对于这些惊心动魄的日子里发生的事件，以及当初交付给我的秘密，现在已经没有必要继续缄口不言了，可以在这里进行讲述。

在到达西安府以前，我从未见过红军的人。在北平用隐形墨水为我写介绍信给毛泽东的那个人，是一位红军指挥员，但我们从未谋面。这封介绍信是由第三人——一位老朋友交给我的。但除了这封信，我在西北地区要与红军取得联系，只有一个办法。他们让我到西安的一家旅馆去，找个房间住下来，等一位姓王的先生上门来联系我。但对于这位所谓的“王先生”的情况，我一概不知，只知道他会设法安排我搭乘张学良的私人飞机去苏区——他们是这样向我承诺的！

我在这家旅馆里住了下来。过了几天，来了一位面色红润、体形圆胖的中国人。他体格健壮，气宇轩昂，身穿灰色绸长衫，从敞开的房门径直走了进来，用一口纯正的英语向我打招呼。他的模样像个富商，自我介绍说是姓王，报上了我在北平的那位朋友的名字，还用其他办法表明，他正是我等待的人。

在此后的一个星期，我发现仅仅是这位王先生，就值得我来西安府一趟。每天，我都和他聊上四五个小时，说说旧事，以及对当下时局的认真解读。我完全不曾料想到还有这样一个人。他曾经在上海的一所教会学校里上学，在基督徒中颇有声望，还曾独立办过教堂。我后来才知道，共产党方面都称他王牧师。他和上海许多成功的基督徒一样，也是青帮①成员。从蒋介石到青帮头目杜月笙，他没有不认识的。他曾经在国民党当过大官，不过我还是不便透露他的真实姓名。

王牧师在放弃了教职和官职之后，转而与共产党合作。至于合作了多长时间，我并不知道。共产党提出了建立“抗日统一战线”的主张，并且正在努力争取各类文武官员的理解和支持，而王牧师则充当他们之间秘密的、非正式的“大使”，在这些官员的办公地点奔走活动。至少在张学良那里，他的工作是成功的。当时张学良已经私下对共产党的主张表示理解，要阐明这种理解从何而来，以下这些背景资料是十分必要的。

在1931年以前，张学良还是主宰东北3000万民众的地方军阀。他名气很大，为人慷慨，思想摩登，喜欢打高尔夫球，会赌钱，又吸食毒品，有着矛盾的性格。他从土匪出身的父亲张作霖手中继承了官职，南京国民政府对此表示认可，还授予他中国武装力量副总司令的头衔。1931年9月，日本出兵东北，张学良就此走起“霉运”来。当日本发动侵略时，张少帅正在长城以南的北平协和医院医治伤寒，他孤身一人是无论如何也应对不了这场危机的。很大程度上，他依靠南京，依靠和他结为盟友的“大哥”蒋介石。然而，蒋介石缺乏足够的力量打击日本和共产党，又极力主张依靠国际联盟。张学良接受了蒋介石的意见和南京方面的命令，结果丢失了故土，退却的部队仅仅进行了象征性的抵抗。南京方面的宣传显示，这个“不抵抗政策”似乎是张少帅的主意；但有记录显示，这是政府的明确指令。由于这一牺牲，蒋介石得以在南京继续维系他那风雨飘摇的政权，并开始向共产党发动新的围剿行动。

这就是在中国被称为“东北军”的军队转移到长城以南中国内陆的背景。日本侵略热河时，历史再度重演。当时张学良不在医院，其实他是应该在医

① 青帮：流氓的秘密组织，在公共租界和法租界当局的保护下控制着鸦片走私、赌博、娼妓、绑票等行当。1927年，青帮帮助蒋介石铲除了共产党领导的工会，制造了“上海大屠杀”。

院的。南京方面仍然没有向他伸出援手，也没有准备进行反抗。蒋介石为了避免对日战争，默许热河也落入日本之手——结果果然如此。张学良代人受过，驯顺地当了“替罪羊”。群情激愤，必须得有人引咎辞职以安抚民众。要么是蒋介石，要么是张学良——结果是后者屈服离职。他以“进行考察”之名到欧洲去了一年。

张学良在欧洲期间最重要的事情，并不是他见到了墨索里尼和希特勒，也不是他会见了麦克唐纳，而是他几年来第一次戒掉了毒瘾，恢复了健康。几年前，和许多中国将领一样，他在作战间隙中染上了鸦片瘾。戒掉鸦片瘾可不容易；他的医生曾经向他保证，可以通过注射的方法为他戒掉鸦片。不过，他虽然摆脱了鸦片烟瘾，但在完成疗程后，他又已然沉溺于吗啡之中。

1929 年我在奉天（今沈阳）第一次见到张学良。当时他是世界上最年轻的大军阀。他看上去精神还算不错，身材瘦削，脸色憔悴发黄，但思维敏捷活跃，精力充沛。他公开反对日本，并且急于创造将日本逐出中国、实现东北现代化这两大奇迹。几年后，他的身体状况不断恶化。他在北平的一位医生对我说，他每天用的“药”要花费 200 元——这种药是特制的吗啡，理论上可以“逐步减少，戒掉毒瘾”。

不过，就在张学良去欧洲之前，他又开始在上海治疗毒瘾。当他 1934 年返回中国时，他的朋友们惊喜地看到：他体重增加了，身体结实了，脸上有了血色，看起来像是年轻了 10 岁。人们在他身上又找回了年轻时代那个杰出的领导者的影子。他思维敏捷，注重实际，此时又迎来了发展的机会。他在汉口重掌东北军的指挥权，当时东北军已调到华中与红军作战。虽然他以前犯过错误，但他的部下仍然拥戴他，热切地盼望他回来，这足以说明他的威望之高。

张学良养成了新的生活习惯——6 时起床，努力锻炼，每天操练读书，过着粗茶淡饭的简朴生活，除了指挥军官之外，还直接听取普通军官的意见。当时东北军有约 14 万人，军队开始呈现出崭新的面貌。怀疑派渐渐开始相信，少帅再度成为值得瞩目的人物，他们开始正视他回国时立下的誓言：将毕生精力投入到收复东北、为人民雪耻的使命之中。

同时，张学良对蒋介石还没有失去信心。在他们的整段关系中，他对“大哥”的忠心从未动摇过，曾三次将“大哥”的政权从垮台的危险中解救出来，对于“大哥”的政见和诚意一直深信不疑。他相信蒋介石所说的话——收复东北，未经抵抗，绝不放弃任何一部分领土。然而，1935 年，日本侵略者加速了侵略中国的步伐，建立了冀东傀儡政权，并且吞并了察哈尔的一部分，还要求华北脱离华南，南京方面对此已部分默许。这令少帅属下的官兵极度不满，特别是在被调到西北，继续对红军作战，对日本却不发一枪时，这种不得人心更是表现出一种不祥之兆。

在南方与红军进行了几个月的作战之后，张少帅和他的一些军官开始有了一些新的重要的认识：他们正在打的“土匪”实际上是由能力出众、舍身为国、一心抗日的指挥员领导的；“剿共”的过程可能还要持续很多年；如果继续进行反共作战，就不可能抗日；而在这个过程中，东北军却将在毫无意义的战事中很快损兵折将、溃不成军。

然而，在张学良将他的司令部迁至西北后，他曾向红军发动了大举进攻。他一时间打了几场胜仗。不过，到了 1935 年 10 月和 11 月，东北军遭到了惨败，据说整整损失了两个师（一〇一师和一〇九师），还有一个师（一一〇师）也损失了部分兵力。大批东北军士兵“投奔了”红军。许多军官也当了俘虏，被扣押接受了一段时间的“抗日教育”。

这些军官被释放回西安时，带给少帅有关苏区精神面貌和组织管理的动听叙述，他们特别提到，红军有诚意停止内战，团结一致，反抗日本帝国主义，和平统一中国。这些话给张学良留下了深刻的印象。但给他留下更深印象的是，各师呈送的报告称，整个部队已经蔓延着反对与红军作战的情绪，红军提出的“中国人不打中国人”和“同我们联合起来打回东北去”的口号感染了整个东北军的各级官兵。

与此同时，张学良本人也深受左派的影响。许多东北大学的学生来到西安，为他效力，其中就有一些共产党员。1935 年 12 月，日本在北平提出分裂要求后，他在北方发话，只要是抗日学生，不论政治信仰，都可以来西安府效力。在中国的其他地方，宣传抗日者正遭到南京政府特务的抓捕；但在陕西，他们却得到鼓励和保护。张学良部下的一些年轻军官也深受进步学生们的影响。被俘军官从苏区回来后，报告了那里公开的抗日群众组织如火如荼的发展，还讲述了红军的爱国宣传有多么深入人心。此时，张学良开始越来越多地将共产党视为天然盟友，而不是敌人。

王牧师告诉我，就在这个时候，也就是 1936 年年初，有一天他去拜访张学良，一见面便对他说道：“我来向你借飞机去苏区。”

张学良惊得跳了起来，瞪着眼睛说："什么？你竟敢到这里来提出这样的要求？你知不知道，就凭这一点，就可以把你拉出去毙了？"

王牧师是有备而来。他解释称，他跟共产党方面有接触，知道不少张学良应该知道的情况。他谈了很长时间，谈到了共产党方面政策的变化，谈到了中国需要团结起来，一致抗日。他还说，红军知道单靠他们自己是无法执行这一政策的，因此，他们愿意做出巨大让步，只要能促使南京方面进行抗日。王牧师提议由他来安排一次会面，请张学良和一些共产党领导人面对面地深入讨论这些问题。张学良起初很震惊，但后来仔细地听着这番话。他曾经一直想利用共产党；而他们显然也认定可以利用张学良。那很好，在停止内战一致抗日的共同要求的基础上，他们或许可以互相利用。

最后，王牧师乘坐张少帅的私人飞机去了延安，去了中国苏维埃地区，带回了谈判方案。没过多久，张学良亲自飞到延安，会见了周恩来。在与周恩来进行了长时间的深入讨论之后，张学良相信了红军的诚意，相信他们关于建立统一战线的建议是有可行性的。

东北军与共产党协议履行的第一步，包括停止在陕西的敌对状况，未经提前知会，双方不得调动兵力。红军派驻代表到西安府，他们穿上东北军的军装，到张学良的参谋部展开工作，协助他开展军队政治训练。他们在王曲镇开办了一所新军校，张学良的下级军官在这里进行集训，课程包括政治、经济和社会科学，还有关于日本如何侵占东北以及中国为此损失了什么的详细统计研究。大批进步学生来到西安，进入另一所抗日训练学校，少帅也常常在那里演讲。东北军借鉴了类似于苏俄和中国红军的政治委员制度。张学良撤换了一班满洲时代遗留下来的老迈的高级军官，提拔了一批思想进步的年轻军官来替代他们，这批年轻军官被视为建设新军的支柱。在张学良"玩世不恭"时期围在他身边的那些道德败坏、溜须拍马的人，有许多也被东北大学热情洋溢、思想进步的学生取代。

不过，这种改革都是在严格保密的情况下开展的，张学良作为地方军阀的半自治地位使这种保密成为可能。尽管东北军已不再与共产党作战，但在陕晋交界处以及甘肃和宁夏，仍然有南京方面的部队，那些地区仍在进行一些战斗。关于张学良与共产党之间的停战协议，没有半点风声透露给报界。蒋介石在西安的特务虽然发觉情况有些不对，却也无法了解到确切内容。偶尔有卡车载着共产党的人抵达西安，但因为他们都穿着东北军的军装，所以从表面上看不出异样。偶尔还有卡车离开西安前往苏区，也没有引起谁的注意，这些卡车与东北军开往前线的卡车也没什么不同。

在我到达后不久，王牧师向我透露，我到前线去也得乘坐这种卡车。坐飞机的计划泡汤了：这样做很有可能让少帅陷入尴尬境地，因为如果有外国人被扔在前线没有回来，他的美国飞行员可能无法管住嘴巴不说出去。

一天早晨，王牧师同一位东北军军官——或者说是一位身着东北军军官制服的青年来拜访我，说是带我去西安城外的汉朝古城游览。一辆挂着窗帘的汽车等候在旅馆门前。我上车后，看见里面坐着一个人，戴着墨镜，穿着国民党官员的中山装。我们驱车出城，前往汉朝皇宫遗址。到了那里，我们爬上一个小山坡，那便是声威赫赫的汉武帝坐在宝座上君临天下的地方。你在这里仍然可以见到两千多年前古代宫殿上的残砖碎瓦。

王牧师和那位东北军军官有些话要谈，他们走到一边说话去了。之前，当我们的车子还行驶在尘土飞扬的路上，那位国民党官员一直缄默不语地坐着。此时他向我走来，摘下墨镜和白色帽子，我看出他很年轻，一头浓密的黑发，炯炯有神的眼睛看着我，黑黝黝的脸上露出淘气的笑容。他摘掉墨镜后，你会发觉他那制服只是伪装，他不像是常坐办公室的官僚，而是像个经常在室外行动的人物。他中等个头，看上去力气不大。但他向我走来，握住我的胳膊时，双手像铁钳一样有力，我吃惊地后退了一步。后来我注意到，他的动作有一种美洲豹式的优雅，在那套硬邦邦的制服底下依然透着轻盈矫健。

他把脸挨近我，咧开嘴笑着，敏锐而炽热的目光盯着我，一双手像铁钳般地握着我的两只胳膊，然后晃了晃脑袋，滑稽地努了努嘴——眨了眨眼！“看看我！”他低声说道，就像藏着秘密的孩童一样高兴：“看看我！看看我！认出我了吗？”

我不知道这人是什么情况。他不知为何如此兴奋，以至于他的兴奋感染了我。但我又很尴尬，因为不知道该说什么。认出他了？我这辈子还从未遇到过像他那样的中国人！我只好抱歉地摇摇头。

他将一只手从我的胳膊上松开，指指着自己的胸口。“我想你可能在什么地方见过我的照片吧，”他说，“我是邓发。”他告诉我——“邓发！”他往后退了退，看看我对这个“爆炸性新闻”有何反应。

邓发？邓发……哎呀，邓发是中国红军情报机关的头号人物。还有，国民党悬赏5万元要他的脑袋!

邓发在表明了自己的身份之后高兴得手舞足蹈。他觉得当前的情况很有意思，按捺不住自己的兴奋：他这个鼎鼎有名的“共匪”就在敌营的心脏，对四处密布的特务嗤之以鼻。他见到我的时候乐不可支——不住地拥抱我——一个自愿前往“匪区”的美国人。他愿意尽其可能地配合我。我要他的马吗？哦，他这匹马多好啊，是红色中国最好的马了！我要他的照片吗？他收集了很多，都可以送给我。他的日记？他会捎信给仍然留在苏区的妻子，将所有这些以及别的更多东西转交给我。他后来真的信守承诺。

这样一个中国人！真是个让人惊叹不已的“赤匪”！

邓发是广东人，工人阶级出身，曾经在轮船上当西餐厨师，经常往返于广州与香港之间。他曾是香港海员大罢工的领导人，当时，他的胸口被一个反对示威游行的英国警察打伤，肋骨折断了。再后来，他成为一名共产党员，在黄埔军校学习，参加了国民革命，1927年以后，他去往江西，加入了红军。

我们在那个坡上停留了一个多小时，我们谈着话，脚下就是绿草掩映下的皇城遗址。这些共产党人选择这个地方，作为我们四个人安全碰面的场所，似乎很奇怪，但是又不无道理。就是在这里，在两千多年以前，汉武帝治理着一个统一的中国，成功地在战国的混乱中实现了民族和文化的融合，后世的中国人从此都骄傲地称自己为“汉族子孙”。

就在这里，邓发告诉我他们安排谁送我去苏区，一路上怎么走，到了红色中国要如何生活，并让我放心在那里会受到热烈欢迎。

“你不怕掉脑袋？”我在坐车回城的时候问他。

“不比张学良更害怕。”他说道，“我就和他住在一起。”

第 4 节

穿过红色的大门

Through Red Gates

我们在拂晓前离开西安府，在我们的军事通行证的魔力下，那曾经被称为“铜墙铁壁”的高大木头城门豁然敞开，拖在门上的链条喧然作响。在半明半暗的晨光中，那辆军用卡车轰隆隆地缓缓驶过机场，这里每天都有飞机起飞，到红军防线上空实施侦察和轰炸。

对于中国旅行者来说，这条从西安府往北的大道，每一英里，都能唤起他们对自己民族古昔繁华历史的追忆。最近中国发生的历史性变革——共产主义运动，竟然选择在这里来决定中国的命运，似乎再恰当不过了。一个小时后，我们渡过了渭河。在这片肥沃的流域，孔子的祖先①开启了农耕文明，留下了种种传说，这些传说仍然在今天中国农村的民间神话里流传。接近晌午时分，我们抵达蒲城县。大约两千二百年前，那位最早“统一”中国的巍然可畏的人物——秦始皇，就诞生在这座筑有堡垒的城池附近。历史上，秦始皇首次将国家边界上的古城墙连接起来，建造了今天地球上最宏伟的砖石建筑——中国万里长城。

在那条新近竣工的汽车道上，两侧的罂粟已经成熟了，晃动着胀鼓鼓的脑袋。虽是新修的路面，却也到处是沟壑和车辙，即使是我们那辆载重 6 吨的道奇卡车，有时竟也无法通行。长期以来，陕西以盛产鸦片闻名，几年前西北曾发生大饥荒，丧命者达三百万之众，美国红十字会调查人员认为那场惨剧主要是因为种植鸦片导致的。当时，贪婪的军阀控制着当地自治权，强迫农民种植鸦片。肥沃的土地都种上了鸦片，一旦遇到干旱的年份，西北地

① 在公元前 3000 年—公元前 551 年期间。

区粮食供应就会出现严重短缺，如小米、麦子和玉米等。

在洛川的那天晚上，我在一张脏兮兮的茅草屋里的土炕[1]上凑合了一夜，隔壁屋里是猪和驴，我的屋里还有老鼠，我确定我们都睡不了多少觉。第二天一早，我们出发了。离开洛川城数英里后，黄土平原的地势便渐渐陡峭起来，地势不可思议地变了样，景象十分壮观。

这片令人惊叹的黄土地，覆盖了甘肃、陕西、宁夏、山西四个省份的大部分地区。雨水充足时，土地异常肥沃，因为这种黄土是一种多孔浮层土，深至几十英尺。地质学家认为，这种黄土是一种有机物质，几个世纪以来，被中亚的大风从蒙古、西方吹过来累积而成。正因为如此，此地呈现出一派千奇百怪、山丘环绕的景象——有的山丘像巨大的城堡，有的像成群的猛犸象，有的像圆圆的烤饼，有的山丘像被巨手撕裂，还留有愤怒的指印。这些奇形怪状、令人难以置信、让人惊骇恐惧的山丘，好似一个疯魔造就的世界，有时却又是鬼斧神工，奇幻瑰丽。

这里虽然随处可见田野和耕地，却很少见到房屋。农民们也悄然居住在那些黄土山里。在整个西北地区，按照几个世纪以来形成的习惯，人们都在那坚硬的淡褐色的山岩上挖掘山洞、建造家园，这些山洞被中国人称作"窑房"或者"窑洞"。不过，这种窑洞并不是西方所谓的"洞穴"。窑洞冬暖夏凉，建造起来方便，也很好打扫。即便是最有钱的地主，也往往在山上辟室为家。其中有些窑洞是有着许多的房间的大宅，设施和装饰都十分华丽，地面铺有石头，室内空间很大，光线从土墙上的纸窗里透进来，还装有坚固的黑漆大门。

卡车颠簸着前行。在车上，坐在我身边的是一位年轻的东北军军官。在距离洛川不远的地方，他指给我看那样一座"窑洞村"。那里距离车道只有1英里左右，中间只间隔了一道深涧。

"他们是红军，"他悄悄地向我透露，"几个星期前，我们有支分队被派去那里买小米。村民们一斤都不卖。于是那些傻大兵们强抢了一些。但是，当他们离开村子的时候，农民朝他们开了枪。"他用双臂画了一个大圆弧，涵盖了公路两侧国民党军队布防的堡垒，还有山顶上的机枪火力点。"共匪，"他

---

① 土炕是中国房屋中垒砌的土造平台，一端有灶，下面有迷宫一般弯弯曲曲的烟道，可以在需要时将土炕烧暖。

说，“那边全都是共匪的地盘。”

我饶有兴趣地向他所指的地方远远望去，因为几小时之后，我就要去往那些不为人知的山丘和高地了。

在路上，我们遇见了一〇五师的一些士兵，他们都是东北人，正走在从延安返回洛川的路上。这些青年人看起来很瘦，但也十分结实，大多比一般中国士兵个子高。我们在路边的一家小旅馆停下来喝茶，也有几名士兵在那里歇息，我在他们旁边坐了下来。他们从瓦窑堡一带返回，刚刚在那里和红军发生过小规模战斗。我听到了他们谈话的只言片语。他们在谈论红军。

“他们吃得比我们好得多。”其中一个人说道。

“是的，他们吃的是老百姓给的。”另一个人回应道。

“那没关系——都是些地主——这样反倒有好处。我们到瓦窑堡，谁会感谢我们？是地主！我说得对不对？我们凭什么要为那些有钱人卖命？”

“听说已经有3000多东北军投到他们那边了……”

“这他们也没错。我们本来除了打日本人，跟谁都不想打，为什么要打自己人？”

一位军官走了过来，这番吸引人的谈话戛然而止。那位军官命令他们继续前进。于是他们拿起步枪，拖着步子向大路行进。不一会儿，我们也开车走了。

第二天下午，我们抵达延安，延安位于长城以南约400里，陕北仅有的能通车的路，到了这里就是终点。延安是一座历史名城：在过去几百年里，北方的游牧部落入侵中原就正是从这里通过的，成吉思汗的蒙古铁骑南下攻打西安府时，也是取道延安。

在防御上，延安是个绝佳的地点。它位于深谷中，四周环绕着崇山峻岭，坚固的城墙曲曲折折地一直延伸到山顶。现如今，城墙上新建了许多防御工事，就像蜂窝一般密密麻麻，工事里的机枪都瞄准着不远处的红军。公路及其两侧地区依然由东北军控制，但直到最近，延安完全被切断了与外界的联系。蒋介石企图对红军实施封锁，而红军则利用封锁对敌人实施反封锁，据说有上百人被活活饿死。

红军对延安的反封锁，几个星期前才得以解除。但是，居民面黄肌瘦，店铺里的货架空荡荡的，要不就是直接关门，这些围城的痕迹依然很明显。食品短缺，价格奇高。只是因为同红军达成了暂时的停战协议，才能买到少量食物。当时曾有协议，东北军停止在这条战线向苏区发动进攻；因此，苏区的农民现在也肯向饥饿的剿共部队出售粮食和蔬菜。

我有赴前线采访的证件，于是计划第二天一早离开延安，前往“白军”前线。那里的军队只不过守住阵地，并没有前进的企图。到了前线，我将从一条山道走上一条岔道，据说商贩们偷运货物出入苏区都是走的这条道。

我照着原定的计划，通过了最后一个岗哨，进入无人地带——如果我如实讲述这段经历，可能会给那些帮助我去苏区的国民党人带来大麻烦。一言以蔽之，我的经历再度证明在中国没有任何不可能，只要按照中国的方式去做。到了第二天上午 7 时，我已经彻底将国民党军队的最后一挺机枪甩在了身后，穿过了“苏区”与“白区”之间的那条狭长地带。

与我同行的只有一个骡夫，是一位东北军上校在延安帮我雇来的。他将我简单的行李带到红军游击队的第一个前哨，里面有铺盖卷、一点食物、两台照相机和 24 卷胶片。我不知道他是赤匪还是白匪——但他看起来确实像个土匪。几年来，两种颜色的军队轮番控制着这一带，因此，他很有可能当过“赤匪”，或者当过“白匪”——没准两者都干过。

我们沿着一条蜿蜒的小溪前进，一连走了 4 个小时，也不曾见到一个人影。那里其实压根没有路，我们是沿着小溪的河床走的。小溪两侧矗立着岩壁，溪水在岩壁间匆匆流过，岩壁上方是陡峭的黄土山。要干掉一个好打听的洋鬼子，这地方可是再好不过了。那个骡夫多次对我的牛皮鞋表示艳羡，这着实令我感到忐忑不安。

“到啦！”他突然转过头来大声喊道。这里，岩壁消失了，展现在我们面前的是一个小山谷，山谷中种着一片绿油油的麦苗。“我们到啦！”

我这才放下心，远远望去，只见一片黄土村落坐落在一座小山旁。在村子里那些高高的泥烟囱里，缓缓升起一缕缕青烟，而这些烟囱就像许多手指一样立在岩壁前。几分钟后，我们就来到了村前。

一个青年农民从村里走出来，头上包着白毛巾，腰里别着一支左轮手枪。他用惊诧的眼神看着我，问我是什么人，到这里干什么。

“我是美国记者。”我按照王牧师教我的方式说道，“我要见这里的贫农团主席。”

他面无表情地看着我，回答道：“Haip’a！”

我以前听到中国人说“Haip’a”意思是：“我害怕！”我心想，要是他觉得害怕的话，那我可怎么办呀？但他的神情又不像是这个意思，他看上去镇定自若。他转过头去问骡夫，我是什么人。

骡夫把我的话重复了一遍，还加了些自己的话。那位青年农民的神情缓和了，我也就放下心来。我注意到，他是个相貌英俊的小伙子，皮肤油亮亮的，牙齿白白的。他似乎不是那种胆小的中国农民。他那双快乐的眼睛里闪烁着挑衅的神色，还有一种威严的派头。他慢慢把手从枪柄上移开，脸上有了微笑。

“我就是你要见的人。”他说，“我就是贫农团主席。进来喝口热茶吧。”

这些陕西山民有自己的方言，说话带有很多发音含糊的口语，不过他们也能听懂“白话”——中国的官话。他们自己的方言中，大部分发音外地人是很容易听明白的。我又试着跟那位主席搭话，他也渐渐领会了我的意思，我们的谈话能够很好地进行下去。不过在我们的谈话中，他又间或提到了“Haip’a”这个词。我当时没顾上问他究竟害怕什么。后来，当我终于问明白这个问题，才知道陕西山区方言中的“Haip’a”相当于官话中的“不知道”。这个发现让我感到相当满意。

上炕上铺有毯子，我在炕上坐下，向他更加详细地谈到我本人和我的来意。没过多久，他似乎完全打消了疑虑。我想去县政府所在地——安塞，我本以为苏维埃主席毛泽东就在那里。我问他能否给我找个向导和骡夫。

他答应说当然可以，当然可以。不过，别在大热天赶路。外头有大太阳，天气那么热，我看上去又这么疲惫。再说，我有没有吃过饭？说实话，我饿坏了，所以我省了客套，接受了他的邀请。和一个“赤匪”一起用餐，这可是我有生以来头一回。我的骡夫要返回延安了，我就付给他钱，和他告别。这也是我同“白色”世界最后一环的告别，我已跨入苏区，得在这待上好几个星期了。现在我没有退路了。

此时我已经完全落在刘龙火先生（我后来知道了那位青年农民的名字）手里了，也落在他那些看上去不好惹的同伴手里。这些同伴开始从附近的“窑洞”陆陆续续地过来。他们的穿着差不多，身上的装备也差不多，好奇地打量我，听我说话的外国腔调，都哈哈大笑起来。

刘龙火拿出烟、酒、茶来款待我，问了我许多问题。他和朋友们非常好奇地拿起我的照相机、鞋子、毛袜、棉布材质的短裤，细细查看，不时发出赞叹声，特别是对于我卡其布衬衫的拉链，他们更是欣赏。他们对我的整体印象大概是这样的：我的行头尽管看上去有些可笑，却很实用。我不知道对于这些人来说，“共产主义”实际上意味着什么，我做好了这些东西很快被“共有”的心理准备——但是这种事情并没有发生，我反而得到了外宾的待遇。

不到一小时的工夫，他们端来了一大盘炒鸡蛋，还有蒸卷、小米饭、一些白菜和一点儿烤猪肉。主人向我表示歉意，说饭菜太简单；我也向他致歉，说我的饭量非同一般。其实这种歉意毫无必要，因为我必须飞快地舞动筷子，才赶得上贫农团的那伙兄弟。

刘龙火向我担保，安塞只有“几步路远”。虽然我有些担心，但是除了等待，别无他法。直到过了下午 4 时，我才终于等来了年轻的向导和骡夫。离开前，我试着想把饭钱付给他，但是他生气地拒绝了。

“你是外国客人。”他解释道，“而且你有事来找我们毛主席。再说，你的钱我们也用不了。”他看了一眼我递给他的纸币，问道：“你没有苏区的钱吗?”我回答说没有，他就数了价值 1 元钱的苏区纸币说，“这个你拿去，路上会用到。”

我用 1 元国民党的钱和刘龙火交换，这次他接受了；我再次谢过他，然后跟随向导和骡夫爬上山道出发了。

不过，我将要面临的是一场九死一生的遭遇，以致后来有谣言，说我被土匪绑架杀害了。的确，土匪已经在那静默的黄土山后边暗暗追踪而来——不过不是赤匪，而是白匪。

第2篇 前往红都的路上

Part Two The Road to the Red Capital

第 *1* 节

遭白匪追逐

Chased by White Bandits

“打倒吃我们肉的地主!”

“打倒喝我们血的军阀!”

“打倒卖国汉奸!”

“欢迎一切抗日军队结成统一战线!”

“中国革命万岁!”

“中国红军万岁!”

就在这些用显眼的黑字书写、有些让人心神不宁的标语底下，我度过了在苏区的第一个夜晚。

不过，这里不是安塞，也没有红军战士的保护。正如我所担心的，我们当天并没有到达安塞。太阳落山时，我们走到一处村庄，这是个坐落在河湾上的小村子，四周峰峦叠嶂，阴气森森。溪口立着几排平顶的房子，泥砖墙上就写满了这些标语。五六十个农民从村里涌了出来，其中还有一些儿童，他们好奇地瞪大了眼睛，迎接我们这支只有一头驴的旅队。

我的那位贫农团的年轻向导打算把我安置在这里。他解释道，他有头母牛最近下了崽，附近有狼出没，他得回去守着。安塞距离这里还有 10 英里，走夜路到那里可不是件容易的事儿。他将我委托给当地的分会主席。我的向导和骡夫说什么都不愿意接受任何报酬——既不要白区的钱，也不要苏区的钱。

分会主席是位 20 岁出头的青年，黝黑面孔，一脸坦诚，穿着褪色的蓝布衫和白裤子，露出一双坚韧的赤脚。他很友好地招待我，将我领到村公所的房间，还叫人送来热水和一碗小米粥。可我不喜欢住在这间臭烘烘的黑屋子里，于是，请他把两扇拆下来的门板给我用。我将这两扇门板架在两条板凳上当床，铺开毯子，睡在露天里。多么美丽的夜晚，明净的夜空，北方的繁星点点。在我住宿处的下游，是一处小瀑布，水流潺潺，和平而宁静。经过这一番长途跋涉，我疲乏得倒头就睡着了。

当我睁开双眼时，天已经亮了。分会主席走在我身边，摇着我的肩膀。

“怎么啦?”

“你要早点动身，附近有土匪，你得快点去安塞。”

土匪？他说的土匪应该不是指红军，而是指“白匪”。我不用他再说，马上爬起来，不想在苏维埃中国境内，搞出被白匪掳去的这类荒唐事儿。

白匪，用国民党的话来说叫作“民团”，就好比赤匪按照苏维埃的话来说是“游击队”一样。为了镇压农民起义，国民党在各地纷纷成立民团组织。民团的活动是保甲制度的有机组成部分。保甲制度是控制农民的旧制度，现如今国民党在中国、日本人在东北都普遍采用这种制度。

保甲的字面意思是“保证盔甲”。这项制度规定，大约每十户农民为一“甲”，甲长可以通过选举产生，但通常由地方官员任命。大约每十“甲”组成一“保”。这大约百户的农民中如有任何人犯了法，整个保甲集体向政府任命的地方长官（县长）领罪。甲长的任务是报告本甲中的“叛乱分子”，否则他将因违反规定而受罚。当初元朝的蒙古人和清朝的满洲人就是用这个办法平定了中国农村——但这种办法不得人心，特别是在穷人中间。

不过，用这个办法来防止农民起义，最为奏效。因为保甲长往往都由富农、地主、当铺老板或者高利贷者来担任——他们最热心此类事情，自然不愿意为有造反倾向的佃户或债户提供“担保”。无人担保的后果非常严重，他们可以以任何借口，把无人担保者当作“嫌疑分子”逮捕。

这实际上意味着乡绅阶级掌控着整个农民阶级的命运，他们随时可以用不提供担保来整垮一个人。保甲制度的另一个重要作用就是征收税费，以维持民团开销。民团由地主和乡绅任命、组织和管理，主要的任务就是反共，收租，收取佃农欠债，讨要贷款和利息，并负责为县政府索取苛捐杂税。

因此，红军每占领一个地方，它最大的敌人就是民团。除了出钱豢养他们的地主之外，民团没有任何后盾。红军一到，他们就失去了根基。中国的阶级战争，往往最为清晰地体现在民团和红军游击队的斗争中，这个斗争的双方通常就是地主和他们曾经的佃农债户，斗争形式是直接爆发的武装冲突。

中国有几十万人的民团，他们是中国两百万“反共”部队最得力的辅助力量。

此时，虽然红军和国民党军队在这条战线已经停战，但民团和红军游击队之间的斗争依然还很激烈。在西安、洛川和延安，我曾听说许多逃到这里的地主出钱出力，甚至亲自领导白匪在苏维埃边区采取军事行动。他们常常利用没有红军主力部队驻守的机会，向苏区发动报复性袭击，烧毁劫掠乡村，杀戮农民，并将农民的领导者押到白区，凭着抓捕这些“共产党”的功劳从地主和白军军官那里领取重赏。

民团发动冒险袭击，主要是出于报复，同时还想赚取轻松到手的钱财，在红军与白军的战争中，民团干的事情最具破坏性。无论如何，我可不愿亲身试验一下白匪的“对外政策”。尽管我的东西并不多，只有一点儿钱、衣服和相机，但我担心这些东西对他们的诱惑力太大，为了把它们搞到手，他们会不惜干掉一个单枪匹马的洋鬼子。

我囫囵吞下几口热茶和麦饼，便和分会主席派来的另一位向导兼骡夫一起出发了。我们沿着小溪走了 1 个小时，沿途经过一些窑洞式的小村庄，村口毛茸茸的狗恶狠狠地朝我狂吠，放哨的小孩子就立刻出来查问我们的路条。随后，我们走到了一个天然形成的静谧水潭旁，水潭四周怪石嶙峋。在这里，我遇见了第一个红军战士。

他只有一个人，还有一匹白马在河边吃着草，马鞍上铺设天蓝色鞍毯，上面还点缀着金星。这个青年人正在洗澡；我们走近时，他迅速跳了出来，披上天蓝色褂子，扎上白布头巾，头巾上缀着一颗红星。他的腰里别着一支毛瑟枪，枪柄上挂有一绺红缨。他手按着枪，待我们走近，问向导我们来这里干什么。

“我来见毛泽东。”我说道，“我听说他在安塞。我们到那儿还有多远？”

“毛主席？”他顿了顿说道，“不，他现在不在安塞。”接着，他看了看我身后，问我还有没有别人。在确定只有我一个人之后，才放松戒备。他微笑起来，好像有什么开心的小秘密。他对我说：“我正要去安塞。我和你一道去县政府吧。”

他牵着马和我们一道出发，我主动向他介绍自己，也冒昧地问了他的一些情况，得知他在政治保卫局工作，负责在这一带边区巡查。那匹马？这是张学良少帅的“礼物”。他告诉我，在陕北最近的作战中，红军从张学良的军队缴获了一千多匹马。我还得知他姓姚，22 岁，参加红军已经六年了。

两小时后，我们到达安塞，黄河支流肤水就流经此地。从地图上来看，安塞是一座大城镇，但实际上很小，有着美丽的城墙。街道已完全荒废，到处是坍塌的废墟。

姚解释说："这座城10年前被洪水冲了，大水淹没了全城。"

安塞的居民没有再把冲毁的城墙重建起来，他们现在都住在像蜂巢一样的窑房里，这些窑房建在城外不远的石头山上。我们到了安塞之后才得知，驻扎在那儿的一个红军支队被派去追击白匪了，县苏维埃的委员也都去了附近的村庄百家坪，向省委委员汇报工作。姚主动提出再送我去百家坪，我们在天黑之前到达了目的地。

我到苏区已经有一天半了，还没感受到一点战时苦痛的景象。我只遇到了一名红军战士，所看到的老百姓好像普遍都在十分安闲地从事田间劳作。不过，我不会被表面现象欺骗。我记得在1932年中日淞沪会战中，中国农民在战火中仍然毫不在意地继续耕种他们的田地。这时，我们绕过一个转角，刚要走进百家坪，忽然听到上方传来让人心惊肉跳的呐喊声。对此我并非毫无准备。

循着凶猛的呐喊声传来的方向，我抬头望去，大路上方的山坡上，有一排营房似的房子，房前站着十几个农民，挥舞着长矛梭镖和几支步枪，一副凛然不可犯的样子。这下看来，我这个闯入封锁线的人的命运，马上就要被决定了。他们是要把我当作帝国主义分子抓起来，还是当作真诚的来访者来欢迎呢？

我的表情肯定很滑稽，因为姚忽然大笑起来。他呵呵地笑着说："别害怕！他们只是几名游击队员——正在操练呢。这儿有一所红军游击队学校。别紧张！"

我后来才得知，游击队的课程里有这种厮杀呐喊的演习，这是源于中国古代战争的战术，就像毛泽东最喜爱的著作之一——《水浒传》里所描写的封建时期的比武。我在无意中当了这种战术的靶子，亲身体验了这种脊背发凉的滋味，由此可以证明用这种方法来吓唬敌人是十分有效的。

姚在百家坪将一名苏维埃工作人员介绍给我。我刚坐下，开始和他谈话，突然，一名青年指挥员骑着汗淋淋的马进来。他腰间系着武装带，跨下马背，好奇地打量着我。我这才从他那里得知自己这段冒险后面的故事。

来人姓卞，是安塞赤卫队队长。他说，他刚和一百多名民团打了一仗回来，碰到一个农家孩子，一名赶到安塞来的少年先锋队员。他筋疲力尽地跑了好几里路，专门来报告说有民团侵犯县边区。而且，民团头目是一个真正的“白”匪！——一个洋鬼子——说的就是我！

卞接着说道：“我立刻带着一队骑兵上山抄近道。一小时后，我们就找到了白匪，他们正跟着你。”——他指了指我——“就在你身后两里地。我们在一座山谷里将他们包围了，向他们发动了突袭，抓到了两个人，还有几匹马。其余的人都向边境逃窜。”他简单地报告完之后，他的几名部下列队来到院子里，牵着缴获的几匹马。

我又开始担心他会不会把我当成民团的头目。我刚从白区那里脱身，倘若在无人地带叫民团给抓住，他们肯定会说我是赤匪。但现在，我的结局难道是被红军抓住，说我是白匪？

就在这时，来了一位体态颀长的青年军官，留着中国人不常见的浓密黑髯。他走过来，和气地问我：“哈啰，你在找什么人？”

他说的是英语！

我马上明白了，他就是大名鼎鼎的周恩来。

第 2 节

起义者

The Insurrectionist

我和周恩来聊了聊，并向他介绍了我的情况。随后，他便安排我今夜在百家坪住下，并让我明早到他设在附近村庄的总部去。

安顿好之后，我和驻扎此地的联络局的部分人员一起吃了晚饭。席间，我见到了一群临时在百家坪安营扎寨的年轻人。他们中间有些是游击队学校的教员，有一个无线电报务员，还有几名红军军官。我们的晚饭有炖鸡、老面馒头、白菜、小米和够我敞开肚皮吃的土豆。不过和往常一样，除了白开水之外没有其他喝的，我口干舌燥，而开水又烫得不能喝。

吃饭时有两个不苟言笑的孩子为我们服务，饭菜就是由他们端上来的。他们穿着肥大的制服，头戴红军八角帽，帽围也大了，垮下来遮住了眼睛。他们最初有些带着敌意地看着我，过了几分钟，我设法逗得其中一个孩子友善地笑了出来。看到这个方法奏效，我胆子大了起来，他从我身边走过时，我叫住他。

“喂!”我喊道，“给我们拿点凉水。”

可那孩子根本不搭理我。过了一会儿，我又叫另一个孩子，他也不理我。

联络局局长李克农透过他那厚片近视眼镜，看到了发生的一切，这时我发现他大笑起来。他拉了拉我的衣袖对我说：“你可以叫他们‘小鬼’，或者‘同志’——但不能叫他们‘喂’。这里的所有人都是同志。这些孩子是少年先锋队员，他们是革命者，自愿过来帮忙的。他们是未来的红军战士，可不是仆人。”

就在这个时候，凉水来了。

“谢谢你——同志!”我抱歉地说道。

那个少年先锋队员面无怯色地看着我。“没关系，”他说，“你不用为这么一桩小事向同志道谢！”

这些孩子拥有着强烈的个人自尊，和普通的中国少年真不一样！可这第一次的经历不过是少年先锋队让我感到意外的开始。随着我进一步深入苏区，我渐渐发现这些脸颊红扑扑的“红小鬼”——兴高采烈、充满活力、忠诚可靠——散发着一种振奋人心的青年运动所带来的勃勃生机。

第二天一早，送我到周恩来司令部的就是列宁儿童团的一名团员。司令部是一座有着防御轰炸设施的小屋，四面环绕着许多一模一样的小屋。尽管他们身处战区，东线红军司令叶剑英就在他们中间，但农民们照常生活在那里。附近驻扎着的部队，似乎也并没有搅扰乡间的宁静。为了周恩来的脑袋，蒋介石曾悬赏 8 万元。可是在周恩来的司令部门前，却只有一个哨兵。

进屋后，只见屋里十分整洁，只有些最简单的家具。炕上挂着的一顶蚊帐，是我能看到的仅有的奢侈品。两个铁皮文件箱搁在炕下，还有一张木制的小桌子，是周恩来的办公桌。哨兵向屋内报告我已经来了的时候，周恩来正在伏案看电报。

“我接到报告，说你是一位值得信赖的新闻记者，对中国人民是友好的，会如实报道。”周恩来说，“我们知道这些就行了。你不是共产主义者，这不要紧。任何一位新闻记者来苏区采访，我们都欢迎。阻止新闻记者到苏区的不是我们，是国民党。你见到什么都可以报道，我们会向你提供一切帮助来考察苏区。”

关于我的“报告”，一定是来自共产党设在西安的地下党总部。共产党与中国所有的重要城市，如上海、汉口、南京和天津等，都通过无线电台来保持联络。虽然他们设在白区城市的无线电台经常被查收，但国民党却无法长期切断他们与苏区的通信联系。按照周恩来的说法，自从红军缴获了白军的设备，建立起无线电通信机构之后，国民党还从来没有破译过红军的密码。

周恩来的电台设在司令部附近。这是一种便携式无线电设备，用手摇发电机供电。他通过这部电台与苏区所有重要地点和各条战线保持联系。他和朱德总司令保持着直接的联系，此时，朱德的部队还驻扎在川藏边境，位于延安西南数千余里之外。西北的苏区临时首都保安还设立了一所无线电学校，培训了九十多名学生，专门学习无线电工程。他们还每天通过电台收听来自南京、上海和东京的广播，向苏区的报纸提供新闻稿件。

周恩来在小炕桌前盘腿而坐，将许多无线电报搁到一边——据他说，这些电报大多数是东线红军各地驻军的报告，他们在对面山西省黄河沿岸一带行动。他开始为我拟定行程安排。写好后，他递给我，纸上列出了行程的各个项目，整个行程共计92天。

“这是我的个人建议。”他说，“你是否愿意参照，完全取决于你自己。我相信，你会发现这次旅行非常有意思。”

居然需要92天！而且有将近一半的时间要花在路上——步行或者骑马。那里到底有什么看的？难道苏区那么辽阔？后来的结果是，我所用的时间比他建议的还要长得多，最后我还恋恋不舍，不想离开，因为我看到的实在太少了。

周恩来允许我骑马去保安，此行有3天的路程。他还安排我第二天一早就出发，这样我就可以跟通信部队一起走，他们也正要返回临时首都保安去。听说毛泽东和苏区的其他干部现在也都在保安，周恩来还答应给他们发个电报，提前告诉他们我就要到保安去的消息。

在和周恩来谈话的时候，我一直带着浓厚的兴趣观察他；他和其他许多红军领袖一样，是一位传奇人物。他清瘦身形，中等个子，但体魄挺拔结实，留着黑长胡子的脸上透着年轻人的真诚，眼睛大而深邃，热情洋溢。他身上确实有一种吸引力，那是一种个人魅力和领袖自信的奇妙融合。他讲英语有点迟缓费劲。他对我说已经有5年不用英语了。以下记述是根据我们当时谈话所做的记录。

周恩来于1898年出生于江苏淮安，他自称出身于“没落的旧中国家庭”。母亲原籍浙江绍兴。他在4个月时被过继给了叔父。当时那位叔父已是弥留之际，却没有子嗣。周恩来的父亲为了使他后继有人，便将周恩来过继给他当儿子。“当我还是个婴儿的时候，婶婶就成了我娘。”周恩来说，“我一天都没有离开过她，直到10岁那年，她和我的生母都去世了。”

周恩来的祖父是个读书人，曾在清朝担任苏北淮安县的地方官员。周恩来就在那里度过了童年。他的养父周贻淦通过了科举考试，但没有当上官；周恩来还是婴儿的时候，他的养父就去世了。他的养母（周恩来称为“娘”）颇有文化，这在当时的官宦之家并不寻常。更难得的是，她喜好小说和描写反叛的“禁书”[①]，并且时常讲给童年的周恩来听。周恩来在私塾接受

① 那些影响着少年时代毛泽东的令人心潮澎湃的著作，大多数周恩来都读过。

了早期教育，私塾先生向他讲授古代文学和哲学，为将来当官做准备。他的“两位母亲”去世后，周恩来被送到东北奉天（今沈阳），与伯父伯母同住——那位伯父也是一位官员。这时候，周恩来开始阅读一些梁启超等改良主义者撰写的“禁书”和报纸。

周恩来 14 岁进入天津南开中学学习。当时，封建王朝已被推翻，周恩来开始“受到孙中山创建的国民党的影响”。周恩来于 1917 年从南开中学毕业，随后去了日本。他在日本学习日语的同时，还是东京早稻田大学和京都大学的“旁听生”。在日本留学的 18 个月里，周恩来广泛结识了一批有着革命思想的中国留学生，并通过书信和阅读，对北平的时局保持关注。

1919 年，南开中学前任校长张伯苓出任新组建的天津南开大学校长。应张伯苓的邀请，周恩来从日本回国，进入南开大学学习。此时，他的亲戚们已经一贫如洗，无力再供他读大学。好在张伯苓为周恩来提供了一份工作，薪金足以维持学费、膳宿费及书费开支。“在南开中学的最后两年，我没有得到家里的接济。因为我是班里最好的学生，所以我得到了一笔奖学金，我就靠这笔钱来维持生活。在南开大学，我是《学生联合会报》的编辑，这也帮助我解决了部分费用。”1919 年，周恩来曾因领导后来发展成为“五四运动”的学生运动而入狱 5 个月，但他仍然完成了学业。

那段时期，周恩来协助组建了“觉悟社”，这是一个先进的团体，其成员后来有的成为无政府主义者、有的成为国民党员、有的成为共产党员。（其中一位是邓颖超，周恩来与她在 1925 年结婚。）“觉悟社”一直坚持到 1920 年年底，其中有 4 位创建者在周恩来的带领下前往法国，参加陈独秀等人组织的留法勤工俭学运动。

“在赴法国之前，我还读了《共产党宣言》、考茨基的《阶级斗争》和《十月革命》。这些书都是由陈独秀主编的《新青年》编印的。我还去拜会过陈独秀和李大钊，他们后来都成为中国共产党的创始者。

“我于 1920 年 10 月乘船赴法国。在途中，我遇到了很多湖南学生，他们都是毛泽东创立的新民学会会员，其中包括蔡和森及他的妹妹蔡畅。他们于 1921 年最先在法国提出创立少年共产党。1922 年，我成为旅欧中国共产主义青年团的创始人之一，并将全部时间用于为该组织工作。两年后，我到伦敦待了两个半月。我不喜欢那里。随后，我到德国工作了一年，帮助做组织工作。我们的共产主义青年团曾于 1922 年派代表前往上海，要求获准加入前一年成立的共产党。我们的申请得到了批准。于是，共产主义青年团便正式隶属于中国共产党，我也由此成为共产党员。在法国的中国共青团创始人中，由此成为共产党员的还包括蔡和森、蔡畅、赵世炎、李富春、李立三、王若飞以及陈独秀的两个儿子——陈延年和陈乔年。陈延年后来化装成人力车夫，以方便组织上海的人力车工人。他在1927年“四一二”反革命政变时被逮捕，受尽酷刑后惨遭杀害。次年，他的弟弟在龙华被处死。

“在留法中国学生会的会员中，有400多人加入了共青团。另有无政府主义者不到100人，国民党党员约100人。”

对留法中国学生的经济支持来自华法教育会、蔡元培及李石曾。周恩来说：“很多爱国的老先生暗地里资助我们学生，而且这些资助不附带任何政治诉求。”在欧洲时，周恩来从严修——南开大学的创办者之一——那里得到了经济支持。和其他许多中国学生不同的是，除了在研究劳工组织时在雷诺厂待过一小段时间外，周恩来并未在法国做过工。他跟一位私人教师学了一年法语之后，就把全部时间投入到政治工作之中。周恩来对我说：“后来有些朋友说我当共产党员用了严修的钱，当时严修引用了一句中国谚语说，‘人各有志！’”

周恩来在法国、伦敦和德国度过了三年时光。在回国途中，他在莫斯科稍事停留，等待指示。他于1924年下半年抵达广州，在黄埔军校担任政治部副主任。（周恩来还在巴黎的时候，就已当选为国民党中央执行委员会委员。在广东他又被推举为中共广东省委书记。）在黄埔军校，周恩来的上级领导是苏联顾问瓦西里·布柳赫尔将军，大家叫他“加伦”。

在加伦以及苏联首席政治顾问米哈伊尔·鲍罗廷的引导下，周恩来建立了一个学生团体，即广为人知的青年军人联合会，成员包括林彪和其他一些未来的红军将领。1925年，周恩来被任命为国民革命军第一师政治委员，该师平定了发生在汕头附近的叛乱。周恩来利用这个机会在汕头港组织了工会。1926年3月，国共关系紧张，蒋介石发动了第一次“反共”运动，终结了可以同时加入国共两党的做法，并将许多共产党员从黄埔军校的岗位上清退。不过，根据蒋介石的命令，周恩来的职位仍然保留。

1926年，北伐战争打响，蒋介石被国共两党联合推选为总司令。周恩来奉命到上海组织起义，援助国民革命军攻占上海。共产党在3个月之内组织了60万名工人，计划发动一次总罢工，可是，罢工并未实现。工人们没有武装，也没有接受过训练，不知道如何“夺取城市”。

北洋军阀低估了第一次罢工和接下来的第二次罢工的后果，虽然砍了许多人的头，但根本不能阻止工人运动。周恩来则从实践中学会了“如何领导武装起义”。此时，他和赵世炎、顾顺章、罗亦农等著名的工人领袖一道成功组织了5万人的工人纠察队。他们将毛瑟枪偷偷运到市里，训练了由300名枪手组成的“铁帮”，这是上海工人唯一的武装力量。

1927年3月21日，共产党下令发动总罢工，上海所有的工厂一律停工。他们先后占领了警察局、兵工厂和警备司令部，最后取得了胜利。5万名工人武装起来，建立了6个营的革命部队。军阀部队逃走了，“人民政府”宣告成立。周恩来称：“我们在两天之内赢得了一切，除了外国租界。”

在上海第三次工人武装起义中，公共租界（由英国、美国和日本联合控制）和邻接的法租界并未遭到攻击；但在其他方面，这次起义仍获得了全面胜利——虽然是短暂的胜利。国民革命军部队在白崇禧的带领下进入上海，受到了工人武装组织的欢迎。但到了4月12日，国共合作破裂，蒋介石在南京建立了独立政权，发起了一场在中国历史上极为残酷的反革命政变。

在法租界和公共租界，蒋介石的特使与列强的代表们进行秘密协商。他们达成一致，共同反对中国共产党及其苏联盟友——当时也是蒋介石的盟友。上海的银行家向蒋介石提供了大量资金，外国政府也为蒋介石提供支持，包括枪炮和装甲车辆。蒋介石还得到了租界和租界黑社会头目的帮助，他们纠集了数百名流氓打手，这些流氓坐在外国人的装甲车上，身着国民党军服，与蒋介石的部队合谋实施了夜间行动，从背后及其他侧翼摸进城。在本被视为友军部队的蒋军突袭之下，上海工人武装遭到大屠杀，他们的“人民政府”在血腥中瓦解。

周恩来极其幸运地脱险。之后，他作为国民党逃犯和革命领导人的生涯就这样开始了，并且最终在中国举起了红旗。

周恩来在上海工人武装起义中的许多同志，有数十人被捕并遭到杀害。他估计，“上海大屠杀”中牺牲人数多达5000人。他自己也曾经被蒋介石的第二师逮捕，白崇禧（后来广西的军阀）曾下令将他处决。不过，第二师师长的弟弟曾是周恩来在黄埔军校的学生，他设法帮助周恩来逃脱了险境。

这位起义者先是逃到武汉，后又辗转到南昌，参加组织了著名的南昌起义。作为资深的政治局委员，周恩来担任前敌委员会书记，负责领导起义，但起义最终失败。接着，他去了汕头，在外国炮舰和本国军队的双重攻击下整整坚持了 10 天。广州公社失败后，周恩来不得不转入地下工作——直到 1931 年，他成功“突破封锁”，到达江西和福建苏区。他在那里担任红军总司令朱德的政委，后来又担任革命军事委员会副主席，目前仍然担任这一职务。他在南方进行了多年的艰苦革命斗争，随后进行了长征……关于周恩来的更多故事，以及已经提及的事件和背景，我很快就在更广阔的环境中，从毛泽东和其他人那里了解到更多。

周恩来给我的印象是头脑冷静，善于逻辑推理，从实际出发。他在南开大学时期，常常在学校演戏时扮演旦角（关于这一点，我是从他的一位同学那里听说的）。我在百家坪遇见的这位战士没有任何软弱之处。他不屈不挠，留有长须，冷静理智。他还极具个人魅力——这些特质使他成为“红色中国外交第一人”。

第 3 节

贺龙[①]轶事

Something About Ho Lung

第二天早晨6时，我和一支约有40名青年组成的队伍一道出发，他们是通信部队的人，要押运一批物资去保安。

这一队人中，只有我、外交部——共产党外事办公室的胡金魁和红军指挥员李长林有马骑。也许还不能这么说：胡金魁在一头虽然壮实但负担过重的骡子背上勉强找到了个地方坐下；李长林骑的驴同样负担过重；我茫然地骑在仅有的一匹马上，但我是不是真的骑了一匹马，有时我也模糊起来。

我的马，背如弯月，慢如骆驼。它软绵绵的不住发抖，让人觉得它随时都有可能倒地不起，气绝身亡。我们沿着从河床向上延伸到悬崖的羊肠小道缓缓而行时，它让我尤其不安，仿佛我只要在它骨瘦如柴的背上稍微动一动，我俩就会一起坠落到下面怪石林立的峡谷之中。

李长林高高地坐在他的一堆行李上，笑话我的局促不安："同志，你坐的是一副好马鞍，可是马鞍下面是什么哟？"对于他的嘲笑，我禁不住反驳道："请告诉我，李长林，你们怎么能骑着这样的'瘦狗'去打仗？你们的红军骑兵骑的就是这样的马？"

"不是！不是，你会明白的！你的马不是'坏了'吗？就是因为我们把这种劣马留在后方，我们的骑兵才能在前线所向披靡！如果有匹马身体壮实、跑得又快，就连毛主席，也不能把它留下来而不送到前线去！我们在后方用的都是这种快死的'老狗'。什么东西都是这样的：枪炮、粮食、衣服、马匹、骡子、骆驼、羊——凡是最好的都送给我们的红军战士！如果你想要好

---

① 关于贺龙人生的这段丰富多彩的说法虽然有些不准确，但大体符合事实，似乎值得保留，作为同时代战友的直接印象。

马，同志，请上前线去！”

但是人呢？李长林解释道，前线腾得出人手，但腾不出一匹马！

指挥员李长林是个好人，是一位优秀的布尔什维克，还是个讲故事的高手。他当了10年红军，曾经参加过1927年著名的南昌起义。自那以后，共产主义开始在中国政治中成为一支独立的力量。我与李指挥员一路同行，在陕西崎岖不平的山路上行进，时而骑马、时而步行、气喘吁吁、忍着口渴，一路听着他讲述一件件轶闻旧事。有时在我再三要求之下，他也肯说一说自己的故事。

李长林是湖南人。在他中学时代，就加入了国民党，参加了大革命。他是在20世纪20年代初加入的共产党。在1922年香港海员大罢工期间，他和邓发一道组织工会。据他介绍，他在1925年作为共产党的代表去会见贺龙，当时贺龙已经大名在外。他们的使命是去争取贺龙，参加国民革命。李长林在此追忆的往事，也让我一窥中国红军的传奇。

有一天，我们途经一条清凉的溪流，便在溪边的树下休息，李长林对我说：“贺龙的父亲是哥老会[①]的领袖，贺龙承袭了他的威望。因此，贺龙年轻时在湖南就是个名人。湖南当地流传有许多关于他年轻时的英勇故事。

“他的父亲是清朝的武官。有一天，同僚请他去赴宴。他带上了儿子贺龙。宴席上，做父亲的夸耀自己儿子如何胆识过人。有个同僚想试验一下，便在桌子底下开了一枪。据说贺龙连眼睛都没有眨一下！

“我们见到他时，他已在省辖军队中任职。当时他管控的区域就是富有的鸦片商队从云南前往汉口的交通要道。他以征收烟税获得资金来源，但不强抢老百姓。他的部下也不像别的军阀的军队那样为非作歹。他禁止士兵吸食鸦片，士兵们总是把枪擦得铿亮。不过，当时时兴用鸦片待客。贺龙本人不抽鸦片，但当我们会面时，他还是把烟枪和鸦片摆上炕，我们就这样谈革命。

“我们的宣传队队长是周逸群，他是位共产党员，与贺龙是远房亲戚。我们给他做了三个星期的工作。贺龙除了在军事方面之外，受过的教育不多，但他是个明理的人。

“我们在他的军队里办了一所随营军官学校，由周逸群领导，周逸群后来牺牲了。虽然这是国民党的训练学校，但大部分宣传员都是共产党员。很多

① 哥老会是旧社会的秘密团体，开展反清斗争。

青年来这里学习，大多都入伍当了军官。除了贺龙的部队之外，这个学校也为北伐军左翼总指挥袁祖铭的第三师培养政治委员。袁祖铭后来被唐生智的特务暗杀，第三师就交由贺龙指挥。他的部队就这样扩编为第二十军，作为国民党左派将领张发奎的第四集团军[①]的主力部队。”

“南昌起义之后，贺龙怎样了？”

“他的部队战败后，他和朱德转移到汕头，又遭到挫败。他的残余部队去往内地，贺龙本人则逃往香港。之后，他悄悄潜入上海，化装重返湖南。

“据说贺龙用一把菜刀在湖南建立了苏区。那是在1928年年初，贺龙藏身在一个村子里，同哥老会的兄弟们密谋起事。这时来了几个国民党的税吏。他就率领一些村民向这些税吏发动袭击，用菜刀把他们砍死了，解除了国民党卫队的武装。在这次大胆行动中，他缴获了不少手枪和步枪，他的第一支农民军就这样武装起来了。”

贺龙在哥老会的声望举国皆知。红军说，他可以赤手空拳地到全国任何一座村庄，向哥老会亮出自己的身份，然后拉起一支武装来。哥老会的规矩和行话很特别，很难掌握。但是贺龙精通门中礼节和术语，据说曾几次将地方哥老会的武装力量全部收编至红军麾下。他能言善辩，在国民党中也是出了名的。李长林说，他能把死人说活了，爬起来打仗。

1935年，贺龙的红二方面军最后从湖南苏区撤离时，据说有四万多支步枪。这支部队在前往西北的长征途中，遭遇到的艰难困苦甚至超过了江西的红军主力。有上千人冻死在雪山上，更有几千人饿死，或者被南京方面的炸弹炸死。但是据李长林说，贺龙的个人影响力以及在整个中国农村地区的影响力非常大，他的许多部下宁愿与他共赴生死，也不愿中途离开。在长征路上，又有成千上万的穷人加入了进来，弥补了部队损失。最后，他率领约两万人——大多数赤着脚，饿得半死，精疲力竭——抵达西藏东部，与朱德会师。休整了几个月后，他们再度集结出征，向甘肃进发，预计在几周内就可以抵达。

“贺龙长得什么样子？”我问李长林。

“他身材魁梧，像老虎一样强悍，从不知疲倦。听说他在长征路上背过许多受伤的部下。他在国民党内当将领的时候，也生活得像部下那么简朴。他

① 该集团军参加了1926—1927年打击割据军阀和北洋政府的国共北伐战争。

不看重钱财——除了马。他非常喜爱马。有一次，他得到了一匹非常漂亮的马，十分喜欢。结果这匹马被敌军俘获了。贺龙杀往战场，要把马夺回来。后来真的夺了回来！

“贺龙虽然脾气火爆，但很谦虚。他在参加共产党之后，始终忠于党，严格遵守党的各项纪律。他总是请大家提出批评，并且认真听取意见。他的妹妹很像他——个子高，没有缠足。她率领红军作战——也是亲自背伤员。贺龙的妻子也是这样的。”

贺龙对富人的憎恶在中国已经成为传说。据说，哪怕贺龙还在距离200里开外的地方，哪怕南京方面有重兵把守，地主豪绅得了消息也会赶紧逃跑——因为他向来以行军神速著称。

有一次，贺龙抓了一个名叫勃沙特的瑞士传教士，军事法庭指控他从事间谍活动，“判处”他18个月的监禁。贺龙的军队开始长征时，勃沙特牧师的刑期还未满，因此奉命行军。在长征期间，他服满了刑期后获释，贺龙给他发了路费，够他到云南。令人意外的是，勃沙特牧师对贺龙没有任何微词。相反，据说他曾说道：“如果农民都知道共产党是什么样的，就不会有人逃走。”[①]

晌午时分，我们打算在清新凉爽的溪水里洗个澡。我们下了水，躺在浅滩边长长的平坦岩石上，沁人心脾的溪水从我们身上缓缓流过。有几个农民经过，赶着一大群绵羊；仰望天空，晴空万里。四周一派和平、美丽的景象，几个世纪以来，这块土地都是如此，在这个奇特的晌午时分，我们只感受到静谧、美妙和满足。

我问李长林结过婚没有。

“我结过婚。”他缓缓地答道，“可是她在南方被国民党杀害了。”

① 由约瑟夫·F. 洛克博士讲述，他曾在勃沙特到达云南府时与后者进行过交谈。

第 4 节

同行的红军战士

Red Companions

即便把云南西部算在内，陕北也还是我在中国见到的最贫困的地区之一。那里并非真的缺少土地，但在许多地方真正的土地——至少是真正可以耕作的土地——严重缺乏。在陕西，一个农民即使拥有多达一百亩土地，却仍然穷困。在这一带，至少要有几百亩地才能称得上是地主，按照当地的标准来看，这样仍然算不上富有，除非他的土地位于那少数肥沃的河谷，可以种植稻谷和其他经济作物。

我们描述陕西的农田，可以说它是倾斜的，有许多还很滑，这是经常发生滑坡而造成的。农田大多是位于地缝和小溪之间密集的小块土地。许多地方的土地看上去是很肥沃，但地势陡峭，难以耕种。受限于这样的地理地貌，农作物的种植，无论是数量还是质量都大打折扣。这里很少有真正的山脉，有的是无边无际、支离破碎的丘陵。随着日光的游移，这些山丘的尖角形阴影和颜色也发生着奇特的变化。到了日暮时分，紫色的山巅连接成一片壮丽的海洋，深色天鹅绒般的褶皱自上而下，好似满族的百褶裙，一直延伸到看似深不可测的峡谷之中。

第一天以后，我就很少骑马了，倒不是可怜那匹奄奄一息的老马，而是因为其他人都在走路。李长林是这群人中最年长的战士，其他人大多是十几岁的少年，都还是些孩子。其中一个人绰号“老狗”，我同他一起走的时候，问他为什么参加红军。

他是南方人，也参加了红军长征，从福建苏区一路走过来。红军这段二万五千里的长征，外国军事专家认为这是不可能的事儿。但这里有这位“老狗”，17 岁，其实看上去像是 14 岁。他走完了这次长征，还认为这不算什么事儿。他说，如果红军再走二万五千里长征，他也照样再走上二万五千里。

另一个同他一起的少年外号“老表”，从江西出发，也走了差不多那么远。“老表”16岁。

他们喜欢红军吗？我问他们。他们看着我，露出惊奇的神色。显然，他俩都从未想到过会有人不喜欢红军。

“红军教我读书写字，”“老狗”说，“现在我已经学会了使用无线电，瞄准开枪。红军还帮助穷人。”

“就这些？”

“红军待我们好，我们从来没挨过打。”“老表”补充道，“在这里，大家都一样。不像在白区，穷人给地主和国民党做牛做马。在这里，每个人打仗都是为了救苦救难，救中国。红军打地主，打白匪，红军抗日。这样的军队谁会不喜欢？”

他们当中有一位乡村少年是在四川加入红军的。我问他为什么参军，他告诉我，他的父母是贫苦农民，只有四亩地（不到1英亩），养活不了他和两个姊妹。后来红军来了，农民们都欢迎他们，为他们准备茶水点心。红军剧社来表演，大家都看得很欢喜。只有地主逃走了。分土地时，他的父母也得到了一份。所以当他参军入伍的时候，父母并不感到难过，而是很高兴他参加的是穷人们自己的队伍。

另一个年轻人约莫19岁，参加红军前在湖南给铁匠当学徒，外号“铁老虎”。红军一到，他就丢下风箱和锅盘，不当学徒了，穿着一双草鞋和一条裤子，只身参了军。为什么？因为他要去战斗，同那些让学徒们饿肚子的师傅战斗，同剥削他父母的地主战斗。他要为革命而战斗，为解放穷人的革命而战斗。红军对人民好，不像白军会抢他们，打他们。他卷起裤腿，给我看一条伤疤，那是一条长长的白色伤疤，是作战留下的纪念。

还有一个年轻战士来自福建，一个来自浙江，几个来自江西和四川，大多数都还是陕西和甘肃的当地人。他们有些已经从少年先锋队“毕业”（虽然看上去稚气未脱），当了几年红军了。有的人参加红军是为了打日本鬼子，有两个是为了不做奴隶[①]，有三个是从国民党军队中投靠过来的，但大多数人加入红军是“因为红军是革命的军队，要打倒地主，打倒帝国主义”。

---

① 实际上是契约劳工，在那些地方相当于奴隶。

随后，我和一名班长攀谈起来。他年龄“更长”，24岁。1931年就参加了红军。就在那一年，他的父母被国民党的轰炸机炸死，家也被夷为平地。他从田里回到家，发现父母都已身亡，于是立刻扔下锄头，告别妻子，加入了共产党的队伍。他的一个兄弟是红军游击队员，1935年牺牲在江西了。

他们的来历各不相同，一般的中国军队都是按省份分别编制的，相比之下，这是真正的“来自五湖四海”的军队。他们的籍贯和方言各异，但这似乎并没有在他们之间造成隔阂，反而时常成为善意的笑料来源。我从未见过他们发生激烈的争吵。事实上，我在苏区旅行的整个行程中，从没有看到红军战士之间动手打架，我想一群年轻气盛的战士，能做到这一点，实在是很不错。

尽管几乎所有人都有过悲惨的人生境遇，但是他们并没有太沮丧，也许是因为还年轻。在我看来，他们都很乐观积极，也许是我所看到过的第一批发自内心感到幸福的中国无产阶级。在当时的中国，消极的知足是普遍现象，但是这种更高层次的幸福感却着实很少见到，这是一种积极的存在。

他们一路欢歌，什么都能被他们唱进歌里。没有指挥，全是自发的，唱得很动听。只要有人来了兴致，或者想到某首合适的歌，他就会突然唱起来，指挥员和战士们也跟着一起唱。他们在夜间也唱歌，还从农民那里学习新的民歌，农民则会弹起他们的陕西琵琶来伴奏。

他们全然自觉地遵守所有的纪律。途经山上的一片野杏树时，他们忽然散开队形，去摘野杏子。回来时，每个人的口袋里都装满了杏子，总会有人给我带回来一把。他们离开野杏树时，就像刮过了一阵大风，他们迅速回到队伍中来，急速行军，把刚才耽搁的时间赶回来。但是，当我们经过老百姓的果园时，没人去摘里面的果子，我们在村里吃的饭菜，也都是照价付钱。

据我观察所见，农民们对与我同行的红军战士没有任何不满。他们待红军似乎还十分友善，很喜欢他们——这也许与红军最近重新分配土地和取消苛捐杂税有关。他们乐意把他们仅有的食物卖给我们，也毫无顾虑地收下了苏区的钱。当我们在中午或者黄昏时分到达某处村庄时，当地的苏维埃主席接待了我们，给我们安排住处，分派炉灶供我们使用。我时常看到农村妇女或者她们的女儿主动帮我们拉风箱、生炉子，与红军战士们有说有笑——对于中国妇女特别是陕西妇女来说，这是妇女解放的表现。

最后 天，我们途经 座村庄，村子坐落于郁郁葱葱的山谷之中，我们在此停留吃午饭，所有的孩子们都来看洋鬼子，其中很多孩子是头一次看到外国人。我决定考一考他们。

“什么是共产党员？”我问道。

“共产党员是帮助红军打白匪和国民党的人。”一个 9 岁到 10 岁的孩子回答。

“还有呢？”

“他帮我们打地主和资本家！”

“那什么是资本家？”有个孩子被难倒了，但另一个孩子接着回答道：“资本家就是自己不干活、却叫别人给他干活的人。”这个回答也许太简单化了，不过我还是接着问下去：

“这里有没有地主和资本家？”

“没有！”他们齐声高喊，“他们都逃走了！”

“逃走了？他们害怕什么？”

“害怕我们的军队——红军！”

“我们的”军队，一个农村孩子竟然会说到“他的”军队？这种现象显然不该出现在中国，但如果不是在中国，又是在哪个国家？这一切是谁教给他们的？

后来，我看到了红色中国的课本，遇到了“圣诞老人”徐特立。这时，我终于明白是谁把这些教给他们的了。徐特立曾经是湖南一所师范学校的校长，现如今担任苏维埃中央政府的教育部长。

第3篇 在保安

Part Three In “Defended Peace”

第 *1* 节

苏维埃“巨头”

Soviet Strong Man

西北有很多小村庄，但是城镇却不多见。除了共产党创立的工业之外，西北全然就是农业区，不少地方还是半游牧的乡野。骑马登上布满沟壑的山顶，俯瞰葱郁山谷掩映下的保安[①]古城墙，目之所及令人叹为观止。

在秦朝和唐朝，保安这座边防小城曾是抵御北方游牧民族入侵中原的要塞。狭窄的关口两旁，堡垒的残垣在午后的阳光下反射出火红的光芒。当年蒙古人的征讨大军，就是经由这道关口入侵这座山谷的。这儿还有一座内城，以前驻扎过部队。一座高大的防御石堡最近刚被红军修缮一新，它环绕着的大约 1 平方英里范围的地方，便是现在的保安城。

在这里，我终于找到了南京方面与之作战十年之久的共产党领袖——毛泽东，用他最近冠用的正式头衔，是“中华人民苏维埃共和国”主席。在共产党开始实行“建立统一战线”的新政时，旧名“中华工农苏维埃共和国”就不再使用了。

他们已经收到了周恩来发来的电报，正在等着我，并为我在“外交部”里安排了一个房间，我暂时成为苏维埃政府的客人。随着我的到来，保安外侨的人数显著增加。另一个西方人是被称作“李德同志”的德国人，中国红军唯一的外国顾问。关于李德，下文还会提及更多的内容。

我到达后不久，就见到了毛泽东。他看起来像个林肯式的人物，身材比一般的中国人要高，背有点驼，体态偏瘦，留着又长又浓密的黑发，一双大眼睛，目光如炬，高鼻梁，颧骨饱满。我得出的第一印象是，这是一位非常

① 1936 年 12 月，红军占领陕北延安（肤施），将临时首都迁至此处。见第十二篇。

有智慧的知识分子的面容。但在几天里，我一直没有机会来求证这一点。再次看到他时正值黄昏时分，毛泽东没戴帽子，走在街上。他一边走，一边同两个青年农民说话，认真地比着手势。我起初没认出他，直到别人提醒，我才知道——虽然南京方面悬赏25万元抓捕他，但他却自在地和其他人一道走在街上。

关于毛泽东，我可以再写一部书。我跟他交谈了许多个夜晚，广泛谈及各类问题。我也从其他战士和共产党员那里听到了许多关于他的故事。与他谈话后，我写下的访谈记录总计有两万多字。他谈到了他的童年和青年时代，他成为国民党和国民革命领导人的经历，以及他为何会成为一名共产主义者，红军是如何发展壮大起来的，这些问题他全部为我作了解答。他向我讲述了长征的经历，并且给我写了一首关于长征的古诗。他还讲述了许许多多其他共产党员的故事，有朱德的故事，甚至还有那个背着两只装有苏维埃政府档案的铁皮箱，走完二万五千里长征路的青年战士的故事。

毛泽东的生平历史充分地展现了整个时代的横截面，是探索中国运动源泉的重要指针。我根据他讲述的情况，将他个人历史中极为激动人心的纪录写进本书。但在这里，我想说一些主观印象，以及有关他的一些趣事。

没有任何人可以做中国的“救星”。但不可否认，你会觉得毛泽东的身上有种天意的力量。它并非一种稍纵即逝的力量，而是一种发自本源的笃定的力量。你又会觉得他身上生长着的那种不同凡响的特质，都是因为他深刻洞察了千百万中国民众，特别是农民的迫切需求，并竭力为他们发声。如果他们的这些“需求”以及促使他们前进的运动，能够推动中国的复兴，那么从历史的纵深处看，毛泽东或将成为一位非常伟大的人物。同时，除了他的政治生活之外，他个人也是个有趣的人物。虽然他的名字同蒋介石一样为中国人所熟知，但他的事迹却鲜为人知，因而关于他的种种传奇逸事不断。据说我是第一个采访他的外国新闻记者。

毛泽东有着“大难不死”的名声。南京曾经隔三岔五地宣告他的死讯，但几天之后，关于他的消息又见诸报端，而且依旧活跃一如往常。国民党也曾经多次官方宣布“击毙”并葬了朱德，有时还得到了自诩能感应的传教士们的证实。尽管这两位著名人物一再传来死讯，但这并不妨碍他们创下惊人的壮举，其中就包括长征。就在我访问红色中国的时候，新闻界又一次盛传着毛泽东的死讯，但我却见到他安然无恙地活着。不过，人们说他大难不死，还是颇有根据的。他经历了那么多次战争，仅有一次被敌军俘获，并得以逃脱，缉拿他的首级的悬赏，是全世界最高的，尽管如此，这些年里，他竟从未受过一次伤。

一天晚上，我偶然到他屋里，碰到他正在接受一位红军外科医生的全身体检。这位医生曾经在欧洲学医，精通医术。体检结果是，他的健康状况非常好。他从未像某些道听途说的旅行家谣传的那样得过肺病或者其他“不治之症”。他的肺部非常健康，虽然他没完没了地吸烟，这点和大多数红军指挥员不一样。在长征途中，毛泽东和李德亲自进行了植物学研究，他们尝遍了各种各样的叶子，想找到烟叶的替代品。

毛泽东的第二位夫人贺子珍原是一名小学教师，现在也在共产党内做组织工作，但幸运之神对她可不及对她丈夫眷顾得多。她身上有10多处伤，都是飞机炸弹炸伤的，所幸都是些皮外伤。就在我离开保安之前，毛泽东夫妇又生了一个女儿。毛泽东另外的两个孩子是他的前妻杨开慧生的。杨开慧是毛泽东非常敬重的一位教授的女儿，1930年在长沙被湖南军阀何键下令杀害。

1936年，我与毛泽东初次见面，他时年43岁。在中华苏维埃第二次全国代表大会上，他当选为中华苏维埃临时政府主席。这次大会的代表，代表着当时生活在苏区[①]的约900万民众。写到此处，容我附上一些数据。根据毛泽东的估计，1934年中央苏维埃政府直接管辖的各区人口最多时达到以下数据：江西苏区300万，鄂豫皖苏区200万，湘鄂赣苏区100万，湘赣苏区100万，闽浙苏区100万，湘鄂苏区100万，总共900万。然而有些统计数据是这个数据的近10倍，令人吃惊，那显然是根据报告，把传闻有红军部队或红军游击队活动的所有地区的人口都计算在内而得出来的数据。当我把有人统计的中国苏区人口人数达8000万的数据告诉毛泽东时，他哈哈大笑着说，要是他们真的有这么大的地盘，那么革命就该胜利啰。不过，在红军游击队的活动地区，人口有好几百万是肯定的。

毛泽东在中国共产党内的影响力，比其他任何人都要大。他几乎是所有组织的委员——例如革命军事委员会、中央政治局、财政委员会、组织委员会、公共卫生委员会等。他的实际影响力通过他在政治局的领导地位发挥作

① 参见毛泽东等：《中华苏维埃共和国的基本法律》（伦敦劳伦斯书局1934年出版）。该书内容包括苏维埃政府临时宪法，还有“资产阶级民主革命”阶段基本目标的说明。另参见《红色中国——毛泽东对于中华苏维埃共和国发展的报告》（伦敦劳伦斯书局1934年出版）。

用，因为政治局拥有党政军政策的决定权。虽然每个人都知道他、敬重他，但在保安，没有个人崇拜的做法。我遇到的中国共产党员，没有谁嘴里总在念“我们的伟大领袖”。我也从未听说过有人将毛泽东的名字与“中国人民”画等号。不过，我从未遇到过不喜欢“主席”或者不敬仰“主席”的人——人们都用“主席”来称呼他。在这场革命中，他本人显然起到了巨大作用。

在我看来，毛泽东是个非常有意思、非常复杂的人物。他有着中国农民的质朴和率真，富有幽默感，时常露出质朴的笑容，尤其是谈到自己以及苏维埃的不足时——但是这种质朴的笑丝毫也不会动摇他内心的信念。他说话直率，生活朴素，有些人可能会以为他有点粗鲁。然而，他的身上综合着奇异的特质——纯真质朴，机智敏锐，洞悉世事。

我想，我对毛泽东的第一印象——天资过人——大抵是不错的。他精通中国古典文学，博览群书，在哲学和历史方面造诣很深。他擅长演讲，记忆力超常，且专心致志。他的写作功底深厚，虽然毫不在意生活琐事和外形，但是对于工作却事无巨细，精益求精。他有着无穷的精力，是一位天才的军事和政治战略家。有趣的是，甚至连许多日本人都认为他是中国当下最富有才干的政治家。

红军正在保安修建新房，不过我在那里的时候，居住条件非常简陋。毛泽东夫妇住在两间窑洞里，四壁萧然，设施简单，墙上只挂了地图。比这更差的，他也经历过。不过，身为湖南“富”农的儿子，他也见识过好日子。毛泽东夫妇的奢侈品基本上也就一顶蚊帐（和周恩来一样）。除此之外，他的生活和普通红军战士完全一样。他做了十年红军领导人，曾无数次地没收了地主、官僚和税吏的财产，但他自己的个人的财产只不过一卷铺盖，一些随身衣物——其中有两套还是棉布军装。他既是主席，也是红军指挥员，但他所佩戴的两条红领章也和普通红军战士的一样。

有几次，我曾同毛泽东一起参加村民和红军学员的大会，还去过红色剧院。他随意地坐在观众中间，自得其乐。有一次，我们在抗日剧社看戏，在幕间休息的时候，群众要求毛泽东和林彪表演二重唱。林彪，28 岁的红军大学的校长，曾经是蒋介石的军官学校的学员。林彪涨红了脸，就像小学生一般。他讲了几句很文雅的话，请女共产党员代替他们唱歌，成功地躲开了“点名表演”。

毛泽东的伙食也和大家一样，不过他是湖南人，所以有南方人的“爱吃辣”的习惯。他甚至吃馒头都要辣椒。但除了这个爱好，他在饮食方面也没什么讲究。有一次吃晚饭的时候，我听到他发表“革命者爱吃辣”的观点。他首先举出他的家乡湖南，众所周知那里出了许多革命家。接着，他又列举了西班牙、墨西哥、俄国和法国来支持他的说法。不过，后来有人说，意大利人也爱吃红辣椒和大蒜，以此来反驳他的观点，他只好笑着认输。还有，“赤匪”自己的歌曲中，有一首最为有趣，叫《红辣椒》。它唱的是辣椒不满自己没有意义的蔬菜身份，总是等着自己被人吃，嘲笑白菜、菠菜、青豆的自我满足、软弱无能，最后领导了一场蔬菜起义。这首《红辣椒》是毛主席最喜爱的歌。

他丝毫没有妄自尊大，但有着强烈的自尊，还有一种在必要时刻做出理智决断的魄力。我自己虽从未见过他生气，不过我听人说，有几次，他曾经大发雷霆，令人生畏。在这种时候，他的抨击和怒骂据说是既深刻又致命的。

他对当前的世界政治局势了如指掌。即使是在长征途中，红军都一直通过无线电收听新闻广播。在西北，他们也出版自己的报纸。毛泽东通读世界历史，对于欧洲社会和政治状况也有着切实的了解。他对英国工党格外感兴趣，热心地向我询问工党目前有些什么样的政策，很快我就回答不上来了。在英国，工人有权参政，却依然没有建立工人自己的政府，他好像很难理解这其中的原因，我对此的回答恐怕也很难令他满意。而对于麦克唐纳，他表现出极度的轻蔑，说麦克唐纳就是个“汉奸”——英国人民的大叛徒。

他对于罗斯福总统的看法非常有意思。他认为罗斯福是反法西斯主义的，中国可以与他展开合作。他问了大量有关罗斯福新政和罗斯福外交政策的问题。从他提出的问题来看，他非常清楚地理解到这些政策的实施目标。他说墨索里尼和希特勒只不过是招摇撞骗，但相比之下，墨索里尼高明得多，是个权谋家，懂历史；而希特勒，缺乏魄力，只不过是反动资本家的傀儡。

毛泽东还看过不少有关印度的书，对印度也有一些认识。他最主要的观点是，如果不开展土地革命，印度永远无法实现独立。他还问到甘地、尼赫鲁、查多巴蒂亚还有我知道的其他印度领导人的情况。美国黑人问题，他也了解一些，将美国的黑人和印第安人遭受的种族歧视与苏联对待少数民族的政策相类比。后来我指出，美国的黑人和苏联的少数民族在历史背景上存在着某些巨大差异，这让他很感兴趣。

毛泽东对哲学很有研究。那段时间，我每晚去采访他，问他关于共产党党史的问题。一次，一位客人给他带了几本哲学新书，于是毛泽东就要求我延期再谈。他集中三四夜的时间专心读了这几本书。在此期间，他似乎忘掉了其他的一切。他的阅读不仅限于马克思主义哲学家的著作，他还读过许多古希腊哲学家、斯宾诺莎、康德、歌德、黑格尔、卢梭等人的著作。

我常常想知道毛泽东在对武力、暴力和“必要的杀戮”等问题上的看法。他年轻时，有强烈的自由主义和人文主义的倾向，从理想主义到现实主义的转变最初是从哲学问题开始的。尽管他是农民出身，但他自己年轻时并未受过地主的太多压迫，许多共产党员也是如此。此外，虽然马克思主义是他思想的核心，但根据我的推断，对他来说，阶级仇恨更多的是他在自己的哲学体系中理性思考的结果，而并非出自本能的冲动。

他的内心没有多少宗教情感。他基本上是个人文主义者；他认定人类有解决自身问题的能力。因此我认为，在随时可能牺牲生命的共产主义事业中，他总体上发挥着一种制衡的影响。

毛泽东每天工作十三四个小时，常常熬夜工作，直到凌晨两三点钟才休息。他仿佛有一副铁打的身躯。他说这是因为他青少年时代吃过苦的缘故，在父亲的田里干过繁重的农活，学生时代受过严酷的锻炼。那时，他与几位同志组成了一个类似于斯巴达俱乐部的组织。他们常常饿着肚子到华南的山林中做长距离徒步，寒冬腊月去游泳，雨雪中光着膀子，以此来磨炼意志力。他们冥冥中感知到，中国的未来需要他们具有克服艰难险阻的强大意志力。

有一回，毛泽东用了一整个夏天走遍他的家乡湖南全省。他一路上干农活，以此来维持生活开销，有时候甚至沿街行乞。还有一回，他一连几天不吃饭，只吃些硬的豆子，喝点水——这也是一种“锻炼”肠胃的做法。他年轻时的这次农村之旅中结下的友情，后来对他却有极大的价值，在大约十年后，他着手把湖南成千上万的农民组织成著名的农民协会。1927 年国共合作破裂后，农民协会成为苏维埃最初的基地。

让我印象尤其深刻的是，毛泽东是个重感情的人。我记得有一两次，当他讲到牺牲的同志时，或者回忆起在他年少时期，湖南因饥荒而引发的那次谷米暴动时，他的眼睛湿润了。在那次暴动中，几名饥饿的农民到衙门要求开仓放粮，却因此被砍了头。有一名战士还告诉我，他亲眼看到毛主席把自己的上衣脱下来，给在前线受伤的一位战士穿上。他们还说，红军战士没有鞋穿时，主席也不愿意穿鞋。

不过我比较怀疑，他能否赢得中国知识精英的敬仰，这不是因为他没有卓越的思想，而是因为他在个人生活方面的农民习惯。巴莱托的中国门徒们或许会嫌他不够绅士吧。有一天我和毛泽东正说着话，看见他心不在焉地解开了裤带，摸索着某种附着在衣物上的寄生物——说实在的，哪怕巴莱托生活在同样的环境，恐怕也非得亲自摸索一番不可。但我可以肯定，巴莱托决不会当着红军大学校长的面脱掉裤子——有一次我采访林彪时，毛泽东却真的这样做过。小小的窑洞，极其闷热。毛泽东躺在床上，脱下长裤，对着墙上的军用地图，认真研究了20多分钟——只有林彪偶尔问话，向他询问日期和人名，而毛泽东全都知道。他随意的生活习惯和完全不在乎个人仪表这一点十分吻合，尽管他完全有可能将自己打扮得像巧克力糖果盒上的将军，或是《中国名人录》中的政治家照片的模样。

在二万五千里的长征途中，除了有几个星期生病之外，毛泽东和普通战士一样，是步行走完全程。只要向国民党“叛变”，他就可以飞黄腾达，对于大部分红军指挥员来说，情况也是如此。但这十年来，这些共产党员忠于主义，坚定执着，你若不知道中国反叛者被“银弹”收买的历史，是无法充分理解这种坚定的信念的。

我有机会对毛泽东的许多论断逐一进行验证，结果常常发现他的这些论断是正确的。他对我进行了几次相对温和的政治宣传，但是同我在非匪区所受到的政治宣传相比显得有趣多了。无论是对我的记述还是拍照，他从来不进行检查。对于这种善意，我心存感激。他尽力帮助我，希望我能搜集到材料，能够真实地反映苏区生活的方方面面。

第 2 节

共产党的基本政策

Basic Communist Policies

中国共产党的基本政策是什么？我和毛泽东以及共产党的其他领导人在这个问题上曾经进行了十几次甚至更多的交谈。在了解他们的政策之前，我们有必要对于共产党和南京方面长期斗争的性质形成一些基本概念。要了解中国共产党，即使要了解西北最近的局势，也必须首先对与中国共产党相关的一些历史事实进行梳理。

在这里，我部分转述了洛甫（张闻天）的话。洛甫是共产党中央委员会书记，讲英语，我在保安采访了他。

中国共产党成立于 1921 年（下文将对这一事件进行更为详细的探讨）。之后迅速发展，1923 年与国民党的孙中山建立了两党联盟。此外，孙中山曾经单独与列宁领导的苏联共产党达成协议。根据协议，苏联共产党向孙中山提供物质和政治上的援助。当时，国民党和共产党都没有掌握政权，但孙中山得到了中国南方割据军阀的支持，他们支持孙中山在广东建立临时性全国政府，与北平政府相抗衡，而北平政府得到了北洋军阀集团的支持和外国列强的承认。从 1923 年起，国民党在苏联政治顾问的帮助下，按照苏联共产党的方式进行了改组。经孙中山同意，一些年轻的中国共产党员也加入了国民党。孙中山是一位民族主义爱国者，致力于恢复中国主权独立。除此之外，他的社会革命理念（在“三民主义”中进行了表述）融合了改良资本主义和社会主义。共产党支持孙中山国家独立的主张，但他们的最终目标是实现无产阶级专政。

莫斯科最初（1918—1922 年）希望通过与北洋军阀合作，努力将俄国的革命利益推进到远东。在 1921—1922 年，随着共产国际代表马林返回苏联，带回了一份对孙中山有利的报告，共产国际重新评估了中国的潜在盟友的价值。孙中山关于“中国国际化发展”的计划在 1921—1922 年华盛顿会议上遭到了西方列强的反对，他的幻想完全破灭。此时，孙中山开始欢迎苏联通过共产国际代表阿道夫·越飞提供帮助。随着孙中山和越飞达成协议，对苏政策开始彻底转向。在两人 1923 年 1 月 26 日发表的联合宣言中，双方一致赞同，“中国并没有建立共产主义或者社会主义的条件”，“中国的首要目标和当前目标是在斗争中实现民族团结和民族独立”，“中国人在这场斗争中可以依靠苏俄的援助”。该宣言也奠定了三方联盟（国民党—共产党—苏俄）的基石。1922 年下半年，鲍罗廷抵达广东，担任孙中山的顾问和苏联使团团长。他本人身兼两职，既是苏共政治局的代表，又是共产国际的代表，此时的共产国际已经成为苏俄对外政策的工具。（这种二元化体制的固有属性，从一开始就决定了苏俄国家利益与中国共产党利益之间的矛盾，而这个矛盾从未得到解决。）

就中国共产党而言，这个联盟的合作基础在于国民党一直接受两个主要目标。第一个目标是确认有必要实行反帝政策——通过革命行动恢复政治、领土和经济主权。第二个目标要求在国内实行“反封建反军阀”政策——推翻地主军阀，建设新式的社会、经济和政治生活，共产党和国民党都认为这必须是民主的。

“民主”这个词是孙中山用来解释他本人关于革命的概念。按照他的概念，人民或者“民众”将在他所创建的国民党的领导下实现“现代化”。在共产党看来，这个概念意味着“资产阶级民主”革命将在他的政党“主导”下，分阶段朝着社会主义的方向进行。在广东，建立了两党政府，成员只包括国民党中央执行委员会委员——在 1924—1927 年期间还从共产党中遴选。它的“合法性”和“民主性”主要体现在组织结构方面。在国民党中央机构中，共产党员的人数被限制在总人数的三分之一。

共产党认为，成功实现“资产阶级民主革命”，是将来建立社会主义社会的必要前提。所以，他们支持“民主的民族独立和解放”运动，这个立场应该是合理的。

1925 年，革命尚未成功，孙中山就去世了。1927 年，国共合作破裂。在共产党看来，国民革命也可以说自此完结。在新军阀的控制以及某些列强、通商口岸[①]银行家和地主的支持下，国民党右翼与左翼国民党汉口政府决裂。他们在南京另行建立蒋介石政权，这个政权遭到当时共产党和国民党中大多数人的反对，认为该政权是“反革命的”，是背叛了“资产阶级民主革命”的。

国民党不久便与南京的“政变”[②]达成和解，但共产主义却成为可以处决的罪名。共产党主张的民族主义的两大要领——反帝运动和民主革命——实际上已遭到抛弃了。接下来的是军阀内战，以及后来对如火如荼的土地革命进行的大肆镇压。成千上万名共产党员和前农民协会、工人组织领袖惨遭杀害，工会遭到解散。所谓“英明专政”对各种形式的反对力量都力图进行武力铲除。即便如此，军队中仍有很多共产党员坚持了下来，共产党在整个极端恐怖时期保持了团结一致。国民党虽然花了几十亿元用于“剿灭”赤匪，但到了1937年，红军在西北所占领的区域，却是完全由他们掌控的最大的一整片地区（尽管人烟稀少）。

当然，共产党相信，他们的观点在1927年以来的十年历史中已经得到了充分证明。他们认为，如果对外不执行反帝国主义政策，对内不开展土地革命，就无法实现中国的民族独立和民主政治（国民党也将此确定为他们的目标）。为什么共产主义的追随者越来越多，特别是在爱国青年中间？为什么它至今仍能在历史的幕布上留下东方剧烈动荡、巨大变化的身影？要理解这些问题，我们就必须关注它的主要观点。那么，这些观点是什么？

首先，共产党方面声称，自从南京分裂、削弱了革命的有生力量以来，中国的形势不断恶化，一次又一次地妥协。由于土地分配的不合理，全国许多地方的农村民众怨声载道，甚至公开反抗。农村普遍存在的贫困状况日益严重。中国现在虽然也新修了公路、配备了一支精锐的航空飞行队和蒋介石提倡的“新生活运动”[③]，但天灾人祸的消息不断，这在中国已经是习以为常的事了。例如，甚至当我撰写本篇时，报上就刊载着从中国中部和西部地区传来的这样令人惊骇的消息：

豫、皖、陕、甘、川、黔各省灾情，续有所闻。全国显已遭逢许多

① 在鸦片战争期间和战争结束后，根据强加于中国的条约，中国沿海和内地港口进行对外开放贸易。

② 除了以孙中山夫人（宋庆龄）为代表的零星的左翼力量。

③ 由蒋介石发起，意在复兴某些基于儒家学说的个人行为规范。

年来最严重之灾馑，而千万人已归死亡。据最近川灾救济委员会之调查，该省灾区中现有灾民3000万人，树皮白泥[①]，已为罗掘一空。据传陕西现有避灾灾民40余万人，甘肃100万人，河南约700万人，贵州约300万人。贵州灾况广及60区，中央社认为是百年最严重之灾馑。[②]

许多省份往往预先征收60年或者更多的赋税，农民负担不起地租和高利贷的利息，土地无人耕种，上千英亩的土地荒芜。四川便是这样的情形。我这6年以来搜集的材料中，有材料表明，其他许多省份也存在着同样的悲惨状况，资料显示这种灾荒的发生频率并没有降低。

在农民大众迅速走向破产的同时，随着农民的全面衰落，土地和财富日益集中到少数地主和拥有土地的高利贷者手中。据报道称，李滋·罗斯爵士曾经说过，中国没有中产阶级，有的只是赤贫和巨富。苛捐杂税、谷物缴租制度以及社会、政治和经济关系的整个传统制度——这一传统制度被卡尔·古斯特·魏特夫博士称为“亚洲生产方式”——使得没有土地的农民经常负债累累，没有积蓄，无力应对旱灾、饥荒和洪涝这样的天灾人祸。

1926年，毛泽东时任国民党农民运动委员会书记（在国共合作破裂前还是国民党中央执行委员会候补委员）[③]，负责汇总21省的土地统计数据。据他说，根据这次调查，人口占全部农村人口总数约10%的在乡地主、富农、官吏、在外地主和高利贷者，却占有中国70%以上的可耕土地；中农占有可耕地的15%；而占农村人口65%以上的贫农、佃农和雇农，却只占有全部可耕地的10%~15%。

据毛泽东说，“自反革命政变得逞之后，这些数据统统不得公开，以至于直到十年后的今天，关于中国土地的分配情况，仍然无法从南京方面看到公开说明。”

共产党认为，农村的破产由于国民党“对帝国主义的不抵抗政策”——特别是“对日本帝国主义的不抵抗政策”而进一步加剧。由于南京方面对日

① 食用泥团和稻草以缓解饥饿，常常导致死亡。

② 见《民主》，1937年5月15日出版于北平。《民主》是一份反帝反纳粹的英文出版物，存在时间很短。主编为约翰·利宁，副主编除了我之外，还包括燕京大学校长、后任美国驻中国（国民党政府）大使的司徒雷登，以及宋庆龄。

③ 毛泽东还是国民党宣传部副部长和农民运动讲习所副所长，他在此向许多后来加入红军队伍的学员发表演讲。

本采取“不抵抗政策”，中国五分之一的领土、40%以上的铁路线、85%的未耕地、大部分煤矿、80%的铁矿、37%的优质林地以及大约40%的出口贸易落到了日本侵略者的手中。日本目前还把持了中国剩余地区75%以上的铣铁和铁矿企业，以及一半以上的纺织业。日本通过对东三省的侵占，从中国获得了最佳市场和最便捷的原材料来源。在1931年，东三省从中国其他各省的贸易“进口”占其“总进口额”的27%以上。但到了1935年，中国对东三省的“出口”仅占后者“总进口额”的4%。日本由此获得了中国最适宜进行工业发展的区域——从而可以阻碍中国的工业发展，并且将原材料输入到本国工业。这使得日本获得了大陆上的根据地，可以从这里肆无忌惮地继续对中国实施侵略。许多人认为，即使中国其余地区不再遭受侵略，之前任何改革带来的积极作用，都显得毫无意义了。而这些改革，南京方面本还可以吹嘘一下的。那么，南京方面进行了9年的反共战争取得了怎样的成果？最近，西北当局在反第六次反共“清剿”行动的声明中，对这些情况进行了总结。[①]声明称，第一次“清剿”行动期间，东北落入日本之手；第二次“清剿”行动期间，上海遭到侵略；第三次“清剿”行动期间，热河被放弃；第四次“清剿”行动期间，冀东丢失；而在第五次“肃清残匪”行动中，冀察两省的主权受到严重侵害。

当然，只要共产党继续致力于通过武力斗争推翻政府，南京方面就不会停止内战。但是早在1932年4月，中华苏维埃共和国就宣布对日作战，并提出联合所有抗日力量。1933年1月，苏维埃共和国又提出团结“所有武装力量”，建立全国的“抗日统一战线”。不过，苏维埃共和国并未提出向蒋介石妥协。[②] 到了1936年年中，共产党已经从根本上改变了立场。为了寻求建立广泛的民族统一战线，他们将国民党甚至蒋介石也包含进来。如今，中国共产党承诺，只要国民党中央政府同意“建立民主的代议制政府，对日抗战，

---

① 选自西安事变时联合抗日委员会发表的声明。见第十二篇第二节。

② 该段部分内容系根据我的初稿进行的修订，以补充我在1937年尚未完全知晓的事实。在1935年之前，中国共产党的目标是彻底推翻国民党的统治，并坚持认为，只有在人民群众的领导下，“基层统一战线”才能战胜国民党和帝国主义者。在1935年1月的遵义会议上，当时，毛泽东提出统一战线应包括所有反日力量，并寻求共产国际对这一路线的认可。1935年8月，共产国际执行委员会采取了反法西斯国际统一战线的路线，不仅与遵义会议的决定相契合，而且更进一步地将民族资产阶级包括在内。根据这一路线，中国共产党形成了1936年的统一战线提议。

还政于民，保障民众的公民权利”，红军和苏区可交由国民党中央政府管辖。[①]换言之，只要国民党回归反帝反封建的“资产阶级民族主义”纲领，共产党就准备同他们“再度联姻”。对于这两个基本目标，他们认识到争取民族独立的斗争是最为根本的斗争，甚至为此不惜调整围绕土地问题展开的国内斗争；而阶级矛盾也不得不服从于外部矛盾的顺利解决。如果不能顺利解决外部矛盾，阶级矛盾也无法得到满意的解决。

现将毛泽东在我进行访谈时的讲话，引录几段如下：

“今天，抵抗日本帝国主义的斗争成为中国人民的根本矛盾。我们苏维埃的政策取决于这一根本矛盾。日本军阀妄想征服全中国，把中国人民沦为他们殖民地的奴隶。反抗日本侵略，反抗日本经济和军事侵占——这些是分析苏维埃政策时必须牢记的主要任务。

“日本帝国主义不仅是中国的敌人，同时也是全世界所有爱好和平的人民的敌人，特别是那些在太平洋有利益的国家——美英法和苏联人民——的敌人。日本的大陆政策和海上政策，不仅是针对中国，也是针对那些国家的……

“我们希望外国列强做什么？我们希望友好国家至少不要帮助日本帝国主义，而是采取中立立场。我们希望他们能够为中国抵抗侵略和占领提供积极帮助。”

在使用“帝国主义”这个词的时候，共产党将侵略中国的日本和当前与中国友好的、互不侵犯的民主资本主义国家进行了明显区分。对此，毛泽东解释道：

“关于总的帝国主义问题，我们注意到在各个大国中，有的表示不参加一场新的世界大战，也有许多对于日本占领中国不打算袖手旁观，例如美、英、法、荷兰和比利时等国。此外，还有一些长期面临强国侵略威胁的国家，如暹罗[②]、菲律宾、中美洲国家、加拿大、印度、澳大利亚、荷属东印度等——这些国家，多多少少都受到日本的威胁。我们都把他们当作朋友，并希望与他们建立合作……

① 不过，正如毛泽东接下来说到的，他无意向蒋委员长放弃共产党控制的地区，也无意向蒋放弃共产党的政治独立地位。

② “暹罗”是中国对现东南亚国家泰国的古称。1939 年改国名为“泰国”，1945 年复名“暹罗”，1949 年再度改名为“泰国”，沿用至今。

"因此，除了日本和那些帮助日本帝国主义的国家之外，上述范围内的所有国家可以结成一个反战争、反侵略、反法西斯的世界联盟……过去，南京方面曾从美、英和其他国家接受了大量援助。而这些资金和供应物资大部分都转移到内战战场。南京方面每杀害一名红军战士，就等于杀害了许多农民和工人。银行家章乃器在近期发表了一篇论文，文中估算，南京方面每杀害一名红军战士，就得耗费中国人民八万元钱。[①] 因此，在我们看来，这样的'援助'不能说是有益于中国人民的。

"只有南京方面停止内战，对日作战，与革命的人民联合起来，组成一个民主的国防政府——只有这样，这些援助才能真正有益于中华民族。"

我问毛泽东，苏维埃是否主张取消不平等条约。他指出，这些不平等条约中有许多实质上已经被日本破坏，尤其是在东北。至于中国代议制政府未来将持有的态度，他这样说道：

"对于那些援助中国，或者不反对中国独立和解放战争的国家，我们请他们同中国保持亲密的友好关系。对于那些积极援助日本的国家，自然不能给予同等待遇，例如德国和意大利，他们已和日本扶植的伪满洲国建立起了某种特殊关系，是不能将他们视为中国人民的友好国家的。

"对于友好国家，中国愿意和平谈判，达成互利条约。而对于其他国家，中国将在更广泛的领域同他们开展合作……至于日本，中国必须通过抗日战争，废除一切不平等条约，没收日本帝国主义一切财产，取缔日本在我国的一切特权、租界和影响。关于我们与其他国家的关系，我们共产党人坚决反对可能使中国在抗日斗争中处于不利国际地位的措施。

"当中国真正赢得独立的时候，合法的外国贸易利益将会享有比过去更多的机会。四万万五千万人民的生产和消费能力，不仅仅是中国的利益所在，而且必将是其他许多国家的利益所在。我们几万万的人民，一旦真正获得解放，将他们潜在的巨大生产力投入到各个领域的创造性劳动之中，必将帮助改善世界经济，提升全球的文化水平。但是，中国人民的生产力在过去很少发挥；不仅如此，它还受到来自于本国军阀和日本帝国主义的双重压迫。"

最后我又提出一个问题："中国是否有可能与民主的资本主义强国结成反

① 人民和"游击队"被杀的要比红军正规部队战士多得多。根据章乃器先生做出的估计，除了实际军事开支外，还包括劳动力的损失，庄稼的损失，村庄、城市和农田的破坏等耗费。

帝联盟?”

毛泽东回答道:“反帝反法西斯联盟本质上是和平的联盟,是为了共同防御好战国家的。中国与民主资本主义国家缔结反法西斯条约,这是完全有可能的,也是可取的。这些国家出于本国防卫的考虑加入反法西斯阵线,这是符合他们利益的……

“倘若中国完全沦为殖民地,那将要开始一场长期的、恐怖的、没有意义的战争。因此必须做出抉择。对于中国人民来说,我们将走上反抗压迫者的道路,我们希望外国的政治家和人民也能同我们一道走上反抗压迫的道路,而不要走上帝国主义血腥历史铺就的黑暗道路……

“中国要取得抗日斗争的胜利,必须争取来自于其他国家的援助。但这并不意味着脱离了外国的援助,中国就不能抗日!中国共产党、苏维埃政府、红军和中国人民一道,已做好准备,联合任何国家,以缩短这场战争持续的时间。不过,即使没有一个国家加入我们,我们也决心依靠自己的力量将抗战进行下去!”

共产党果真相信中国能打败像日本这么强大的战争机器?我相信他们是这样认为的。那么,他们认定可以赢得这场战争的胜利,究竟是基于怎样的逻辑得出的呢?这就是我向毛泽东提出的许多问题之一。

第 3 节

论抗日战争[①]

On War with Japan

1936 年 7 月 16 日，我待在毛泽东的住处，坐在一条没有靠背的方凳上。那时已是晚上 9 点多了，“熄灯号”已经吹过，灯火也几乎都熄灭了。毛泽东家的墙壁和天花板都是在坚固的岩石上凿成的，地面则是由砖块铺就的。窗户也是就着石壁挖空的，一幅棉布窗帘挡住一半的窗户。我们坐在一张没有漆过的方桌前，桌上铺着一块干净的红桌布，蜡烛在桌上爆着火花。毛夫人则待在隔壁的一间房里，把白天从卖水果的那儿买来的野桃子做成蜜饯。毛泽东盘腿坐在一处由岩石凿成的深壁龛里，吸着前门牌香烟。

吴亮平坐在我身旁，他是个年轻的苏维埃“干部”，在我对毛泽东进行正式采访时，就由他担任翻译。毛泽东回答了我提出的问题，我把这些回答统统用英文记下来，然后译成中文，再交给毛泽东改正。他非常注重细节的准确性，这是出了名的。在吴先生的帮助下，这些访问笔录被再度译成英文。他们如此仔细，我相信这些文字在报道时鲜有错误。这些报道是真正的中国共产党领导人的观点——这些观点还是第一次传播到西方世界。

在搜集材料方面，吴亮平为我提供了许多帮助。他是浙江奉化一个大地主的儿子，和蒋介石是同乡。他的父亲显然颇有野心，曾在几年前要他和蒋介石的一个亲戚订婚，他便从家里逃了出来。吴亮平是上海大夏大学[②]的毕业生。英国租界巡捕房头目帕特里克 · 吉文斯曾在上海逮捕过他，并以参加共

① 毛泽东在此提出的战略观点诠释了他在陕北瓦窑堡向共产党积极分子所做的报告。 1935 年 12 月， 在瓦窑堡召开了一次重要的政治局会议。 之后毛泽东便做了此次报告， 其中部分观点形成了他此后一些著作的雏形， 包括《抗日游击战争的战略问题》《战争和战略问题》 以及《论持久战》（ 见《毛泽东军事文选》）。 这些思想概括出“人民战争的总体战略”， 并在抗日战争的整个过程中得到贯彻执行。

② 今华东师范大学。

产主义活动的“罪名”，将他在华德路监牢里关押了两年。他曾在法国、英国和苏联留学，现年 26 岁，是个工作努力的共产党员，享有组织配发的制服、住所和食物——食物以小米和面条为主。

毛泽东开始回答我的第一个问题，这个问题是关于共产党对日政策的：“如果日本被打败，并且被赶出中国，您是否认为‘外国帝国主义’这个主要问题大体上也就得到了解决？”

“是的。如果其他帝国主义国家不像日本这样侵略中国，如果中国打败了日本，那就意味着中国人民大众已经觉醒了，动员起来了，并且实现了独立。那么，帝国主义这个主要问题也就得到解决了。”

“您认为在怎样的条件下，中国人民才能打垮和击败日本军队？”我问道。

他答道：“有三个条件能保证我们的成功：一是全中国结成抗日统一战线；二是全世界结成抗日统一战线；三是日本国内人民和日本殖民地人民的革命运动的兴起。三个条件中，中国人民的大联合是主要的。”

我问道：“您认为这样一场战争要持续多久？”

毛泽东答道：“要看中国人民统一战线的实力，以及中日两国的许多制约因素，要看国际社会对华援助的程度，还要看日本国内革命发展的进程。如果中国人民统一战线团结有力，如果上上下下、各个方面都能有效组织起来，如果那些意识到日本帝国主义对自身利益构成威胁的国家政府向中国提供大量国际援助，如果日本国内革命发展得很迅速，那么这次战争[①]持续的时间就会很短，不久就能赢得胜利。不过，如果这些条件没有实现，战争将会持续很长时间，但最终，日本还是会被打败，只是要付出巨大的牺牲，全世界都将经历一段痛苦的时期。”

我问道：“您怎样看待这场战争在军事和政治上的发展趋势？”

毛泽东答道：“这要涉及两个问题——外国列强的政策和中国军队的战略。

“现在，日本已经确定了大陆政策，这已经是众所周知的。那些幻想着再牺牲一些中国主权，再在经济、政治或领土上做出一些妥协和让步，就可以阻止日本进犯的人，不过是沉浸在乌托邦的美梦中。南京方面以前实施的错

---

① 共产党此时已“正式”对日作战，因为早在 1932 年 4 月，苏维埃政府就在江西发布的公告中对日宣战。参见《红色中国：毛泽东主席报告……》第 6 页。

误政策，其根据就是这种战略，我们只要看看东亚地图，就能知道会有什么后果。

“不过我们已经清楚地了解到，不但华北，就连长江下游和南方各港口都被日本的大陆计划囊括在内。而且，我们同样清楚的是，日本海军还想封锁中国海，占领菲律宾、暹罗、印度支那、马来亚和荷属东印度。战争一旦爆发，日本会设法将这些地方作为战略基地，切断英、法、美和中国之间的联系，独霸南太平洋海域。这些行动都是日本海上战略计划的内容，我们已看到了这个计划的副本。而且，这种海上战略必然会配合日本的陆地战略。

“很多人认为，一旦日本占领了沿海的几个战略要地并且实行了封锁，中国就不可能继续抗日。这是无稽之谈。我们只要看一看红军的历史，就能驳斥这种看法。在某些时期，国民党的军队在数量上比我们的部队多10倍或者20倍，在装备上也比我们强得多。他们的经济资源胜过我们好多倍，并且得到了外界的物资援助。但是，红军为什么还能在对白军的作战中节节胜利，不但一直挺到现在，力量还得到了壮大？

“这是因为红军和苏维埃政府已经把他们区域内的全体人民紧紧团结起来了。苏区的每一个人，都时刻准备着抗击压迫者，为他的政府而战斗，并且每个人都自觉自愿地，为了他自身的利益和他信仰的真理而战斗。再者，在苏维埃的斗争中，人民受到兼具才干、力量和决心的人领导，他们能够深刻理解红军在战略、政治、经济、军事上的需要。红军多次赢得胜利——在初期，意志坚定的革命者手里握着的也就是几十支步枪——因为红军有着坚实的群众基础，能够从老百姓乃至白军中间吸引许多人加入。敌人虽然在军事上强过我们许多倍，但在政治上却无法得到人民的支持。

“在抗日战争中，与红军对国民党的斗争相比，中国人民的优势更大。中国幅员辽阔，只要还有一寸国土尚未被侵略者的刺刀占领，就不能说中国已被征服。即使日本侵占了中国的大片国土，侵占了居住着一万万甚至两万万人口的地方，但要想打败我们，也还是差远了。我们依然拥有强大的力量来与日本军阀抗衡，何况在整场战争中，他们还得不断应对激烈的后方防卫战。

“至于军火，日军无法夺得我们在内地的军工厂，这些军工厂足以供应中国军队许多年。日本也无法阻止我们从他们那里夺得大量武器弹药。红军正是用这种办法从国民党那里夺取了武器，武装起自己的部队：九年来，国民党已经成为我们的‘军火运输队’。要是全中国人民联合起来一致抗日，那么我们运用这种战术打开军火库，就更容易啦！

“当然，从经济上看，中国不是统一的。不过，中国经济发展的不平衡，在对高度集权、经济高度集中的日本进行抗战的时候，也有有利的一面。例如，将上海与中国其他地区隔绝，对中国造成的危害并不像将纽约与美国其他地区隔绝所造成的危害那么大。而且，日本不可能孤立整个中国：因为日本无法封锁住中国的西北、西南和西部地区。

“所以，问题的核心归结到一点，即动员和联合全中国人民，建立起抗日统一战线。这正是1932年以来共产党的一贯主张。”

我问道：“中日战争一旦爆发，您认为日本国内是否会发生革命？”

毛泽东答道：“日本不仅有可能发生革命，而且一定会发生革命。日军一旦遭受重大失败，国内革命就会迅速爆发，这是不可避免的。”

我问道：“您认为苏联和蒙古会不会卷入这场战争，会不会来帮助中国？这种可能会在怎样的情况下发生？”

毛泽东答道：“当然，苏联也不是一个孤立的国家。它不会对远东的局势视若无睹。它也无法袖手旁观。它是眼睁睁地看着日本征服全中国，把中国当作战略基地以进攻苏联，还是帮助中国人民抗击日本侵略者，争取自己的独立，并与苏联人民建立起友好关系呢？我看苏联会选择后一条道路。

“我们相信，中国人民一旦有了他们自己的政府，开始抗战，并且希望与苏联及其他友好国家结成友好联盟时，苏联就会率先来与我们握手。抗击日本帝国主义的斗争，是一个世界性的任务，苏联作为世界的一部分，和英国或美国一样，是无法继续保持中立的。”

我问道：“中国人民当前的任务是收复被日本帝国主义占领的全部失地，还是仅仅把日本从华北和长城以北的中国领土上赶出去？”

毛泽东答道：“中国当前的任务是收复全部失地，而不只是捍卫我们长城以南的主权。这就意味着必须将东三省全部收复。不过，我们没有将朝鲜——中国曾经的‘附属国’[①]——也包含在内。但等我们恢复了中国的主权独立，如果朝鲜人民想要摆脱日本帝国主义的枷锁，我们将向他们的独立斗争提供热情援助。至于内蒙古，那里是汉人和蒙古人的聚居地，我们一定要

---

① 朝鲜并非真正的“中国附属国”，而是中国的邻国。中国在1895年对日战争失败之前声称对朝鲜拥有宗主权。

把日本赶出那里，然后帮内蒙古建立自治政府。”

我问道：“在实践中，苏维埃政府和红军怎样才能与国民党军队联合抗日？在对外战争中，所有中国军队必须在统一的指挥下作战。如果国民政府国防最高委员会允许有红军代表加入，那么红军会同意服从它的军事和政治决定吗？”

毛泽东答道：“会的。只要它真的抗日，我们的政府会服从委员会的决定。”

我问道：“红军是否同意，未经国防最高委员会的许可或者命令，不进驻也不进攻国民党军队驻扎的区域？”

毛泽东答道：“是的。我们的军队当然不会进驻抗日军队驻扎的任何区域——我们过去也没有这样做过。红军决不会采取机会主义的办法来利用任何战争局势。”

我问道：“共产党对于这种合作将提出什么交换条件？”

毛泽东答道：“那就是坚决地、彻底地坚持抵抗日本的侵略。除此之外，我们还要求遵守我们在呼吁建立民主共和国和国防政府的宣言中提出的几点。”①

我问道：“怎样才能最好地武装、组织和训练人民，使他们投入到这样一场战争之中？”

毛泽东答道：“人民必须被赋予组织和武装自己的权利。过去，蒋介石是不肯将这种自由交给人民的。不过这种压迫并没有完全得逞——红军的情况就是如此。在北平、上海及其他地区虽然有残酷的镇压行动，但学生们仍然自发组织起来，进行政治上的动员。不过，学生和革命的反日群众目前还没有获得自由，还不能充分动员起来，进行训练和武装。相反，如果民众被赋予经济自由、社会自由和政治自由，他们的力量就将增强数百倍。到了那时，我们的民族将展现出真正的力量。

“经过自己的斗争，红军已经从军阀手中夺得了自由，成长为一支坚不可摧的力量。抗日义勇军以同样的方式从日本压迫者那里赢得了行动自由，并且武装了自己。如果中国人民能够得到训练、武装和组织，他们同样能够成为一支战无不胜的力量。”

---

① 苏维埃政府和红军 1935 年和 1936 年发给国民党的几条宣言中提出过这几点。 见第十一篇第六节。

我问道："在这场'抗日战争'中，您认为主要应该采取怎样的战略战术？"

毛泽东答道："战略应该是在绵长的、流动不定的战线上进行运动战：战略的成功取决于在复杂的地形条件下保持高度机动性，迅速进攻、迅速撤退、迅速集中、迅速分散。这将是一场大规模的运动战，而不是依靠连绵不断的堑壕、重兵据守的交通线和坚固的堡垒实施的单纯的阵地战。我们的战略战术必须适应作战区域的形势，这就决定了我们将采用运动战的模式。

"这并不意味着要放弃战略要地。只要在有利的情况下，还是可以用阵地战来保卫战略要地。但必须将运动战作为中心战略，重点依靠游击战术。深垒战必须加以运用，但仅具有辅助和次要的战略地位。"

在这里不妨插上几句话。总的来说，这种战略似乎也得到了非共产党的中国军事领导人的普遍支持。南京方面有一支全部靠进口的空军部队，虽然开支惊人但极具震慑力，可以作为国内治安的工具，但极少有专家看好它在对外战争中的长远价值。这支空军，还有中央军的这种机械化，甚至被许多人看作是白浪费钱的洋玩意儿，在战争爆发几个星期之后就将无力保持主动权，因为中国缺乏必要的工业，无法维持和补给空军或现代战争中的高科技设备的消耗。

白崇禧、李宗仁、韩复榘、胡宗南、陈诚、张学良、冯玉祥和蔡廷锴等国民党主要将领似乎都认同毛泽东的观点：中国要想战胜日本，唯一的希望就是将大规模部队分为机动部队，形成高度机动性，并且能够在广大的游击区维持迤长的防线，以击败日本。

毛泽东接着说道：

"战场的地域范围如此广阔，所以我们有可能以最高的效率实行运动战，这种战术对于像日本这样行动迟缓的作战机器格外有效，因为它在随时可能遭到后方猛烈袭击的情况下，不得不小心谨慎。如果将兵力集中在一条狭窄的战线上，竭尽全力去防御一两处要地，那就放弃了我们在地理和组织方面的所有战略优势，而重蹈阿比西尼亚（即埃塞俄比亚——译者注）的覆辙。我们的战略战术必须避免在战争初期进行大规模决战，而应该循序渐进地摧毁敌军有生力量，打击其斗志和军事效率……

"我们不但要组建中国正规部队，还应该动员组织农民，并在政治和军事上武装大量游击队。东三省的抗日义勇军所取得的成绩，只不过是能动员起来的全国革命农民潜在抵抗力量的缩影。只要指挥和组织得当，这样的队伍可以让日本人整天疲于奔命，担惊受怕。

“人们必须记住，这场战争是在中国境内进行的。这意味着日本人将处于反对他们的中国人民的完全包围之中。日本人所有的给养只能依靠从外面运进来，并且还需要警备，各条交通线沿途都要有重兵把守，在东三省和日本的基地也要安排重兵据守。

“在战争的进程中，中国可以俘获许多日本兵，夺取武器、弹药、战争机器等等。到了某个时候，我们就越来越有可能利用堡垒和深壕与日军进行阵地战。因为随着战争的推进，抗日军队的技术装备将得到极大的改进，而且还可以通过获得外国的援助而得以强化。占领中国需要长期负担巨额开支，重压之下，日本的经济将走向崩溃；这场战争中的许多战役都不是决定性的，无法一举分出整场战争的胜负，在这些战役的考验下，日本军队的士气会土崩瓦解。当日本帝国主义的巨浪被中国抗战的暗礁冲散，中国革命群众中蕴藏的大量人力资源，还可以输送无数战士到前线来，为自己的自由而战。

“所有这些以及其他因素，都会影响这场战争，使我们能够向日本的堡垒和战略基地发动最后的决定性进攻，把日本侵略军从中国赶出去。

“被我们俘虏和缴械的日军官兵将受到欢迎和优待。他们不会被杀掉。他们将会受到兄弟般的对待。我们和日本无产阶级的士兵之间并没有冲突，我们要通过各种办法让他们站出来，反对他们自己国内的法西斯压迫者。我们的口号是：‘团结起来，反对共同的压迫者——法西斯头目！’反法西斯的日本官兵是我们的朋友，我们的目标并不矛盾。”

此时已经过了凌晨两点，我已疲惫不堪，但在毛泽东沉思的面孔上，我却看不出一丝疲倦。在吴亮平翻译、我做记录的时候，他时而在两个小房间之间踱着步，时而坐下，时而躺下，时而靠着桌子读一沓报告。他的妻子也没有睡。突然，他们两人都弯下身子，看着一只飞蛾在蜡烛旁边逐渐衰弱死去，高兴得叫出声来。这个小东西确实很可爱，翅膀是淡苹果绿的，翅膀边缘有一道橘黄色与玫瑰色相间的“彩虹”。毛泽东打开一本书，将这片薄纱般的彩色羽翼夹在里面。

谁能想到，这样的人真的在认真考虑战争？

第 4 节

悬赏两百万元[1]的脑袋

$2，000，000 in Heads

红军大学有许多独特之处。

红军大学的校长是一位28岁的指挥员，据说，他从未打过败仗。红军大学自豪地表示，他们有一个班的学员全都是老战士，平均年龄27岁，平均每人作战经验长达8年，平均受过3次伤。有没有其他学校因为缺少纸张，不得不将敌人传单的背面当作课堂笔记本用？有没有其他学校每名学员的教育费用，包括伙食、服装等一切在校开支，每月还不足15块银洋？有没有其他学校有这样一些赫赫有名的学员，他们的首级赏格总共超过200万元？

最后，这所大学以防空洞为教室，以砖石为桌椅，以石灰泥土糊成黑板和墙壁，恐怕在全世界也找不出第二所这样的“高等学府”了。

在陕西和甘肃，除了普通房屋之外，还有很大的供人居住的窑洞、供奉神佛的岩窟、用于防卫的堡垒，都有好几百年的历史。早在一千年前，富有的官吏和地主就建成了这些奇异的建筑，用来防御洪水泛滥、外敌入侵和饥荒蔓延，他们在这些地方囤积粮食和财宝，以备围困之需。这些圆顶的洞窟在黄土或石岩中挖得很深，有些有好几个房间，可以安顿数百人。这些“悬崖住所”成为天然的防空洞。红军大学设在这等古老的住宅里，似乎有些奇特，但非常安全。

我到达后没多久，他们就向我介绍了红军大学校长林彪。林彪邀请我找个时间给他的学员们讲讲话。他建议我讲的题目是“英美对华政策”。他还为此安排了一顿“面条宴”，因为盛情难却，我只好勉强应允。

---

① 此处指美元。

林彪是湖北省一位工厂主的儿子，出生于1908年[①]。他的父亲因为苛捐杂税破了产，但林彪还是设法念完了中学，进入著名的广州黄埔军校学习。在学校，他成绩优异，在蒋介石及其首席顾问——俄国将军布柳赫尔那里接受了严格的政治军事训练。林彪毕业后不久，北伐战争打响了，他被晋升为上尉[②]。1927年，20岁的林彪成为张发奎麾下著名的第四军的一名上校[③]。同年8月，南京发生右派反革命政变后，他率领手下一个连的战士[④]在南昌起义中参加了贺龙和叶挺领导的第二十军[⑤]，这场起义正是中国共产党通过武装斗争夺取政权的开端。

林彪和毛泽东一样，是红军少数几位以从未受过伤而出名的指挥员之一。他身经百战，在前线战地指挥部队作战长达十多年，他的部下经历过的种种艰难困苦他也都体验过，他的脑袋的悬赏金额高达10万元，但是他一直没有受过伤。

1932年，林彪担任红一军团军团长，军团里当时有两万支步枪。红军军官们都认为，红一军团是他们“最具杀伤力的部队”，这多半是因为林彪这位战术家非凡的军事才能。据说，有时南京方面的部队一旦发现作战对手是红一军团，就立刻不战而逃。

林彪同红军许多有才干的指挥员一样从未出过国，除了中文以外，其他语言既不会说也不会读。不过，他还不到30岁，就已经得到了共产党党内外人士的一致认可。他在中国共产党军事刊物《斗争》和《战争与革命》上发表的文章，被南京乃至日本和苏俄的军事刊物转载、研究和评论。作为“短促突击战术”的创始者，他声名远扬，冯玉祥将军还曾对这种战术进行过评论。据说红一军团之所以能取得许多胜利，原因就在于部队熟练掌握了“短促突击”战术。

一天早上，我随着林彪团长和他的红军大学教员，一起去保安城外不远的红军大学。我们到达的时候，刚好是文娱时间。有的学员在两座球场上打篮球；有的学员在保安城外黄河支流旁边，在泥土填平的草地上的网球场上

① 实为1907年12月5日。——译者注

② 先为见习排长，后升为连长。——译者注

③ 实为上尉连长。——译者注

④ 林彪时任第二十五师七十三团3营7连连长，该团团长为周士第。——译者注

⑤ 叶挺南昌起义前任第十一军二十四师师长，起义后任第十一军军长。——译者注

打网球。有的学员在打乒乓球，有的在写东西，还有的在读新出的书报杂志，或者在他们简陋的“俱乐部”里学习。

这里是红军大学第一分校，约有 200 名学员。红军大学一共有 4 个分校，800 多名学员。在保安附近，在“教育部”还开办了无线电、骑兵、农业和医务等学校。除此之外，还有一个党校①和一个群众教育训练中心。

200 多名学员集合起来听我讲解“英美对华政策”。我简要概括了英美的态度，并答应回答他们的问题。但我很快就意识到，这是个极大的错误，那顿面条宴完全无法弥补我所经受的尴尬。

“英国政府对于建立亲日的冀察委员会持怎样的态度？对日军进驻华北又持怎样的态度？”

“‘罗斯福新政’在美国取得了怎样的结果？对工人阶级有什么益处？”

“如果日本与中国开战，德国和意大利是否会援助日本？”

“如果没有得到其他列强的援助，你认为日本对中国的大规模作战能维持多长时间？”

“是什么原因导致国际联盟失败？”

“在英国和美国，共产党都合法存在，但为什么两国都没有建立工人政府？”

“在英国建立反法西斯阵线结果如何？在美国呢？”

“以巴黎为中心的国际学生运动会有怎样的前景？”

“你认为李滋·罗斯访日是否会导致英日两国在对华政策上达成一致？”

“在中国开始战争后，美国和英国将会帮助中国还是帮助日本？”

“请教一下，既然美国和英国是中国人民的朋友，为什么它们的军舰和军队一直驻扎在中国？”

“美国和英国工人怎么看待苏联？”

要在短短两小时的时间里对这些问题做出解答可并不容易！事实上，整个过程远不止两小时。这次交流从早上 10 时就开始了，一直持续到下午很晚。

过后，我参观了各间教室，并同林彪和他的教职工进行了交谈。他们向我介绍了学校的招生条件，还给我看印制的招生简章，有上千份这样的简章

① 当时由董必武担任党校校长（此后先后由李维汉和康生接任）。

已经秘密发送到全国各地。四个分校招收“决心抵抗日本帝国主义、为民族革命事业而献身的人，不论阶级、社会或政治背景”。年龄在16—28岁之间，“男女不限”。“报考者必须身体健康，没有传染病”，而且——这是刚性要求——“没有恶习”。

我发现，第一分校的大多数学员实际上是红军的营、团、师级军事指挥员或政委，在此接受高级军政训练。按照红军的规定，所有现役军事指挥员或者政委每两年必须有4个月的时间接受这样的训练。

第二分校和第三分校招收的是连长、排长和班长——红军中经验丰富的战士——还有从“中学毕业生或同等学力人员、失业教师或军官、抗日义勇军干部和抗日游击队领导、组织和领导工人运动的工人”中挑选的新入伍生。红军东征山西省时，当地有60多名中学毕业生加入了红军。

第二分校和第三分校的课程历时6个月。第四分校主要负责“训练工兵、骑兵干部和炮兵部队”。我在这儿遇见了一些昔日的机工和学徒。后来，在离开红色中国时，我还遇见了8名坐卡车来到红军大学报到的新学员，他们来自上海和北平。林彪告诉我，全国各地有2000多人报名。当时每一名学员都得“秘密”入境。

红大各分校课程设置各异。第一分校的政治课程包括：政治知识、中国革命问题、政治经济学、党的建设、共和国的策略问题、列宁主义与民主政治的历史基础、日本的政治社会力量。军事课程包括：抗日战争的战略问题、(对日)运动战、抗日战争中游击战的发展。

有些教材是专门为某些特定的课程编写的。有些教材则是从江西苏区的出版机构运来的，据说那里有一家印刷厂雇用了800多名印刷工人。其他课程用的材料包括红军指挥员和共产党领导人发表的讲话，内容是关于俄国和中国革命的历史经验，或者，有的课程也利用缴获的政府档案、文件和统计资料来进行教学。

“红军真的要对日作战吗？”对于这个问题，红大设置的这些课程也许已经提供了答案。这足以表明红军是如何预测、如何积极计划中国的抗日“独立战争”的——他们认为这场战争在所难免，除非出现奇迹，日本从他们已经占领的广大中国领土上退出去。

红军下定决心要抗战，并且深信一旦战争爆发，他们就会首先上前线。这个事实不仅体现在红军领袖慷慨激昂的谈吐中，体现在红军部队严格的实操教育训练中，体现在他们提出要与十年来的仇敌国民党建立“统一战线”的建议中，而且在苏区随处可见的积极的宣传活动中也有着明显的体现。

在这种宣传教育活动中发挥主导作用的，是许多青年剧团，他们被称作“人民抗日剧社”。这些剧团在苏区不断地进行巡回演出，宣传抗战思想，唤醒农民的民族意识。

我在首次造访红军大学后不久，就去观看了这个不可思议的青年剧社举行的演出。

第 5 节

红军剧社

Red Theater

我和那位邀请我去看红军剧社演出的年轻干部一起出发。这时，人们都已经奔向那座就着古庙临时搭建的露天剧场。那天是星期六，距离太阳落山还有两三个小时，整个保安似乎已经全城出动了。

学员、骡夫、妇女、被服厂和鞋袜厂的女工、合作社和苏区邮局的职工、战士、木工、拖家带口的村民，都朝着河边那块演员们演出的大草地涌去。很难想象还有比这一幕更加民主的集会了——有点像昔日的肖托夸夏季教育集会。

不售门票，没有包厢，也不设贵宾席。山羊在不远处的网球场上吃草。中央政治局总书记洛甫、红军大学校长林彪、财政部长林伯渠、苏维埃政府主席毛泽东以及其他干部和他们的妻子都分散在群众中间，像其他人一样坐在松软的草地上。演出开始后，人们就不怎么注意他们了。

台上挂着一大块粉红色的绸幕，上面写着“人民抗日剧社”几个汉字，还有拉丁化的汉语拼音，共产党正在倡导以拉丁化汉语来推动群众教育。节目预计将持续三个小时，有短剧、舞蹈、歌唱、哑剧——一种综艺节目，或者说是杂耍表演。这些节目主要通过抗日和革命这两个中心主题连贯起来。节目明显带有宣传色彩，道具都十分简单。它的优点是摒弃了锣鼓铙钹和假唱，采用现实题材，而不像“陈腐”的中国京剧，总表现那些毫无意义的历史故事。

尽管编剧不那么精致，也不那么优雅，但演出生机勃勃，充满幽默感，演员和群众都参与其中，从而弥补了这些不足。红军剧社的观众好像真的在仔细听舞台上说的话：与那些满脸不耐烦的京剧观众相比，这确实令人吃惊。

京剧观众的时间主要打发在吃水果、嗑瓜子、闲聊、来来回回扔着热毛巾、到别的包厢去交际，他们只偶尔瞥一眼台上的表演。

第一出戏叫《侵略》，以 1931 年东北的一座村庄为背景。开场时，日军来到这座村庄，赶走了“不抵抗”的中国军队。第二幕，日本军官在一个农民家里摆宴席，坐在中国人身上，把他们当作椅子，还醉醺醺地调戏他们的妻女。又有一幕是日本毒贩在叫卖吗啡和海洛因，强迫农民每个人买一份。有个青年拒绝，就被拖出来审讯。

“你不买吗啡，不服从满洲国卫生条例，不爱戴‘神圣的’溥仪陛下。”拷打他的人厉声喝道，“你不是好东西，你是抗日匪徒！”那个青年立刻被“处决”了。

农村集市上的一幕戏表演的是小商贩们在祥和的气氛中吆喝着卖东西。日本兵突然来了，搜查“抗日匪徒”。他们现场查验身份证，忘带的就被“枪毙”了。紧接着，两个日本军官在小贩的店里大吃了一顿猪肉。吃完后小贩叫他们付钱时，他们惊异地看着他：“你叫我们付钱？知道吧，蒋介石给了我们满洲、热河、察哈尔、塘沽停战协定、何梅协定，还有冀察委员会，一个铜板都没要！就为这点猪肉，你还叫我们付钱！”他们随即将他当作“匪徒”捅死了。

最后，村民们怒不可遏。商贩们推倒货摊和布棚，农民们手举长矛，妇女儿童操起菜刀赶来，大家都高喊着“跟日本鬼子拼了”。

这出短剧编排得很幽默，还用了当地方言。观众不时大笑起来，厌恶而愤恨地咒骂日本人。他们都很激动。对他们而言，这不仅是政治宣传，也不仅是滑稽戏，而是蕴含着深刻的真理。演员大多为十几岁的少年，都是陕西和山西的本地人，但是观众似乎完全忘记了这些，他们已经完全被剧中表现的思想所感染。

这场滑稽戏表演背后那残酷的现实意义，并没有因为剧中的诙谐和幽默而变得模糊，至少对有个在场的年轻战士来说是这样的。他在短剧结束时站起来，激动地颤声高喊道：“打倒日本强盗！打倒屠杀中国人民的刽子手！打回老家去！”全场观众都跟着他放声高喊这些口号。我后来得知，这个少年来自东北，他的父母都死在日本人的屠刀下。

就在这时，闲逛的羊群为人们提供了笑料，缓和了气氛。人们发现它们正旁若无人地啃着球网，那是演出开始前忘了收起来的。一些学员赶紧去驱赶这些犯事的羊，抢救下文娱部门的这一宝贵财产，惹得观众哄堂大笑。第二个节目是《丰收舞》，剧社的十几个姑娘姿态优雅地进行了表演。她们赤着脚，穿着农民的裤子、短袄和花背心，头上戴着绸巾，舞姿整齐优美。我后来得知，其中有两个姑娘从江西一路跋涉而来，她们曾在瑞金的红军戏剧学校学习舞蹈。她们真的很有天赋。

另一个别致有趣的节目是《统一战线舞》，表现的是中国抗日动员。我不知道他们怎么变戏法似的鼓捣出这些服装来，突然，几队青年戴着水手帽，穿着白色的水手服和短裤——先以骑兵队形出现，接着是空军队形，然后是步兵队形，最后是海军队形。中国人是天生的艺术家，擅长在表演中运用各种手势和动作，他们的舞姿非常真切地表现出舞蹈的精髓。接下来的节目是《红色机器舞》。小舞蹈家们用声音和手势，用胳膊、大腿、头部的相互舞动、相互配合，巧妙地模仿出汽缸的发动、齿轮和车轮的转动、发动机的轰鸣——勾勒出未来中国机器时代的美景。

在演出间，观众中时不时地有人发出喊叫，要求别人即兴表演唱歌。几名陕西本地姑娘——工厂女工应大家的要求，唱了一首当地的古老民歌，一名陕西农民用自制的琵琶为她们伴奏。另一个被“点名”即兴表演的学员吹了口琴，还有一名学员唱了一曲南方人喜爱的歌。再然后，让我惊慌失措的是，有人开始鼓噪，让外国记者来一个独唱！

他们不肯放过我。天哪，除了狐步舞、华尔兹、《波希米》和《圣母玛丽亚》之外，我什么都不会，而我会的这些乐曲好像并不适合这群充满斗志的观众。我甚至连《马赛曲》也记不得了。可他们还是执着地继续要求我唱歌。最终，我极其窘迫地唱了首《荡秋千的人》。他们非常有礼貌，没有要求我再唱一首。

看到幕布升起，下一个节目开始上演，我才彻底松了口气。这个节目是一部社会剧，有着革命主题——一位账房先生爱上了他的房东太太。接下来又是舞蹈，然后是关于西南地区新闻的“活报剧”，再就是儿童们合唱《国际歌》。合唱时，戏台当中亮晃晃的圆柱四围拉出绳子，绳子上悬挂着万国旗，周围是年轻的舞蹈演员俯着身子。他们和着歌词慢慢地抬起身来，在歌声结束时挺起腰，直直地站立着，紧握的拳头高高举起。

演出结束了，但我还是满怀好奇。第二天，我去拜访了人民抗日剧社社长危拱之女士。

危女士1907年出生于河南，已经参加红军10年了。最初，她参加了"基督将军"冯玉祥的国民军军事政治学校[①]宣传队。1927年，冯玉祥向南京政变妥协，她就同许多年轻学生一起出走，在汉口加入共产党。1929年，她受共产党委派前往欧洲，在法国学习了一段时间，然后去了莫斯科。一年后，她返回中国，成功穿越国民党对红色中国的封锁，开始在瑞金工作。

她向我讲述了红军剧社的一些历史。剧团最初是1931年在江西组建的。据危女士称，瑞金著名的高尔基学校[②]从苏区招募了1000多名学员，在那里，红军设立了大约60个剧团。他们在各个村庄和前线进行巡回演出。每个剧团都收到了各村苏维埃希望去演出的邀请，有一长串"等候名单"。农民们因为文化生活贫乏，对任何娱乐都很向往。剧团来到村里，交通、吃饭和住宿都是农民主动安排好的。

在南方时，危女士担任剧社副社长。到了西北之后，她就负责整个剧社的工作。她在江西参加长征，是几十位活着走完长征的苏维埃女性之一。在南方的红军部队抵达西北前，陕西苏区就已经创建了剧社，在江西的新人才到达后，戏剧艺术获得了新的活力。危女士告诉我，现在那里一共有大约30个这样的巡回剧社，还有其他一些剧社在甘肃。我在后来的旅程中还遇见过许多剧社。

危女士接着说道："红军每个军都有自己的剧团，几乎每个县也有剧团。演员基本都在当地招募。我们从南方来的有经验的演员，现在大部分已经做了导演。"

我遇到几名少年先锋队员，他们才十来岁，但已经在负责组织训练各村的儿童剧社。

"农民们大老远赶来看我们红军演出。"危女士自豪地告诉我。"有时候，我们到了白区边界附近，国民党士兵都会偷偷捎来口信，请求我们的演员到边界的集镇去。我们去了之后，红军和白军士兵会不带武器，来集镇看我们演出。不过，要是国民党高级军官知道了，绝对不会允许，因为他们的士兵一旦看了我们演出，许多人就不愿意再和红军打仗了！"

这些剧团令我感到意外的是，他们的设施是如此简单，但他们却能够满

---

① 邓小平曾任教官。
② 叶剑英时任该校技术主任。

足真正的社会需要。他们的道具和服装都极度缺乏，却能够用这些最基本的材料演出生动的戏剧。演员们除了食物和衣物之外，拿到的生活津贴非常微薄，但他们每天学习，就像所有的共产党员一样。他们相信自己在为中国工作，为中国人民工作。他们对住宿没有任何讲究，不管吃什么都很开心，从一座村庄长途跋涉到另一座村庄。从物质享受的角度看，他们毫无疑问是世界上报酬最少的演员。然而，我从未见过有谁比他们更幸福。

红军表演的作品基本是自己创作的。有些是多才多艺的干部贡献给他们的，但其中的大多数出自宣传部门的作家和艺术家之手。有几部戏剧小品是成仿吾创作的，他是湖南著名的作家，于1933年前往苏区，当时这件事曾经轰动了上海。[①] 还有些新作品是中国最著名的女作家丁玲写的，她也将自己的才华贡献给了红军剧社。

在共产主义运动中，没有比红军剧社威力更大、运用得更巧妙的宣传武器了。由于节目不断变换，特别是几乎每天都要更新"活报剧"，许多军事、政治、经济、社会方面的新问题都成为戏剧的素材，对于那些心存疑虑的农民来说，他们的疑问通过这种幽默易懂的方式得到了解答。红军占领新的地区后，便由红军剧社平息民众的恐惧，使他们能够基本了解红军的纲领。红军剧社还传播了许多革命思想，赢得人民的信任。1935年红军东征山西时，数百名农民听说军中有红军剧社，都蜂拥而来观看他们的演出。

总之，这种"艺术宣传"发展到了无与伦比的程度，很多人会说，"为什么要把艺术扯进来？"但从最广泛的意义来看，这就是艺术，因为它将对生命的憧憬带给了观众。如果说这是一种朴素的艺术，那是因为它提供的鲜活材料和它表达的现实人物看待人生问题的方式也是这样朴素。对中国的广大民众来说，艺术和宣传之间没有明确的界限。唯一的区别在于，哪些是人们结合自己的人生经验就能理解的，哪些不是。

人们可以将中国共产主义运动的整部历史视为一场盛大的宣传演出，它更多的是为了保护这种思想存在的权利，而不是为了捍卫其绝对正确性。我不敢断言，这是否可能是红军最永恒的贡献，虽然他们可能会以失败告终。已经有千百万青年农民听到了这些乳臭未干的青年传播的马克思主义，而这

---

① 成仿吾曾于1931年抵达鄂豫皖革命根据地，后去了上海，于1933年12月30日离沪，次年1月11日抵达瑞金。——译者注

些青年中有成千上万人如今已经牺牲。对于这些农民而言，中国陈旧文化的禁锢再也不会那么有效。无论命运使这些红军流落到哪些令人难以置信的地方，他们都会强烈要求开展深刻的社会改革——农民是无法通过其他渠道了解到这些的——而且他们将行动起来的新信念带给了穷人和被压迫者。

他们真诚并且迫切的宣传目标，就是要震撼并唤醒中国农村的亿万民众，唤起他们的社会责任感，唤起他们的人权意识，克服儒教道教中怯懦、消极、僵化的信条，对他们进行教育和劝导，毫无疑问有时也要敦促他们，促使他们起来为“人民当家做主”——中国农村的新风貌——而斗争，为共产党期待的正义、平等、自由和富有人类尊严的生活而斗争。农民阶级在沉睡了两千年之后已经觉醒，并且逐渐站了起来，产生了越来越强大的力量。与南京方面通过的看似虔诚实则空洞的决议相比，这种力量更能促成中国大地的巨变。

这种“共产主义”在某种意义上意味着，有史以来第一次，成千上万的知识青年突然掌握了大量科学知识，激起了伟大的梦想。这些青年“重新回到人民中间”，到他们乡村的底层，用新掌握的知识来“启发”知识贫乏的农村，“启发”生活在黑暗中的农民，争取与他们联合起来，共同建设“更加富裕的生活”。他们抱着这样的信念，更美好的世界可以创造，而且只有他们才能创造。在这个信念的鼓舞下，他们带着自己的行动方案——公社的理想——回到人民中间去，争取他们的支持和拥护。他们赢得了意想不到的广泛支持。他们通过开展宣传和实际行动，将关于国家、社会和个人的新观念带给亿万民众。

当我待在红军中间时，经常有种奇异的感觉，仿佛在自己身边的是一群学生，他们因为某种奇异的历史安排，过着一种暴力生活，对他们而言，这种暴力生活好像比足球赛、教科书、谈恋爱这类其他国家青年主要关心的事情要重要得多。有时我甚至无法相信，就是这一批抱着坚定决心的青年，在一种思想的武装之下，竟然能够对抗南京方面浩荡的大军，与他们进行了长达 10 年的大规模战斗。这种不可思议的战斗友谊，究竟是怎么产生，怎么联结在一起的？它从哪里获得力量？或许它还没有成熟，但从根本上看仍然像一种强有力的示威，像一场青年改革运动，这又是什么原因？他们是如何向那些对此一无所知的人们阐明这种思想的合理性的？

这个时候，毛泽东开始告诉我一些他的个人经历，我夜复一夜地记述着，并逐渐认识到这不但是他个人的历史，也是关于共产主义发展历程的记录，是关于共产主义为何能够赢得千千万万青年男女拥护和支持的记录——共产主义对中国具有实际意义，适合中国国情。毛泽东的故事，我后来还会从共产党的其他许多领导人那里不断听到，只是从不同的角度，有更多的细节。我想，这该是人们想要读的故事。

第4篇 一位共产党员的来历

Part Four Genesis of a Communist

第 *1* 节

童年时代

Childhood

关于我提出的涉及不同事项的五六组问题，毛泽东谈了十几个晚上，但几乎没有提及他自己或者他本人在其中所起的作用。我开始有一种感觉，指望他详细谈谈这方面的情况怕是不可能了：很显然，他认为个人的作用无关紧要。他就像我遇到的其他共产党员一样，更多地谈到委员会、组织、军队、决议、战役、战术、“措施”等等，很少提及个人经历。

有段时间，我以为他之所以不愿意详谈个人事务，甚至不愿意详谈其他同志们个人的功绩，可能是因为谦虚，可能是因为对我有所顾忌或者心存疑虑，也可能是考虑到国民党正在悬赏其中许多人的首级。后来我才发现，情况并非如此，他们中的大部分人真的不记得那些个人事务的细节了。当我开始搜集人物的传记材料时，我多次发现，共产党员能说出青少年时期发生的所有事情，但是他一加入红军，就将个人置之度外。如果你不是反反复复地问他，就不会了解到更多关于他本人的事情，你只能听到关于红军的故事、关于苏维埃的故事、关于共产党的故事——在他们心里，这些永远排在第一位。他们可以滔滔不绝地谈论战役的具体日期和细节，以及他们在许多没人听说过的地方出入的情况。不过，这些对于他们来说只有集体的意义，并不是因为他们作为个人在那里开创了历史，只是因为红军曾到过那里，而在红军背后，存在着一种意识形态的全部有机力量，他们就是在为这种意识形态而战斗。这是一个有意思的发现，却让我的报道更加困难了。

有天晚上，我的其他所有问题都得到了满意答复，这时毛泽东开始回答我称之为“个人历史”的一连串问题。在看到“你结过几次婚”这个问题时，他微微一笑——后来传出了这样的谣言，说我问毛泽东有几个老婆。无论如何，他对于提供自传的必要性心存疑虑。但我争辩道，从某种意义上来说，这比其他问题的报道更重要。我说："人们读了你说过的话，就想知道你是个什么样的人。而且，你也该纠正一些流传的谣言。"

我提醒他外界散布着关于他死亡的各类传闻——有些人以为他能说一口流利的法语，有些人却说他是个无知的农民；有消息说他是个半死不活的肺痨病人，还有消息坚称他是个狂热分子。他似乎感到有些意外，人们居然会花工夫对他进行各种猜测。于是他同意应该纠正这类传闻，并对我写下的那些问题再一次仔细过目。

最后他说道："如果我不回答你的问题，而是把我的生平向你做个简要概括，你觉得怎样？我看这样更容易明白，而且最后一样回答了你所有的问题。"

在接下来几个夜晚的谈话中，我们真的就像密谋一样，蜷坐在窑洞里那张铺着红桌布的桌子旁边，蜡烛在我们中间爆着火花。我不停地记笔记，一直记到困得要打盹了。吴亮平坐在我身边，把毛泽东柔和的湖南话翻译成英语。在毛的方言中，"鸡"的发音不是厚重的北方音"chi"，而是有些浪漫的音调"ghii"，"湖南"不是"Hunan"，而是变成了"Funan"，一碗"茶"变成了一碗"ts' a"，还有许多奇怪得多的变音。毛泽东凭着他的记忆述说一切；他一边说，我一边记。就像我之前说过的那样，我记下的笔记又被重新翻译成中文，并且得到了修正。以下就是修正后的谈话记录，除了对耐心的吴先生的一些句法进行必要的改正外，我并没有对它进行文学加工。

"我于1893年出生在湖南省湘潭县韶山冲。[①] 我父亲名叫毛顺生[②]，我母亲出嫁前的名字叫文七妹[③]。

"我父亲本来是贫农，年轻时因为欠了一大笔债，被迫当了兵。他当了很多年兵，后来回到我出生的那个村子，做点小生意和其他买卖。他省吃俭用，攒下一点钱，买回了自己的田地。

"这时候，我们家成了中农，有15亩地。这些地每年能收60担谷子。我

---

① 毛泽东并未提到他的生日，后来报道称他生于12月26日。1949年，毛泽东号召中国共产党禁止以领导人的姓名命名省份、街道和企业，禁止庆祝他们的生日。见《毛泽东选集》第四卷（1961年出版于北京），第38页。

② 毛泽东父亲名叫毛贻昌，字顺生。——译者注

③ 毛泽东母亲真名叫文素勤。——译者注

们一家五口总共要吃掉35担——也就是说，每人要吃掉7担左右——这样一来，每年还能剩下25担。父亲用这些剩下的谷子，又攒了点钱，买了7亩多的地，于是我们家成了'富'农。从那时起，我们家每年能收84担谷子。

"我10岁那年，家里只有15亩地，五口人——父亲、母亲、祖父、弟弟和我。在我们又买了7亩地后，祖父去世了，但又多了个弟弟。不过，我们每年还是有49担谷的余粮，父亲就靠着这些余粮慢慢发家致富了。

"父亲还是中农的时候，就开始做贩运谷子的买卖，赚了一点钱。他成了'富'农后，大部分时间都花在这桩买卖上。他雇了个长工，还叫妻子和孩子们都下地干活。我6岁就开始干农活了。父亲没有开店做买卖，他只是从贫农手里收购谷子，再运到城里卖给商人，在商人那儿卖个好价钱。冬天碾米的时候，他就再雇一个短工去地里干活，所以这个时候我们家要养活七口人。我们家吃得很节省，但总还够吃。

"我8岁那年开始在本地的一所小学堂上学，一直读到13岁。清早和晚上我在地里干活。白天我读儒家的《论语》和'四书'。我的国文老师属于'严厉派'，对学生粗暴苛刻，经常打学生。就因为这样，我在10岁时逃过学。不过我怕挨打，不敢回家，于是朝着大致通往县城的方向走，以为县城就在什么地方的山谷里。我流浪了3天，最后还是被家里人找到了。我这才知道，我这次旅行只是在兜圈子，走了那么多路，才离我家8里远。

"不过，回到家后，出乎我的意料，情况有所改善。父亲比以前体谅了些，老师的态度也温和了些。抗议的结果，给我留下了很深的印象。这是一次成功的'罢课'。

"我刚认得几个字，父亲就让我开始记家里的账。他要我学打算盘。因为父亲对这件事很坚持，我就开始在晚上记账。他是个严厉的监工，见不得我闲着，要是没有账可记，他就叫我去干农活。他脾气很大，经常打我和我弟弟。他没给过我们一文钱，而且给我们吃最差的饭菜。他对雇工们做了让步，每月十五吃饭时给他们鸡蛋，但从来不给肉。可是对我，他既不给鸡蛋，也不给肉吃。

"母亲是个好心肠的妇女，为人宽厚，什么时候都愿意接济别人。她同情穷人，当他们遇上饥荒来讨米时，她经常送米给他们。但如果父亲也在，她就不能这么做。父亲不赞成赈济穷人。我们家为了这事吵过许多次。

"我们家有两个'党'。一个党是父亲，是'执政党'。'反对党'由我、母亲和弟弟组成，有时还包括雇工。不过，在‘反对党’的‘统一战线’内部，也有不同的意见。母亲主张‘间接打击’的政策。她不赞成公开表达情感，也不赞成公然反抗‘执政党’的企图，说这不是中国人的行事方式。

“不过，我在13岁那年发现了与父亲辩论的好办法，那就是站在父亲的立场，引经据典地反驳他。父亲最喜欢指责我不孝和懒惰。我就引用经书上的话进行回击，称‘长者须和善仁慈’。他指责我懒惰，我就回嘴说，年长者应该比年幼者多干活，父亲年纪是我的三倍多，应该干更多的活。我还说，等我到了他这个年纪，我会比他还要勤快。

“这个老头儿（我的父亲）继续‘积聚财富’，在那个小村子里已经被认为是‘发了大财’。他不再购置更多的土地，但他典进了别人的许多土地。他的资产增加到了两三千元。①

“我的不满更多了。辩证法的斗争在我们家不断发展。② 我记得特别清楚的一件事是，在我大概13岁的时候，父亲邀请了许多客人来家里；我们两人当着他们的面就争执起来。父亲当众骂我又懒又没有用。这话惹恼了我。我反驳他，愤而离家。母亲跑着追我，极力劝我回去。父亲也追上来，边骂边命令我回去。我跑到一个池塘边，并且威胁说如果他再靠近，我就跳下去。在此情形下，停止‘内战’的要求和反要求都提出来了。父亲坚持要我认错，并且要磕头表示屈服。我声称，要是他答应不打我，我可以单膝跪下磕头。于是‘战争’结束了。我从这件事当中认识到，当我公然反抗、保护自己的权利时，父亲就会缓和下来；但如果我依然软弱驯服，他只会变本加厉地打骂我。

“现在回想起来，我认为父亲的苛刻，最终让他遭到了失败。我学会了反对他，我们建立了真正的统一战线去对付他。同时，他的严厉态度可能也对我有利。就因为他的严厉，我干活很勤快，记账也很仔细，好让他找不到责怪我的把柄。

“父亲上过两年学，认得的字够记账用。母亲完全不识字。两人都出身农民家庭。我是我们家的‘读书人’。我读过经书，但并不喜欢。我爱看的是中国古代的传奇小说，特别是其中有关造反的故事。我读过《岳飞传》《水浒

① 毛泽东使用中国的术语“元”，常常译作“现大洋”。1900年的时候，3000元在中国农村地区是相当引人注目的一大笔钱款。

② 毛泽东在回忆这类事情的时候，诙谐地使用所有这些政治名词来解释。

传》《隋唐演义》《三国演义》和《西游记》。当时我还很小，是瞒着老师读的，老师讨厌这些禁书，称它们是‘邪书’，并且严加防范。我经常在学堂里看这些书，老师从旁边走过时，就用一本经书盖在上面。大多数同学也这么干。许多故事我们几乎已经记得滚瓜烂熟，还反复讨论了很多次。关于这些故事，我们知道的比村子里的老人还要多。他们也喜欢这些故事，经常和我们交流故事的情节内容。我相信这些书可能对我有很大影响，因为我是在易受影响的青少年时期读的。

“我 13 岁那年终于离开了小学堂，开始长时间在地里帮雇工干活，白天做一个全劳力，晚上给父亲记账。不过，我还是能够继续读书，贪婪地阅读我能找到的除了经书以外的一切书籍。这让父亲很恼火，他想要我熟读经书，特别是在输了一场官司之后更是如此，他之所以败诉，就是因为他的对手在法庭上恰当地引用了典籍。我经常在深夜里把房间的窗户遮住，这样父亲就看不见灯光了。我就用这种办法读了《盛世危言》[①]，当时我非常喜欢。书的作者是个老派改良主义学者，认为中国之所以弱，是因为缺少西洋装备——铁路、电话、电报、轮船，他想将它们引入中国。父亲认为读这样的书纯属浪费时间。他要我读些像经书那样实用的书，好帮他打赢官司。

“我继续读中国古代的传奇小说和文学故事。有一天我忽然发现，这些故事有个特别之处，那就是故事里没有种地的农民。人物都是武将、文官或者书生，没有一个农民当过主角。这件事让我疑惑了整整两年，后来我就分析故事的内容。我发现这些故事都在歌颂武将，歌颂人民的统治者。他们不必种田，因为他们拥有并且控制着土地，而这些土地显然是由农民替他们耕作的。

“父亲早年和中年都不相信神，但母亲却虔诚地信佛。她向我们灌输佛教信仰，因为父亲不信佛，我们都很难过。我 9 岁时曾和母亲郑重讨论过父亲不信佛的问题。后来，我们试过很多办法，想让他转变，但没有成功。他只会责骂我们，慑于他的攻击，我们只好罢手，再想别的办法。可他总是不愿意信神。

“不过，我阅读的书籍逐渐开始对我产生影响，我自己也变得越来越怀疑

① 作者郑观应提出了许多民主改革的建议，包括建立议会制政府和现代教育通信手段。他的这部著作出版于 1898 年，就在当年发生了时运不佳的“百日维新”。这部著作有着广泛的影响。

神佛了。母亲开始担心我，责备我对敬神拜佛的仪式漠不关心，但父亲却不置一词。后来有一天，他在出去收款子的路上碰见一只老虎。老虎突然见到人，吓得赶紧逃走了。但父亲却更吃惊，事后对于这次奇迹般的脱险想了很多。他开始怀疑自己是不是冒犯了神明。从此以后，他开始对神佛表现出更多的尊敬，间或也烧烧香。但对于我越来越不信神，老头儿并不干涉。他只是在遇到困难的时候，才求神拜佛。

“《盛世危言》激发了我继续学业的愿望。我也越来越厌倦下地干活了。父亲自然对此表示反对。我们还因为这件事发生了口角，最后我从家里出走。我跑到一个失业的法政学生家，在他那儿学习了半年。后来，我又在一位老先生那里学习了更多经史类的书，还读了许多时下的文章和一些新书。

“在此期间，湖南发生的一起事件影响了我的一生。在我念书的那所小学堂外面，我们学生看见有许多从长沙回来的豆商。我们问他们为何都离开了长沙。他们说，长沙城里发生了大规模暴动。

“那一年爆发了严重的饥荒，在长沙有成千上万的人没饭吃。几个饥民领头，到抚台衙门要求发放救济，但抚台傲慢地答复道：‘你们怎么会没饭吃？城里的吃的多得是。我就从来没饿过肚子。’得到这样的答复，人们怒火中烧，他们召集了群众，组织了游行示威。他们攻打了清朝的衙门，把作为官府标志的旗杆砍断了，还赶跑了抚台。此后，一位姓庄的布政使骑了马出来，告诉人们说官府会设法帮他们。姓庄的做出的承诺显然是诚心诚意的，但皇上不喜欢，谴责他与‘暴民’暗中勾结。他被革了职，随后来了个新抚台，立刻下令逮捕带头闹事者。他们中的许多人被杀头，头颅被挂在旗杆上示众，作为对今后‘暴民’的警示。

“这起事件我们在学堂讨论了很久。它给我留下的印象很深。多数学生都同情‘造反者’，但仅仅是从旁观者的角度。他们不明白这与他们自己的生活有什么关系。他们之所以对它感兴趣，只是因为觉得它是一起耸人听闻的事件。可是，我心里却始终放不下这件事。在我看来，那些造反者都是些普通的百姓，就像我自己的家人一样，我痛恨他们遭到的不公正待遇。

“没过多久，韶山秘密团体哥老会[①]的成员与当地地主之间发生了冲突。这个地主去衙门告他们。他很有势力，很容易就靠着贿赂得到了对他有利的

① 就是贺龙曾加入过的秘密团体。

判决。哥老会成员败诉，但他们并不屈服，而是对地主和官府奋起反抗。他们后来撤退到当地一座名叫‘浏山’的山里，在那里建了堡寨。官府派军队攻打他们，那个地主还散播谣言，说哥老会‘揭竿而起’，还杀了一个小孩祭旗。起义领袖是一个叫作‘彭铁匠’的人。最后他们遭到了镇压，彭铁匠被迫逃亡，最后被捕并遭到斩首。可在学生们眼中，他是位英雄，因为所有人都同情这场起义。

“第二年青黄不接的时候，我们乡爆发了粮荒。穷人要求富农接济他们，并开始发动一场名为‘吃大户’[①] 的运动。父亲是个米商，虽然我们乡正缺粮食，但他还是将大批粮食运到城里去。其中有批粮食被穷苦村民没收了，他怒气冲天。我并不同情他，不过我觉得村民们的做法也不对。

“在此期间，还有一件事对我产生了影响。这就是本地有所小学来了一位‘过激派’教师。他的‘过激’，体现在他反对佛教，而且要革除神佛。他力劝人们将庙宇改作学堂。人人都在议论他。我佩服他，赞同他的见解。

“我年轻的头脑里这时已有了反抗意识，而这些接二连三发生的事件，在我头脑里留下了难以磨灭的印象。也就在这个时期，我开始关注政治，特别是在我读过一本小册子后——这本小册子讲了中国的四分五裂。即使是现在，我还记得这本小册子的开篇语：‘呜呼，中国其将亡矣！’小册子的内容包括日本对朝鲜和台湾的占领，还包括印度支那、缅甸及其他地区主权的丧失。读完小册子，我对国家的前途深感忧虑，开始认识到‘国家兴亡，匹夫有责’。

“父亲决定将我送到湘潭一家米店当学徒，这家米店跟他有些交情。我一开始并没有反对，觉得这可能会很有趣。但大约就在此时，我听说有一所不寻常的新式学堂，便决定不顾父亲反对，去那里上学。这所学堂位于我母亲娘家的湘乡县。我有个表兄就是那里的学生，他告诉我这所新式学堂的情况以及‘现代教育’的改革。那里对经书不那么看重，更多的教的是西方的‘新学’。教学方法也十分‘进步’。

“我跟着表兄去那所学堂报名。我说我是湘乡人，因为我以为这所学堂只招收当地人。后来我发现，这所学堂对各地学生都开放，于是我又改回了自己的真实籍贯——湘潭。我交了 5 个月的膳宿费和学杂费，共计 1400 铜元。

① 字面意思是“到大户人家去吃饭”， 即到地主的谷仓去吃饭。

父亲的朋友们跟他说，这种‘先进的’教育能够提高我的赚钱本领，所以他最终还是同意我入学了。这是我第一次去离家50里远的地方。当时我16岁。

“在这所新学堂，我开始学习自然科学和西学的新学科。另一件值得一提的事情是，教师中有一个从日本回国的留学生，戴着假辫子。很容易就能发现他的辫子是假的。于是大家都笑话他，管他叫‘假洋鬼子’。

“以前我从未见过这么多孩子聚在一块儿。他们大多是地主家的儿子，衣着讲究；很少有农民能供得起孩子到这样的学堂上学。我比其他人穿得都要差。我只有一套像样的短衫裤。学生们不穿长衫，只有教师才穿，除了‘洋鬼子’外没人穿洋服。因为我平时总身穿破旧的衣衫和长裤，许多有钱的学生看不起我。不过，我在他们中间也有朋友，特别有两位是我的挚友。其中一位现在是个作家，旅居苏联。①

“别人不喜欢我，还因为我不是湘乡本地人。在这所学堂，原籍是不是湘乡非常重要，并且还要看来自湘乡的哪个乡。湘乡有上、中、下三个乡，其中上乡和下乡仅仅是因为地域观念而争斗不休，互不相容。我在这场争斗中持中立态度，因为我压根不是本地人。结果这三派瞧不起我，我在精神上感觉非常压抑。

“我在这所学堂取得了很大进步。老师们都喜欢我，特别是那些教经书的老师，因为我古文写得好。但我的心思并不在经书上。我正在读表兄送我的两本书，内容都和康有为的维新运动有关。其中一本是梁启超主编的《新民丛报》。这两本书我一读再读，烂熟于心。我崇拜康有为和梁启超，也很感谢我的表兄，当时我以为他非常进步，后来他却成了反革命，成了一名乡绅，在1925—1927年大革命时期加入了反动派。

“因为‘假洋鬼子’戴着假辫子，许多学生都讨厌他，但我喜欢听他讲日本的事儿。他教音乐和英语。他教的歌曲中有一首日本歌，歌名叫《黄海之战》。我还记得其中一些迷人的歌词：

麻雀歌唱，
夜莺跳舞，
春天里，绿色的田野真可爱。

---

① 萧三。

石榴花红，
杨柳叶绿，
这里是一幅新景象。

“当时，从这首歌颂日本战胜俄国的歌曲中，我了解并且感受到日本的美丽，也能感觉到一点日本的骄傲和实力。[①] 但我没想到，还有一个野蛮残暴的日本——今天我们所认识的日本。

“这些都是我从‘假洋鬼子’那里学到的。

“我还记得大概就是在那个时候，我头一回听说光绪皇帝和慈禧太后都死了——尽管此时新皇帝宣统（溥仪）即位已有两年。那时候，我还不是个反对帝制的人；事实上，我以为皇帝以及大多数官吏都诚实、善良、聪明。他们只是需要康有为来帮他们变法。中国古代帝王的故事让我着迷，从尧、舜、秦始皇到汉武帝，我读了很多有关他们的书。[②] 我还学习了一些外国历史和地理的知识。在一篇关于美国革命的文章里，我头一回听说美国这个国家。文章中有这样一句话：‘经过八年苦战，华盛顿终于赢得了胜利，建立了国家。’在一部名为《世界英杰传》的书中，我还读到了拿破仑、俄国叶卡捷琳娜女皇、彼得大帝、威灵顿、格莱斯顿、卢梭、孟德斯鸠和林肯。”

① 这首歌唱的显然是日俄战争结束、签订《朴次茅斯条约》之后，日本庆祝春节的欢乐情景。

② 尧和舜是具有传奇色彩的第一代君王，在渭水与黄河流域建立了中国社会，控制了洪水（通过修筑堤坝和挖掘运河）（尧生于公元前 2317 年，卒于公元前 2200 年；舜生于公元前 2277 年，卒于公元前 2178 年——译者注）；秦始皇（公元前 259—前 221 年）统一了中国（秦始皇于公元前 210 年去世——译者注），完成了长城的建造；汉武帝巩固了汉朝的基础，汉朝在秦朝灭亡后建立，延续了 426 年（包括后汉）。

第 2 节

在长沙的岁月

Days in Changsha

毛泽东接着讲述道：

“我开始渴望去长沙。长沙是座大城市，也是湖南省省会，距离我家120里。据说这座城市非常大，人很多，有无数所学堂，还有抚台衙门。总而言之，那个地方很繁华。我当时很想去那里，去一所为湘乡人开办的中学。那年冬天，我请求我的一位高小老师介绍我到那里去，他答应了。我徒步走到长沙，心情非常激动，还有些担心自己遭到拒绝，不能入学，我几乎不敢指望真的能成为这所名校的学生。出乎我的意料，我竟然没费周折就被接收了。但是，政局正在急剧变化，我在那里只学习了半年。

“在长沙，我有生以来第一次读了报纸——《民立报》，那是一份国民革命的报纸，刊登了湖南人黄兴领导的广州反清起义和七十二烈士殉难的消息。我读了以后，大为感动，我发现《民立报》充满了令人振奋的消息。这份报纸由于右任主编，他后来成了国民党著名领导人。这时我还听说了孙中山和同盟会①纲领。当时中国正处于第一次革命前夕。我激动不已，写下一篇文章，张贴在学堂的墙上。这是我头一回公开发表政治观点，思想还有些混乱。对于康有为和梁启超，我还是很佩服。我不太清楚他们之间的差异。因此我在文章里鼓吹必须将孙中山从日本请回来，让他担任新政府的总统，让康有为做国务总理，梁启超做外交部长！②

“川汉铁路的修建引发了反对外国投资的运动。民众对立宪的要求越来越

① 同盟会是秘密的革命组织，由孙中山创建，是国民党的前身，其会员大多流亡日本，继续针对“改良保皇党”首领梁启超和康有为进行有力的“笔伐”。

② 这是个荒谬的政治联盟，康有为和梁启超都是保皇派，而孙中山则反对帝制。

强烈。面对这种形势，皇帝只是下诏设立资政院。在我的学堂里，同学们的情绪越来越激动。他们以剪掉长辫子的方式来表达他们的反满情绪。[①] 我和一个朋友剪掉了辫子。不过，其他说好要剪辫子的人后来却食了言。因此，我和我的朋友就悄悄对他们发起突袭，强行剪去他们的辫子，共有十几条辫子成为我们剪刀下的牺牲品。就这样，在短短的时间里，我从笑话'假洋鬼子'的假辫子发展到要求全部剪掉辫子。由此可见，政治思想多么能改变人的观点！

"在剪辫子这个插曲上，我和法政学堂里的一位朋友发生了争论，各自就此提出了相反的理论。这个法政学生引用经书来为他自己的观点找根据，认为身体发肤，受之父母，不敢毁伤。不过，我本人和反对留辫子的人出于反清的政治立场，提出相反的理论，让他无力反驳。

"以黎元洪为首的武昌起义爆发后[②]，湖南发布了戒严令。政治局势迅速发生变化。一天，一名革命党人经过校长允许来到中学，做了一次振奋人心的演讲。会上有七八名学生站起来支持他，对清政府表示强烈谴责，并号召大家采取行动，建立共和。大家都全神贯注地听着。那位宣扬革命的演说者是黎元洪手下的一名官员，当他向激动的学生发表讲话时，整个会场鸦雀无声。

"在听了这次演讲四五天后，我打定主意要参加黎元洪的革命军。我决定和其他几个朋友一同前往汉口。我们从同学那儿凑了一些钱。听说汉口的街道很湿，需要穿雨鞋，于是我去找城外驻军的一位朋友借鞋。结果，我被驻防的卫兵拦住了。那个地方局势已经很紧张。士兵们头一回配发了子弹，正潮水般涌上街头。

"起义军正沿着粤汉铁路向市区迫近，战斗已经开始。在长沙城外，已经进行了一场大规模战役。城里也在进行起义，城门已被中国工人攻占。我穿过一座城门，重新返回城里。随后，我站在一座高地上看下面的战况，直至最后看到'汉'[③] 旗在衙门上升起。那是一面白色的旗帜，上面写着'汉'

---

① 此举似乎更像是反儒而不是反满。一些正统的儒家学者坚持认为，人类不应干涉自然，包括头发和指甲的生长。

② 武昌起义爆发于 1911 年，标志着推翻清朝革命运动的开端。武昌起义由蒋翊武等领导，起义军控制了武汉三镇后成立湖北军政府，推举黎元洪为都督。——译者注

③ "汉人"意思是"汉朝人"的后代，指的是历史悠久的汉朝（公元前 206—公元 220 年）。欧洲人称中国为"China"，称中国人为"Chinese"，源自于汉朝之后清朝中的"清（Chin）"。汉人则称之为"中国"，也可译为"中央王国"。官方术语中的中国人也包括非汉人。因此，满人也属于"中国人"，但不是"汉人"。

字。我回到学校，发现那里已经有军队把守。

“第二天成立了都督府[1]，哥老会的两位重要人物被任命为都督和副都督，他们分别是焦达峰和陈作新。新政府设在前省咨议局的房子里，议长原是谭延闿，现在被免职了，省咨议局也被撤销了。在革命党人发现的清政府文件里，有一些请求召开国会的请愿书的副本。原件是现任苏维埃政府教育部长徐特立写的血书。当时，为了表明诚意和决心，他切下了指尖。他的请愿书开篇语是：‘为吁请召开国会，予断指以送（本省赴京代表）。’

“新都督和副都督任职时间并不长。他们不是坏人，而且有点革命的意图。但他们是穷人，代表的是被压迫者的利益。地主和商人都对他们不满。没过几天，当我去拜访一位朋友时，看到他俩已经横尸街头。原来，谭延闿策划了一场叛乱来反对他们，谭正是湖南地主和军阀的代表人物。

“此时，有许多学生参加军队。一支学生军已经组建起来，在这些学生中有唐生智[2]。我不喜欢这支学生军，它的基础太混杂了。我决定加入正规军，为革命成功效力。当时清朝的皇帝还没退位，还需要经过一个斗争的时期。

“我每月的军饷是7元——但这比我目前在红军的收入要多。其中，我每月要花2元在伙食上。我还得买水。士兵必须到城外挑水，但我是学生，不愿屈就挑水，只能向挑水夫买。剩余的军饷都用在买报纸上，我成了它们的热心读者。当时倡导革命的报刊有个叫《湘江日报》，报上讨论了‘社会主义’，我就是从这些栏目中第一次得知‘社会主义’这个词。我还跟别的学生和士兵讨论‘社会主义’，其实我们讨论的不过是‘社会改良主义’罢了。我读了江亢虎撰写的一些小册子，它们讲的是社会主义及其原理。我满怀热情地给几位同学写信，讨论这个话题，但只有一位同学回信表示赞同。

“我那个班有一名湖南矿工和一名铁匠，我很喜欢他们。其他人都是些平庸的人，还有一个无赖。我又劝两名学生参加了军队，我和排长还有大多数士兵都建立了友谊。我会写字，懂一些书上的知识。他们钦佩我的‘博学’。我可以通过写信或者其他类似的方式帮助他们。

“这时候革命尚未定局。清政府还没有完全放弃政权，国民党内部还存在着关于领导权的斗争。在湖南，人们都说未来战事不可避免。有几支军队已

① 都督即军事总督。

② 唐生智后来在1927年担任国民军司令。他背叛了汪精卫和共产党，在湖南开始“农民大屠杀”。

经组织起来，反对清政府，反对袁世凯[1]。这些军队中也有湘军。不过，就在湘军准备开始行动时，孙中山与袁世凯达成了协议，计划的战争戛然而止。南北‘统一’，南京政府被解散。我以为革命已经过去，于是退出军队，决定回去念书。我总共只当了半年兵。

“我开始关注报纸上的广告。当时开办了许多学校，通过这个渠道吸纳新生。我并没有对学校的优劣进行判断的特定标准，也不明确自己到底想做什么。有一则警察学堂的广告吸引了我的注意，于是我报名应试。不过在考试前，我读到一则广告，是关于一所制造肥皂的‘学校’的，说是不用交学费，提供食宿，还承诺发放小额津贴。这则广告很有吸引力，很有鼓动力。它说制造肥皂有巨大的社会效益，能够富国富民。于是我改变了报考警校的想法，决定做一名肥皂制造者。我在这里也交了 1 元报名费。

“就在此时，我有位朋友去学了法律，他力劝我到他的学校。我也看到了这所法政学堂颇具吸引力的广告，广告做出了许多美好的承诺，保证在三年内教完所有法律课程，期满后立刻可以做官。我朋友不断跟我说这所学堂的好话，最后我给家里写信，向他们重复了广告上所有的承诺，要他们给我寄学费。我向他们描绘了将来当法政官员的光明前景。随后，我向这所法政学堂交了 1 元报名费，等待父母回信。

“命运又进行了一次干涉，这次是以商业学校广告的方式。另一位朋友向我建议，国家正在打经济战，最需要能够建设国家经济的经济学家。我被他的说法打动了，便又向这所商业中学交了 1 元报名费。我真的去报名了，并且被录取了。不过，我仍然继续关注广告。有一天我读到一则广告，介绍一所公立高级商业学校的优点。这所学校由政府经办，课程设置得很全面，而且我听说那里的教师很有才能。我决定，在那里学成商业专家应该更好，于是交了 1 元报名费，然后写信告诉父亲我的决定。父亲很高兴。他很容易理解有生意头脑的好处。我进了这所学校——但只在那里学习了 1 个月。

“我发现这所学校的麻烦是，大多数课程都是用英语教的。和别的学生一

---

① 袁世凯，清政府军机大臣，曾于 1911 年逼迫清帝退位。当时被视为“共和之父”的孙中山返回中国，在南京的典礼上被拥戴者推举为总统。但袁世凯对中国大部分地区保持着军事控制。为了避免冲突，当袁世凯同意召开制宪会议和建立国会时，孙中山辞去了总统职务。然而，袁世凯继续实行军事独裁统治，并于 1915 年称帝，于是他的军阀支持者弃离了他。几个月后，他的称帝宣言被撤销，袁世凯病逝，共和复兴（即使没有宪政），进入地方军阀割据和民族分裂时期。

样，我对英语懂得很少；实际上，我除了字母之外基本都不懂。另一个障碍是，学校没有配备英语教师。我很讨厌这种情况，因此到月底就退了学，继续仔细留意报纸上的广告。

“我尝试的下一所学校是省立第一中学。我交了1元报名费，参加了入学考试，在候选者中以第一名的成绩通过了考试。这所学校很大，有很多学生，毕业生更是不计其数。那里的一位国文教师对我有很大帮助，由于我爱好文学，他对我很青睐。这位教师借给我一本《御批通鉴辑览》，里面有乾隆的谕旨和御批。

“大约就在这时，长沙的一座政府弹药库爆炸了，火光冲天。我们这些学生却感到非常有趣。成吨的子弹和炮弹在爆炸，火药燃成烈焰，比放爆竹还要精彩。大约1个月后，谭延闿被袁世凯赶跑了，此时袁世凯已经控制了民国的政治机构。汤芗铭顶替了谭延闿的位置，着手为袁世凯筹备登基事宜。

“我并不喜欢第一中学。它设置的课程很有限，校规也令人不快。读完《御批通鉴辑览》之后，我得出了结论，还是自学对我更有好处。六个月后我就退学了，制订了自学计划，包括到湖南省立图书馆看书。我很认真地坚持执行这个计划，就这样度过了半年时间，我觉得这对我特别有价值。每天上午图书馆开门，我就进去。中午我只稍作休息，买两块米糕当午饭。我天天在图书馆看书，直到闭馆才出来。

“在自学的这段时间，我读了很多书，学习了世界地理和世界历史。在那里，我头一回看到世界地图，并且怀着浓厚的兴趣进行了研究。我读了亚当·斯密的《国富论》、达尔文的《物种起源》和约翰·穆勒的一部伦理学著作。我还读了卢梭的著作、斯宾塞的《逻辑》和孟德斯鸠的一部法律著作。我认真研究了俄、美、英、法及其他国家的历史地理，与此同时，我也穿插着读了诗歌、小说和古希腊故事。

“我当时住在湘乡会馆。很多士兵也住在那里，他们都是‘退伍’或者被遣散的湘乡人。这些人既没工作，也没多少钱。在会馆里，学生和士兵老是吵架。一天晚上，双方之间的敌对升级成了武斗。士兵向学生发起攻击，想要他们的命。我逃出去躲到厕所里，一直等到武斗结束才出来。

“我那时没有钱，而且如果我不进学校读书，家里也不愿再供养我。我在会馆里也住不下去了，于是开始找新的住所。同时，我也一直在认真思考自己的‘前途’。我基本上已经决定，自己最适合教书。我又开始关注广告了。

这时，湖南师范学校有一则诱人的广告吸引了我的注意，我饶有兴致地读着它的好处：不用交学费，食宿费很便宜。有两位朋友也力劝我报考。他们想要我帮他们准备入学考试的作文。我给家里写信，汇报了自己的意向，征得了他们的同意。我为那两位朋友写了作文，也给自己写了一篇。三个人都被录取——所以，我事实上是被录取了三次。当时我并不认为替朋友代笔有什么不道德的，这只是朋友之间的友情而已。

“我在师范学校学习了五年，成功抵制了后来所有广告的诱惑。最后我竟然拿到了学位。我在这里——湖南省立第一师范学校经历了不少事情。正是在这个时期，我开始形成自己的政治观点。我最早的社会活动经验也是在这里获得的。

“这所新学校有许多规章制度，我只赞同其中的极少数。例如，我反对把自然科学设为必修课。我想专修社会科学，对自然科学并没有什么特别的兴趣，没有认真学，因此这些课程我大多成绩很差。我最讨厌静物写生必修课，觉得这门课极度乏味。我常常想出尽可能简单的东西来画，赶快画完离开教室。记得有一回，我画了一幅‘半壁见海日’[①]——一条直线，上面一个半圆。还有一回，我在图画考试时画了个椭圆应付了事。我管这叫鸡蛋。最后我得了 40 分，没及格。好在我的社会科学各门课成绩优秀，从而拉平了其他科目的低分。

“这里有一位国文教师，学生给他起了个绰号——‘袁大胡子’。他笑话我的作文是新闻记者的笔法。他瞧不上我崇拜的梁启超，认为他只是粗通文墨。我不得不改变文风。我学习韩愈的文章，掌握了古文文法。因此，多亏‘袁大胡子’，如果有需要的话，我现在还能写出一篇还算不错的文言文。

“给我留下最深印象的教师是杨昌济[②]，他是一位从英国回来的留学生，后来我俩的生活有了密切关系。他讲授伦理学，是一位唯心主义者，有着高尚的道德品质。他非常热烈地信仰自己的伦理学，努力向学生们灌输这样的

---

① 李白的一句诗。

② 杨昌济对于毛泽东早年在哲学理想主义方面的兴趣产生的影响比我们所知道的还要大。他对东方和西方文化的熟悉程度，在中国学者当中非常罕见。他的家人是湖南富裕的地主，有财力让他接受中国古典文学方面的良好教育，并将他送到日本学习 6 年。他在 30 岁时前往欧洲，在英国和德国学习了 4 年。后在大专院校任教，在湖南第一师范学校身居高位。后来他成为北京大学教授，并继续对毛泽东以朋友相待。杨昌济还推荐毛泽东阅读包尔生的著作《伦理学体系》。蔡元培翻译过这本书，他的译稿还保存着，其中有 12000 字的旁批出自毛泽东的手笔，表明他对包尔生强调纪律性、自控力和意志力的赞赏。

信念——成为正直、高尚、有益于社会的人。在他的影响下，我读了蔡元培关于伦理学的译著，并受启发写了一篇文章，题为《心之力》。我那时也是个唯心主义者，杨昌济老师出于自己的唯心主义立场，对我的那篇文章予以高度评价，给了我100分。

“一位姓唐的教师经常给我看一些旧《民报》，我带着浓厚的兴趣阅读那些报纸。我从报上了解到同盟会的活动和纲领。一天，我读到一份《民报》，里面讲了两名中国学生周游全国的故事，他们一路走到位于西藏边境的打箭炉。这件事令我深受鼓舞。我想效仿他们的做法，但没有钱，因此我想应该先尝试着在湖南旅行。

“第二年夏天，我开始徒步横穿湖南，经过了五个县。有个名叫萧瑜的学生和我做伴。我们的足迹踏遍了这五个县，没花一个铜板。农民们给我们吃的，为我们提供睡觉的地方。我们走到哪里都受到了友好的招待和欢迎。同我一起旅行的萧瑜，这个家伙后来成为南京方面的国民党官员，在易培基[①]手下任职。易培基本是湖南师范学校的校长，后来在南京当了高官，还把萧瑜安排到北京故宫博物院做监守。萧瑜却盗卖了博物院最珍贵的一些文物，在1934年携款逃跑了。

“我觉得自己志向高远，需要结交一些亲密伙伴。一天，我在长沙一家报纸上登广告，邀请有志于爱国工作的青年来联系我。我特别提出要结交坚强刚毅、随时准备为国献身的青年。这个广告得到了三个半人的答复。其中一个是罗章龙，他后来加入了共产党，但又背叛了党。另外两个青年后来成了极端反动分子。‘半’个答复来自一个没有明确表达意见的青年，他的名字叫作李立三。李立三听完我的话就走了，没有提出任何具体建议。我们之间从来没有发展出友谊来。[②]

“不过，我渐渐在我的周围团结了一批学生，这些学生形成后来一个学会的核心，这个学会将对中国国家事务和命运产生广泛的影响[③]。他们人数不多，但都是思想上先进的人，他们无暇议论鸡毛蒜皮的琐事。他们的言行一

---

① 易培基为他昔日的学生毛泽东提供了一份工作，即在附属于湖南师范学校的“模范”小学担任校长。毛泽东在此讲授中国文学，直至1922年。毛泽东在1965年告诉我，当时他对于自己的人生确无野心，只想做一名教师。

② 李立三后来负责实行有名的共产党“立三路线”，遭到毛泽东的强烈反对。下文会讲到毛泽东谈论李立三与红军的斗争及其结果。

③ 即“新民学会”。

定要有目标。他们无暇谈情说爱，认为形势是如此严峻，求知的需求是如此迫切，根本没有时间去谈论女人或个人事务。我对女人没什么兴趣。我 14 岁时，父母给我娶了个 20 岁的姑娘，但我从未和她一起生活过——而且后来也一直没有。我没有把她当作我的妻子，当时也几乎没有想到过她。在这种年纪的男青年的生活中，议论女性魅力常常是重要内容，但我的同伴不仅没说过这方面的话，甚至还拒绝谈论日常生活中平凡的琐事。记得有一回，我到一位青年的家里去，他对我说起要买肉，而且当着我的面把用人喊来，同他讲买肉的事情，然后吩咐他去买一块。我十分恼火，后来再也没有和那个家伙见面。我和我的朋友们更喜欢谈论大事——人的天性，人类社会的属性，中国、世界乃至宇宙的特性！

“我们还对体育锻炼十分热衷。寒假里，我们徒步穿过田野，上山下山，绕城踱步，越过溪流。要是下雨的话，我们就把衬衫脱掉，称之为‘雨浴’。要是烈日炎炎，我们也把衬衫脱掉，称之为‘日光浴’。春风吹拂时，我们放声高喊，说这是个新的体育项目，名叫‘风浴’。霜降以后，我们仍然睡在外面。甚至于到了 11 月，我们还在冰冷的河水中游泳。所有这些都以‘体能训练’的名义进行着。对于增强我的体质，这也许大有裨益。后来，我在中国南方多次往返行军，在长征中从江西走到西北，正好迫切需要这种体质。

“我与其他城镇的很多学生和朋友建立了广泛的通信联系。我渐渐意识到，我们还需要一个更严密的组织。1917 年，我和其他几位朋友推动建立了‘新民学会’。学会有 70 到 80 名会员，在他们当中，有许多人后来成为中国共产主义和中国革命史上的著名人物。曾经参加新民学会的较有名的共产党人有：罗迈（李维汉），现任中国共产党中央组织部长；夏曦，现在在红二方面军工作；何叔衡，中央苏区工农检察人民委员，后于 1935 年被蒋介石杀害①；郭亮，著名的工会组织者，1930 年被何键杀害②；萧子暲③，作家，现居苏联；蔡和森，中国共产党中央委员会委员，1927 年被蒋介石杀害④；易礼容，后来成为中央委员，接着‘叛变’国民党，成为资本主义工会的组织

① 何叔衡于 1935 年 2 月在福建长汀突围作战中牺牲。——译者注
② 郭亮牺牲于 1928 年。——译者注
③ 即萧三，萧瑜的弟弟。
④ 蔡和森于 1931 年被国民党杀害。——译者注

者[①]；萧铮（音译），中国共产党著名领导人，是在最初的建党文件上签名的6个人之一，不久前病故[②]。新民学会的大部分会员，都在1927年反革命政变中被杀害。[③]

“大约在同时，另一个与新民学会性质相似的团体成立了，这就是湖北的‘互助社’。它的许多成员，后来也发展为共产党，其中包括：恽代英，他在反革命政变中被蒋介石杀害；林彪，他现在是红军大学校长；还有张浩，他现在负责白军（被红军俘虏的国民党官兵）工作。北平还有个名叫‘辅社’的团体，其中有些成员后来发展为共产党。在中国别的地方，特别是上海、杭州、汉口和天津[④]，斗志昂扬的青年组织了一些进步团体，开始主张要对中国的政治施加影响。

“这些团体中的绝大多数，在组建时多少受了《新青年》的影响。《新青年》是倡导新文化运动的著名杂志，由陈独秀主编。[⑤] 我还在师范学校当学生时，就开始阅读这本杂志，并且十分欣赏胡适和陈独秀的文章。一时间，他们取代了梁启超和康有为，成为我的楷模，而梁启超、康有为二人已经被我抛弃了。

“这时，我的思想成了自由主义、民主改良主义和空想社会主义等观念的奇怪组合。我对于‘19世纪的民主’、乌托邦主义和旧式自由主义有着模糊的热情，但我明确反对军阀，反对帝国主义。

“我于1913年考入师范学校，1918年毕业。”

---

① 易礼容1927年与党组织失去联系，后参加工人运动。——译者注

② 此6人应为毛泽东、何叔衡、彭璜、贺民范、陈子博、彭平之，无一人符合上述条件，疑似作者记述有误。——译者注

③ 其他成员包括刘少奇、任弼时、李富春、王若飞、滕代远、李维汉（即罗迈——译者注）、肖劲光，另外至少还有一位女性，即蔡和森的妹妹蔡畅。所有这些成员均在中国共产党担任高级干部。毛泽东最喜爱的教授和后来的岳父杨昌济，以及毛泽东在湖南省立第一师范学校的老师徐特立，都是新民学会的资助人。

④ 天津的团体名叫“觉悟社”，是领导进步青年的组织。周恩来是创始人之一，其他成员包括：邓颖超（周恩来的夫人）；马骏，1927年在北平被杀害（马骏于1927年10月被捕，1928年2月被杀害——译者注）；谌小岑，后来担任国民党广东省党部书记。

⑤ 毛泽东于1917年4月在《新青年》以笔名“二十八画生”（毛泽东姓名的三个字共有28画）发表文章。毛泽东的文章《体育之研究》有趣而深刻地反映了他在24岁时的性格。毛泽东认为，身体本身“蕴藏着知识和美德”，良好的健康状况是精神完善特别是意志力的基础。他的文章还颂扬“军事英雄主义”。

第 3 节

革命的序幕

Prelude to Revolution

在毛泽东追忆往事的时候，我注意到有位听众——他的妻子贺子珍——至少和我一样感兴趣。毛泽东谈及他本人和共产主义运动的事情，其中有许多事情她显然从未听说过，毛泽东在保安的大多数同志也同样没有听说过。后来，在我从共产党的其他领导人那里搜集传记材料时，他们的同事经常会围上来，饶有兴致地倾听那些他们头一回听到的故事。他们虽然已经并肩战斗多年，但对于参加共产党之前的经历，彼此之间并不了解，他们往往将那段时期视作黑暗年代，只是在成为共产党员以后才开启自己真正的生命。

在另一天晚上，毛泽东盘腿而坐，背靠公文箱，用蜡烛点起一支烟。他接着前一天晚上中断的故事线索，继续往下讲：

“我在长沙师范学校的几年里，一共只花了 160 元钱——其中还包括我多次交的报名费！这笔钱大概有三分之一用于买报纸，因为我每月要花大约 1 元钱的订阅费。我也经常在报摊上买书、买杂志。父亲骂我浪费，说这是把钱浪费在废纸上。但我养成了看报纸的习惯，从 1911 年一直到 1927 年上井冈山，我一直阅读北平、上海和湖南的日报，从未间断。

“我在学校的最后那年，母亲去世了。这样一来，我就更没有回家的兴趣了。那个夏天，我决定去北平。湖南有许多学生正计划去法国，想通过‘勤工俭学’的办法在那里读书。在世界大战中，法国曾以‘勤工俭学’的形式招募中国青年为其工作。这些学生在出国前，打算先到北平学习法文。我协助组织了这场运动，在一批批出国留学的人中间，有很多都是湖南师范学校的学生，他们中的大多数人后来成为有名的进步人士。徐特立也受到这场运动的影响，在 40 多岁时放弃了湖南师范学校的教席，去了法国。不过，他直到 1927 年才成为共产党员。

“我和一些湖南学生一道去了北平。不过，尽管我协助组织了这场运动，新民学会也支持这场运动，但我却不想到欧洲去。我觉得我对自己的国家还不够了解，把我的时间花在中国，会更有好处。当时，那些决定前往法国的学生向现在的中法大学校长李石曾学法文，但我没有这么做。我有别的打算。

“北平的生活费用对我来说似乎太高了。我是借了朋友们的钱去首都的，一到那里就得马上找工作。我以前在师范学校的伦理学教师杨昌济，这时已经当上了国立北京大学的教授。我请他帮我找份工作，他将我介绍给大学图书馆的主任。这位主任就是李大钊，他后来成为中国共产党的创始人之一，后被张作霖杀害。[①] 李大钊为我安排了图书馆助理馆员的工作，我每月可以领到一大笔工资——8 元钱。

“我职位低，大家都不愿同我来往。我的一项任务是登记来图书馆看报纸的读者姓名，但他们大多没把我当成一个活生生的人。在那些来图书馆阅读的人中，我认出了一些新文化运动著名领袖，像傅斯年、罗家伦等，这些人我都非常感兴趣。我试图与他们谈谈政治和文化问题，但他们都很忙，没空听一个图书馆助理馆员讲南方土话。

“不过我没有气馁。我加入了哲学会和新闻学会，目的是在北大旁听课程。我在新闻学会遇到了一些同学，例如陈公博，他现在是南京方面的高官；[②] 再如谭平山，他后来加入了共产党，再后来又成了所谓‘第三党’党员；还有邵飘萍。特别是邵飘萍，对我有很大帮助。他在新闻学会当讲师，是一位自由主义者，怀揣炽热的理想，并且有着优秀的品质。他于 1926 年被张作霖杀害。

“我在北大图书馆工作期间还遇见了张国焘——目前担任苏维埃政府副主席；康白情，他后来在美国加利福尼亚州参加了三 K 党[③]（!!!）；段锡朋，目前是南京方面的教育部次长。在这里，我还遇见并且爱上了杨开慧。她是我原来的伦理学教师杨昌济的女儿。在我的青年时代，杨昌济给我留下了很

① 张作霖曾是土匪，后来成为东北地区军事独裁者。在国民党到达北平之前，张大帅（张作霖）在此执掌政权。他于 1928 年死于日本人之手。儿子张学良——人称“少帅”——继承了他的地位。

② 陈公博支持日本扶植的汪精卫傀儡政府，并在汪去世后担任“总理”，于 1946 年被蒋介石以“汉奸”罪名处决。

③ 从现有资料来看，康白情加入三 K 党的说法尚无佐证，不过他加入过旧金山洪门致公堂——中国致公党前身，并组织了一个“新中国党”。——译者注

深的印象，后来在北平，他成为我的挚友。

“我对政治的兴趣越来越浓，思想越来越进步。我和你讲过这种情况的背景。但我当时的思想仍然是混乱的。正如我们常说的那样，我正在寻找一条出路。我读了一些有关无政府主义的小册子，并且深受影响。有一位名叫朱谦之的学生和我往来颇多，我们经常一起讨论无政府主义和它在中国的发展前景。当时我赞成无政府主义的许多主张。

“我自己在北京的生活条件很糟糕。不过，另一方面，古都之美对我来说也不失为一种生动鲜活的补偿。我住在一个叫‘三眼井’的地方，与另外七个人合住在一个小房间里。当所有人都躺在炕上时，几乎挤得透不过气来。想翻身的时候，还得和两边的人提前打好招呼。不过，在公园和故宫广场，我见到了北国的早春。当北海[①]仍结着厚厚的冰时，我见到了盛开的白梅，见到了北海边的杨柳，柳枝上挂着冰凌。这让我想起唐代诗人岑参笔下的画面，他曾这样描写北海冬日玉珠挂树的景象：‘千树万树梨花开’。北平数不尽的树木不由令我惊奇和赞叹。

“1919 年年初，我跟要去法国的学生一起到了上海。我只有到天津去的车票，到那里以后不知道怎么再往前走。不过，俗话说得好，‘天无绝人之路’。幸运的是，有个同学从北平孔德学校得到了一笔钱，他借给我 10 元钱，这样我就能买一张到浦口的车票。在去南京的路上，我在曲阜逗留了一下，去瞻谒孔子的陵墓。我见到了孔子的弟子们濯足的那条小溪，见到了圣人幼时居住的小镇。在具有历史意义的孔庙附近，我也见到了相传由孔子栽种的那棵名树。我还在孔子的著名弟子颜回曾经住过的河边驻足停留，并且见到了孟子的出生地。在这次旅行中，我还登上了泰山，这座山是山东的圣山，冯玉祥将军曾在此隐居，还写下了爱国的对联。

“不过，当我到达浦口时，又是身无分文，还没有车票。没人能借给我钱，我不晓得要怎么离开浦口镇。最糟糕的是，我唯一的一双鞋被贼偷走了！哎呀！我该怎么办？不过，又是‘天无绝人之路’，我交上了好运。在火车站外面，我碰到了湖南来的一位老朋友，他成了我的‘活菩萨’。他借给我钱买了双鞋后，那笔钱还够买一张去上海的车票。就这样，我平安无事地完成了我的旅程——一路盯着我的新鞋。到上海后，我得知已经筹措到大量钱款，

① 北海与其他的“海”（中海、南海等——译者注）都是紫禁城内的人工湖。

协助把学生送往法国，还提供了一笔钱帮我回湖南。我把朋友们送上轮船，然后就动身回长沙了。

“记得我第一次到北方去的旅途中，还有过这些游历：

“我曾沿着洞庭湖散步，绕着保定府城墙走了一圈。我曾在北海的冰上漫步。《三国演义》里有名的徐州城墙，还有历史上同样享有盛名的南京城墙，我都逛了一圈。最后我登上了泰山，瞻仰了孔墓。当时，这些对我来说，似乎不亚于我在湖南的经历和徒步旅行。

“当我回到长沙的时候，我更直接地参与到政治中。在‘五四运动’[①]后，我将大部分时间投入到学生的政治活动上。我是湖南学生的报纸《湘江评论》的主编，这份报纸对中国南方学生运动影响很大。在长沙，我协助创办了文化书社，这是一个研究现代文化和政治发展态势的组织。这个书社与其他团体特别是新民学会，都强烈反对时任湖南督军的张敬尧，这是个坏蛋。我们领导了一次反对张敬尧的学生总罢课，要求把他撤职，并且派代表团到北平和西南地区进行反对他的宣传，当时孙中山正在西南积极活动。张敬尧查禁了《湘江评论》，以此报复学生们的反对。

“此后我代表新民学会到北平去，并在那里组织反军阀的运动。新民学会将反对张敬尧的斗争扩大化，把斗争变成了普遍的反军阀宣传活动。我担任新闻社社长，以促进这项工作。这场运动在湖南获得了一些成功。张敬尧被谭延闿推翻，在长沙建立起一个新政权。大约就在此时，新民学会开始分化为两派——右派和左派，左派坚持深刻的社会、经济和政治变革纲领。

“1920年我第二次到上海，在那里又一次见到了陈独秀。我第一次见到他是在北平，当时我正在国立北京大学。他对我的影响可能比其他任何人的影响都要大。那时，我还见到了胡适，我去拜访他，想要争取他对湖南学生斗争的支持。在上海，我和陈独秀讨论了我们建立‘改造湖南联盟’的计划。然后我返回长沙，开始组织联盟。我在长沙得到一个教师的职位，同时继续在新民学会开展活动。当时新民学会有一个争取湖南‘独立’的纲领——实际上是指‘自治’。我们的团体对北洋政府很反感，认定湖南要是与北平脱离关系，就能更加迅速地实现现代化，因此鼓动与北平分离。那时，我强烈支持美国的‘门罗主义’和‘门户开放’政策。

---

① “五四运动”被视为“第二次革命”和中国现代民族主义的开端。

“一个名叫赵恒惕的军阀利用‘湖南独立’运动来谋取私利，把谭延闿从湖南赶了出去。他装作支持这场运动，拥护中国联省自治的主张。然而，他一当权就开始大力镇压民主运动。我们的团体曾要求男女权利平等，要求建立代议制政府，总体上赞成资产阶级民主政治纲领。我们在自己的报纸《新湖南》上公开呼吁实行这些改革。因为省议会的大部分议员都是地主豪绅，由军阀任命，所以我们还领导了一次冲击省议会的行动。这次斗争的结局是，我们揭下了省议会的对联匾额，那上面都是些胡言乱语、夸大之词。

“冲击省议会的行动被视为湖南的一个重大事件，把统治者给吓坏了。不过，赵恒惕夺取控制权之后，背叛了他曾经拥护的所有主张，特别是他还用暴力压制所有民主的要求。所以我们学会把斗争的目标转向了他。我记得1920年有个插曲。当时新民学会为了庆祝俄国十月革命三周年，组织了示威游行，结果遭到了警察的镇压。有些示威者试图在会上升起红旗，遭到了警察的禁止。示威者指出，根据宪法第12条，人民有集会、结社和言论自由的权利，可警察不听。他们答道，他们到这里来不是为了听宪法课，而是要执行省长赵恒惕的命令。此后我越来越确信，只有通过群众行动赢得的群众政治权力，才能确保实现有力的改革。①

“1920年冬天，我头一回在政治上将工人们组织起来。在这一过程中，马克思主义理论和俄国革命历史的影响开始对我起指引的作用。我第二次去北平期间，阅读了许多有关俄国的书籍。我热切地寻找当时能够找到的极少数中文版的共产主义著作。有三本书特别深地印在我的脑海里，帮助我建立了对马克思主义的信仰。我接受了马克思主义，相信它是对历史的正确解释，之后就再也没有动摇过。这三本书分别是：陈望道译的《共产党宣言》，这是中文出版的第一部马克思主义著作；考茨基写的《阶级斗争》；柯卡普写的《社会主义史》。到了1920年夏天，我已经成为一名马克思主义者，无论是在理论上还是在一定程度的行动上。而且，我从此也自认为是一名马克思主义者。就在那年，我与杨开慧结了婚。”②

---

① 1920年10月，毛泽东在长沙组织了社会主义青年团，并与林祖涵一道在湖南建立了工会组织。

② 毛泽东之后没有再提及他和杨开慧的生活，只是提到她被杀害。杨开慧在大革命期间成为青年领袖，同时也是最活跃的女共产党员之一。当时湖南的进步青年把他们的婚姻誉为“理想的罗曼史”。

第 4 节

国民革命时期

The Nationalist Period

这时，毛泽东已经成为一名马克思主义者，但还不是共产党员，因为当时中国尚未建立共产党组织。早在 1919 年，陈独秀就通过住在北平的俄罗斯人，与共产国际建立了联系，李大钊也是如此。但直到 1920 年春，共产国际委派的代表维经斯基才抵达北平，俄罗斯共产党员杨明斋陪同他前往，并担任他的翻译。他们与李大钊交换了意见，可能还与李大钊的马克思主义理论研究会的会员们进行了会面。就在当年，第三国际的荷兰籍代表——精力过人、口才出众的马林[①]来到上海，与陈独秀进行了会谈，当时陈独秀正在上海和中国一些重要的马克思主义者交换意见。1920 年 5 月，陈独秀召集会议，组织建立了共产主义核心小组。小组的一些成员（与李大钊在北平的小组、陈独秀在广东的小组、山东和湖北的小组以及毛泽东在湖南的小组）在第二年召开了中国共产党第一次全国代表大会。

如果人们记起，1937 年的中国共产党还是个年轻的政党，那么它当时取得的成就已经不容小觑。除了苏联之外，它是世界上最强大的共产主义政党，同时，它也是除了苏联之外，唯一可以声称拥有自己军队的共产主义政党。

在另一天晚上，毛泽东继续着他的讲述：

“1921 年 7 月，我到上海参加共产党成立大会。在这个大会的组织工作中，陈独秀和李大钊发挥着领导作用，这两位都是中国最出色的知识界领袖。我在李大钊手下担任国立北京大学图书馆助理馆员时，就朝着马克思主义方

① 马林有着长期的印度尼西亚生活背景，是第二共产国际的资深成员。他支持列宁与原有的欧洲社会党国际决裂，建立第三共产国际。他积极投身于印度尼西亚战前革命风暴，并帮助建立了社会民主党。他在第二次世界大战期间返回荷兰，在纳粹占领时丧生。

向迅速发展。对于我在这方面的兴趣，陈独秀也起了些作用。我在第二次去上海时，曾与陈独秀就我阅读的马克思主义书籍进行了讨论。在这个对于我的人生也许非常关键的时期，陈独秀关于他自己信仰的言论，给我留下了深刻印象。

“在上海的这次历史性会议（中国共产党第一次全国代表大会）上，除了我之外，只有一个湖南人①。其他出席会议的人包括张国焘，他现在是红军军事委员会副主席，还有包惠僧和周佛海。我们共有12人②。在上海当选为中国共产党中央委员会委员的包括陈独秀、张国焘、陈公博、施存统（现为南京方面的官员）③、沈玄庐、李汉俊（1927年在武汉被杀害）、李达和李森（后被杀害）。④ 当年10月，共产党第一个地方支部在湖南建立，我是支部委员之一。此后，在其他省市也建立了党支部。湖北党支部成员包括董必武（现任保安的中共党校校长）、许白昊和施洋（1923年被杀害）。陕西党支部成员包括高崇德（高岗）和一些著名的学生领袖。北平党支部成员包括李大钊（1927年与其他19位在北平的共产党员被杀害）⑤、邓中夏（1934年被蒋介石杀害）⑥、罗章龙、刘仁静（现为托洛茨基派）和其他一些人。广州党支部成员包括林伯渠（林祖涵，现任苏维埃政府财政部长）和彭湃（1929年被杀害）。山东党支部的创始人有王烬美和邓恩铭。

“与此同时，许多在法勤工俭学者也建立了中国共产党支部⑦，它几乎与国内的党组织同时建立。那里的党组织创始人包括周恩来、李立三和向警予——蔡和森的妻子。罗迈（李维汉）和蔡和森在法国建立了党支部。德国也建立了中国共产党支部，只是时间稍晚些；成员包括高语罕、朱德（现任红军总司令）和张申府（现任清华大学教授）。莫斯科支部的创始人包括瞿秋白等。日本支部的创始人是周佛海。

---

① 何叔衡，毛泽东的老朋友，曾与他共同创建了新民学会，后于1935年被国民党杀害。

② 一大代表应为13人。——译者注

③ 施存统于1927年脱离共产党后，一度参加过国民党的改组派，后因意见不合而退出，自1929年起埋头做学者。——译者注

④ 中国共产党第一届中央委员会委员为陈独秀、张国焘、李达。——译者注

⑤ 与李大钊一同遇难的19人中有部分国民党党员。——译者注

⑥ 邓中夏1933年在南京雨花台就义。——译者注

⑦ 该组织为共产主义青年团，前身为社会主义青年团。其余成员包括邓颖超、李富春和妻子蔡畅。

"到了1922年5月，湖南党支部——我当时任支部书记[①]——已发动矿工、铁路工人、市政职员、印刷工人和政府造币厂工人，组织起了20多个工会。那年冬天开始进行如火如荼的工人运动。当时，共产党的工作主要集中在学生和工人群体，在农民中间开展的工作很少。大部分大矿的工人和几乎所有的学生都被组织起来了。在学生和工人这两条战线上，展开了许多次斗争。1922年冬天，湖南省长赵恒惕下令处决两名湖南工人——黄爱和庞人铨，结果广泛引发了对赵恒惕的反抗情绪。被杀害的两名工人中有一个叫黄爱，是右翼工人运动领袖。右翼工人运动的基础是工业学校的学生，对我们持反对意见，但在这起事件和其他许多次斗争中，我们都支持了他们。无政府主义者在工会中也很有影响力，当时，这些工会已被组织为湖南劳工会。不过，我们与无政府主义者达成妥协，经过多次协商，阻止了他们许多冒进无谓的行动。

"我被派往上海协助组织反对赵恒惕的运动。那年（1922年）冬天，在上海召开了中国共产党第二次全国代表大会。我原打算参加这次会议，却忘了开会的地点，又一时联系不到我的同志们，结果错过了会议。我回湖南后，积极推进工会工作。第二年春天，湖南举行了许多次罢工，要求涨工资，改善待遇，承认工会。其中大部分罢工都取得了成功。5月1日，湖南发动总罢工，标志着中国工人运动的力量已经空前壮大。

"1923年6月，在广州举行了中国共产党第三次全国代表大会。大会做出了历史性决定：准许共产党员个人加入国民党，与它合作，建立反对北洋军阀的统一战线。我去了上海，在中国共产党中央委员会工作。第二年（1924年）春天，我到广州参加国民党第一次全国代表大会。3月，我返回上海，在中共中央执行局工作，并兼任上海国民党执行局委员。执行局的其他成员包括汪精卫（后任南京方面行政院长）和胡汉民。我与他们一起工作，协调共产党和国民党双方的行动。当年夏天，黄埔军校成立。加伦担任这所学校的顾问，其他苏联顾问也从苏联赶来。国共合作规模扩大，开始成为全国性的革命运动。那年冬天，我返回湖南休养——我在上海生病了。不过，在湖南的日子里，我将本省伟大的农民运动的核心力量组织起来了。

① 毛泽东还是国民党湖南省党部的领导成员。孙中山赞成越飞建立两党联盟的主张，开始在国民党内部秘密清洗反共分子。在湖南，孙中山授权他的老同事林祖涵与毛泽东和夏曦一道，对国民党进行改组。到了1923年1月，他们已经将湖南国民党转变为左翼进步力量。

“以前我没有充分地了解到农民中阶级斗争进行到了哪一步，不过，在（1925年）‘五卅’惨案[①]后，在随后掀起的政治活动的巨浪中，湖南农民变得骁勇善战。之前我一直在家休养。这时我离开家，开始着手把农村组织起来。在几个月的时间里，我们组织了20多个农会，这激起了地主的仇恨，他们要逮捕我。赵恒惕派军队来抓我，于是我逃往广州。我到那里时，黄埔军校的学生刚打败了滇系军阀杨希闵和桂系军阀刘震寰。广州市和国民党党内洋溢着乐观的气氛。孙中山在北平逝世后，蒋介石被任命为第一军军长，汪精卫被任命为国民政府主席。

“我担任了《政治周报》的主编，这是国民党宣传部（由汪精卫担任部长）的机关刊物，后来，在抨击和揭穿戴季陶领导的国民党右派这方面，它发挥了十分积极的作用。我还被安排去负责培训农民运动组织者（农民运动讲习所[②]），并为此开办了培训班，参加者有来自21个不同省份的代表，包括来自内蒙古的学生。到广州后不久，我担任了国民党宣传部长和中央委员会候补委员。林祖涵是当时的国民党组织部长，另一位共产党员谭平山是工人部长。

“那时候，我的文章越写越多。我在共产党内专门负责农民工作。我根据我的研究和组织湖南农民的实践经验，编写了两本小册子，分别是《中国社会各阶级的分析》和《赵恒惕的阶级基础和我们当前的任务》。陈独秀对第一本小册子里提出的观点表示反对，这本小册子主张由共产党领导，实行激进的土地政策，建立紧密的农民组织。陈独秀拒绝在共产党中央机关出版物上出版这本小册子，后来它刊登在了广州的《农民月刊》和《中国青年》杂志上。第二篇论文是在湖南出的小册子。大约就在这时，我开始对陈独秀的右倾机会主义政策持反对意见。我们的分歧越来越大，不过我们之间的斗争直到1927年才达到顶点。

“我继续在广州国民党党内工作，差不多一直工作到1926年3月，当时蒋介石在那里发动了第一次政变。1926年春天，在国民党左派和右派和解、

---

① 1925年，共产党和国民党干部组建了首届上海总工会，继而发生了5月30日的游行示威行动，要求终止治外法权，恢复中国在上海公共租界的主权。英国租界警察向示威者开枪，杀害数人，激起了联合抵制英货的行动。此次行动的主要组织者为刘少奇和陈云。

② 1925年，毛泽东接替彭湃担任农民运动讲习所所长，彭湃曾于1924年在广州建立该所。（毛泽东担任农民运动讲习所所长的时间为1926年。——译者注）毛泽东的弟弟毛泽民是他的一名学生，其余学生中有相当一部分来自于湖南，可能是由毛泽东的湖南党支部招收的。该所出版物为《中国农民》。

国共团结得以重申后，我去了上海。当年5月，蒋介石主持召开国民党第二次全国代表大会。[①] 我在上海主持共产党农民部的工作，随后被派往湖南，担任（国民党和共产党）农民运动视察员。[②] 与此同时，在国共两党的统一战线之下，历史上著名的北伐战争在1926年秋天打响了。

"我在湖南视察了长沙、醴陵、湘潭、衡山、湘乡这五个县，了解当地的农民组织和政治方面的情况，然后向中央委员会提交了报告（《湖南农民运动考察报告》），强烈要求在农民运动中执行新的路线。第二年初春我抵达武汉时，正逢各省农民联席会议。我参加了会议，并讨论了我在文章里提出的建议，即大范围开展土地再分配运动。参加这次会议的还有彭湃、方志敏等人，以及两名苏联共产党员约克和沃伦。会议通过决议，采纳了我的建议，并提交中国共产党第五次全国代表大会讨论。不过，中央委员否决了这个建议。

"中国共产党第五次全国代表大会于1927年5月在武汉召开。[③] 当时，陈独秀在党内仍居于主导地位。虽然，蒋介石已发动反革命政变，开始在上海和南京打击共产党，但对于武汉的国民党，陈独秀的态度仍很温和，主张向他们让步。他无视一切反对意见，继续实行小资产阶级右倾机会主义政策。当时党的政策，特别是针对农民运动的政策，让我强烈不满。现在我认为，如果当时能够更彻底地组织农民运动，将他们武装起来和地主进行阶级斗争，那么苏维埃就会在全国范围内得到更早也更有力的发展。

"然而，陈独秀表示强烈反对。他不明白农民在革命中的地位，大大低估了农民在革命中发挥作用的可能性。结果，在大革命危机前夜召开的第五次全国代表大会，未能通过正确的土地纲领。我要求加速深入土地斗争的主张，甚至没有在会上讨论。这是因为同样由陈独秀把持的中央委员会，拒绝将我的意见提交大会讨论。大会并未讨论土地问题，只是对地主进行了界定，说是'拥有500亩以上土地的农民'[④]。在这个界定的基础上开展阶级斗争，是完全不充分的，也不符合实际，而且完全没把中国土地经济的特殊性考虑进去。不过，大会之后还是组建了全国农民协会，我成为第一任负责人。

---

① 毛泽东出席了国民党第二次全国代表大会，并再次当选为中央执行委员会候补委员。此时，在该委员会中，共产党员所占比例仍然为三分之一左右。毛泽东曾任国民党中央宣传部代理部长。——译者注

② 国民党农民部自建立以来一直由共产党员领导，毛泽东是其中的最后一任部长。（共产党员担任国民党中央农民部最后一任部长为林伯渠。——译者注）1926年5月，中国共产党建立农业部，毛泽东为首任部长。

③ 中共五大召开时间为1927年4月27日—5月9日。——译者注

④ 约合33公顷，将近农民人均可耕地面积的100倍。

“到了 1927 年春天，虽然共产党对农民运动的态度不冷不热，但湖北、江西、福建特别是湖南农民运动的发展势头已经表现出惊人的威力。国民党肯定对此感到惊慌，高级官员和军队指挥官开始要求镇压农民运动，他们管农会叫‘痞子会’，称农会的行动和要求太过了。陈独秀将我调离湖南，他要我对那里发生的一些事情负责，并且强烈反对我的意见。[①]

“当年 4 月，在南京和上海已经开始了反革命运动，蒋介石指使手下对组织起来的工人进行了大屠杀。在广州也施行了同样的手段。5 月 21 日，许克祥在湖南发动叛乱，大量农民和工人被反动派杀害。不久，武汉的国民党‘左’派撕毁了与共产党的协议，将共产党员从国民党和政府中‘开除’，不过这个政府很快也不复存在了。

“这时，许多共产党领导人接到党的指令，要他们离开祖国，去苏联、上海或者其他安全的地方。我接到的指令是去四川，但我说服陈独秀把我改派到湖南去，到那里担任省委书记。不过，10 天之后，他又要求我马上回去，指责我组织反对唐生智的暴动，当时唐生智正在武汉掌权。那时，党内的工作陷入了混乱。几乎所有人都反对陈独秀的领导，反对他的机会主义路线。不久，武汉的国共合作破裂，陈独秀也随之垮台。”

① 毛泽东支持（可能还发起了）湖南农会的决议，要求没收所有大量土地拥有者的土地。

第 5 节

苏维埃运动

The Soviet Movement

对于发生在1927年春天的那些颇具争议的事件，我曾与毛泽东进行过交谈。我对这番谈话很感兴趣，觉得很有必要再次讲述。正如他所说，这并非他自传的一部分。不过，这些事件是每一位中国共产党员人生经历中的转折点，所以在这里记录这番谈话，作为他个人对此的看法，是非常重要的。

我问毛泽东，他认为谁应该对1927年共产党的失败、武汉联合政府的失败和蒋介石独裁政权的全面得逞负最主要责任。毛泽东认为，陈独秀的责任最大，“当继续妥协明显意味着大难临头时，陈独秀动摇的机会主义路线使共产党丧失了决定性的领导地位，丧失了自己的直接路线”。

毛泽东认为，除了陈独秀之外，苏联首席政治顾问米哈伊尔·马尔科维奇·鲍罗廷应该对此次失败负最大责任。当时鲍罗廷直接对苏共政治局负责。毛泽东解释道，鲍罗廷在1926年曾经支持激进的土地再分配政策，但在1927年，他彻底转变了立场，强烈反对这种做法，而且没有为自己的出尔反尔提供任何合理的依据。毛泽东说：“鲍罗廷比陈独秀还要‘右倾’一些，他预备着使出浑身解数来取悦资产阶级，甚至预备着解除工人武装，他最后也确实下了这样的命令。”共产国际的印度代表罗易“与陈独秀和鲍罗廷相比略显‘左倾’，但只是‘倾而不动’”。根据毛泽东的说法，“罗易能讲，但讲得太多了，而且没有提出任何付诸实施的办法。”毛泽东认为，客观地说，罗易是个傻瓜，鲍罗廷是个糊涂虫，陈独秀不知不觉犯了“右倾”机会主义错误。

“陈独秀的确害怕工人，尤其害怕武装起来的农民。当他终于遭遇了武装起义的现实，他彻底昏了头。他再也看不清事情会怎样发展。他的小资产阶级本性贻误了他，让他走向了惊慌和失败。”

毛泽东断言，陈独秀那时完全就是中国共产党的独裁者，他甚至不与中央委员会磋商就做出重大决策。根据毛泽东的说法，“他不给中国共产党的其他领导人看共产国际的指令，甚至也不跟我们讨论这些指令。”[①] 不过，最后导致共产党与国民党决裂的却是罗易。共产国际给鲍罗廷发了电报，要求中国共产党开始在一定限度内没收地主的土地。罗易拿到电报副本，很快就给汪精卫看了。汪精卫当时是国民党左派武汉政府主席。大家都知道这一冒失的做法导致了怎样的后果。武汉政权将共产党员驱逐出国民党，再加上已经失去了地方军阀的支持——他们为了自保，现在已与蒋介石达成妥协，不久它自己也垮台了。鲍罗廷和其他共产国际代表逃回苏联，在那里正好看到反对派的失败，托洛茨基的“不断革命论”被批倒，苏联开始一心一意地“在一个国家建设社会主义”。

毛泽东认为，就算共产党在国共合作破裂之前采取更激进的土地分配政策，并在工人和农民中间组建党的军队，反革命也不会在 1927 年被打败。“不过这样一来，苏维埃就可能在中国南方声势浩大地发展起来，并且建立一个后来不会被摧毁的根据地……”

此时，毛泽东的自述已经讲到了苏维埃的开端。苏维埃是在革命的废墟上建立起来的，要争取从失败中奋斗出新的胜利。他继续说道：

“1927 年 8 月 1 日，贺龙、叶挺率领的第二十军与朱德联合[②]，领导了里程碑似的南昌起义[③]，此次起义组织起来的队伍，后来发展为红军。一星期后，也就是 8 月 7 日，中国共产党中央委员会召开特别会议，解除了陈独秀的总书记职务。自 1924 年广州第三次全国代表大会以来，我一直是中共中央政治局委员[④]，这个决定也是我积极促成的。参加会议的还有其他 10 位委员，

---

① 对于“1927 年大革命的崩溃”，近年来一些重要的研究从不同程度上评估了斯大林的责任。但中国史学界对此尚无定论。1926 年，季诺维也夫任共产国际执行委员会主席，但实际上仍受斯大林的控制，因此陈独秀、罗易和鲍罗廷显然是遵从斯大林的指令。毛泽东含蓄批评的正是这些斯大林的支持者。

② 叶挺在南昌起义时率领的是第十一军二十四师，起义后任第十一军军长。——译者注

③ 毛泽东并未参加此次起义，但朱德将军称毛泽东帮助筹划了此次起义。（参见史沫特莱：《伟大的道路》，第 200 页）。在中华人民共和国全国销售的海报上显示，毛泽东在南昌附近召开的会议（1927 年 7 月 18 日）上发表了讲话，而正是此次会议决定举行起义。后来 8 月 1 日被定为中国人民解放军建军节，以纪念八一（南昌）起义。

④ 毛泽东自中国共产党第三次全国代表大会起，除第四次和第五次大会当选为中央委员会候补委员之外，直至第十次大会均当选为中央委员会委员。——译者注

其中包括蔡和森、彭公达和瞿秋白。[①] 由于国民党已经完完全全沦为帝国主义的工具，无法承担民主革命的责任，中国共产党便采取了新的路线，暂时放弃了与国民党合作的一切希望。公开争夺政权的长期斗争就此拉开了帷幕。

“我被派往长沙组织运动，这场运动后来被称作‘秋收起义’。我在那里需要完成的任务是以下五点：（一）各省党组织彻底与国民党脱离关系；（二）组织工农革命军；（三）没收大地主及中、小地主的财产；（四）在湖南建立独立于国民党的共产党组织；（五）组织苏维埃。当时，第五点要求遭到共产国际的反对，到后来才被当作口号提出来。

“当年9月，我们已通过湖南农会，成功地组织了一次大规模的起义，建立了工农军队的第一批部队。新战士主要来自三个方面：农民、汉阳矿工、起义的国民党旧部。这支早期的革命军事力量被称作‘工农革命军第一军第一师’。第一团是由汉阳矿工[②]组成的。第二团是在平江、浏阳、醴陵和湖南其他两个县的农民赤卫队中组建的。第三团来自与汪精卫决裂的武汉警卫团一部。[③] 这支军队是经过湖南省委批准后组织起来的，但湖南省委和我们军队的总纲领却遭到中国共产党中央委员会的反对，不过中央委员会并没有反对的措施，只采取了观望政策。

“当我组织军队、在汉阳矿工与农民赤卫队之间奔走时，一些与国民党勾结的民团捉住了我。那时国民党的白色恐怖正处于顶峰，枪决了几百名共产党嫌疑分子。我被下令带到民团总部，他们要在那里处决我。不过，我试着用从一名同志那里借的几十元钱贿赂了押解的人，让他们把我给放了。这些普通团丁都是雇佣兵，枪毙我对他们来说没什么额外的好处，他们答应放了我，但负责的队长不准。所以我决定想办法逃跑。不过，我一直走到距离民团总部大约200码的地方才找到机会。在那个地方，我一下子挣脱了，撒腿

---

① 瞿秋白在此次会议上被推选为中央政治局总书记，取代了陈独秀，后者被指责犯有“右倾机会主义”错误，被撤销政治局委员职务。

② 汉阳矿工曾由毛泽东、刘少奇和陈云组织起来。在组建工农军队、士兵苏维埃和人民委员会的过程中，毛泽东独立于中央委员会采取行动，并遭到指责。在他建立第一个士兵苏维埃时，共产党的路线再度发生改变。1927年11月，中国共产党中央委员会指责毛泽东“右倾”，撤销其临时中央政治局候补委员的职务。他当年冬天在井冈山开展的所有基础性工作被视为“非法”，而毛泽东在此后几个月里一直被蒙在鼓里。他于1928年6月恢复职务。（1928年6月18日至7月11日，中国共产党第六次全国代表大会在苏联莫斯科近郊兹维尼果罗德镇召开，毛泽东虽然没有出席这次大会，但仍然当选为中央委员。——译者注）

③ 秋收起义三个团分别是：以原武汉国民政府警卫团为主力编为第一团；以安源工人纠察队、矿警队和萍乡等地的农民自卫军编为第二团；以原武汉国民政府警卫团一个营和浏阳部分工农武装编为第三团。——译者注

往田里跑。

“我跑到一座高地。高地在一洼池塘上面，四周都是高高的草丛，我藏身在那里，一直等到太阳下山。士兵们追踪我，还逼着一些农民帮他们搜人。有许多回，他们已经走得很近了，有一两回，他们差一点就能碰到我。好几回我都放弃了希望，觉得自己肯定会被他们再次抓住，但他们始终没有发现我。最后，到了傍晚，他们总算放弃了搜索。我立刻翻过山头，整夜地跑着。我没有鞋，双脚擦伤得很严重。我在路上遇见一个农民，他待我很好，为我提供了住处，还将我带到下一个乡。我身上有 7 元钱，用来买了鞋、雨伞和食物。最后，当我平安无事地到达农民赤卫队那里时，兜里只有两个铜板了。

“新组建的部队成立后，我担任中国共产党前敌委员会书记，武汉卫戍部队指挥官余洒度任第一军军长。① 不过，余洒度多少是迫于部下的压力勉强就任的。没过多久，他就逃离了队伍，加入了国民党。目前他在南京为蒋介石效力。②

“这支领导农民起义的小规模部队穿过湖南向南挺进。部队必须从成千上万的国民党军队中打开一条路，进行许多场战斗，遭受许多次挫折。当时，部队纪律松散，政治教育水平不高，战士和军官中间有很多人摇摆不定，还有很多人开小差。余洒度逃走后，部队在抵达宁都时进行了改编。③ 剩余部队大约有 1 个团的兵力，陈浩被任命为团长；他后来也‘变节’了。但在这支最早的部队里，还有很多人忠贞不贰，至今仍留在红军队伍中，如现任红军大学一科政治委员罗荣桓，现任军长杨立三④。当这支小部队终于登上井冈山时，总共只有约 1000 人。

“因为秋收起义的纲领没有获得中央委员会批准，也因为第一军遭受了惨重损失，还因为从城市的角度出发，这场运动似乎注定要失败，所以在这个时候，中央委员会明确地否定了我。⑤ 我在政治局和前敌委员会的职务被撤销。湖南省委也抨击我们，管我们叫‘枪杆子运动’。然而，我们还是将部队在井冈山团结起来，坚信我们正沿着正确的路线前进，以后发生的事情将充

---

① 余洒度曾任国民政府警卫团团长，秋收起义前任江西省防军暂编第一师师长，起义后任工农革命军第一师师长。——译者注

② 余洒度于 1934 年因贩毒被蒋介石下令枪决。——译者注

③ 部队改编地点为江西省吉安市永新县三湾村，史称“三湾改编”。——译者注

④ 杨立三此时任红军兵站部长兼政委。——译者注

⑤ 毛泽东曾 3 次遭到中央委员会斥责，3 次被撤销中央委员职务。

分证明这一点。部队增添了新战士，这个师的兵力又得以充实。我当上了这个师的师长。

“1927 年冬天到 1928 年秋天，第一师驻守井冈山根据地。1927 年 11 月，在湖南边界的茶陵建立了第一个苏维埃政权，选举出第一个苏维埃政府。[①] 政府主席是谭震林。在建设苏维埃的过程中，我们推行民主，采取稳健的政策，确保苏维埃得以缓慢而持续的发展。这种举措使井冈山遭到了党内盲动主义者的指责，他们要求出台一项抢、烧、杀地主的恐怖政策，让地主胆战心惊。第一军前敌委员会不肯采纳这样的政策，因而被这些过激派贴上了‘改良主义者’的标签。由于没有执行更‘激进的’政策，我遭到了他们的猛烈抨击。

“1927 年冬天，王佐和袁文才参加了红军，他俩原是井冈山附近地方武装的首领。红军的兵力由此增加到大约 3 个团。王佐和袁文才都被任命为团长，我担任军长。[②] 虽然，这两人以前是土匪，但他俩带领着自己的队伍加入国民革命，现在时刻准备着打击反动派。我在井冈山的时候，他俩都是忠诚的共产党员，严格执行党的命令。

“1928 年 4 月，朱德到达井冈山，我们的部队得以会师。我们共同草拟了计划（第一次茅坪会议），要成立一个有 6 个县的苏区，稳定和巩固湘赣粤边区的共产党政权，并以此为根据地，辐射到更广大的区域。不过，党正幻想着迅速扩张，而这个策略与党的意见相悖。在部队中，我和朱德必须与两种倾向进行斗争：第一种倾向是要立即向长沙（湖南省会）挺进，我们认为这种做法是冒险主义；第二种倾向是要撤退到广东边界以南，我们认为这种做法是‘后退逃跑主义’。当时，在我们看来，我们主要有两项任务——分配田地和建立苏维埃。我们想要武装群众，以此来加速推动这些进程。我们的政策主张（与白区）开展自由贸易，优待被俘虏的敌军部队，以及大体上温和的民主改革。

“1928 年秋天，在井冈山举行了代表大会（第二次茅坪会议），参加会议的有来自井冈山以北各个苏区的代表。苏区的党员对以上几点还有些不同意见，在此次会议上，各种不同意见得到了充分表达。有少数人认为，如果把

① 就在当月，彭湃在海陆丰建立了“苏维埃”，但很快就被摧毁。

② 1928 年 2 月，袁文才、王佐两部合编为中国工农革命军第一军第一师第二团，袁文才任团长兼第 1 营营长，王佐任副团长兼第 2 营营长。3 月上旬，工农革命军第一军第一师改编为第二师，毛泽东任师长。——译者注

这一政策作为基础，我们的未来将被限制在狭小的范围内，但大部分人肯定这一政策，而且，当我们提出决议案，宣称苏维埃运动将会取得胜利时，这个决议案是很容易通过的。不过，中国共产党中央委员会并没有即刻批准这场运动。直到1928年冬天，中国共产党第六次全国代表大会在莫斯科召开的消息传到井冈山，这场运动才得到了批准。

“我和朱德完全赞同那次全国代表大会采取的新路线。自那时起，党的领导人与农村地区苏维埃运动领导人之间的分歧消失了。党内又恢复了协调一致。

“六大的决议总结了种种经验——1925—1927年的革命、南昌起义、广州起义及秋收起义。最后，大会批准重点推进土地运动。差不多就在这个时候，红军开始在中国其他地方组建部队。1927年冬天，鄂西和鄂东发生起义，为成立新的苏区奠定了基础。鄂西的贺龙和鄂东的徐海东开始组建自己的工农军队，后者的行动区域成为鄂豫皖苏区的核心地带，[①] 徐向前和张国焘后来也都到那里去了。[②] 1927年冬天，在紧挨着福建的江西东北部边界，方志敏和邵式平也开始进行革命运动，后来，他们通过这场运动，建立起了一个强大的苏维埃根据地。南昌起义失败后，彭湃率领一部分忠诚的部属去了海陆丰，在那里建立了苏维埃，但因为执行了盲动主义政策，没过多久，它就被摧毁了。不过，在古大存的指挥下，它的部分军队得以从该地区突围，然后与我和朱德取得了联系。这些军队后来成为红十一军的核心力量。

“1928年春天，李文林和李韶九领导的游击队开始在江西兴国和东固积极开展革命运动。运动的根据地在吉安一带，后来，这些游击队成为红三军的核心力量[③]，该地区成为中央苏维埃政府的根据地。在闽西，张鼎丞[④]、邓子恢、傅柏翠（他后来成了社会民主党人）建立了苏维埃。

“在井冈山‘反冒险主义斗争’时期，白军曾两次试图夺取井冈山，都被第一军打败了。事实证明，对于我们正在打造的那种机动作战部队而言，井冈山是一个极好的根据地。它有浑然天成的屏障，生长的庄稼足以供应一支

---

① 见第九篇第一节。

② 鄂东的工农军队源于中国共产党领导湖北省黄安（今红安）、麻城两县农民于1927年11月举行的武装起义，成立了工农革命军鄂东军，潘忠汝任总指挥，戴克敏任党代表。——译者注

③ 红三军军长为黄公略，李文林和李韶九均为团长。——译者注

④ 张鼎丞招募的人员中包括杨成武，作者于1936年在陕北与其进行了会面。

小规模部队。它方圆500里，纵横约80里。在当地，它还另有名称——‘大小五井’；真正的井冈山是附近一座废弃已久的荒山。五井得名于山麓的五口大井——大、小、上、下、中五井，山上的五座村庄就是根据这五口井命名的。

“我们的部队在井冈山会师后进行了改编，创建了著名的红四军，朱德担任军长，我担任党代表。1928年冬天，在何键的军队发生起义和兵变后，又有部队上了井冈山，于是红五军[①]诞生了，彭德怀担任红五军军长。在红五军中，除了彭德怀之外，还有长征时牺牲于贵州遵义的邓萍，1931年牺牲于江西的黄公略，以及滕代远。

“这么多军队到来后，山上的条件变得非常恶劣。部队没有冬天的军装，粮食少得可怜。有几个月，我们几乎是靠吃南瓜活下去的。战士们喊出自己的口号：‘打倒资本主义吃南瓜！’——对他们来说，资本主义就意味着地主和地主的南瓜。朱德在留下彭德怀驻守井冈山后，率部突破了白军的封锁。1929年1月，我们结束了在井冈山被四面围困的局势。[②]

“此时，红四军展开了打通赣南的战斗，并且很快取得了顺利的进展。我们在东固建立了苏维埃，在那里遇见了当地的红军部队，并与他们会合。我们兵分几路，继续攻入永定、上杭和龙岩，在这几个县都建立了苏维埃。在红军到来之前，这些地区就有富有战斗精神的群众运动，这确保了我们的胜利，帮助我们在坚实的基础上迅速地巩固苏维埃力量。这时，红军的影响通过群众性的土地运动和游击战，已经扩大到其他几个县。不过，共产党直到后来才在那里完全掌权。

“红军的物质和政治条件都逐渐得到改进，但仍然有许多不良倾向。例如‘游击主义’，这一弱点的具体表现是纪律松弛、极端民主化和组织涣散。再如‘流寇思想’，这是另一种有待克服的倾向，其表现为不愿意沉下心来处理政府中的严肃事务，喜欢行动、变化、新鲜的经历和事件。此外还有军阀主义的残余，一些指挥员辱骂甚至殴打战士，凭个人好恶偏袒某些人，排挤另一些人。

---

① 红五军系1928年7月平江起义后诞生。同年12月，彭德怀、滕代远率红五军2个纵队到井冈山与红四军会合，改编为红四军第五纵队。——译者注

② 1929年1月，毛泽东、朱德率红四军主力离开井冈山，转入江西、福建作战，彭德怀、滕代远率第30团和第32团留守井冈山。3月，彭德怀一度率主力转入赣南寻找红四军，不久返回井冈山。——译者注

“1929年12月，红四军第九次党代表大会在闽西（古田）召开。之后，这些弱点中有许多都被克服了。大会讨论了改进的办法，厘清了许多错误认知，采纳了新的计划，为在红军中建立高水平的思想领导打下了基础。上述倾向此前已经非常严重。而且，党内和部队领导层的‘托洛茨基派’利用了这些倾向，企图暗中削弱运动的力量。针对这些‘托洛茨基派’，大会这时发起了有力斗争，有几个人被解除了党内职务和军队指挥权。其中，军长刘安恭就是一个典型的例子。有人发现他们企图在与敌军作战时，把红军引入困境，好消灭红军。在几场战斗失利之后，他们的计划就‘大白于天下’了。他们猛烈抨击我们的纲领和所有主张。现实已经说明了他们的错误，他们被解除职务，在福建会议后就失去了影响。

“此次会议为在江西建立苏维埃政权扫清了道路。第二年，我们就赢得了辉煌的胜利，几乎整个赣南都被红军控制。我们建立了中央苏区根据地。

“1930年2月7日，在赣南举行了重要的党的地方会议，讨论苏维埃未来的纲领。当地党组织、红军和苏维埃政府代表都参加了这次会议。会上详细讨论了土地政策问题，并且挫败了‘反机会主义’斗争——这是由反对土地再分配的那些人发起的。会议决定开展土地再分配，加快建立苏维埃。在此之前，红军只建立了地方和区的苏维埃。这次会议则决定建立江西省苏维埃政府。农民积极回应了这一新纲领，对其表示热烈支持，这对我们在此后几个月粉碎国民党军队的围剿很有帮助。”

第 6 节

红军的发展

Growth of the Red Army

毛泽东的讲述逐渐超出了“个人历史”的范畴，不知怎地，在无形中升华到一场伟大运动的高度。尽管在这场运动中，他一直发挥着主导作用，但你并不能清楚地看到他本人作为个体的存在。他讲述的已不再是“我”，而是“我们”；不再是毛泽东，而是红军；不再是个人人生经历的主观感受，而是旁观者的客观记载——这个旁观者所关心的，是作为史料的人类集体命运的兴衰起伏。

他的讲述越接近尾声，我就越需要特别询问关于他本人的情况。当时他在做什么？担任什么职务？他对这种或那种情况的态度是怎样的？总的来说，因为我的提问，他多少对自己有所提及，具体可见最后一章的叙述：

“红军逐步改进了群众工作，严格了纪律，并且研究出了新的组织方法。各地农民开始自觉自愿地帮助革命工作。还在井冈山的时候，红军就为战士们制定了 3 条简单的纪律：一切行动听指挥，不拿群众一针一线，打土豪要归公。1928 年会议（第二次茅坪会议）后，为了进一步赢得农民的支持，红军下了大功夫，在上述 3 条纪律之外又增加了 8 项注意，具体如下：

一、上门板；[①]

二、捆禾草；

三、对老百姓要和气，尽可能帮助他们；

四、借东西要还；

五、损坏东西要赔；

---

① 这项注意并不像听起来那么费解。中国房子的木板门很容易拆卸，人们常常在晚上把它们卸下来，放在凳子上当作床板。

六、和农民做买卖要公平合理；

七、买东西得付钱；

八、讲卫生，要特别注意，盖厕所不能挨着住家。

“最后两项是林彪加上去的。这8项注意得到了越来越成功的执行，直到现在仍然是红军战士的军规，他们牢记在心并且常常背诵。红军还被教导要注意另外3大任务，这也是他们的主要任务：第一，誓死与敌人斗争；第二，武装群众；第三，筹款支持斗争。

“早在1930年春，李文林和李韶九带领的几支游击队就被改编为红三军，军长黄公略，政委陈毅。同一时期，朱培德的民团里有一部分人发起兵变，参加了红军。他们由国民党指挥官罗炳辉带领，投向共产党阵营。罗炳辉对国民党已不再抱有幻想，想要加入红军。他现在担任红二方面军第32军军长。红军第十二军也从福建的游击队和红军正规部队的核心力量中建立起来，军长伍中豪，政委谭震林。后来伍中豪在战斗中牺牲，罗炳辉接替了他的位置。

“这时还组建了红军第一军团，朱德担任司令员，我担任政委。红一军团由第三军、林彪指挥的第四军和罗炳辉指挥的第十二军组成。[①] 中国共产党通过前敌委员会来领导工作，我担任前委书记。第一军团当时已有1万多人，被编为10个师。[②] 除了这支主力部队外，还有许多地方的独立团、赤卫队和游击队编入进来。

“这场运动中，除了政治工作之外，红军的战术也在很大程度上解释了他们为何能在军事方面迅速发展。我们在井冈山提出了4个口号，这4个口号可以大致说明我们采用的游击战术，红军就是在这种游击战中发展壮大起来的。这些口号是：

一、敌进我退！

二、敌驻我扰！

三、敌疲我打！

四、敌退我追！

“一开始，许多有经验的军事家反对这4个口号，他们不赞同我们提倡的

① 红一军团组建时，十二军军长仍是伍中豪。——译者注

② 当时红一军团被编为9个师，每个军各辖3个师。——译者注

这种战术。但许多经验表明，这种战术是行之有效的。总的来说，只要红军不按这些战术行事，他们就打不了胜仗。我们的部队规模很小，敌人多过我们 10 到 20 倍；我们的资源和作战物资有限，只有巧妙结合运动战和游击战，才有可能在抗击国民党的斗争中赢得胜利，因为国民党的作战基础要雄厚得多、优越得多。

“红军最重要的一个战术就是在进攻时集中主力部队，然后迅速分散，过去是这样，现在还是这样。这就意味着要回避阵地战，竭尽所能地在运动中迎击并摧毁敌人的有生力量。正是在这些战术的基础上，红军的机动性和迅速有力的‘短促突击战’得以发展。

“在扩大苏区时，红军总体上倾向于波浪式或者潮水式的推进路线，不赞成还没深入巩固既得地区，就采取跳跃式的不扎实的推进。这种路线与上述战术一样实用，是从多年的集体军事经验和政治经验中总结出来的。但这些战术却遭到李立三的严厉批评，他主张将所有武器集中到红军手中，将所有游击队纳入红军部队。他想进攻，而不愿巩固；想向前推进，而不愿保卫后方；想对大城市发动骇人听闻的攻击，并辅以暴动和过激的行动。当时，在苏区以外的党组织中，李立三路线正起着主导作用，而且具有足够的影响，可以迫使红军在某种程度上不顾战地指挥部的判断，贸然接受这种做法。这一路线造成的结果之一是进攻长沙；另一个结果是向南昌挺进。不过，在这些冒险行动中，红军拒绝让游击队停止活动，也不肯将后方暴露给敌人。

“1929 年秋天，红军进入江西北部，攻占了许多座城市，让国民党军队吃了许多个败仗。红一军团在挺进到南昌附近、即将结束战斗时，突然急转向西，向长沙进军。在进军途中，红一军团与彭德怀会师。彭德怀曾经占领过长沙，但当时敌军占据了巨大优势，为了避免被其包围，他被迫撤退。1929 年 4 月[①]，彭德怀曾被迫撤离井冈山，转移到赣南活动，结果大大扩充了他的部队。1930 年 4 月，他在瑞金再次与朱德及红军主力部队会师，随后举行了会议。会议决定，彭德怀的红三军团[②]在湘赣边界活动，我和朱德则转而前往福建。1930 年 8 月，第三军团和第一军团又一次会师，再度攻打长沙。第一、三军团合并为第一方面军，朱德担任总司令，我担任总政委。在这样的领导

---

① 应为 3 月。——译者注

② 应为红五军团，红三军团成立于当年 6 月。——译者注

下，我们到了长沙城外。[①]

“大约就在这时，中华苏维埃共和国中央执行委员会成立，我当选为主席。几乎和在江西的情况一样，红军在湖南的影响也很广。湖南农民都知道我，因为有巨额悬赏，不管死活都要把我捉住，朱德和其他红军领导人也在通缉名单里。我在湘潭的田地被国民党没收了[②]。我的妻子和妹妹，我弟弟毛泽民的妻子、毛泽覃的妻子，还有我自己的儿子，都被何键（军阀头子）逮捕了。我的妻子（杨开慧）和妹妹（毛泽建）被杀害。其他人后来得以释放。红军的威名甚至远扬到了我的家乡湘潭。我听说我老家的农民相信我很快就会回家乡，有一天，一架飞机飞过天空，他们说我就在飞机上，还警告当时正在种我家田的人，说我已经回来视察我原来的田地，看田里的树木有没有被砍掉。他们说，如果有树木被砍掉了，我肯定会要求蒋介石做出赔偿。

“然而，事实上，红军第二次攻打长沙失败了。大批援军被派往长沙，牢牢地守住这座城；当年 9 月，又有国民党部队纷纷开进湖南，向红军发动进攻。在围城期间，只进行过一次重大战斗，红军在战斗中歼灭了敌军两个旅。不过，红军未能夺取长沙，几星期后撤到了江西。

“这次失败有助于粉碎李立三路线，并使红军避免按照李立三的要求，向武汉发起进攻，那很可能会导致惨败。当时，红军的主要任务是招募新兵，在新的农村地区建立苏维埃，而最重要的则是，在苏维埃政权的绝对领导下巩固红军已攻占的地区。对于完成这项任务而言，攻打长沙毫无必要，且实为冒险之举。不过，如果第一次攻克长沙只是暂时的行动，并没有打算守住它，在那里建立国家政权，那么也许可以说是取得了有益的效果，因为这在全国革命运动中产生了巨大的反响。但是，在苏维埃政权尚未得到巩固的情况下，就企图在长沙建立根据地，却是战略和战术上的错误。”

我得暂时打断毛泽东的讲述：李立三是湖南人，留法学生。他有时在上海，有时在汉口——共产党在这两个地方设有“地下”总部，直到 1930 年后，中国共产党中央委员会才转移到苏区。在 1929—1930 年期间，李立三主导着中国共产党。他于 1930 年被撤销政治局的职务，并被派往莫斯科。和陈独秀一样，他也对农村苏维埃缺乏信心，极力主张对长沙、武汉、南昌等战

① 红一方面军组建于 1930 年 8 月，之后开始第二次攻打长沙。——译者注

② 毛泽东早年曾将这些土地的租金用于湖南农民运动。

略大城市实施强力进攻的策略。他想在农村发起“恐怖”行动，以此来打压豪绅；他要工人发起“强大攻势”，开展暴动和罢工，好让敌人在自己的后方陷入瘫痪。

现在接着往下讲：

“不过，李立三高估了红军当时的军事力量，也高估了全国政局中的革命因素。他相信革命胜利在望，要不了多久就能在全国夺取政权。当时，蒋介石和冯玉祥之间正在进行旷日持久、耗费巨大的内战，李立三的信心因而得到了鼓舞，认为前景非常乐观。但红军认为，敌人正准备内战一结束就向苏区发动大举进攻，这时绝不应该采取可能遭到惨败的盲动主义和冒险行动。事实证明，这一判断完全正确。

“由于湖南战事的结局，红军撤回了江西，特别是在攻占吉安后，部队里的‘李立三主义’被克服了。李立三自己，在被证明领导错误以后，很快就失去了在党内的影响。然而，在‘李立三主义’被明确抛弃之前，红军曾经历了一个危险时期。红三军团有一部分人支持贯彻李立三路线，要求将三军团从红军中分离出去。不过，彭德怀针对这种倾向，发起了强有力的斗争，成功维持了他下属部队的团结和对上级指挥部的忠诚。但是，刘铁超领导的第二十军公开叛乱，逮捕了江西苏维埃主席，还有许多指挥员和政府干部，并以李立三路线为基础，对我们发起政治攻击。这起事件发生在富田，所以被叫作‘富田事变’。富田离苏区的心脏吉安不远，所以这起事件轰动一时，肯定有很多人会认为这场斗争的结果将决定革命的前途。不过，由于三军团的忠诚、党和红军部队的普遍团结以及农民的支持，这次叛乱很快就平息了。刘铁超被逮捕，其他叛乱者被解除武装并肃清。① 我们的路线得以重申，‘李立三主义’被明确废除，从而使苏维埃运动在后来取得了重大进展。

“这时候，江西苏维埃的革命潜力已彻底引起了南京方面的警觉，国民党在1930年年底开始对红军发动第一次‘围剿’。敌军总兵力超过10万人，以鲁涤平为总司令，兵分五路，开始包围苏区。红军当时能够调集对敌作战的部队大约有4万人。我们巧妙运用运动战，迎击并挫败了第一次‘围剿’，赢得了重大胜利。我们执行了迅速集中和迅速分散的战术，通过主力部队对敌

---

① 红二十军军长刘铁超并非“富田事变” 发动者，事件结束后调任红一方面军总司令部工作，1932年在作战中牺牲。——译者注

军进行各个击破。我们放进敌军，在他们深入苏区后，集中优势兵力向孤立的国民党部队发动突袭，赢得主动地位。这样一来，我们就能在短时间里包围敌人，并使敌军无法发挥他们在数量上的巨大优势，从而扭转战局。

“到了 1931 年 1 月，第一次‘围剿’彻底被粉碎。我相信，如果没有在‘围剿’开始前创造的三个条件，红军就不可能赢得这次胜利：第一，一军团和三军团实现集中统一指挥；第二，清算李立三路线；第三，党战胜了红军内部和苏区的 AB 团（刘铁超等）和其他现行反革命分子。

“南京方面只经过了 4 个月的休整，就由现任军政部长何应钦担任总司令，对红军发动了第二次‘围剿’。何应钦的部队兵力超过 20 万人，兵分七路向苏区进犯。红军当时面临的形势被认为是十分严峻的。苏维埃政权掌控的区域面积很小，资源有限，装备稀缺，从各个方面来看，敌人的物资力量都远胜红军。不过，面对敌人的进攻，红军仍然坚持采取同样的战术，正是这一战术让我们在此前的战斗中一直获胜。我们放进各路敌军部队，让他们深入苏区，又突然集中主力对付第二路敌军，由此歼灭了几个团，粉碎了他们的进攻力量。随后，我们立刻迅速进军，接连攻打第三路、第六路和第七路敌军，依次打败他们。第四路敌军不战而退，第五路敌军被部分歼灭。在 15 天的时间里，红军进行了 5 场战斗和 8 天行军，最终赢得了决定性胜利。在其他六路敌军被挫败或击退后，蒋光鼐和蔡廷锴指挥的第一路敌军甚至没有做出什么认真的抵抗，就撤退了。

“一个月后，蒋介石亲自指挥 30 万军队，企图最后剿灭‘赤匪’。国民党的得力干将陈铭枢、何应钦和朱绍良在旁协助，他们每人指挥一路大军。蒋介石希望能够以勇猛的攻势占领苏区，迅速‘扫荡赤匪’。他以每天 80 里的行军速度开始行进，向苏区的心脏地带深入。这正好为红军提供了最有利的作战条件，不久后的事实证明，蒋介石的战术出现了重大失误。我军主力部队只有 3 万人，但我们进行了一系列绝妙的机动作战，在 5 天时间里向五路敌军发动了进攻。红军打第一仗时，就俘虏了大批敌军，缴获了大量弹药、枪炮和装备。到了 9 月，蒋介石不得不承认第三次‘围剿’失败，并在 10 月撤军。

“此时红军进入了相对和平的发展时期，势力迅速扩张。1931 年 11 月 7 日举行了第一次苏维埃代表大会，宣告成立中央苏维埃政府，我担任主席，朱德当选为红军总司令。在12月，宁都大起义爆发，在董振堂、赵博生[①]的领导下，国民党二十八路军有一万多人起义参加红军。[②] 赵博生后来在江西的一场战斗中牺牲，不过董振堂现在还是红五军军长——红五军团就是在宁都起义部队的基础上建立的。[③]

“此时红军开始发起进攻。1932年，我们在福建漳州发动了一场重大战役，攻占了这座城市。在南方，红军在南雄向陈济棠发动进攻。在蒋介石这条战线上，红军向乐安、黎川、建宁和泰宁发动猛烈攻击，并且攻打了赣州，但没能占领这座城市。从1932年10月一直到开始向西北地区进行长征，我自己几乎把所有时间都花在苏维埃政府的工作上，把军事指挥工作转交给朱德和其他同志处理。

“1933年2月[④]，南京方面开始了第四次‘围剿’、这大概也是他们损失最惨重的一次。在这次‘围剿’的第一场战斗中，国民党军队就有2个师被缴械，2个师长被俘虏。敌军第五十九师一部被歼灭，第五十二师被全歼。在乐安与宜黄之间、东陂和黄陂地方打的这一仗中，红军俘获敌军13000人。国民党第十一师是当时蒋介石手下战斗力最精锐的部队，也在接下来的战斗中被歼灭，他们几乎全体被缴了械，师长还受了重伤。事实证明，这几场战斗成为决定性转折点，之后不久第四次‘围剿’就结束了。此时，蒋介石给他的前敌总指挥陈诚写信说，他把这次失败看作他这辈子‘最大的耻辱’。陈诚并不支持打这一仗。当时他跟别人说，他觉得与红军作战是‘终身的工作’，是‘无期徒刑’。这番话传到了蒋介石耳朵里，他就把陈诚总指挥的职务给撤销了。

“为了进行第五次同时也是最后一次‘围剿’，蒋介石调集了近100万兵力，还采用了全新的战略战术。在第四次‘围剿’时，蒋介石已经听取德国顾问的建议，开始运用堡垒体系。在第五次‘围剿’中，他就完全依靠这种战术了。

“在第五次‘围剿’期间，我们出现了两大失误。一是在1933年‘福建

---

① 宁都起义领导人还有季振同和黄中岳。起义胜利后，季振同任红五军团军团长，董振堂任红五军团副军团长兼十三军军长，赵博生任红五军团参谋长兼十四军军长，黄中岳任十五军军长。——译者注

② 发动宁都起义的是国民党第二十六路军，起义官兵共计17000多人。

③ 1935年，红一方面军和红四方面军会师后，中央革命军事委员会为了加强统一指挥，于7月21日决定对红军部队进行整编，红五军团奉命改称红军第五军。——译者注

④ 应为1月。——译者注

事变'期间，未能联合蔡廷锴的部队。二是采取了一味防御的错误战略，而抛弃了我们之前的运动战。以阵地战来迎击实力远胜过我们的南京军队，这是个重大失误。无论是在技术上还是精神上，这种阵地战都不利于红军发挥优势。

"因为这些失误，再加上蒋介石在打这一仗时采取了全新的战略战术，而且国民党军队在数量和技术上都占据了压倒性优势，1934 年红军在江西的生存环境急剧恶化，这迫使我们不得不竭力改变这一现状。再者，全国的政局也促使我们做出决定，准备把主要行动区域转移到西北地区。日本侵略东北和上海后，早在 1932 年 4 月，苏维埃政府就已正式发表了对日作战的宣言。不过，由于国民党军队封锁并包围了苏维埃中国，这一宣言也就自然无法生效了。随后，苏维埃政府又发表宣言，呼吁中国所有武装力量联合起来，建立抗击日本帝国主义的统一战线。1933 年年初，苏维埃政府宣布同意与任何白军进行合作，但合作必须建立在以下基础上：立即停止进攻苏区；立即保证民众的民主权利；立即武装民众创立武装的义勇军。

"第五次'围剿'开始于 1933 年 10 月[①]。1934 年 1 月，中华苏维埃第二次全国代表大会在苏维埃首都瑞金举行，对革命所取得的成就进行了全面考察。在大会上，我作了长篇报告。中央苏维埃政府也是在此次会议中选出的，选出的干部现在还在任。没过多久，我们就开始为长征做准备了。1934 年 10 月，距离蒋介石发动最后一次'围剿'刚好一年，红军就在这时开始了长征——这一年战事和斗争几乎没有停歇，作战双方都损失惨重。

"1935 年 1 月，红军主力部队抵达贵州遵义。在接下来的 4 个月里，红军差不多一直在前进，途中经历了最激烈的战斗。红军历经许许多多艰难险阻，渡过中国最长、最深、最危险的河流，翻过一些最高、最险峻的山口，穿过令人望而生畏的土著居民区，跨过人迹罕至的大草地，经受了严寒酷暑、风霜雨雪，被全国半数白军部队穷追不舍。红军通过了所有这些天然险阻，并且在粤、湘、桂、黔、滇、康、川、甘、陕地方军队的堵截中杀出一条路，最终于 1935 年 10 月抵达陕北，扩大了我们在中国大西北的根据地。[②]

"红军顺利前进，成功抵达甘肃和陕西，并保持有生力量完好无损，这首

---

① 应为 9 月。——译者注

② 在这番讲述中，毛泽东没有提到中国共产党中央委员会在遵义召开的重要会议，此次会议选举他进入领导层。

先要归因于共产党的正确领导，其次则是因为苏维埃人民骨干的伟大才干、勇气、决心，因为他们拥有异乎寻常的忍耐力和革命热情。中国共产党过去、现在、将来都忠于马列主义，并且将继续同一切机会主义倾向做斗争。正是由于这种决心，中国共产党才会所向披靡，并且必将赢得最终的胜利。”

第5篇 长征

Part Five The Long March

这是公开出版的第一篇关于长征的详细记述，在很大程度上基于许多参与者的亲眼所见（反映了他们对于此次撤退的富于英雄气概的看法），这些目击证词是通过直接的面谈收集的。此后才有了关于这部史诗的官方和非官方版本。20世纪60年代，北京新建的中国革命博物馆将整整一层用于展示长征的历史文物、画面剪辑和摘要概述。陈列品中包括显示英雄们行军路线的巨幅电子屏动画地图。

第 1 节

第五次“围剿”

The Fifth Campaign

华南苏维埃的6年历史，注定要成为长征这部英雄史诗的序曲。关于这段惊心动魄的历史，只有零碎片段的文字记载，在此我不能仅仅只是对其做简单概括。毛泽东简要介绍了苏维埃的发展和红军的建立。他讲到了共产党的建立，讲到了他们是如何从几百名破衣烂衫、忍饥挨饿但朝气蓬勃、意志坚定的革命者，壮大为拥有数万之众的工农武装。到了1930年，他们已经成为政权的有力争夺者，南京方面不得不向他们发动第一次大规模猛烈进攻。从第一次“围剿”到第二次、第三次、第四次，南京方面均以惨败告终。在屡次反“围剿”作战中，红军消灭了国民党部队大批的旅和师，缴获他们的武器弹药作为补给，招募新战士，扩大了控制区域。

在此期间，在红军非正规部队这道难以突破的防线之后，人们究竟过着怎样的生活？在我看来，我们这个时代似乎有个令人惊奇的事实，那就是在整个中国南方苏维埃的历史发展进程中，居然没有一位“外来的”国外观察员进入过苏区，进入这块除了苏联以外，世界上唯一由共产党统治的领土。所以，外国人所撰写的关于中国南方苏维埃的记载，均为第二手材料。不过，不论是出于友善还是敌视，这些记载似乎仍能印证几点重要事实，这些事实清楚地表明了什么是红军赢得人民支持的基石。他们重新分配了土地，减轻了税赋，广泛建立了集体所有制企业。到了1933年，仅在江西就有1000多家苏维埃合作社。据报道，失业、鸦片、卖淫、童工以及包办婚姻现象已经被消除。在局势稳定的苏区，人民的教育取得了显著进步。在有些县，共产党在三四年间扫除文盲所取得的成就，大于中国农村其他任何地区几个世纪以来取得的成就。在共产党的模范县——兴国，民众识字率据说接近80%。

毛泽东曾指出："革命不是请客吃饭。"共产党的革命方法广泛用于打击地主和其他阶级敌人。这种做法无疑是正确的，事实上这也在共产党的报告中得到了证实。这种活动会被视为"专政"，还是穷人在获得武装后对"白色恐怖罪恶"进行惩罚的广泛的正义？我没有机会在江西苏区目睹，因此几乎无法为那些相关二手材料的评价提供证据，毕竟这部书在很大程度上仅限于"眼见为实"。鉴于此，我决定在本篇中省却一些关于江西苏区的采访材料，因为在缺少独立佐证的情况下，读者可能会认为我是在自说自话。[①]

无论如何，对于中国南方苏维埃的推测，现在只是个学术兴趣的事了。因为到了 1933 年 9 月下旬，南京方面发动了第五次"围剿"，也是规模最大的一次。到了第二年，共产党被迫实施全面撤退。当时几乎所有人都认为中国共产党的命运即将终结，认为这定是红军的死亡之旅。在将近两年之后才能看出这种认识错得有多离谱，因为那时将要发生一场举世瞩目、几乎可以说是空前绝后的大事件，这一事件把蒋介石的性命交付到了共产党手中，这样的"反转"更是达到了顶峰。而此前蒋介石一度真的相信自己夸下的海口——他已经"消除了共产主义的威胁"。

国民党消灭红军的企图开始见到成效，是在他们对红军作战的第七年。当时，对于江西一大块区域以及福建和湖南的大部分地区，红军拥有实际行政控制权。在湖南、湖北、河南、安徽、四川和陕西等省也建有苏区，只是不与江西苏区相连。

在第五次"围剿"行动中，蒋介石动用了约 90 万军队，其中主要在赣闽苏区作战、对付鄂豫皖苏区红军的大概有 40 万兵力——约 360 个团。不过，江西是整个"围剿"与反"围剿"行动的中心，红军正规部队在此能够调动 18 万人的联合力量，包括所有的后备师，另外大约还有 20 万人的游击队和赤卫队，不过他们没有重炮，仅仅不到 10 万支的步枪就是全部火力了，供应极其有限的手榴弹、炮弹和弹药都是在瑞金的红军兵工厂制造的。

蒋介石采用了新的策略，力求最充分地利用他的优势——优越的资源、技术装备、易于获得外界援助（红军没有这些渠道）、机械化装备，包括拥有近 400 架可飞行战机的现代化空军部队。红军虽然夺取了蒋介石军队的几架

---

① 我曾经就生死以及江西苏维埃的赋税等问题采访了吴亮平、徐特立、洛甫、周兴和其他一些人，积累了大量的访谈资料，但在此书中进行了省略，原因我已经说明——我没有去过江西苏维埃，缺乏对这些问题做出判断的根据。

飞机，他们自己也有三四名飞行员，但没有配备汽油、炸弹和机械师。蒋介石过去的做法是进攻苏区，企图以优势兵力发动猛攻、强行占领，这种做法在过去已被证明是灾难性的失败。这一次，蒋介石让大部分部队对“匪军”进行包围，对其实施严密的经济封锁。

这种做法让他付出了极大代价。蒋介石修建了数千英里的军用公路，还有成千上万座小型碉堡，用机枪或者大炮的火力连接成碉堡圈。他的防卫式进攻战略战术意在遏制红军的机动优势，放大红军兵力少、资源不足的劣势。

蒋介石狡猾地避免将大部队暴露在公路碉堡网之外。这些部队只是在火炮和飞机的精心掩护下向前推进，而且很少推进到碉堡圈几百码之外。这些碉堡圈贯穿江西、福建、湖南、广东和广西。失去了佯动、伏击以及在正面作战中灵活制胜的机会，红军就开始主要依靠阵地战——我将在下文论及这个决定的错误性和错误原因。

据说蒋介石的德国顾问策划了第五次“围剿”的大部分行动，尤其是时任蒋介石首席顾问的德国的冯·法肯豪森将军。这种新战术是彻底的，但耗时长，代价高昂。作战拖延了几个月，南京方面尚未对对方主力予以决定性打击。不过，在苏区已经严重感受到封锁行动的影响，尤其是盐的全面短缺。小小的红色根据地遭受着军事和经济的双重压力，开始表现出无力还击的迹象。在这场战役中，红军拼死抵抗，度过了惊心动魄的一年，为了挺过这一年，他们一定充分利用了农民。不过，我们必须记住的是，红军战士大多是农民，新近获得了土地。仅仅是为了土地，中国农民也愿意为之血战到底。江西人民很清楚，国民党回来了意味着这些土地将再度回到地主们手中。

南京方面相信，他们的清剿行动就快要大功告成了。“敌人”已被困住，无法逃脱。估计有千千万万的人在连日的空中轰炸和机枪扫射中丧生；在国民党重新占领的地区，也在进行肃清行动。据周恩来说，红军在此次围困中伤亡超过 6 万人。整片的地区荒芜，有时是因为强制实行的集体迁徙，有时是因为更为简单粗暴的集体屠杀。国民党发布的新闻估测，共有约 100 万人在攻占江西苏区时被杀害或者饿死。

然而，第五次“围剿”并未能取得决定性的成果，未能消灭红军的“有生力量”。共产党在瑞金召开了军事会议，决定实施撤退，将红军主力转移到新的根据地。

红军从江西撤退的行动显然极其迅速和隐秘。估计约 9 万人的红军主力部队连续行军几天之后，敌人的指挥部才意识到发生的情况。红军在赣南进行了动员，从北线撤出大部分正规部队，由游击队接防。他们往往是在夜间展开这些行动。全部红军部队在赣南的雩都附近集结后，长征的命令才下达。长征始于1934年10月16日[①]。

连续三个夜晚，红军部队分为西线和南线两路纵队。到了第四天晚上，他们向前进发，几乎同时向湖南和广东的碉堡线发动进攻，完全做到了攻其不备。他们攻下了这些碉堡，敌军仓皇而逃，红军则继续进军，直到占领了南线的碉堡和堑壕封锁网。这样一来，他们打开了南向和西向的通道，红军前卫部队由此开始了震惊世界的长征。

除了红军主力部队之外，成千上万的苏区农民——男女老少、党员与非党员——也开始了跋涉。兵工厂被拆迁，工厂被拆除，机器被装上骡子和驴子——凡是轻便的、有价值的东西也都被这支奇怪的队伍一起带走了。随着行军征程的延续，这些辎重有许多都被扔掉。据红军告诉我，在从南方出发的长征途中，他们埋藏了上千支步枪和机枪、许多机器和弹药，甚至还有大量的银元。他们说，苏区农民现在被国民党警备部队包围，但未来总有一天会再把它们从地下挖出来重建苏区。他们只是在等待信号——对日作战或许就是这个信号。

红军主力部队从江西撤离后，许多周过去了，南京方面的部队才最终占领红军的主要根据地。成千上万的农民赤卫队继续进行游击战。为了对他们实施领导，红军留下了一批最有才干的指挥员，包括陈毅、粟裕、谭震林、项英、方志敏、刘晓[②]、邓子恢、瞿秋白、何叔衡和张鼎丞。不过，他们身体状况良好的正规部队只有6000人——还有在农民掩护下的2万名伤员。他们当中有成千上万人被俘，遭到杀害。但他们成功地实施了后方作战，从而使红军主力部队得以突围，继续前进，蒋介石企图将其在征程中消灭，但来不及调动新的力量进行追击。即使到了1937年，这些红军力量仍然据守着江西、福建和贵州的一些地区。当年春天，国民党政府宣布，他们又将开始在福建进行一次“最后肃清”的反共作战行动。

---

① 10月10日晚，中央红军开始实行战略转移。中共中央、中革军委（中华苏维埃共和国中央革命军事委员会的简称）机关也由瑞金出发，向集结地域开进。10月16日，各部队在雩都河以北地区集结完毕。从17日开始，中央红军主力五个军团及中央、军委机关和直属部队共8.6万余人，踏上战略转移的征途……或说：10月中旬，中共中央和中革军委率领中央红军主力5个军团及2个纵队，撤离中央革命根据地，开始长征。——译者注

② 刘晓参加了红军长征。——译者注

第 2 节

举国迁移

A Nation Emigrates

成功突破了第一道碉堡线之后，红军先是向西，然后向北行军，这条前所未有的征程历时一年之久。这是一次异彩纷呈的远征，有许多故事值得讲述，但在此只能作极为简要的概述。共产党人告诉我，他们正在撰写一部关于长征的集体报告，几十位参加过长征的人投身到写作中，已经完成了 30 万字。冒险、探索、发现、人类的勇气和怯懦、胜利和狂喜、困苦、牺牲、忠诚，千万青年永不磨灭的热情、永不放弃的希望和令人惊叹的革命乐观主义精神，就像一团火焰照亮着这一路的征程。这些青年人无论是在他人面前，还是面对自然、上帝、死亡，都决不认输——所有的这一切，宛如一部现代史上无与伦比的《奥德赛》史诗。

红军们通常称之为“二万五千里长征”。征途中有许多曲折回转、前行后退，从福建最远端开始，一直到遥远的陕西西北部的末端，一些长征战士肯定走了那么远，甚至更远。根据红一军团编制的一份精确的分阶段行程表，整个路线里程共计为 18088 里，折合 6000 英里——约为横贯美洲大陆东西距离的两倍——这个里程可能是主力部队的平均行军路程。在这段征程中，他们穿越了世界上最难走的小道，那里车辆无法通行；还穿越了亚洲高耸的雪山和宏伟的大河。自始至终，这都是场持久战。

国民党军队设置了 4 道封锁线，以许多水泥混凝土筑成的机枪阵地和碉堡为支援，对中国西南部[①]的苏区实施包围。红军在抵达西部的未封锁地区之前，必须粉碎这些封锁线。1934 年 10 月 21 日，红军打破了设在江西的第一

① 应为东南部。——译者注

道封锁线[①]；11月3日，红军攻占了设在湖南的第二道封锁线；一周之后，红军经过浴血奋战，击溃了同样设在湖南的第三道封锁线。11月29日，国民党在广西和湖南的部队放弃了第四道也是最后一道封锁线[②]。红军由此转而北上进入湖南，径直挺进四川。他们计划从那里进入苏区，与徐向前率领的红四方面军会师[③]。在上述日期之间，共进行了9场战役。南京方面以及地方军阀陈济棠、何键和白崇禧共调动了110个团对红军进行沿路堵截。

红军在穿越江西、广东、广西、湖南的征途中，遭受了严重损失，在到达贵州边境时兵力已减少了大约三分之一。这首先是因为繁重的运输工作制造了困难，有5000人投入到运输任务之中。前卫部队的进度被严重拖后，在许多情况下，敌人由此获得了时间，得以在红军的行军路线上精心设置阻击行动。再就是因为红军从江西出发后，保持着西北向行军路线，路线一直未变，南京方面能够由此预料到红军的大部分行动。

由于这些错误导致的严重损失，红军在贵州采用了新的战略。他们调整了箭头式的直线行进方式，开始实施一系列佯动，使南京方面的飞机越来越难以确定红军主力部队的每日目标。在中央纵队的两侧常常有两路纵队，有时多达四路纵队，实施一系列出其不意的机动，而前卫部队则采用钳形攻势。此外，红军最低限度地保留必要装备，只带最轻便的，同时运输部队人数大大减少，并且改为夜间行军——白天行军易成为敌军轰炸的目标。

蒋介石预料到红军企图渡过长江进入四川，于是从湖北、安徽和江西抽调了大批兵力，用船急速向西运送，企图从北切断红军的进军路线。所有的渡口都有重兵把守；所有的渡船都被撤到长江北岸；所有的道路都被封锁；大片地区的粮食都被劫掠一空。南京方面又另外调动大批兵力进入贵州，增援地方军阀王家烈的“双枪兵”[④]。王家烈的部队最终被红军困住。南京方面还派遣部队前往云南边界，在此设置障碍。因此，红军在贵州遇到了20万军队的堵截，敌人沿途设置障碍。迫使红军在贵州两次调转方向进行大规模行军，并绕着省会贵阳进行了大范围迂回行动。

---

① 红一方面军完全突破第一道封锁线的时间为10月25日。——译者注

② 国民党并未放弃设在湘江的第四道封锁线，红一方面军经浴血奋战，于12月1日渡过湘江。——译者注

③ 红一方面军原计划与湘西的红军第二、第六军团会合。毛泽东根据当时的军事态势，力主放弃原计划，改向贵州挺进。该意见被采纳。——译者注

④ 王家烈的部队几乎每人一杆步枪再加一杆鸦片烟枪。——译者注

红军在贵州用了4个月的时间实施机动作战。在此期间，他们共消灭了敌军5个师，攻占了军阀王家烈的指挥部，占领了他在遵义的西洋豪宅，招募了2万名新战士，并且到该省大部分村镇召开群众大会，在青年中间建立共产党组织。他们的损失非常小，但仍然面临着横渡长江的问题。蒋介石在川贵边境迅速集结兵力，狡猾地封锁了通往长江的便捷近道。他现在将“剿灭”红军的主要希望寄托在阻止红军渡江上，无论红军在哪里渡江，他都企图将红军进一步向西南地区驱赶，或者把红军逼进西藏的无人区。他给手下的各个指挥官和地方军阀发电报：“将红军阻截在长江南岸，关系到党国命运。”

红军于1935年5月初突然调头南下进入云南，这里是中国与缅甸和印度支那交界的地方。红军经过4天急行军，抵达距离云南省会云南府10英里的地方，地方军阀龙云紧急调集全部兵力进行防卫。同时，蒋介石的增援部队从贵州赶来，紧追不舍。蒋介石和蒋夫人原本一直留在云南府，此时连忙登上法国火车南下前往印度支那。南京方面的大队轰炸机继续每天在红军上空狂轰滥炸，但红军还是继续前进。不久，这种恐惧的气氛消散了，原因是南京方面发现，红军向云南府的挺进只是由小股部队实施的佯攻。红军主力部队正在西进，目标显然是在龙街——长江上游为数不多的几个通航点之一——横渡长江。

在荒芜的云南山地，长江深入巨大的峡谷，急速穿行。山峡中突起高耸的山峰，长达1英里多，两岸矗立着陡峭的石壁。政府军早已全数占领少数几个渡口。蒋介石非常高兴，此时他命令将所有船只拖到长江北岸烧毁。随后，他指挥他的部队和龙云的部队在红军周围进行包抄，企图在这个富有历史盛名的、暗藏危险的江岸上将红军一举剿灭。

红军似乎并没有意识到自己的命运，仍然继续兵分三路向西朝着龙街方向疾进。那里的船只已被烧毁，南京方面的飞行员报告称，红军一支先头部队开始建造竹桥。蒋介石更加有把握了，造桥需要好几周时间。不过有天晚上，红军的1个营[①]突然不知不觉地调转方向，经过一天一夜的强行军，奇迹般地行进了85英里，在黄昏时赶到附近另一个可能的渡口——皎平渡。夜幕降临时，他们身着缴获的国民党军服进入城镇，神不知鬼不觉，悄悄解除了

① 应为红军军委干部团。——译者注

国民党驻防部队的武装。

船已经被撤到了北岸——可是没有被烧毁。（红军还在数百里之外，并没有往这里来，为何要烧掉船只？政府军之前大概就是这么想的。）不过，要怎么搞条船到南岸来？天黑之后，红军押着一个村吏来到江边，让他向对岸的哨兵呼喊，说政府军已经到了，想要一条船。对岸的哨兵毫不怀疑地派来了一条船。这些“南京”部队的一支分队就这样进入到船舱内，很快就在北岸登陆——终于到达四川境内。守军当时正舒舒服服地打着麻将，红军的潜入让他们吃了一惊。红军没有动武就将他们堆放的武器没收了。

与此同时，红军主力部队进行了大范围的反方向进军。到了第二天中午，前卫部队到达皎平渡。此时渡江已非常简单。6 条大船持续运了 9 天[①]，将整个部队运至四川境内，没有损失一人。红军完成渡江行动后，立即把渡船毁坏，然后躺下睡觉。两天之后，蒋介石的部队到达江边，红军的后卫部队在北岸兴高采烈地招呼他们过来，说游泳很惬意。政府军只得绕道 200 多里抵达最近的渡口，红军就这样甩掉了尾巴。怒气冲冲的蒋介石飞抵四川，在红军即将经过的路上部署新的武力，希望能在另一条更具战略意义的河流——大渡河——将红军截断。

① 渡江时间为 5 月 3 日—9 日，共计 7 天 7 夜。——译者注

第 3 节

大渡河英雄

The Heroes of Tatu

强渡大渡河是长征中至关重要的篇章。假使当初红军在此失败，就非常有可能遭到“剿灭”。这种命运在历史上早有先例。在偏远的大渡河两岸，三国时代的豪杰以及后来的许多勇士都曾兵败于此。19 世纪时，同样是在这座峡谷中，太平天国残余的 10 万军队在翼王石达开的率领下，曾被著名将领曾国藩指挥的清朝军队所包围，最终片甲不留。此时，蒋介石给他的四川盟友——地方军阀刘湘和刘文辉——以及他属下正在指挥政府军追击行动的将领们发出电报，提出训诫，务必让红军重演太平军的历史。

不过，红军也知道石达开，并且知道他战败的主要原因在于贻误军机。石达开在到达大渡河岸后停下来休息了 3 天，庆祝儿子——小王子的出生。这使得他的敌人有机会集结兵力对付他，并迅速从他的后方实施包抄，封锁了他的退路。等到石达开意识到自己的错误，为时已晚。他试图冲破敌人的包围，但是在狭窄的峡谷地形中无法实施机动，最终被剿灭。

红军决心避免重复石达开的错误。他们从金沙江（这一段长江的名字）迅速北上，挺进四川，很快就进入英勇好战的土著人部落区，这里是独立的彝族区——“白”彝和“黑”彝的控制区域。狂放不羁的彝族人从来没有被居住在四周的汉族人征服和同化，几个世纪以来他们一直占据着四川境内这片丛林密布的山区，以西藏以东的长江支流形成的南向流线为界。蒋介石原本可以放心大胆地指望红军在此长期滞留，不断被削弱，这样一来，他就能在大渡河以北集中兵力。彝族人对汉族人的仇视由来已久，只要有汉族的军队经过他们的地界，几乎无法避免损失惨重或者全军覆没的结果。

不过，红军已经安然通过了贵州和云南的土著民族——苗族和掸族的部落区，并且成功地与他们建立了友谊，甚至还招募了一些部族成员参军。此时，红军派使者前去同彝族人进行谈判。他们在行军途中攻占了位于独立的彝族区边界的几座城镇，发现有一些彝族首领被关押在牢房里，作为地方军阀的人质。于是红军释放了这些首领，并且把他们送回去。这些首领回到自己人中间后，自然会赞颂红军。

率领红军前卫部队的指挥官是刘伯承，他曾经是四川军阀军队里的一名军官。刘伯承了解这个部族，了解他们的内部纷争和不满。尤为重要的是，他了解他们仇视汉族人，还会讲几句彝族话。他接到任务，要他和彝族人谈判，结成友好联盟。于是，他进入了彝族区，与彝族首领进行商谈。他说，彝族人反对军阀刘湘、刘文辉，反对国民党；红军也反对他们。彝族人希望保持独立；红军的政策就是主张中国各少数民族实行自治。彝族人之所以仇视汉族人，是因为他们受到汉族人的压迫，不过汉族人也有“白”汉和“红”汉之分，就像彝族人有“白”彝和“黑”彝之分。杀戮和压迫彝族人的一直是“白”汉。“红”汉和“黑”彝应该联合起来，反抗他们共同的敌人——“白”汉。彝族人饶有兴致地听着。他们机灵地提出要红军给他们武器和弹药，用于保卫他们的独立，帮助“红”汉打“白”汉。令他们惊讶不已的是，红军真的给了他们武器弹药。

就这样，红军不仅迅速过了境，还打开了一条有效的政治通道。几百名彝族人加入了“红”汉，一道前往大渡河去抗击共同的敌人。其中有些彝族人一直跋涉到西北地区。刘伯承在彝族总头领面前与他共饮新鲜鸡血，按照部落的传统歃血为盟，结为兄弟。红军以这种起誓的方式宣告，如果谁违反了盟约，那他就像被宰杀的那只鸡一样怯懦。

这样一来，红一军团的先锋师在林彪的率领下抵达大渡河[①]。在最后一天的进军过程中，他们走出了彝族区的森林（在茂密的森林中，南京方面的飞行员已经完全无法追寻红军的踪迹），转而向河边的安顺场小镇扑去，就像当初突袭皎平渡那样出其不意。在彝族战士的带领下，这支先头部队穿过狭窄的山路，悄悄潜入小镇，从高地向河岸眺望。他们惊喜地发现 3 条渡船中就有 1 条正拴在大渡河南岸！命运再一次眷顾了红军。

① 当时率领红一军团先头部队——红一师的是红军总参谋长刘伯承和一军团政委聂荣臻。林彪率领红一军团军团部和红二师等部随后跟进。——译者注

这是怎么回事？当时驻守在大渡河对岸的，只有四川独裁者之一刘文辉将军的1个团，其他四川军队以及南京方面的增援部队正在从容不迫地行进，前往大渡河。不过1个团的兵力似乎已经足够了。事实上，所有的船只都停泊在北岸，即使1个班也足够了。这个团的团长是本地人；他知道红军要经过哪里，他们要走多久才能到达大渡河。他可能告诉过自己的部下，红军还要过许多天才会来。有人获知，他的妻子也是安顺场本地人，所以他得到南岸走亲访友，共享佳肴。于是，红军突袭安顺场，俘虏了团长，还夺下了他的渡船，控制了北渡大渡河的通道。

来自先头部队5个连中的16名战士挺身而出，表示愿意搭乘那条渡船过河，带回另外两条船[①]。南岸的红军在山边架起机枪，将掩护火力网覆盖在河上，并将火力集中在敌军暴露的阵地。正值5月，洪水从山中倾泻而下，水流湍急，水面比长江还要宽。渡船从上游远端出发，用了两个小时才过了河，在镇对岸登陆。在南岸，安顺场的村民屏住呼吸看着。他们都会被打死的！可是，等等看。他们看见渡河者靠了岸，与敌人的枪口近在咫尺。现在他们肯定要完了。不过……红军的机枪从南岸不停地开火。这一小队战士爬上岸，迅速找到掩蔽处，然后缓缓爬到敌军阵地上方的一处峭壁。他们在那里架起轻机枪，将一颗颗手榴弹不断扔进敌军设在河边的碉堡里。

突然间，白军停止开枪，逃出碉堡，撤退到第二道、第三道防线。南岸人群骚动，叫“好”声响彻了河面，传到攻占了渡口的那一小队红军战士那里。这时，第一条渡船回来了，另两条船也被拖来了。第二次过河，每条船运载了80人。敌人全都已经逃跑了。当天白天和夜晚，以及第二天和第三天，安顺场的这3条渡船往返不息，直至最后将大约1个师的红军指战员运至北岸。

但是，河水越流越急，渡河也愈发困难。到了第三天，要花4个小时才能把一船人送到对岸。以这种速度，要花几个星期才能将全部人马和辎重运过河。这样一来，早在渡河行动完成之前，他们就会被包围。这时候，红一军团已经涌进了安顺场，后面陆续还有侧翼纵队、运输部队和后卫部队。蒋介石的飞机已经发现了这个地方，正在进行密集轰炸。敌军正从东南方向赶

① 应是红一师一团1营营长孙继先从2连挑选了17名勇士，组成渡河突击队，由他亲自率领，进行强渡大渡河。——译者注

来，还有其他部队从北方迫近。林彪主持召开了紧急军事会议。此时，朱德、毛泽东、周恩来和彭德怀也已赶到河边。他们做出了决定，并且马上开始执行。

在安顺场以西约400里[①]，峡谷中岩壁屹立，河道狭窄，水深流急。这里有一条有名的铁索吊桥，名叫泸定桥[②]。这是西藏以东大渡河上最后一个可能的渡口。此时，红军战士赤着脚，沿着峡谷间的蜿蜒小径向泸定桥进发，有时要爬几千英尺高，有时又要下到涨水的河面，在齐腰深的泥泞中蹒跚而行。要是他们攻克了泸定桥，整个部队就能进入四川中部地区。但如果失败，就只能原路返回，穿过彝族区，重返云南，向西打开一条路，前往西藏边境的丽江——整个行程将迂回1000多里，几乎没有生还的希望。

当红军主力部队沿大渡河南岸向西挺进时，已经到达北岸的1个师也开始前行。有时候，两支部队之间的峡谷非常狭窄，他们甚至可以隔着河互相喊叫。有时候，峡谷又非常宽阔，让他们担心从此永远分离，促使他们更快地前行。在夜间，他们摆开长龙阵沿着悬崖行进，一万多个火把映照在被他们所包围的河面暗处，火光好似万箭齐发。这些前卫部队夜以继日地加急行军，除了停留短短的10分钟用于休息和吃饭，这时战士们还得听他们身心疲惫的政治工作人员发表演说，意在向他们反复强调本次行动的重要性，勉励他们一鼓作气，用最后的力量来顺利通过前方的考验。他们不能放慢脚步，不能三心二意，不能放松懈怠。彭德怀指出："胜利就是生命，失败必然是死亡。"

第二天，右岸的前卫部队落在了后面。四川的军队在路上设置了阵地，双方发生了小规模战斗。南岸的战士更坚定地向前进。此时，一支新的部队出现在对岸，红军从望远镜里看出来，这些是白军的增援部队，正在赶往泸定桥。这两支部队沿着河相互追赶了一整天。不过，红军前卫部队是全军精锐部队，终于逐渐将疲惫不堪的敌军部队甩在了身后，因为敌军休息的时间更长、更频繁，体力似乎消耗得更多，也许还因为敌军中没有人愿意为了一座桥而丢掉性命。

泸定桥建于几百年前，造桥方式同中国西部地区深邃的河流上的所有桥

---

① 实际距离应为240里。——译者注

② 字面意思是由刘姓人"固定" 的桥。

梁一样。16 条 100 多码长的沉重铁索横跨河的两岸，铁索两端嵌在石质桥头堡的水泥石碓下面。铁索上原先铺着厚厚的木板作为桥面，但红军到达时发现，这些木板有一半都被拆掉了，从他们桥头到河中心只有空荡荡的铁索。而在北岸的桥头堡，敌军的机枪阵地正面对着他们，后面还有 1 个团的白军部队驻守阵地。当然，这座桥本该被彻底破坏，但对于他们仅有的这几座桥，四川人是满怀感情的；桥不容易重建，成本也非常高。据说，仅仅是修建泸定桥“就有 18 个省捐助了钱财”。谁能想到红军会“不可思议地”从空荡荡的铁索上过河？但红军正是这么做的。

必须抓紧时间，在敌军增援部队赶到前攻克泸定桥。红军再次征集志愿者。一名又一名红军战士站了出来，表示愿意为此冒生命危险。这些挺身而出的战士中有 30 人被选中了[①]。他们背着手榴弹和毛瑟枪，即刻爬上铁索，摇荡在汹涌的河上，紧抓着铁索，一步一抓地往前爬。红军的机枪向敌军碉堡怒吼，子弹射在桥头堡上。敌军也用机枪进行还击，而那些红军战士们正摇荡在河水上空，慢慢朝着向他们开枪的敌方狙击手方向前行。第一名战士被打中了，落入下面的急流之中，第二名也掉下去了，接着是第三名。但其他战士越来越靠近桥中间，桥上的木板对于这些敢死队员多多少少起到了保护作用，敌军射出的子弹大部分掠过了他们的头顶，或是击中了对岸的悬崖。

四川的军队可能从未见过这样的战士——这些战士参军不是为了混碗饭吃，而是甘愿为了革命献出自己的生命。他们是人，是疯子，还是神灵？而这些四川的军队呢，他们自己的斗志会不会受影响？他们开枪时是不是留了情面？他们中间有些人是不是在暗暗祈祷，让这些人的行动取得成功吧？终于，一名红军战士爬上桥板，拉开手榴弹，准准地扔进了敌军碉堡。国民党军官下令拆掉剩余的桥板，但为时已晚。更多的红军战士已经爬到跟前。敌军在桥板上倒上煤油，点火烧了起来。就在此时，大约 20 名红军战士用手和膝盖匍匐前进，将一枚又一枚手榴弹扔进敌军的机枪阵地。

这时，他们在南岸的同志们开始欢呼：“红军万岁！革命万岁！大渡河英雄万岁！”原来敌军正在惊慌失措地撤退。突击队员们冒着熊熊烈火，全速冲过剩余的桥板，敏捷地跃入敌人的碉堡，将敌人丢弃的机枪掉转枪口对准河岸反击。

---

① 实为 22 人，由红二师四团 1 营 2 连连长廖大珠率领。——译者注

这时候，更多红军战士一窝蜂地爬上铁索，赶来帮助扑灭火焰，铺上新木板。很快，已在安顺场渡河的红一师也出现了，向残余的敌军阵地实施侧翼攻击。没过多久，白军部队全逃跑了——有的确实是在逃跑，有的则留下来，因为有几百名四川军队的士兵丢下步枪，加入红军。一两个小时内，红军全军欢欣鼓舞，唱着歌渡过大渡河，开进了四川。在他们的上空，蒋介石部队的飞机怒气冲冲却无能为力地咆哮着，红军极度兴奋地朝他们叫喊，向他们挑战。

安顺场和泸定桥的英雄由于卓著的英勇行为，被授予金星奖章，这是中国红军最高等级的勋章。

第 4 节

过大草地

Across the Great Grasslands

平安渡过大渡河之后，红军进入了相对自由的川西地区，国民党军队在这里的碉堡体系尚未完成，主动权主要掌握在红军自己的手中。然而，在战斗的间隙，艰难险阻也仍未结束。他们还要行军 2000 英里，前方还有 7 座大山在等着他们翻越。

在大渡河以北，红军爬上了 16000 英尺高的大雪山，在空气稀薄的山顶向西眺望，可以看见一大片积雪的峰顶——西藏。当时已经进入 6 月。平原地带天气炎热，但在翻越大雪山的时候，这些南方战士衣衫褴褛、气血虚弱，不适应高原气候，不少人被冻死。更艰难的是翻越渺无人烟的泡桐岗，他们几乎靠自己铺出一条路来，砍下长长的竹子，在齐腰深的泥浆中铺成一条小道。毛泽东告诉我："就在这座山峰上，有个军团损失了三分之二的运输牲口。成百名战士倒了下去，再也没有起来。"

他们继续向上爬。在后面的邛崃山脉，他们损失了更多的人马。接着，他们先后跨越风景优美的梦笔山和打鼓山，又损失了不少人。最终在 1935 年 7 月 20 日进入位于四川西北部的富饶的毛尔盖地区，与红四方面军在松潘苏区会师①。在此地，他们停下来进行长期休整，评估了损失，并且对部队进行重新整编。

九个月前，红军第一、第三、第五、第八和第九军团从江西出发时有九万之众，此时在党旗下集结的只有 45000 人②。人数减少并非都是因为牺牲、失散或者被俘。在长征沿线的湖南、贵州和云南，红军留下了少部分的正规

① 1935 年 6 月 12 日，红四方面军在四川懋功与红一方面军会师。——译者注

② 此时红一方面军还有两万多人。——译者注

军干部，让他们到农民中组织游击队，在敌军侧翼实施袭扰和牵制——这是红军防御战术的一部分。红军沿路分发他们缴获的大批步枪，从江西到四川给国民党军队制造了许多新的“反抗区”。贺龙仍在湖南北部坚守他的小规模苏区，萧克的部队也在那里与他们会合。有许多新组建的游击队开始慢慢朝那里运动。南京方面用了一整年时间，仍然未能迫使贺龙撤离。直至红军总司令部命令贺龙转移到四川，贺龙才离开了自己的苏区。在这次行动中，贺龙取道西藏，经历了种种难以想象的困难。

红军从江西出发，途中有许多值得深思的经验。他们结交了许多新朋友，也结下了许多新的仇敌。他们一路“没收”富人——地主、官僚、资本家、豪绅——的财产进行自我补给。财政部长林祖涵（林伯渠）告诉我，这种没收行动依据苏维埃法律有组织地进行，只有财政部没收征发委员会才有权分配没收的财产。该部门负责管理全军的物资，一切没收物资都要通过无线电台向其报告，以确定分配给各长征部队的数量。长征部队常常蜿蜒在山间，整个队伍行军时，队伍长达50英里以上。

至于大量“剩余物资”——红军无法携带的物资，会分发给当地的穷人。在云南，红军从富有的火腿批发商那里没收了几千根火腿，方圆几英里的农民都赶来免费领取他们的份额——这是火腿产业史上的一桩新闻。成吨的盐也是按照这个方法分发的。在贵州，从地主官僚那里，红军没收了许多养鸭场，于是连着吃鸭，直到——用吴亮平的话来说——“吃腻了为止”。红军从江西带着南京的钞票、银洋和他们自己国家银行的金条银条。途经贫困地区时，他们用这些货币来购买需要的东西。他们销毁了地契，取消了捐税，还给贫农发放了武器。

红军告诉我，除了在川西之外，他们在各地都受到广大农民的欢迎。他们“罗宾汉”式的政策早已声名远扬。“被压迫农民”经常派代表团来要求红军绕道去“解放”他们的地区。当然，他们对红军的政治纲领基本上没什么概念，只晓得这是一支“穷苦人的军队”。但这已经足够了。毛泽东笑着告诉我，曾经就有这样一个代表团前来欢迎“苏维埃先生”！[①] 不过，这些村里人并不比福建军阀卢兴邦更无知，此人曾经在他统辖的区域张贴告示，悬赏“通缉苏维埃，不限死活”。卢兴邦称，苏维埃这个人到处搞破坏，必须处决，

① 音译 Soviet 的第一个汉字“苏”是中国常见的姓氏之一，再加上“维埃”两字，很像一个人的姓名。

以绝后患。

在毛尔盖和懋功，来自南方的红军休整了三个星期，这时，革命军事委员会以及共产党和苏维埃政府的代表则开会商讨下一步的行动计划。人们可能记得，早在1933年，红四方面军就在四川建立了根据地。红四方面军最初在鄂豫皖苏区组建，在徐向前和张国焘的率领下经由河南抵达四川。关于这两位老红军，下文还将进一步介绍。红四方面军在四川的作战取得了显著成绩，整个四川北部曾一度在他们控制之下。他们在毛尔盖与来自南方的布尔什维克会师时，徐向前的部队约有五万人，所以，1935年7月在四川西部集结的红军部队总兵力接近十万人。

不过，这两个方面军又在此分开了。红一方面军一部[①]继续北进，其余部队[②]与红四方面军一道留在四川。当时，红军内部对于应该采取的正确行军路线存在分歧。张国焘主张留在四川，打算在长江以南恢复共产党的影响。毛泽东、朱德和政治局的大部分委员决心继续挺进西北。但接下来两个因素的出现结束了这段悬而未决的时期。第一个因素是，蒋介石的部队从东边和北边进入四川，对红军实施包围，在这两支红军部队之间制造“障碍”。第二个因素是，当地一条暴涨的河流阻断了这两支红军部队，让他们无法渡河。

当年8月，来自江西的红军主力以红一军团为前卫，继续北进。朱德则与徐向前、张国焘、李先念留在四川。红四方面军在四川和西藏又停留了一年。在此期间，贺龙率领的红二方面军[③]与他们会师，之后进行了轰动一时的挺进甘肃行动。1935年8月率领红军部队前往川藏边界大草地的，是林彪、彭德怀、左权、陈赓、周恩来、毛泽东等指挥员，还有江西中央苏维埃政府的大部分干部和中国共产党中央委员会的大部分委员。他们开始了长征最后阶段的行程，此时人数约有三万人[④]。

摆在他们面前的，将是最危险、最激荡人心的一段征程。因为他们所选择的路线，将经过独立的“蛮族”部落和游牧的“西番”族人居住的荒野。红军一进入“蛮族”和藏族地区，就首次遇到联合起来与他们敌对的民众，他们在这段跋涉途中遭受的磨难超过了过去的任何时刻。红军有钱，却买不

① 第一、第三军团。——译者注
② 第五、第九军团，第八军团在湘江战役后并入第五军团。——译者注
③ 任弼时担任红二方面军政委。
④ 此时单独北上的包括红一军团、红三军团和军委纵队，约一万多人。——译者注

到粮食；红军有枪，却看不见敌人。当红军进入茂密的森林和丛林，跨过十几条大河的源流时，部落成员就从红军途经的地区撤走。他们清空了房屋，带走所有食物，将牲畜家禽赶到高原，整个地区都变得荒无人烟。

然而，道路两旁的数百码之外就十分危险。许多红军战士想去找只羊，结果再也没有回来。山里人躲在茂密的灌木丛中，向前进的“入侵者”放冷枪。他们爬上山，等到红军接连经过又深又窄的岩石隘口时——有时那儿只容一人通行或两人并排行进——就将巨石推下来，将红军战士和他们的牲口压死。在这里既没有机会解释“共产党对待少数民族的政策”，也没有机会结成友好联盟。“蛮族”的女土司对于各类汉族人，不论“红”汉“白”汉，都有难以消除的宿怨。她威胁道，如果有人胆敢帮助过路者，她就要用开水把他活活烫死。

不去抢夺就没有粮食，这迫使红军不得不为了几头牲畜进行战斗。毛泽东告诉我，当时他们有种说法——“一条人命买只羊”。他们在“蛮族”的田地里收割青稞以及甜菜和萝卜之类的蔬菜——按毛泽东的说法，那些萝卜非常大，一个萝卜“够十五个人吃”。[①] 就是靠这种微薄的补给，他们穿过了大草地。毛泽东风趣地对我说：“这是我们仅有的外债。我们不得不从‘蛮族’和藏民那里拿走这些补给，有朝一日，我们务必把欠他们的钱付清。”他们只有抓住部落的人，才能找到向导带路。不过，他们和这些向导成了朋友。在走出“蛮族”地界后，许多向导跟着红军继续前进。其中有些人现在已成为陕西党校学员，有一天可能会返回故土，向民众解释“红”汉与“白”汉的差别。

红军在大草地连续走了十天，始终不见人烟。在这片沼泽地带，大雨几乎下个不停。有些迷宫般若隐若现的足迹是当地山民才知道的，红军只有跟着给他们当向导的当地山民，才能穿过草地的中心。红军损失了更多的人马。许多人陷进了异常诡秘茂盛的水草里，连头顶都没入了沼泽深处，其他同志根本来不及援救。草地上没有柴火，他们只能生吃青稞和野菜。草地没有树木遮蔽，轻装的红军没有带帐篷。到了夜晚，他们只能捆一丛灌木枝，紧紧蜷缩在下面，虽然避不了多少雨。不过，他们最终经受住了考验，取得了胜利——至少强于追赶他们的白军部队，后者迷了路，只能调头折返，结果只

① 在青藏高原的稀薄空气条件下种植的蔬菜作物，在短暂的生长季节，体积为“正常尺寸”的五到十倍。

有一小部分人生还。

此时，红军抵达甘肃边境。前方还有几场战斗等着他们，输掉任何一场战斗都可能意味着决定性的失败。在甘肃南部，南京方面调集了更多的部队、东北军和回民部队，阻挡红军的前进。但红军成功地打破了这些封锁，在此过程中还缴获了回民骑兵部队的几百匹马。当时南京方面非常自信地预测，这些骑兵部队能彻底消灭红军。红军已是双脚酸痛、筋疲力尽，已经到了人体所能承受的极限，但他们终于抵达了长城脚下的陕北地区。1935 年 10 月 20 日，也就是他们离开江西一年之后，红一方面军前卫部队与红二十五军、二十六军和二十七军会师[①]。——这三支军队 1933 年就在陕西建立了小规模苏维埃根据地。此时，他们仅剩下不足两万人，终于可以坐下来，体会他们这项成就的伟大意义。[②]

关于长征的统计情况[③]令人震惊。数据表明，差不多平均每天就要进行一场遭遇战，发生在行军途中的某个地方，共有 15 个整天用于进行大规模激战。长征一共历时 368 天，其中有 235 天是白天行军，18 天是夜间行军。在停下来的 100 天中——其中许多天用于进行遭遇战——有 56 天在四川西北地区，其余 44 天走了大约 5000 英里路，平均每 114 英里休息一次。这意味着红军每天行军 71 里，约合近 24 英里——在地球上最艰险的地形条件下，一支大规模军队及其辎重能够保持这样的平均行进速度，真是非常惊人。

根据红军指挥官左权向我提供的数据，红军一共翻越了十八座山脉，其中五座终年覆盖着积雪。红军还渡过了二十四条河流。他们经过了十二个省份，占领过六十二座城镇，突破了十个省地方军阀部队的包围，还打败、避开甚至智胜派去追击他们的中央政府各个部队。他们穿过了六个不同的未开化民族聚居地，深入的一些地区是中国军队几十年来从未去过的。

不论人们对红军可能会有什么看法，包括对红军的政治立场有什么看法，但是没有人能够否认，红军长征是军事史上最伟大的英雄壮举之一。在过去三个世纪里，从未有过此类的举国武装迁移。在亚洲，只有蒙古人曾经有过

---

① 会师时间应为 1935 年 11 月 2 日。红 25 军原隶属于红四方面军，于 1934 年 11 月奉命离开鄂豫皖根据地开始长征，1935 年 9 月抵达陕北苏区，与红 26 军和 27 军合编为红十五军团。——译者注

② 此时抵达陕北的为红一军团、红三军团和军委纵队组成的陕甘支队，共计约 7000 人。——译者注

③ 《长征记》，红军第一军团（预旺堡，1936 年 8 月）。

超越这项壮举的行动。那就是令人惊叹的土尔扈特部大迁徙[①]，斯文·赫定曾在他的著作《帝王之都：热河》中记录过此事。相形之下，汉尼拔翻越阿尔卑斯山的行军不过是一场假日旅行。另一个更有趣的类比是拿破仑从莫斯科的败退，但当时他的大军已完全溃散，士气低落。

红军前往西北的长征，毫无疑问是一场战略撤退，是局部的决定性战败导致的被迫撤退。红军最终到达了目的地，核心力量并未受损，部队士气和政治意志依然强韧，这是显而易见的。共产党人有理由认为，而且显然认定，他们在向抗日前线进军，而这是一个相当重要的心理因素。在这一因素的推动下，他们将原本可能是意志消沉的败退转变为一场士气高昂的胜利进军。后来的历史已经证明，他们非常正确地强调了此次迁移行动的第二个根本原因：他们正确地预见到挺进的地区，将对中国、日本和苏联的当前命运产生决定性作用。这种巧妙的宣传手段必须被视为卓越的政治战略。这在很大程度上决定了红军能够胜利完成此次英勇的长征。

在某种意义上，这次大规模迁移是人类历史上最重大的武装宣传之旅。红军途经省份的总人口超过两亿人。在大小战斗的间隙，红军每攻占一座城镇，就会召集群众大会，举行戏剧公演，向富人征税，解放众多"奴隶"（其中一些人加入了红军），大力宣传"自由、平等、民主"，没收"卖国贼"（官僚、大地主、税吏）的财产，将他们的财物分给穷人。如今，有千百万穷人亲眼看到红军，亲耳听到他们讲话，再也不怕他们了。红军向他们解释土地革命的目的，解释他们的抗日政策。红军武装了千千万万的农民，留下干部训练红色游击队，使南京方面的军队疲于应对。虽然有成千上万的人倒在这段漫长的艰苦征程中，但又有成千上万的人——农民、学徒、奴隶、国民党逃兵、工人、赤贫者——参加了红军，充实了队伍。

关于这场令人热血沸腾的远征行动，有朝一日会有人把它汇成完整的史诗。此时此刻，我将毛泽东主席——这位既能作诗又能领导革命的"起义者"—— 以这场二万五千里长征为题材创作的古诗记录下来，奉献给大家，作为此篇的尾声：

---

① 1771年，蒙古土尔扈特部首领渥巴锡为摆脱沙俄压迫，率领部众冲破沙俄重重截击，东返故土，历经七个月，走过了河流、沙漠、雪山、戈壁和草原，前有阻截，后有追兵，依然胜利返回祖国。——译者注

红军不怕远征难，万水千山只等闲。
五岭逶迤腾细浪，乌蒙磅礴走泥丸。
金沙水拍云崖暖，大渡桥横铁索寒。
更喜岷山千里雪，三军过后尽开颜。

第6篇 西北的红星

Part Six Red Star in the Northwest

第一节　陕西苏维埃：开创时期

第二节　死亡与捐税

第三节　苏维埃社会

第四节　关于货币的剖析

第五节　五十始知天命！

第 1 节

陕西苏维埃：开创时期

The Shensi Soviets：Beginnings

自1927年以来，江西、福建和湖南的共产党人逐步建立起反抗南京政权的根据地。与此同时，在中国其他广泛分散的地区也出现了红军。其中鄂豫皖苏区的红军规模最大，占据了长江中游这三个富饶省份的大部分地区，人口超过200万。那里的红军先是由徐海东①指挥，后来由徐向前领导。徐向前是黄埔军校第一期毕业生，曾在国民党部队担任少校，是广州公社的一员老战士。

在鄂豫皖苏区的西北方向，在遥远的群山之中，另一位黄埔军校毕业生刘志丹当时正在为陕甘宁苏区的建立而奠定基础。刘志丹是现代“罗宾汉”，他怀着山里人对富人的仇恨。在穷人中间，他成为希望的代名词；而在地主和放债者中间，他就是神灵派来鞭笞这些人的。

这位乱世英豪是农民家庭的儿子，出生于保安，这座县城位于陕北的崇山峻岭之中。他后来到长城附近的榆林上中学，在这里，陕西和蒙古商队开展了繁荣的贸易。刘志丹离开榆林之后，进入广州黄埔军校学习。1926年，他完成了学业，成为共产党员，同时也成为国民党的青年军官。他跟随国民党北伐军一直打到汉口，国共合作破裂时，他恰好在那里。

1927年南京反革命政变后，他逃脱了“清洗”，在上海进行党的秘密工作。1928年，刘志丹返回故乡陕西，与当时在冯玉祥国民军中的几位过去的同志重新建立了联系。第二年，他在陕西南部领导农民起义。尽管刘志丹的起义遭到残酷镇压，却由此建立了陕西第一批游击队的核心力量。

① 应为许继慎。——译者注

在1929—1932年期间，刘志丹的人生经历可谓跌宕起伏，千变万化，其间充满了失败、挫折、沮丧、逃亡、冒险、死里逃生，有时还会体面地恢复官职。他带领的几支小部队完全覆灭。有一次，他担任保安民团团长，运用职权逮捕并处决了几个地主和放债者，民团团长这么做颇为令人生疑。因为这件事，保安县县长被革职，刘志丹仅带着3名部下逃到邻县。在那里，冯玉祥将军的一名军官邀请他们赴宴。在酒宴中，刘志丹和他的朋友解除了他们主人的武装，缴了二十支枪，逃到了山里，即刻集结了约300名追随者。

不过，这支小规模部队遭到了包围。刘志丹提出议和并被接受了，他成了国民党军队的一名上校军官，驻守在陕西西部。他再度开始进行反地主的运动，于是再度被"追剿"，这一次被逮捕了。他再次被免罪，这主要是因为他在陕西哥老会的影响力。不过，他的军队被改编为运输旅，由他担任旅长。然而，刘志丹又第三次"故伎重演"。在他的防区，一些地主长期享受免税特权（这多少算是陕西地主的"传统特权"），拒绝缴税。刘志丹立即逮捕了其中一些人，结果导致豪绅们武装反叛，要求西安方面将他撤职查办。刘志丹的部队被包围并缴械。

当局悬赏要他的脑袋，在这种形势下，刘志丹最终不得不退回保安。不过，他的运输旅有许多年轻的共产党官兵追随他。到了1931年，他终于在保安着手组建了一支共产党领导下的独立的军队，攻占了保安和庆阳两县，并且迅速在陕北推进作战行动。被派来攻打他的政府军经常在战斗中向共产党投诚；甚至还有国民党逃兵从山西渡过黄河前来加入他麾下。刘志丹这位起义者的果敢、坚毅和勇猛很快就闻名于整个西北地区，他"刀枪不入"的神奇传说广为流传。

刘志丹的部队在所到之处镇压官僚、税吏和地主。积压已久的暴怒一旦释放，这些武装起来的农民便开始突袭、劫掠，将俘虏抓到他们的堡寨以索要赎金，做法跟普通的土匪十分相似。到了1932年，刘志丹的部众在陕北黄土山区已经占领了11个县。共产党在榆林建立了政治部，对刘志丹的部队进行指导。1933年年初，陕西成立了第一个苏维埃政府，并且设立了正规的行政机构，所执行的纲领与江苏苏区类似。

在1934年和1935年，陕西红军明显壮大，部队素质也得到了提高，所在地区的形势多少得到了稳固。他们成立了陕西省苏维埃政府，建立了党校，在安定设立了军事指挥部。苏维埃政府开办了自己的银行和邮局，开始发行粗制的钞票和邮票。在完全苏维埃化的地区，苏维埃经济开始发展，地主的土地被没收，并进行再分配，苛捐杂税全部被取消，合作社也建立起来。共产党发出号召，招募人员担任小学教师。

与此同时，刘志丹从红色根据地南下，直捣省城。他攻占了西安府外的临潼，围攻西安数日，但未成功。红军一个纵队向陕南推进，在那里的几个县建立了苏维埃政府。他们与杨虎城将军（后来成为红军盟友）进行了几次作战，经历了惨败和溃退，但也取得了一些胜利。随着部队纪律的加强，土匪成分得以清除，农民对红军更加拥护。到了 1935 年年中，苏维埃在陕西和甘肃控制了 22 个县。此时，刘志丹的红二十六军和二十七军共有 5000 人，并且与中国南部和西部地区的红军主力部队建立了无线电联系。南方红军开始撤离闽赣根据地，而这时陕西山区的这些红军部队则得以发展壮大。到了 1935 年，蒋介石不得不派遣他的副总司令张学良少帅率领大军对他们进行征剿。

1934 年年尾，在徐海东的率领下，红二十五军的 8000 人马离开河南。[①] 当年 10 月，他们抵达陕西南部，与刘志丹在当地武装起来的红军游击队会合，后者约有 1000 人。徐海东所部安营扎寨，在那里过了冬。他们帮助游击队建立了正规部队，与杨虎城将军作战，打了几场胜仗，并在陕南的五个县建立了农民武装。他们建立了临时苏维埃政府，陕西省委 23 岁的委员郑位三担任主席[②]，李隆贵和陈先瑞担任红军两个独立旅的旅长。[③] 徐海东在留下这些部队用于实施地区防卫之后，带领红二十五军挺进甘肃，突破数千名政府军的堵截进入苏区，沿途占领了五座县城，并且解除了马鸿宾将军两个回民团的武装。

1935 年 7 月 25 日，红二十五军、二十六军和二十七军会师于陕北延川附近，部队整编为红十五军团。徐海东任军团长，刘志丹任副军团长兼陕甘晋革命军事委员会主席。[④] 1935 年 8 月，该军团与王以哲将军率领的东北军 2 个师发生遭遇战，打败了后者，补充了新兵，以及迫切需要的军火。

就在这时，发生了一件怪事。当年 8 月，中国共产党中央委员会的一名

---

① 当时红 25 军军长为程子华，政委为吴焕先，徐海东任副军长，出发时全军不足 3000 人。——译者注

② 郑位三时年 32 岁。——译者注

③ 红军在陕南组建的实为第 74 师，陈先瑞任师长，李隆贵任政委。——译者注

④ 李雪峰为该委员会委员。

代表来到陕北，这是一位身材敦实的年轻人，名叫张庆孚。根据刘志丹部下一名参谋告诉我的情况，这位“张先生”（外号“张胖子”）被授权对陕北的党组织和红军部队进行“改组”，可以说他是“高级巡视员”。

为证明刘志丹没有遵守“党的路线”，“张胖子”开始收集证据。他对刘志丹进行“审问”，责令刘志丹放弃所有职务。刘志丹并没有质疑这位“张先生”有什么权力指责他，而是顺从地放弃了所有实际指挥权，然后像阿喀琉斯一样回到自己在保安的窑洞里生闷气。“张胖子”还下令逮捕党内及红军军中其他100多名“反动分子”，实施监禁，然后心满意足地稳坐“泰山”。

就在这件怪事发生的时候，在林彪、周恩来、彭德怀、毛泽东的率领下，作为南方红军前卫部队的红一军团于1935年10月到达陕甘苏区。毛泽东和政治局下令对那些证据进行复核，结果发现大多数证据都毫无根据，还发现那位“张先生”不仅越权，还上了“反动分子”的当。他们立马恢复了刘志丹及其部下的职务。“张胖子”本人则被逮捕，受到了审判，关押了一段时间后被安排去打杂。

就这样，两支红军部队于1936年初联合实施著名的“抗日”远征行动。他们渡过黄河后进入邻省山西。此时，刘志丹再度掌握了指挥权。他在这场引人瞩目的战役中大显身手，在两个月的时间内，红军在那个所谓的“模范省”攻占了18个县。1936年3月，他在率领突击队袭击敌军防御工事时受了致命伤，但红军依靠他们占领的那座工事渡过了黄河。刘志丹被送回陕西，他凝望着自己深爱的山峦，年少时他常常在此漫步。他牺牲了，牺牲在那些山区人民中间，这些人曾在他的领导下走上他所坚信的革命斗争道路。他被安葬在瓦窑堡，苏维埃将红色中国的一个县①改名为志丹县来纪念他。

在保安，我见到了他的遗孀和孩子，那是一个漂亮的六岁小姑娘。红军为她量身定做了一套特别的军装，她系着军官皮带，帽子上缀了颗红星。那里所有人都疼惜她。小刘的一举一动像个小元帅一样，她对自己的“土匪”父亲感到十分自豪。

虽然西北这些苏区是围绕着刘志丹发展并强盛起来的，但催生这场震动华夏大地的人民运动的并非刘志丹本人，而是当地的生活条件。要理解他们所取得的成功，不仅需要审视他们的奋斗目标，而且要考察他们斗争的对象。

---

① 保安县。——译者注

第 2 节

死亡与捐税

Death and Taxes

在西北大饥荒期间，我曾于1929年6月造访蒙古边上绥远省的几个遭受旱灾的区域。这场饥荒持续了大约3年，影响范围达四大省份。在那些年，到底饿死了多少人，确切的数据我已无从知晓，也许永远都不会有人知道。现在人们已经将它遗忘。一般都接受300万这个保守的半官方数据，但也有其他的估计数据——饿死者多达600万人，我对于这一数字也并不怀疑。

西方世界几乎没有人注意到这场饥荒，甚至在中国沿海城市也同样无人关注。不过，美国资助的中国国际饥荒救济委员会有一些勇敢的中国人和外国人——包括委员会秘书德怀特·爱德华兹、美国工程师托德、了不起的美国传教医生罗伯特·英格拉姆，他们冒着生命危险进入这些伤寒蔓延区，努力抢救饥民。有几天我与他们一起走过那些死亡之城，越过曾为沃土、如今已变成荒芜之地的乡村，穿过了那一片景象骇人的土地。

我当时23岁。我来到东方，想寻找“东方的迷人魅力”，想寻求冒险，那次绥远之行就发端于此。但在这里，我生平第一次突然撞见因饥馑无物可食而濒于死亡的人们。在那些梦魇般的时日里，绥远成千上万的男女老幼活活饿死在我的眼前。

你是否曾经见过一个诚实善良的好人——努力工作、“遵纪守法”、从来没有伤害过任何人——却有一个多月连一口食物都吃不上？这种景象极其悲惨，令人目不忍睹。濒临死亡的皮肉挂在他的身上，起着皱褶；全身瘦骨嶙峋，根根骨头清晰可见；他的目光已经涣散；尽管他是个20岁的年轻人，行动起来却如同枯槁的老妪一般，拖着身躯一步步往前挪动着。如果他还算走运，他应该早已卖了妻女。他已经把自己所有的东西都卖了——房屋的木料，大部分衣服。有时，他甚至已经卖掉了身上的最后一块遮羞布。他蹒跚在烈日下，睾丸像干枯的橄榄籽一般晃晃悠悠悬挂在他身上——这是最后的残酷嘲弄，提醒着你，他本来是个人！

孩子们更加可怜，他们细小的骨骼折转变形，骨质弯曲，小手臂细如树枝，鼓胀的肚皮填满了树皮和木屑，就像长了肿瘤。女人们躺在角落里等待死亡，臀部干瘦得如同刀片般突出，乳房好似干瘪的麻布袋子般挂在胸前。不过，毕竟没有多少妇女和姑娘，她们中的大部分要么已经死了，要么被卖掉了。

这些现象都是我亲眼所见，并且终生难忘。在饥荒中，数百万人就这样死去，今天在中国还有成千上万的人这样死去。我曾在绥远达拉特旗的街道上看到过新尸。在农村，我曾经见过浅浅的墓穴里一层层埋葬着许多死于饥荒和疫病的人。然而，这还不是最骇人听闻的事。真正令人震惊的是，在许多这样的城镇，仍然有许多有钱人，囤积大米者、囤积小麦者、放债者，还有地主。他们受到武装警卫的保护，同时还在肆意敛财。令人震惊的还有，城里的官僚和歌妓还在花天酒地、歌舞升平——那里多的是粮食谷物，而且几个月来一直都有；在北平、天津及其他地方，有千万吨麦子和小米，都是饥荒救济委员会募集的（大部分来自国外的捐助），却无法运去接济难民。这是什么原因呢？因为在西北地区，有些军阀企图扣留所有的铁路运输车，不允许任何一节车厢往东去；与此同时在东部地区，其他的国民党将领也禁止所有的铁路运输车朝西去——即便是去接济难民也不行——因为他们担心这些粮食会被对手扣押。

在饥荒肆虐的时候，饥荒救济委员会决定修建一条大渠（使用美国的经费），帮助灌溉一些干旱的土地。官员们倾力合作——立刻开始以每亩几分钱的低价收购所有将要进行灌溉的土地。一群贪婪的兀鹰突然降临到这个陷入黑暗的国家，以抵消欠租或者支付几个铜板的方式，从饥民手中收购了上千英亩的土地，等到下雨的日子就出租给佃户。

可是，在那些饿死者中，大多数没有经过任何反抗就死去了。

“他们为什么不造反？”我自问道，“他们为什么不联合起来，组成一支大军，去攻打那些向他们征收苛捐杂税却不给他们吃饱的恶棍，去攻打那些夺取他们土地却不能修复灌溉渠的无赖？他们为什么不能大举攻进大城市，去抢夺那些买走他们妻女的恶棍的财富，去抢夺那些继续在摆着三十六道菜的宴席上大快朵颐、却让诚实者忍饥挨饿的无赖的财富？这究竟是为什么？”

他们逆来顺受让我感到不解。我曾一度以为，根本无法唤醒中国人起来斗争。

我错了。中国农民并不愿逆来顺受；中国农民不是懦夫。他们会起来斗争，只要有方法，有组织，有领导，有切实可行的纲领，有希望——并且有武器。中国共产主义运动的发展已经证实了这一点。因而在上述背景下，共产党在西北地区受民众欢迎并不让我们感到惊讶，因为那里的条件对于广大农民来说，并不比中国的其他地方强。

共产党影响了中国广大农民，这方面的事实已经由斯坦帕尔博士[①]进行了生动的记载。斯坦帕尔是著名的卫生专家，由国际联盟派到南京政府担任顾问。他的记载是有关这段历史的最佳文献。斯坦帕尔博士曾经亲临陕西和甘肃对国民党统治区进行考察，他的报告是基于自己的亲自观察，以及所看到的官方资料得来的。

斯坦帕尔博士指出，“在公元前240年，据说有一位名叫郑国的工程师建造了能灌溉近100万英亩土地的水利系统，该水利系统位于史上著名的陕西渭水流域，那里是中华民族的发源地”，但后来“这个水利系统由于疏于管理，水坝坍塌，虽然不时修筑新的工程，但到了清朝末年（1912年），灌溉的土地面积还不足2万亩”——约合3300英亩。他得出的数据表明，在大饥荒期间，陕西一个县的死亡人数就占该县人口数量的62%，另一个县的死亡人数在该县人口数量中所占比重达到75%，如此等等。据官方估计，仅在甘肃省就有200万人饿死——约占该省总人数的20%。

这位来自日内瓦的调查者记载了中国西北地区在红军到达之前的状况，现将他的记载引述如下：

在1930年的大饥荒期间，20英亩土地的价格只能购买3天的粮食。陕西省富裕阶层利用这个机会大肆购置田产，自耕农人数锐减。以下文字引自中国国际饥荒救济委员会的芬德利·安德鲁先生1930年的报告，从中可以直观地感受到当年的形势：

“……该省与去年相比表面上已有很大改善。原因何在？因为在甘肃省，在我们开展工作的那个地区，过去两年大量人口死于饥饿、疫病和战乱，所

① 斯坦帕尔博士：《西北各省及其发展前途》，国家经济委员会内部出版（南京，1934年7月）。

以对粮食的需求已经大幅度减少。”

大量的土地荒废，还有许多土地集中在地主和官僚手中。尤其是在甘肃，“面积大得惊人”的本可以用来耕种的土地却被荒置了。“在1928—1930年饥荒期间，地主以极其低廉的价格收购土地，他们从那时起就意识到可以从修筑渭北灌溉工程（中国国际饥荒救济委员会出资进行的一项饥荒救济措施）中敛得巨财。”

在陕西，不交地税被看作是很有面子的事，因此有钱的地主免交地税已成惯例……特别不得人心的是，饥荒时放弃土地外出逃难的农民还要被征收在此期间欠下的税费，这些农民在付清所欠税费之前，将被剥夺土地所有权。

斯坦帕尔博士发现，陕西农民（显然不包括地主，他们“免税已成惯例”）需要缴纳的土地税和附加税总额在他们收入中所占的比重高达45%左右，其他捐税“也达到20%”；“不仅是捐税繁重到令人难以置信，税收评估非常随意，而且征税方式浪费、粗暴，还有不少腐败现象。”

关于甘肃的情况，斯坦帕尔博士这样记载：

“过去5年内，甘肃年税收额平均超过800万元……比中国最富庶、征税负担最重的省份之一浙江还要高。从中还可以发现，这种税收不只是一两种主要的捐税，而是许多种巧立名目的杂税，每种杂税征收一小笔钱，几乎没有哪种货物、没有哪种生产或者商业活动是不征税的。甘肃更是这种情况。民众实际缴纳的税费比公布的数据还要高。首先，税吏可以从征收税款中截留一份——有时份额非常高。其次，除了省政府、县政府所征税费之外，军队领导人也要征税。据官方估计，甘肃省这方面的税费超过1000万元。①

“民众承受的另一个负担是民团费用，民团原本是为了防御土匪而组织的，但在很多种情况下，他们已经沦为靠搜刮乡民而维持生计的无赖团伙。”斯坦帕尔博士援引的数据表明，民团的保障经费在地方政府预算总额中所占比重达到30%到40%。在维持大规模正规部队的负担外，再加上这笔费用，负担相当沉重。据斯坦帕尔博士称，维持正规部队的费用在陕甘两省收入中所占比重超过60%。

我在陕西遇到了一位外国传教士。他告诉我，他曾经看到一头猪从养猪人转到购买者手中，全程需要征收6种不同的税费。另一位在甘肃的传教士

① 这还是保守的估计，因为它并未提到陕甘两省主要的非法军方税收，许多年来都是鸦片税。

说，他目睹农民拆下家里的木墙（木材在西北很值钱），用大车运到市场上卖掉来缴税。甚至有些“富农”，他们在共产党刚来的时候并不友好，但也是抱着无所谓的态度，认为“不管哪个政府，都不会比原来那个政府更坏”。

不过，西北地区在经济方面绝非没有希望。它的人口并不稠密，许多土地非常肥沃，很容易生产出比消费需求多得多的产品。只要对灌溉系统进行改造，其中一些地方就有可能成为“中国的乌克兰”。陕西和甘肃盛产煤矿，陕西还有石油。斯坦帕尔博士预言，“陕西，特别是西安附近的平原地区，有可能成为仅次于长江流域的重要工业中心，可以开采煤田用于满足本地区需求。”据说甘肃、青海和新疆的矿藏资源非常丰富，但开发得很少。斯坦帕尔博士称，仅靠黄金一项，“该地区就有可能发展为第二个克朗代克[①]”。

可以肯定地说，这里实施变革的条件早已成熟。可以肯定地说，这里存在着民众需要起来斗争的理由，哪怕他们还没有建立斗争的目标！因此，当红星出现在西北时，有成千上万的人出来欢迎它，把它当作希望与自由的象征，也就不足为奇了。

不过，红军是不是真的好一些呢？

---

① 克朗代克位于加拿大西北部，以1896年发现金矿并引发“淘金热”而闻名。——译者注

第 3 节

苏维埃社会

Soviet Society

不管中国共产主义在南方发展得怎么样，我在西北见识到的共产主义，更像一种“农村平均主义”。这个名称用在这里更贴切，尽管还有另一些名称，是马克思主义能够接受，并且视其为自己的模范产物的。在经济方面，这种情况表现得尤为显著。在有组织的苏维埃社会、政治和文化生活中，虽然有一种朴素的马克思主义指导着，但物质条件的局限性却随处可见、一目了然。

西北地区没有重要的机器工业。这里的主要产业是农业和畜牧业。该地区的文化在几个世纪以来一直处于停滞状态，尽管现存的许多经济弊端，无疑反映了半工业化城市不断变化的经济形势。不过，红军自己就是“工业化”对中国影响的杰出产物，对于这里的陈旧文化而言，红军所带来的思想震荡的确是革命性的。

然而，该地区目前仍处于现代经济的初创阶段，这里的客观条件不允许共产党组织远超过经济水平的政治体制，对此他们自然只能作长远考虑——他们未来可能会在大城市夺取政权，从外国租界手中接管工业基地，从而为建设社会主义社会奠定基础。此时，在农村地区，土地、赋税等农民所面临的迫切问题，是他们正在集中力量解决的主要问题。自始至终，中国共产党员只把土地分配视为建立群众基础的一个阶段，这一阶段能够保证他们发展革命斗争，进而夺取政权，最终实现彻底的社会主义变革。1931 年，中华苏维埃第一次全国代表大会通过了《中华苏维埃共和国宪法大纲》[①]。这一大纲

① 毛泽东等编撰。

详细阐述了中国共产党的“最高纲领”——相关条款清楚地表明，中国共产党的最终目标是按照马克思列宁主义理论，建设社会主义国家。但与此同时，苏区的社会、政治和经济组织一直是种非常临时性的安排，即使在江西苏区也是如此。由于苏维埃从诞生之日起就得为生存而战，他们的主要任务始终是建设军事政治根据地，从而能够更广泛、更深刻地发展革命运动，而不是“在中国试行共产主义”——但有些人却恰恰以为，这就是共产党在他们的小规模被封锁地区尝试着做的事情。

共产党在西北地区之所以得到支持，直接原因显然不是“各尽其能，各取所需”，更多的是因为他们提出的主张和孙中山的承诺有些类似：“耕者有其田。”

苏维埃在理论上是“工农”政府，但在实践中，全体选民在成分和职业方面均表现为“农民占压倒性多数”，所以，政权必须与此相适应。为了平衡农民的影响，同时突显其主体性，农村人口被划分为以下几类：大地主、中小地主、富农、中农、贫农、佃农、雇农、手工业者、流氓无产者，还有自由职业者，即专业工作者——包括教师、医生和技术人员等“农村知识分子”。这不仅是经济划分，也是政治划分。在苏区选举中，与其他几类代表相比，佃农、雇农、手工业者等的名额比例要高得多——目的显然是要建立某种形式的“农村无产阶级”民主专政。

虽然有这些限制，但政府工作在苏维埃政权稳定的地方似乎开展得很顺利。代议制政府机构从最小的单位——村苏维埃开始建立，村苏维埃之上依次是乡苏维埃、县苏维埃、省苏维埃和中央苏维埃。各村苏维埃选举代表参加上一级苏维埃，由此类推，一直到苏维埃代表大会的代表。年满 16 岁者均享有选举权，但因为上文提到过的那些理由，这种选举权并不是完全平等的。

各乡苏维埃政府下设各种委员会。其中权力最大的革命委员会由群众大会选举产生，这一选举常常是在红军占领了一个乡，经历了一阵如火如荼的宣传活动之后进行的。革命委员会有权要求进行选举或改选，并与共产党密切合作。在乡苏维埃政府的领导下，设立了教育、合作社、军训、政训、土地、卫生、游击队训练、革命防卫、扩大红军、农业互助、红军耕田等委员会。一直到中央政府，苏维埃政府各分支机构均设立这些委员会，此外中央政府还要负责协调政策，做出全国性决策。

组织工作并不是到政府机构就结束了。在工农、城乡中，共产党发展了许多党员。此外，还有共青团，共青团下面又有两个组织，大多数青年都参与进来了。这两个组织就是少年先锋队和儿童团。妇女也被吸收进来，参加共青团、抗日协会、护士学校、纺纱班和耕种队等组织。成年农民则加入到贫农会以及抗日协会中。就连哥老会也被安排参加苏维埃生活，开展公开合法的工作。在这种组织严密的农村政治与社会结构中，农卫队和游击队也是其中的一部分。

所有这些组织及其各个委员会的工作，均由中央苏维埃政府、共产党和红军进行领导。我们在此无需援引具体的统计数据来解释这些机构的组织联系，但可以这么说，它们基本上都巧妙地结合在一起，分别由某位共产党员直接领导，不过，好像是由农民自己通过民主方式做出组织、成员和工作方面的决定。很显然，苏维埃组织的目的就是让男女老少都参加某个组织，明确地给他们分配工作，让他们完成。

苏维埃紧张工作的一个典型例证，是他们利用大片荒地、增加产量所采取的办法。我设法搞到了许多文告，是土地委员会分发给各分支机构、指导机构组织宣传农民完成耕种任务的，其范围与日常实用性令人惊叹。例如，我在某土地委员会分支办事处看到一个关于春耕工作的指示，该委员会要求工作人员“进行广泛宣传，争取民众自愿参加，不得有任何形式的强制命令”。对于如何在耕种季节达到四项主要的要求，该指示提出了具体建议。这四项要求已在去年冬天由苏维埃确定，包括更充分地利用荒地，扩大红军耕地；增加农作物产量；丰富农作物品种，特别强调了要增加新品种的瓜果蔬菜；扩大棉花种植面积。

这项命令[①]针对如何扩大劳动力，特别是如何鼓励妇女直接参加农业生产（尤其是在那些因男子参加红军，导致男性人口减少的地区）提出了一些策略建议。其中，以下指示非常巧妙有趣，可以反映出共产党如何有效地利用现有资源：

“要动员老幼妇孺参加春播及春耕，各人根据自身能力在劳动生产过程中承担主要或辅助工作。例如，应动员大脚（未缠足）妇女和年轻妇女参加生产队，承担起从清理田地到主要农业生产任务等方面的工作。小脚（缠足）妇女、儿童和老人也得动员起来，承担除草、积肥及其他辅助性任务。”

---

① 《土地委员会指示》，陕西瓦窑堡，1936年1月28日。

但农民对此会有怎样的意见？一般认为，中国农民不喜欢组织和纪律，也不热衷自己家庭范围之外的社会活动。如果你向中国共产党人提到这些，他们就会哈哈大笑。他们会说，没有一个农民会不喜欢组织或者社会活动，假如中国农民是为自己工作，而不是为民团、地主或者税吏劳作的话。我必须得承认，和我交谈过的农民，大多数应该是支持拥戴苏维埃和红军的。他们中有许多人敞开心扉提出批评和抱怨，但是当我问起他们，与从前的日子相比，他们是否更热爱今天的生活时，他们都斩钉截铁地回答是的。我还注意到，他们中的大部分人在谈到苏维埃时用的是“我们的政府”，这一点触动了我，让我感受到中国农村的新气象。

有件事可以表明，共产党是有群众“基础”的。那就是在所有较早建立的苏区，农民独立自发地组织了几乎所有的治安和警卫工作。由于红军的全部作战力量都保留在前线，真正在苏区驻防的红军部队很少。村革命卫队、农卫队和游击队共同承担地方防卫任务。在一定程度上，这一事实可以说明红军在（贫苦）农民中间为何如此受欢迎。其他军队都像剥削压迫的工具一样，骑在农民头上，但红军却不然，相反，他们大多在前线为当地的粮食而战，应对敌人的进攻。另一方面，红军通过有序地组织农民，为自己创立了后方防卫和根据地。这样一来，他们就能腾出手来进行极富机动性的作战行动——红军之所以声名远扬，正是因为这些作战行动。

要想理解农民为何如此拥护共产主义运动，就有必要先了解在西北地区旧政权统治下，压在农民身上的沉重负担。现在，有一点是毋庸置疑的，那就是，共产党无论走到哪里，他们都彻底改变了佃农、贫农、中农以及所有“赤贫者”的境况。在新近建立的苏区，所有形式的赋税在第一年就被取消了，农民因此有了喘息之机。在较早建立的苏区，只征收单一的累进土地税和小额营业税（5% 到 10%）。再者，共产党把土地分给希望拥有土地的农民，大片的“荒地”得以开垦——这其中大部分是在外或者在逃地主的土地。第三，他们没收富裕阶级的土地和牲口，重新分配给穷人。

土地再分配是共产党的一项基本政策。这项政策是如何落实的？后来，出于国家政治策略的考虑，苏维埃在土地政策方面做了很大让步。但在我造访西北期间，当时实行的土地法（1935 年 12 月由西北苏维埃政府颁布）规定：没收所有地主的土地，没收富农并非由自己耕种的所有土地。但地主和富农仍被允许保留一部分土地，这得是他们自己有能力耕种的。在并不缺乏土地的地区——这样的地区在西北有很多——在乡地主和富农的土地实际上并没有被没收，只是把荒地和在外地主的土地进行了分配，有时还把质量最好的土地进行再分配，贫农分得优质土地，地主则分得面积相当的劣质土地。

地主到底是些什么人？根据共产党（已经大大简化）的定义，任何农民，假如他的大部分收入来自土地租金，而没有靠自己的劳动赚钱，那么他就是地主。按照这个定义，高利贷者和土豪[①]也划归地主一类，因此也得到类似的待遇。按斯坦帕尔博士的说法，西北地区高利贷的利率原先高达60%，遇上困难时期还要高得多。尽管在甘肃、陕西、宁夏的许多地区，土地的价格很便宜，但现钱少得令人无法相信。实际上，对于一个没能攒够现钱的雇农或者佃农而言，为他的家庭购置充足的土地，几乎是不可能的事。我在苏区遇到一些农民，他们过去是不可能拥有土地的，即使有些地方地价已经低到每英亩2—3银元。[②]

除了上述阶级之外，其他阶级都不属于没收对象。所以，土地再分配使得很大一部分农民即刻从中受益。贫农、佃农和雇农都获得了足以营生的土地。苏区似乎并没有打算将土地所有权进行"平均化"。据王观澜（29岁的留苏学生，西北三省苏维埃政府土地部长）向我解释，制定苏维埃土地法的主要目的是向每个人供给足够的土地，以便满足他本人及其家庭的基本生活需要——这被认为是农民最为"迫切的要求"。

在西北地区，由于大量地产原先归官僚、税吏和在外地主所有，因此土地问题——没收和再分配——被大大简化了。在没收土地之后，贫农的当前要求大多得到了满足，而在乡小地主或者富农的利益也没有受到过多损害。这样一来，共产党不仅通过分配土地，建立了经济基础，受到了贫农和无地农民拥护，而且，在有些情况下，他们也通过取缔捐税剥削，赢得了中农的感激。此外，基于同样的原因，或者是由于他们的抗日爱国主张，他们有时还能赢得小地主的支持。陕西有几位著名的共产党员就是地主家庭出身。

共产党还通过提供利息极低或者无息贷款的方式，向贫农提供额外帮助。高利贷被彻底取缔，仍然允许私人借贷，但年息最高不得超过10%。政府贷款年息一般为5%。没有地的农民在开垦荒地时，红军兵工厂制造生产的好几

---

① 土豪的意思是"当地恶棍"。共产党用这个术语专指那些收入大多来自于放贷和抵押品买卖的地主。

② 家畜的价格比土地贵得多。见第七篇第二节。

千件简易农具，以及成千上万磅谷种，都可以供他们使用。苏区建立了一所初级农业学校，我听说他们还计划开办一所畜牧学校，只等该领域的专家从上海赶来。

合作化运动正在如火如荼地进行。这些活动已超出生产和分配合作社的范畴，延伸到诸如集体使用牲畜和农具，尤其是耕种公共土地和红军土地，以及组织劳动互助组等合作方式，这些形式非常新颖（对中国来说）。通过组织劳动互助组，大片土地可以很快得到集体耕种和集体收割，个别农民闲散无事的现象就此消失。共产党注意确保人人通过劳动获得土地！在农忙季节执行“周六突击队”的制度，每周至少有一天，所有的儿童组织，所有苏维埃干部、红军游击队员、赤卫队员、妇女组织成员以及驻扎在附近的红军部队都被动员起来参加农业劳动。就连毛泽东也参加了这项劳动。

集体劳动是一种十分进步的理念，共产党将这种理念的萌芽引入苏区，并且开始进行初步的教育工作，以便适应未来可能会采取的集体化。与此同时，一种更加广泛的社会生活概念开始慢慢地渗透到农民的思想深处。共产党称这些在农民中间建立的组织为“三结合”：经济、政治和文化效用的结合。

如果按照西方先进标准来看，共产党在这些民众中间取得的文化进步是微乎其微的。不过，在陕北 20 多个早已苏维埃化的县里，中国大部分地区普遍存在的某些显著弊病确实得以清除。为了在新区推广同样的基本改革措施，共产党在这里的民众中间也开展了大规模宣传活动。其中一项显著的成就是在陕北彻底消灭了鸦片。实际上，在进入苏区后，我压根没有看见过罂粟。贪官污吏几乎闻所未闻。就像共产党所说的那样，乞讨和失业现象确实已经被“消除”了。我在苏区的整个旅途中，没有看到一个乞丐。缠足和溺婴是犯罪行为，童工和卖淫现象已不复存在，一妻多夫和一夫多妻都被禁止。

至于“共妻”和“妇女国有化”这种显而易见的谣言，荒谬到根本不值得去反驳。不过较之中国其他地区半封建背景下的法律和习俗，共产党在结婚、离婚、继承等方面的改革，可谓是极其彻底的。《婚姻法》[①] 中有这样一些颇有意思的规定：严禁婆婆施暴，严禁买卖妇女作为妻妾，严禁“包办婚姻”的习俗。婚姻须征得男女双方同意，合法结婚年龄提高到男子 20 岁、女

① 《中华苏维埃共和国婚姻法》（翻印本，保安，1936 年 7 月）。

子 18 岁，废除嫁妆，男女结婚须到县、市、村苏维埃登记，免费领取结婚证。凡男女同居者不论登记与否，均以结婚论。——这似乎排除了“自由性爱”。根据苏维埃法律，所有孩童均受法律保护。

婚姻双方有任何一方“坚决要求”离婚，就可到苏维埃登记处免费办理，但红军战士之妻要求离婚，须得其夫同意。离婚时夫妻双方公平分配财产，且夫妻双方均有抚养子女的法律义务，但债务偿还责任由男方独自承担，同时男方还必须支付子女三分之二的生活费用。

教育在理论上是“免费普及”，但父母有义务为子女提供衣食。实践中，教育尚未实现“免费普及”。但教育部长徐特立对我说道，要是西北地区能有几年的和平时期，他们在教育方面将取得举国震惊的成就。关于共产党在该地区扫盲的成果和以期达到的成就，稍后我会再进行详谈。但我们首先有兴趣获知，政府如何为这种教育计划提供经费保障，如何为“苏维埃社会”——这是个看似简单但实际上极其复杂的有机体系——提供财政保障。

第 4 节

关于货币的剖析

Anatomy of Money

为了发展苏维埃经济，至少有两项基本任务是必须要完成的：为红军提供给养和装备，为贫苦农民雪中送炭、提供及时救济。这两项任务如果有一项没有完成，苏维埃的基础就会立刻崩塌。为了确保完成这两项任务，甚至在苏区刚刚建立的时候，共产党就必须开始进行有效的经济建设。

西北地区的苏维埃经济是私人资本主义、国家资本主义和初级社会主义的奇特组合。这种经济允许并鼓励私营企业和工业，允许土地及其产品在一定条件下进行私人交易。与此同时，政府拥有并发展油井、盐井、煤矿等企业，也从事牲畜、兽皮、盐、羊毛、棉花、纸张及其他原材料的贸易活动。不过，政府并没有垄断这些物品的贸易，私营企业可以在上述所有领域竞争，而在某种程度上，这些私营企业也确实参与了竞争。

第三类经济是通过建立合作社形成的。政府和群众作为合作伙伴参加合作社，不但与私人资本主义竞争，还与国家资本主义竞争！不过这种竞争的规模都很小，竞争的方式也很原始。因此，尽管在这种安排下的基本矛盾显而易见，假如在一个经济更加发达的地区其后果将是毁灭性的，但在苏区却多少发挥着互补作用。

共产党将合作社界定为“抵制私人资本主义、发展新型经济制度的工具”。他们列举了合作社的五项主要职能，分别是：“打击商人对群众的剥削；应对敌人的封锁；发展苏区国民经济；提高群众政治经济水平；为社会主义建设准备条件”——在这一阶段，“在无产阶级领导下的中国资产阶级民主革命，可以创造积极条件，使这场革命过渡到社会主义[①]。”

在这些听起来有些夸张的职能中，前两项实际上只是意味着合作社能够帮助群众组织“封锁线突击队”，作为针对南京政府封锁行动的应对措施。南京方面禁止苏区与白区之间开展贸易，但共产党有时却能开展颇为繁荣的“出口贸易”，他们的办法是从山间羊肠小道通行，并且贿赂国民党驻在苏区边境的哨兵。那些为国家贸易局或合作社服务的运输队将原料从苏区运送出境，以换取国民党货币，或者换购工业必需品。

村、乡、县、省各级苏维埃均组织消费、销售、生产和信用合作社，由财政部长和国民经济部下属的合作社总局统管。这些合作社的确是为了鼓励社会最低阶层参与而组建的。参与者入股的价格低至每股五角，有时甚至低至两角，入股后需要履行的广泛组织义务，每位股东都被拉入并参与到合作社的经济或政治生活中来。尽管没有限制每位股东购买股票的份额，但无论入股份额为多少，每位成员都仅有一票的权利。在总局的指导下，合作社选举出自己的管理委员会和监察委员会，总局还为合作社培训职工和组织者。每个合作社设有营业、宣传、组织、调查和统计等部门。

苏维埃政府为经营得法的合作社颁发了各种奖励，且向农民开展了广泛的宣传活动，鼓励和教育其认识到合作社运动的好处。政府提供财政和技术援助，并与合作社社员一样，在分红的基础上参与经营。政府已经将约七万元的无利率贷款投入到陕西和甘肃两省的合作社。

除了边境各县还可以使用白区纸币外，其他地区只可使用苏区纸币。在江西、安徽、四川的苏区，共产党铸造了银元和铜制辅币，有的辅币也是银制的，许多这种金属货币已被运到西北。但在1935年11月，南京方面发布法令，要收回中国全部银币。后来银价暴涨，共产党就收回了他们的银元，当作他们发行纸币的储备。

南方的纸币上面都有“中国工农苏维埃政府国家银行”的名称，印刷十分精美，用的是优质钞票纸。在西北，因为技术条件的不足，纸币要粗糙得多，用的是劣等纸印刷，有时还用布印刷。他们的口号也印在了所有的钞票上。在陕西苏区印制的钞票上有这样的激励语：“停止内战！”“联合抗日！”“中国革命万岁！”

① 《合作社发展纲要》，国民经济部（陕西瓦窑堡，1935年11月），第4页。

不过，商人们怎么可能卖掉从白区“进口”的货物，去换取在苏区外没有任何交换价值的货币呢？这个难题由国库负责解决，它规定苏区货币与国民党货币的兑换率为1.21∶1。规定中这样写道：“从白区输入的所有商品，如向国家贸易局直接出售，将以外币（国民党货币）支付；必需品入境后，如不向国家贸易局直接出售，而是通过合作社或商贩出售，须在国家贸易局先行登记，其销售所得可兑换白区货币；其他兑换行为如有必要，经证明后亦可进行。”① 这实际上意味着所有“进口”物品必须以“外币”支付。不过，由于“进口”物品（十分稀缺）的价值远胜苏区“出口”物品（主要是原材料，且全部被视为走私物资，销售市场低迷）的价值，因此始终存在一种支出过大的趋势，即严重的贸易逆差。换句话说，就是银行破产。这个问题该如何解决呢？

问题并没有全部解决。据我所知，这个问题主要由满头银丝、德高望重的财政部长林祖涵运用他的智慧来处理，他的任务是使苏维埃保持收支平衡。这位有趣的年迈“财神爷”曾经担任过国民党的财政部长②，有着传奇般的故事。

林祖涵出生于1882年，是湖南一位私塾先生的儿子，自幼熟读经书，之后进入常德府师范学堂，后到东京求学。在日本那段时间，他遇见了当时被清政府流放的孙中山，并且参加了他的秘密革命组织——同盟会。当时孙中山将同盟会与其他革命团体合并，组建了国民党，林祖涵便是国民党的元老。后来，他遇到陈独秀，深受其影响，并于1922年加入共产党。不过，他还继续与孙中山密切共事，孙中山允许共产党员加入他的党派。林祖涵曾先后担任国民党秘书长③和总务部长④。孙中山去世时，他就陪在孙中山身边。

国民革命开始时，林祖涵是国民党中央执行委员会中资历比蒋介石老的几位元老之一。他在广州担任农民部长，在北伐战争期间担任第六军党代表，受程潜将军指挥——程潜后来出任南京方面的参谋总长。蒋介石在1927年开始进行“清除”共产党的行动时，林祖涵曾公开谴责蒋介石。他先是逃到香

① 《关于苏区货币政策》，载《党的工作》第12期（保安，1936年）。
② 林祖涵，又名林伯渠，曾于1926年担任国民党财务审查委员会主席兼农民部长。——译者注
③ 国民政府军委会秘书长。——译者注
④ 林祖涵于1923年任国民党总务部副部长。——译者注

港，随后去了苏联，在共产主义大学[①]上了四年学。回国以后，他通过“地下交通线”平安抵达江西。林祖涵自1927年之后再未见过他已经成年的子女，他目前是一名鳏夫。45岁那年，他放弃了优越的地位和财产，将自己的命运与年轻的共产党人联结在一起。

一天上午，这位55岁的长征老战士满面笑容地走进了我在外交部的房间。他身穿一套褪色的制服，红星帽的帽檐已经破损，他慈祥而平和，戴了一副眼镜，一只眼镜腿已经折断了，用绳子系在耳朵上。这就是财政部长！他坐在炕边，我们开始谈论税收的来源。我知道，政府实际上不征收赋税；工业收入肯定微乎其微。那么，我想知道，他们的资金从哪里来？

林祖涵开始解释道：“我们说过不向群众收税，这是真的。但是，我们对剥削阶级多征税，没收他们的剩余资金和物资。所以，我们所有的税都是直接税。这跟国民党的做法恰恰相反，按照他们的收税方式，大部分税费归根结底得由工人和贫农承担。我们这里只向地主和放高利贷的人征税，他们还不到人口的10%。对于为数不多的大商贾，我们也征收少量的税，但对小商人不征税。以后，我们或许会向农民征收小额累进税，不过在现阶段，我们免除了群众的所有税费。

“另一个收入来源是民众的自发捐助。在战火纷飞的地方，人民的革命爱国热情极大高涨，他们意识到有可能失去自己的苏维埃，于是自发捐献大量的粮食、资金和衣物给红军。从国家贸易、红军的土地、苏区工业、合作社、银行贷款中我们也获得了一些收入。不过，我们最大的收入来源当然是没收。”

“没收，”我打断了他的话，“你所说的没收是不是通常所说的‘掠夺’？”

林祖涵笑了笑：“国民党称这是‘掠夺’。那好吧，如果说对剥削群众者征税是‘掠夺’，那么国民党对群众征税也是‘掠夺’。不过，红军从不干白军所做的那种掠夺之事。没收行动必须受到财政委员会的指导，且仅由负责人执行，每一样物资都必须列入清单，向政府汇报。这些物资只能用于社会公益。私自没收将严惩不贷。你可以去问问老百姓，红军战士有没有拿东西不付钱的。”

“是的，你这话很对。不过，这个问题的答案，当然要看你问的是地主还

---

① 莫斯科中山大学。——译者注

是农民。”

林祖涵接着说道：“要是我们不用没完没了地打仗，那就很容易在这里建设自给自足的经济。我们的预算制订得很细致，尽一切可能节约开支。因为每一位苏维埃干部既是爱国者又是革命者，我们不要工钱，只需要一点点粮食就能过日子。你可能会对我们微薄的预算感到惊讶。在整个苏区，无论以货物价值还是货币价值来统计，我们现在每个月的开支大约只有 32 万元[①]。这个经费中有 40% 到 50% 是靠没收得来的，15% 到 20% 来自自愿捐助，包括党在白区支持者当中募集到的款项。[②] 其余的收入来自贸易、经济建设、红军的土地以及银行向政府提供的贷款。”

共产党声称已经设计出一种能够防止造假的收支预算方法。我读了林祖涵编撰的《预算编制纲要》的部分内容。《纲要》详细介绍了这种方法及各项防范措施。它的完善程度似乎主要基于集体控制收支。从最高机构一直到村，各级财政部门在收支方面都要受到监察委员会的监督。因此，出于个人利益而篡改账目难上加难。林部长很为他的方法自豪。他说，采用这个方法可以有效杜绝一切造假行为。这可能是真的。但总之，苏区还未解决的真正的问题显然不是传统意义上的造假行为，而是如何勉强渡过难关。虽然林祖涵十分乐观，但我在此次交谈后在日记中写下了这样一番话：

“无论林祖涵的数据可能会有怎样的确切含义，这简直是中国的一个奇迹。游击队在这个地区已经连续进行了五年的拉锯战，经济居然能够得以维持，没有出现饥荒。总体上看，农民似乎接受并信任苏区货币。事实上，这只有考虑到社会和政治背景才能够理解，而不能单从财政角度去阐释。

“尽管如此，目前的形势仍然极为严峻，即便对于像共产党那样依靠微薄资金得以维持的组织也是如此，这一点非常明显。苏区经济不久肯定会发生以下三种变化之一：（一）实行某种形式的机器工业化以供应市场所需产品；（二）与外界某个现代经济基地建立起良好关系，或者占领经济水平高于当前经济基地的某个经济基地（例如西安或者兰州）；（三）苏区与目前仍处于白军控制下的此类基地进行事实上的联合。”

共产党并没有我那么悲观：“肯定能找到一条出路。”几个月后，他们果

① 此处指美元。
② 当时苏区从苏联可能得到的财政支持很少，几乎为零。苏区与苏联在地理上不接壤。

真找到了出路。这条出路是以“事实上的联合”的方式出现的。

顺便说一句，林祖涵自己在经济方面好像并没有很快取得“领先地位”。他作为财政部长的“津贴”是每月 5 元——苏区货币。

第 5 节

五十始知天命！

Life Begins at Fifty!

我称他为“老徐”，因为苏区人人都这么称呼他——教育家老徐——虽然在东方的其他地方，61岁只是政府大多数高级官员的平均年龄，但在红色中国，他与其他人比起来就像个上了年纪的银发老者。不过，他并没有龙钟的老态。与同样年过六旬的好友谢觉哉一样（你经常会看到这对满头银丝的“土匪”像中学生一般并肩前行），他迈着有力的步伐，目光如炬，长征路上，健壮的双腿曾带着他渡过大河，越过高山。

徐特立本是一位德高望重的教授。但在50岁那年，他做出惊人之举——离开家庭，离开四个儿女，放弃了长沙一所师范学校校长的职位，将他的余生都投入到共产主义事业中来。1877年，他出生在长沙附近（离彭德怀的出生地不远）的一个贫农家庭，他是家里的第四个儿子。父母节衣缩食，做出了不少牺牲，供他上了6年学，学成后他在清朝的私塾里做了教书先生，29岁那年，他进入长沙师范学校学习，毕业后当了数学教员——这门学科他是自学成才。

毛泽东是他在长沙师范学校的一名学生（徐特立说他的数学很差），他还有许多青年学生后来也参加了共产党。在毛泽东能够区分共和派和保皇派之前，徐特立早就开始参加政治活动了。在他身上仍然留有帝制时代与封建政治做斗争的痕迹——当时，他上书请求实行宪政，为了表达自己的诚意，他将小指尖割了下来。在辛亥革命后，湖南一度建立了省议会，老徐是议会议员。

战后，他跟随湖南省“勤工俭学代表团”前往法国，在里昂学习了1年，同时还在五金工厂打零工，以此来维持生计。后来，他在巴黎大学学习了3

年，通过给中国学生补习数学，攒下了自己的学费。他于1923年返回湖南，在省城（长沙）协助兴建了两所现代师范学校，此后4年他的经济状况明显改观。到了1927年，他成为一名共产党员，同时也成为资产阶级社会的“异类”。

国民革命时期，徐特立在国民党省部表现活跃，但他对共产党抱有同情之心。他公开向学生宣扬马克思主义。在“反革命政变”期间，他遭到通缉，不得不进行逃亡。由于与共产党没有联系，他只能自己寻找避难处。“我早就想参加共产党。”他对我说，话语中流露出无限的向往，“可是没人让我参加。我已经50岁了，共产党肯定会觉得我年纪太大了。”不过有一天，一名共产党员到他的藏匿的地方找他，邀请他入党。他对我说，他当时想到自己对于建设新世界仍然可以有所作为，便忍不住哭了起来。

共产党将他派到苏联，他在那里学习了2年。回国后，他穿越封锁线来到江西，没过多久就在瞿秋白任部长的教育部担任副部长。瞿秋白遇难后，执行委员会任命徐特立接任部长。此后，他就以“教育者老徐”而闻名。可以肯定，他的丰富经验——在专制主义、资本主义和社会主义社会中的生活与教学经验——使他有能力去完成他所面临的任务。他无疑需要这一切经验，并且需要更多的经验，因为这些任务是如此艰巨，艰巨到能让所有西方教育家都丧失信心。不过老徐年富力强，还不至于丧失信心。

有一天，在我们谈话时，他开始幽默地列举他的一些困难：“差不多就像我们估计的那样，在我们到达西北地区之前，当地除了少数地主、官僚和商人之外，基本上没人识字。文盲率可能高达95%左右。从文化意义上来说，这是地球上最蒙昧无知的地方之一。你知道吗，陕北人和甘肃人居然认定水对他们有害？这里的人一般一辈子只洗两次澡——第一次是在出生时，第二次是在结婚时。他们讨厌洗脚、洗手、洗脸，也不喜欢剪指甲、剪头发。比起中国的其他任何地方，这里留辫子的人是最多的。

“但所有这些，还有其他的许多偏见，其根源都是愚昧无知。我的任务就是改变他们的精神面貌。与江西人民相比，这里的人民确实非常落后。江西的文盲率约为90%，但文明水平要高出许多。我们在江西工作的物质条件要好一些，老师的人数也多得多。在我们的模范县兴国，有300多所小学，约800名教师——相当于我们这里全部苏区小学的教师的人数。我们撤离兴国时，文盲人数已经降低了，还不到当地人口数量的20%。

“这里的工作进展要缓慢得多。我们一切都得从头做起。我们的物资很有限，就连印刷机也被毁坏了，现在只能采取油印和石刻的方式印制所有东西。封锁阻碍了我们进口足够的纸张。我们已开始自己造纸了，但纸质太糟糕。不过，别担心这些困难。我们已能取得一些成绩了。只要给我们时间，我们在这里定能干出一番举国震惊的事业来。我们从群众中间培养了几十名教师，党也在培养其他人员。他们当中有许多人将成为群众教育学校的志愿教师。我们的成果表明，只要给这里的农民学习机会，他们的学习愿望是强烈的。

“再说他们并不笨。他们学得非常快，只要给他们好的理由，他们就能改变习惯。你在这里的老苏区看不到小女孩缠足，只会看到许多年轻姑娘剪短发。男人们正逐渐剪掉辫子。在共青团和少先队那里，还有许多人在学读书、学写字。”

徐特立解释道，临时的苏维埃教育体制分为三部分：学校、军队和社会。第一部分或多或少都是由苏维埃开办的，第二部分由红军实施，第三部分由共产党各组织管理。所有的教育重点都放在政治方面——甚至是最为年幼的孩童，在学习他们人生第一个汉字时，都是以学习简单革命口号的方式来完成的。然后阅读有关红军与国民党、农民与地主、工人与资本家等进行斗争的故事，其中有许多关于共青团和红军战士的英勇事迹，以及将来苏维埃政权下美好愿景的描绘。

在学校教育方面，已经兴建了约 200 所小学，他们还有 1 所师范学校，用于培训小学教师。另外，他们还开办了 1 所农业学校、1 所纺织学校、1 所有 5 个年级的工会学校，还有 1 所约有 400 名学员的党校。所有技术学校的培训均只进行 6 个月。

共产党最强调的自然是军事教育，尽管这个小小的苏区四面遭到围困，面临各种各样的困难，但两年来在教育方面取得了巨大的成就。正如上文所说，他们有红军大学、骑兵学校、步兵学校，还有 2 所党校。另外，他们还有 1 所无线电学校和 1 所医科学校——这所医科学校实际上只培训护士。他们有 1 所工程学校，在那里学员接收各项基本训练。就像整个苏维埃组织本身一样，所有这些都是非常临时性的安排，这些构建主要是红军的后方建设，以加强红军力量，为红军培养新干部。许多教师甚至中学都没有毕业。有趣的是，他们将自己所有的知识都拿出来集中分享。这些学校是真正共产主义的，不仅体现在意识形态方面，而且还体现为他们充分利用自己所能调动的所有技术资源，以“提高文化水平”。

苏维埃即使在社会教育上的目标也主要是政治方面的。他们压根没有向农民讲授文学或者插花的时间和机会，共产党是讲求实际的。列宁俱乐部、共青团、游击队和村苏维埃里，他们将印有简单粗糙插图的识字课本发给群众，帮助群众组织建立自己的自学小组，由共产党员或者有文化的人担任组长。青年们，有时甚至是年迈的农民，都在低声诵读短句，他们发现自己在识字的同时，也从中提升了思想。因此，只要走进山间这些小小的“社会教育中心”，你就会听到这些人在高声自问自答：

“这是什么？”

“这是红旗。”

“这是什么人？”

“这是穷人。”

“什么是红旗？”

“红旗是红军的旗帜。”

“什么是红军？”

“红军是穷人的军队！”

就这样念下去，直到某个青年掌握了全部 500 个或者 600 个字，第一个学会的，就可以得到红缨、铅笔或者别的什么奖品。当农民和他们的子女学完这本书的时候，他们不仅有生以来头一回能够读书，而且知道是谁教会了他们，为什么要教他们。也由此掌握了中国共产主义的基本战斗思想。

为了能够更快地教群众识字，共产党开始在一定范围内使用拉丁化汉语拼音。他们采用了 28 个字母，据说可以拼出几乎所有的汉语发音，还编写并出版了一本袖珍字典，将最常见的汉语词组收录其中，并将其转化成简单好认的多音节词语。《红色中华》的部分版面是用拉丁化汉语拼音出版的，老徐在保安挑选了一个班的年轻人来进行学习实验。他相信，在大规模教育中，最终不得不废除复杂的汉字，他在这种教学方法方面已经做了多年的工作，并且有充分的理由支持实行这种方法。

到目前为止，他没有夸耀自己在拉丁化汉语拼音教学或者其他教育工作方面取得的成绩。他说：“这里的文化水平太低了，实在不能更低了，所以我们自然能取得一些进步。”至于将来，他需要的只是时间。与此同时，他要我重点研究红军的教育方法，他认为从中可以看到真正的教育改革。

第7篇 去前线的路上

Part Seven En Route to the Front

第一节 与红色农民的交谈

第二节 苏维埃工业

第三节 「他们唱得太多了」

第 *1* 节

与红色农民的交谈

Conversation with Red Peasants

我离开保安，前往甘肃边境和前线，一路借宿，住在农民简陋的茅草屋里，睡的是土炕（在奢侈的木头门板缺乏之时），吃的是农民的食物，并与他们交谈。他们都是穷苦人，善良而热情。他们有些人不收我的钱，因为听说我是“外国客人”。我记得有一位缠了足的农村老妇人，有五六个孩子要养，却坚持要杀掉她养的六只鸡中的一只来款待我。

“咱可不能让‘洋鬼子’对外面人说，咱们红军不懂礼数。”我听到她对我的一位同伴这么说。我明白她的本意并不是无礼。她只是不知道除了用“洋鬼子”这个词以外，还能怎么称呼我。

当时，我与一位年轻的共产党员胡金魁同行，他是外交部派来陪我一同上前线的。胡金魁像后方所有的共产党员一样，只要有机会去往红军部队，就喜出望外，将我看作上天的馈赠。同时，他还很率直地把我当成帝国主义分子，毫不掩饰地怀疑我的整个旅行。但是，他在各个方面为我提供了大量的帮助。旅行尚未结束，我们就成了要好的朋友。

一天晚上，在甘肃边境附近的陕北周家庄，胡金魁和我找到了落脚处，那是一个住着五六户农家的院子。十五个小孩不停地跑来跑去，一个年约45岁的农民，是其中六个孩子的父亲，他热情地答应让我们留宿，并为我们安排了一个整洁的房间，炕上铺有新毛毡，还给我们的牲口喂了玉米和草料。他卖了一只鸡给我们，收了两角钱，还卖给我们一些鸡蛋，但住宿的屋子他却不肯收钱。他去过延安，以前见过外国人，但其他的男女老少都从未见过外国人，这时全都羞怯地围过来，偷偷瞟一眼。有个小孩看到我这副奇怪的模样，吓得哇哇大哭。

晚饭后，一些农民来到我们的房间，递给我烟叶，开始攀谈起来。他们想知道我们在美国都种些什么庄稼，有没有玉米、小米，牛和马，是不是用羊粪作肥料。（有个农民问我美国有没有鸡，我的房东对他的问话感到很不屑，哼了一声说："哪里有人，哪里就有鸡！"）美国有没有富人和穷人？有没有共产党和红军？

在解答了他们的一大堆问题后，我也问了他们一些问题。他们觉得红军怎么样？他们立刻开始抱怨，骑兵的马食量太大。事情好像是这样的，红军大学最近在迁移骑兵学校地址时，曾在这座村庄驻留了几天，结果该村储备的玉米和干草被消耗掉了不少。

"他们买东西没有付钱吗？"胡金魁问道。

"付了，付了，他们倒是付了钱，不是这个问题。我们自己存的也不多，你晓得的，就那么几担玉米、小米和干草。那些只够自家吃，可能会剩点儿，但我们还得过冬。明年正月合作社会卖粮食给我们吗？这是我们想知道的。苏区的钱能买什么呀？连鸦片都买不了！"

说这番话的是个衣衫褴褛的老人，他拖着辫子，低垂着双目，闷闷地看着自己皱巴巴的鼻子和他那2英尺长的竹制旱烟筒。他说话的时候，年轻人都在咧着嘴笑。胡金魁承认他们确实买不到鸦片，但其他他们需要的东西，可以在合作社买到。

"能买到吗？"我们房东问道，"能买到这样的碗吗，啊？"他拿起我从西安带来的一只碗，那是只不贵的红色赛珞璐碗（我猜是日本货）。胡金魁承认，合作社没有这样红色的碗。不过他说，那里有很多粮食、布匹、煤油、蜡烛、针、火柴、食盐——他们想买什么？

"我听说每人最多只能买六尺布，是这样吗？"一个农民问道。

胡金魁并不确定。他认为布应该有很多。于是他以抗日为由对此进行解释，"我们的生活和大家一样艰苦。"他说，"红军是在为大家，为农民和工人打仗，保护我们免受日本和国民党的侵害。即使你们不是每回都能买到你想要的那么多布，买不到鸦片，但你们不用缴税是事实，对吧？你们不欠地主的债，不会失去房屋田地，对吧？大哥，这样你还是喜欢白军，不喜欢我们吗？请你回答，白军在收你的庄稼时付给你什么啦，啊？"

说到这儿，所有的抱怨似乎都荡然无存，意见也达成了一致。"当然不是，老胡，当然不是！"我们房东点着头，"假如让我们选的话，我们当然喜欢红军。我自己就有个儿子在红军队伍里，是我亲手把他送去的。谁会说不是呢？”

我问他们为什么喜欢红军。

那个刚才嘲讽合作社不卖鸦片的老人在回答时激动地说了一番话。

“白军来了会怎么样？”他问道，“他们要多少多少粮食，付钱的事一句没有。要是我们不给，就把我们当作共产党抓起来。要是我们给他们，就没法子缴税了。不管怎样，我们都没法子缴税。那又会怎么样呢？他们就把我们的牲口拿去卖。去年，当红军不在这时，白军回来了，他们牵走了我的两头骡子、四头猪。那些骡子每头值 30 元[①]钱，每头猪养大了值 2 元钱，可是他们给了我什么？

“哎呀，哎呀！他们说我欠了 80 元的捐税和地租，将我的牲口折价 40 元，还要我再交 40 元。我哪去弄到这么多钱？我没有什么东西能给他们搞了。他们还要我卖闺女，这是真的！我们有些人只能这么做！那些既没有牲口，也没有闺女的人，只能到保安去坐牢，好多人都被冻死了……”

我问这位老头有多少地。

“地？”他用嘶哑的嗓音说，“那就是我的地。”他指着一座山顶，那里种着玉米、小米和蔬菜，跟我们的院子只隔着一条小溪。

“那块地值多少钱？”

“这里的地不值钱，除非是河谷里的地。”他说，“25 元钱就能买到这样一座山。值钱的是骡子、山羊、猪、鸡、房子和农具。”

“那打个比方，你的地值多少钱？”

他还是不肯说他的地值多少钱。“你把我的房子、牲口和农具都买走，只要 100 元——还算上那座山。”他最后这么估价。

“那你得缴多少捐税和地租？”

“一年 40 元！”

“这是在红军来这里之前？”

“是的，现在我们不缴税了。可是谁知道明年是什么情况？红军一走，白军就会回来。一年红军，再一年白军。白军来了，叫我们‘赤匪’。红军来了，要抓‘反革命分子’。”

---

① 此处指美元，本节后面提到的“元”均指美元。

"但还有差别。"一个青年农民插了话，"如果我们的邻居说我们没有帮助白军，红军就满意。可是碰上白军，我们即使有100个正直人作担保，只要担保人中没有地主，白军仍然把我们当作'赤匪'。是不是这样？"

那个老人点了点头。他说，上次白军来这里的时候，把山那边村子里的一家贫农杀光了，这是为什么？因为白军问他们红军藏在哪里，他们不愿意说。"在这之后，我们全都逃走了，带上牲口。我们后来是与红军一起回来的。"

"要是下次白军回来，你还逃吗？"

"哎哟！"一个长头发、牙口还好的老人叫道，"这次我们当然得走，肯定得走！他们会要了我们的命！"

他开始罗列村里人的"罪名"——他们参加了贫民会，投票选举了乡苏维埃，向红军提供白军的动向，有两家的儿子参加了红军，还有一家有两个女儿在护士学校。这不是"罪"吗？他肯定地对我说，无论哪个罪名，都可以把他们枪毙。

这时候，一个赤着脚的十几岁少年站了起来。他一心注意辩论，忘了还有"洋鬼子"在场。"爷爷，你说这些是'罪'吗？这些都是爱国行为！我们为什么要这么做？难道不是因为红军是穷人的军队，在为咱们的权利打仗吗？"

他激动地往下说道："咱们周家庄从前有过免费学校吗？在红军带给我们无线电之前，咱们知道世界新闻吗？有谁告诉过咱们，世界是什么样？你说合作社没有布卖，可是咱们以前有合作社吗？还有你的农田，以前不是都抵给王地主了吗？我的姐姐三年前饿死了，可自打红军来了，咱们不是能吃饱饭了吗？你说咱们这里苦，可是如果咱们年轻人能念书识字，就不算苦！咱们少先队员学会开枪，打汉奸、打日本，咱就不算苦！"

这些老百姓这样反复提到日本和"汉奸"，对于有些人来说，认为中国普通农民对日本侵略或者其他任何民族问题一无所知（并非淡漠），这听上去不可思议。但是我发现这样的情况一再发生，不仅在共产党员的讲话中，而且在农民们的交谈中，就像这些农民一样。共产党的宣传已经造成了广泛影响，这些落后地区的山民相信，被"日本矮子"奴役的危险已是迫在眉睫——除了在共产党的海报和漫画里，他们中的大多数还没有见过这样的人种。

那个青年坐了下去，几乎激动得喘不过气来。我看看胡金魁，看到他脸上露出高兴的笑容。其他在场者也对此表示赞同，他们中的大部分人都面带微笑。

谈话一直进行到将近九点，早已过了就寝时间。最让我感兴趣的是，这次谈话是当着胡金魁的面进行的，农民们好像并不害怕他是共产党的“官儿”。他们好像把他当作自己人——事实上作为一个农民的儿子，他确实是“自己人”。

最后一个离开的是那个留着辫子、抱怨最多的老头。他快出门时又倚着门，再次对胡金魁低声说道，“老同志，”他央求道，“保安有没有鸦片？现在有没有？”

他离开后，胡金魁嫌恶地对我说：“你相信吗？那个他妈的老家伙还是这里的贫民会主席，他还要鸦片！这个村子真的要好好教育。”

第 2 节

苏维埃工业

Soviet Industries

我在去往前线的路上，朝着保安的西北方向行进，几天后，在吴起镇停留作采访。吴起镇是陕西苏维埃的“工业中心”，它之所以值得注意，并不是因为在工业科学方面，有什么值得底特律或者曼彻斯特关注的成就，而是因为居然存在着一个“工业中心”。

吴起镇方圆数百英里都是半牧区，像几千年前他们的祖先一样，人们住在窑洞，许多农民头上还盘着辫子，最时兴的交通工具是马、驴和骆驼。他们用菜油点灯，蜡烛是奢侈品，还从未听说过电。在这里，外国人非常罕见，就像爱斯基摩人在非洲一样。

在这个中世纪似的世界里惊现苏维埃工厂，发现机器在运转，看到一群工人在忙碌着，制造红色中国的货物和工具，着实令人感到吃惊。

共产党在江西的时候，由于缺少海港，以及敌人封锁造成的障碍，使他们与所有现代化大工业基地彼此隔绝，但他们还是建立了几种繁茂的工业。例如，他们开采了中国蕴藏最丰富的钨矿——这种珍贵的矿物年产量超过 100 万磅——秘密销售给陈济棠将军设在广东的钨垄断企业。在吉安的中央苏区印刷厂有 800 多名工人，负责印刷许多书籍、杂志以及一家“全国性”报纸——《红色中华》。

在江西还设有纺纱厂、织布厂和机器车间。这些小型工业生产的工业产品足够满足简单的需要。共产党称 1933 年“对外出口贸易”已经超过 1200 万元，其中大部分贸易额是敢闯敢拼的南方商人创造的，他们穿越国民党的封锁线，获取了可观的利润。不过，大部分制造业是手工艺和家庭手工业，这些产品通过生产合作社销售。

据毛泽东说，到1933年9月，江西苏区共有1423个“产销”合作社。这些合作社都归人民所有，由人民管理。国联调查人员的调查报告言之凿凿，共产党在经营这类集体企业方面取得了成功——即使是在他们为了生存而战斗的时候。在南方某些地区，国民党试图效仿共产党的经营体制，但他们迄今得到的结果表明，虽说不是不可能，但在纯粹自由资本主义制度下，想要运作这种合作社是极端困难的。

不过，我根本没想到在西北还会有工业。建立苏维埃之前，哪怕是小规模的机器工业，在这里几乎也完全不存在，因此共产党在这里面临的不利因素要比在南方大得多。整个西北地区，包括陕西、甘肃、青海、宁夏、绥远这些省份，其总面积几乎接近除苏联以外的整个欧洲国家的面积，而机器工业总投资额一定远低于——比如说——福特汽车公司某条大型装配线上的一家工厂。

西安和兰州有几家工厂，但主要还是依靠华东的工业中心。西北地区巨大的工业潜力若要得到大规模开发，只能从外面引进技术和机器。如果该地区的大城市西安和兰州尚且都是如此，那么在共产党占领的甘肃、陕西、宁夏那些更为落后的地区，他们所面临的情况就更加困难了。

国民党的封锁切断了苏维埃政府“进口”机器和“引进”技术人员的渠道。不过，关于后者，共产党表示他们的来源很充分。机器和原材料的问题更加突出。红军发动的一些战斗，目的就是弄到几台车床、纺织机、发动机或者一点废钢铁。我在那里的时候，他们所有能够归类为“机器”的东西差不多都是“缴获”的！例如，1936年他们出征山西时，缴获了机器、工具和原材料，他们用骡子运送这些物资，在陕西一路穿山越岭，直到送达到他们不可思议的窑洞工厂里。

在我访问红色中国期间，苏维埃工业都是手工业，没有电力。这些手工业包括保安和河连湾（甘肃）的缝衣厂、被服厂、制服厂、制鞋厂、造纸厂，定边（在长城上）的毛毡厂，永平的煤矿——这里生产中国最便宜的煤[①]，还有其他7个县的毛纺厂和棉纺厂——所有这些工厂都按照计划生产，以满足红色陕西和甘肃的400家合作社的需要。据毛泽东的弟弟、国民经济部长毛

---

① 苏区的价格是1银元800斤——约合0.5吨。见毛泽民《陕甘苏维埃区域的经济建设》，载《斗争》（陕西保安），1936年4月24日。

泽民说，这项“工业计划”的目标是使红色中国实现“经济自足”——假如南京方面拒不接受共产党提出的建立统一战线和停止内战的建议，那么即使是在国民党的封锁之下，苏维埃也将具备强大的生存能力。

苏维埃国营企业中最重要的是制盐厂，位于宁夏边境长城沿线的盐池，以及永平和延长的油井，那里生产汽油、煤油、凡士林、蜡、蜡烛，以及其他少量副产品。盐池产出大量雪白的晶盐，这是中国最优质的盐。因此，苏区的盐比国民党统治区的更便宜、更丰足——在国民党统治区，盐是政府的主要收入来源。红军占领盐池后，废除了国民党对盐产品销售的垄断，同意将一部分产品交给长城以北的蒙古人，从而赢得了蒙古人的好感。

陕北油井是中国仅有的油井，以前曾将产品出售给一家美国公司，该公司租用了该地区的其他油田。红军占领永平后，开凿了两口新油井，产量据说比从前永平和延长在“非土匪”手中时都要高，大约比那时高出40%。这包括3个月内增加的“2000斤石油、25000斤头等油和13500斤二等油”，对此上述报告也有所提及。[①]

在清除了罂粟的地区，正在努力发展棉花种植业。共产党在安定开办了一所纺织学校，招收了100名女学生。每天学习3小时的通识教育课程，再进行5小时的纺织训练。她们在完成3个月的课程学习后，就被派到各地区开办手工纺织厂。“预计在两年之内，陕北就能生产全部所需布匹。”[②]

不过在苏区，吴起镇是工厂工人最“集中”的地方，并且是红军主要兵工厂的所在地，所以它十分重要。它位于通往甘肃的重要贸易路线上，附近两座古代堡垒的废墟见证了它曾经的战略重要性。吴起镇高高地建在一条急流的陡峭泥土河岸上，一半是“洋房”——陕西人对有4面墙、1个屋顶的建筑的称呼——一半是“窑房”。

我在深夜抵达吴起镇，非常疲惫。前线部队给养委员之前便听说我要来，骑着马出来迎接。他“将我安顿”在工人的列宁俱乐部——一间泥地窑房，洁净的墙壁刷成白色，上面挂有不朽的列宁画像，四周点缀着彩色纸条的。

热水、干净的毛巾——上面印着蒋介石新生活运动的口号——肥皂很快出现在我面前。随后，他们安排了丰盛的晚餐，有精心烘焙的面包。我感觉

① 见毛泽民《陕甘苏维埃区域的经济建设》，载《斗争》（陕西保安），1936年4月24日。
② 见毛泽民《陕甘苏维埃区域的经济建设》，载《斗争》（陕西保安），1936年4月24日。

好了一些。我解开背包，铺在乒乓球桌上，然后点起一支烟。不过，人是很难满足的动物。这些“奢侈品”和款待让我渴求起心仪的饮料来。

这时，出乎我意料的是，给养委员突然变出了褐色的浓咖啡还有白糖——天晓得从哪里弄来的！吴起镇博得了我的好感。

“这是我们五年计划的产品！”给养委员笑着说。

“你的意思是，你们征用没收部的产品。”我纠正道。

第 3 节

“他们唱得太多了”

“They Sing Too Much”

我在吴起镇停留了三天，在工厂里走访工人，“考察”他们的工作条件，参观他们的剧院，参加他们的政治会议，阅读他们的墙报和识字课本，并同他们交谈——还参加了体育竞赛。我参加了一场篮球赛，这场球赛在吴起镇三座球场中的一座举行。我们临时拼凑了一支球队，由外交部代表胡金魁、政治部一位会说英语的年轻大学生、一名红军医生、一名战士和我组成。兵工厂篮球队接受了我们的挑战，把我们打得落花流水。

兵工厂像红军大学一样，掩藏于山边建造的一排圆顶大窑洞内。里面很凉快，通风很好，几束光线斜斜地照在石壁上。这些窑洞的主要优势是可以当作防空洞用。在这里，我看见有 100 多名工人在制造和装配手榴弹、迫击炮、火药、手枪、小型炮弹和枪弹，还有一些农具。修理车间正在修理一堆堆损坏的步枪、机枪、自动步枪和冲锋枪。但兵工厂制作的粗糙产品大多是用来武装游击队的，红军正规部队的军需供给几乎完全来自从敌军那里缴获的枪支弹药。

郝希英是兵工厂厂长，他领我在各个车间参观，向我介绍他的工人，并告诉我这些工人和他自己的一些情况。他现年 36 岁，没有结婚，日军发动侵华战争之前，他曾在著名的奉天兵工厂当技术员。1931 年 9 月 18 日之后，他跑到上海，在那里加入了共产党，后来前往西北，进入苏区。这里的大部分机械师也都是“外地”人。其中有不少人曾在中国最大的钢铁企业——汉阳钢铁厂（日资）工作，还有一些人曾在国民党的兵工厂工作。我见到了两位来自上海的年轻熟练机械工，还有一位装配工能手，他给我看了知名英美商行出具的竭诚推荐信，如怡和洋行、慎昌洋行和上海电力公司。另一位工人曾是上海一家机械工厂的组长。还有来自天津、广州和北京的几名机械师，他们中有些人曾与红军一道参加了长征。我了解到兵工厂的114名机械师和学徒中，只有20人是结了婚的。他们的妻子与他们一道，都在吴起镇。她们有的是工人，有的是共产党的工作人员。兵工厂的工会成员是苏区技术最为娴熟的工人，其中党员和团员的比重在80%以上。

除了兵工厂之外，吴起镇还有几家被服厂和制服厂、1家鞋厂、1家袜厂、1家药房兼配药处。这家药房由1名医生负责，他是个青年，刚从山西医校毕业，他年轻漂亮的妻子与他一起工作，担任护士。他俩都是去年冬天红军东征山西时加入红军的。附近还有1所医院，由3名军医负责，住院的大多是负伤的战士。还有1座广播电台、1所设计简单的实验室、1个合作社和军队供应基地。

除了兵工厂和军服制造厂，大多数工厂的工人都是年轻妇女，年龄从18岁到25岁或者30岁不等。她们中的一些人与前线的红军战士结了婚。这些年轻妇女几乎全是甘肃、陕西或者山西人，都留着短发。中国苏区有个口号是"同工同酬"，据说对妇女没有工资方面的歧视。在苏区，比起其他人来，工人好像在经济方面待遇更优厚。红军指挥员的待遇也不如工人，他们没有固定工资，只有少量生活津贴，金额的多少还要取决于财政负担情况。

吴起镇是刘群仙女士的总部所在地。刘群仙29岁，曾是无锡和上海工厂的工人，莫斯科中山大学留学生。她在莫斯科学习期间遇见了博古（秦邦宪），两人结了婚。从莫斯科时期开始，她一直对雷娜·普罗姆有着亲切的回忆，后者是不同凡响的美国红发反叛女神，在文森特·希恩的著作《个人的历史》中受到极力推崇。此时，刘群仙是红色工会妇女部长。她介绍称，工厂工人每月可以得到10元到15元的薪水，由国家包吃包住。工人可享受免费医疗，以及工伤赔偿金。女工在孕期和产后有4个月的带薪假期，还有一个简陋的托儿所，专为工人子女开办——但这些孩子大多刚学会走路就到处乱跑。母亲们可以得到一部分"社会保险"，那是一笔基金，是从工资中扣除10%再加上政府等额津贴组立的。政府还补贴相当于工资总额2%的资金，用于工人教育和娱乐，工会和工人组织的工厂委员会共同管理这些基金。工厂实行每天8小时、每星期6天工作制。在我走访的时候，碰上那些工厂每天开工24小时，分三班倒。

所有这些似乎都很进步，不过距离实现共产主义理想可能还很远。不过，在贫穷落后、资源匮乏的苏区能达到这种状况，确实令人感兴趣。至于他们达到的现状是多么原始，那就另当别论了。他们有俱乐部、学校、宽敞的宿舍——这些肯定都有——不过都是在窑洞里，脚踩着泥土地，没有沐浴设施，没有电影院，没有通电。他们有粮食供应，但餐餐都吃的是小米、蔬菜，有时有羊肉，没有任何美味佳肴。他们收到的薪水和社保金都是苏区货币，但是能买的东西仅仅限于必需品——而且也不多。

“难以忍受。”一般的美国工人或者英国工人会这么说。但据我所知，上海的工厂里，年幼的男女童工一天要干 12 到 13 小时的活，或坐或站，干完后就筋疲力尽地直接倒在机器下面的邋遢被子上睡觉——那就是他们的“床”。我还记得缫丝厂的小女孩们，以及棉纺厂那些面无血色的年轻女人，她们要给工厂做四五年工，未经特许，日夜都不能离开戒备森严、围墙高耸的工厂，实际上和奴隶没什么两样。我还知道，1935 年在上海街头和河浜里收殓的 29000 多具尸体——赤贫者的尸体，以及他们因无力喂养而饿死或者溺死的婴幼儿的尸体。

不过，对于吴起镇的这些工人而言，不管他们的生活多么简陋原始，但至少是有益健康的生活，可以运动，可以呼吸山间的清新空气，有自由，有尊严，有希望。这一切都还有发展的空间。他们知道没有人从他们身上发财，我认为他们已经意识到，他们在为自己和为中国工作，他们也称自己是革命者！他们非常重视每天两小时的读书写字、政治课和剧团活动，热心地参加运动、文化、卫生、墙报以及有关“工厂效益”方面的个人或团体竞赛，尽管奖品少得可怜。所有这些对于他们来说都很真切，是他们以前从不知道的事情，也是在中国其他任何工厂不可能知道的事情。对于为他们敞开的生活之门，他们似乎感激不尽。

所有这些都很难让我这样一个中国通相信，对于它的终极意义，我仍然感到困惑。不过，我不能否认我亲眼看到的情况。如果详谈这些情况，我需要一一介绍与我交谈的一些工人告诉我的十几个故事；引述他们在墙报上的文章和批评——都是刚识字的人写的，字迹稚嫩潦草，在那个大学生的帮助下，我将其中许多篇译成了英文；还需要介绍我参加过的政治会议，以及由这些工人创作、排演的剧目，还有许多件形成总体“印象”的琐事。

例如，我在吴起镇遇到一位电气工程师，名叫徐承志。他精通英语和德语，是位电力专家，撰写的工程教科书在中国被广泛使用。他在上海电力公司工作过，后来去了慎昌洋行。不久之前，他在华南担任顾问工程师。他是个很能干的人，年收入高达 1 万元。但他放弃了这份收入，离开家庭，来到陕西这片未开化的荒山之中，为共产党贡献力量，不求任何回报。真是令人难以置信！这一现象的背景可追溯到他敬爱的祖父，这位老人是宁波一位著名的慈善家，他临终时叮嘱年轻的徐承志："要献身于提高人民大众文化水平的事业"。徐承志认定，走共产主义的路是最快捷的办法。

徐承志以殉道者和热心人的精神，走上了这条多少有点传奇色彩的道路。对他来说，这是一件庄严的事情。这意味着早逝，他认为别人也这么想。我相信，当他看到周围居然一片嬉闹，大家显然都很开心时，他一定有些吃惊。我问他有什么看法，他板着脸答道，他只有一条严肃的意见。"这些人花在唱歌上的时间太多了！"他抱怨道，"现在哪还有时间唱歌！"

第8篇 与红军在一起

Part Eight With the Red Army

第一节 『真正的』红军

第二节 彭德怀印象

第三节 为什么当红军？

第四节 游击战争的战术

第五节 红军战士的生活

第六节 政治会议

第 1 节

“真正的”红军

The “Real” Red Army

在甘肃和宁夏的山冈和平原之间，经过两周的骑马和步行，我终于到达了预旺堡，这是一座有城墙的镇子，位于宁夏南部，红一方面军①和司令员彭德怀的司令部就驻扎在这里。

从严格的军事角度来定义，所有的红军都可以被称作“非正规军”（有些人称他们是“极不正规军队”），但对于他们的方面军、独立军、游击队和农民赤卫队，红军自己划分得很清楚。在陕西的首次短暂旅程中，我并没有看到任何红军“正规军”，因为当时红军主力部队实施行动的地方位于保安以西近200英里。我本来计划到前线去，但有消息称，蒋介石正准备在南线再次发动大规模进攻。这使我考虑谨慎行事，趁着现在还能越过战线去写我的报道，早点离开这里。

有一天，我向吴亮平表达了这些顾虑。吴亮平就是在我与毛泽东进行正式长谈时担任翻译的那位年轻的苏维埃干部。他听了我的话惊呆了：“你有机会到前线去了，却疑虑该不该接受这个机会？别犯这样的错误！十年来，蒋介石一直企图消灭我们，这次他也不会得逞的。你还没有看到‘真正的’红军就回去，那绝对不行！”他还提出理由，证明为何我不该失去这个机会。好在我接受了他的劝告。

也许统计数据是了解这些所谓的“土匪”的最好的办法。以下事实是杨尚昆根据他的档案提供的。杨尚昆会说俄语，29岁，当时担任红一方面军政治部主任。② 除了少数例外，以下统计材料里所涉及的问题，都是我有幸观察

① 聂鹤亭时任红一方面军西方野战军参谋长，肖华任第二师政委。

② 杨尚昆时任中央军委总政治部副主任。——译者注

核实过的。

首先，许多人以为红军是一批目无法纪、大逆不道的顽固分子。我自己也隐约有这样一些看法。但我很快就发现，红军战士中的大多数是青年农民和工人，他们相信自己是在为家庭、为土地、为国家而战斗。

据杨尚昆介绍，普通战士平均年龄为19岁。虽然红军部队中有许多人已经参加战斗七八年甚至十年，但同样有许多年仅十几岁的青年。就连“老布尔什维克”中的大部分人，那些历经战火磨炼的老战士，现在也不过二十出头。参加红军时，他们大多是少年先锋队员，或是在十五六岁时就应征入了伍。

在红一方面军中，38%的战士来自农业无产阶级（包括手工业者、骡夫、学徒、长工等）或者工业无产阶级，还有58%的战士是农民出身。只有4%来自小资产阶级——商人、知识分子、小地主等家庭。在该部队中，包括指挥员在内，共产党员或者共青团员占到了50%以上。识字的战士占60%~70%，也就是说，他们会写简单的书信、文章、标语、传单等。这要比白区中一般军队的平均文化程度高得多，比西北农民的平均文化程度要高更多。红军战士从入伍之日起，就开始学习为他们“量身定制”的红色课本上的文字。进步快的有奖品（便宜的笔记簿、铅笔、红缨等，战士们非常看重这些），而且，红军还下了很大功夫，激励战士们的上进心和相互间的比学赶超。

红军士兵和他们的指挥员一样，没有固定薪饷。不过，每名战士有权获得一份土地，还有来自这份土地的一些收入。他不在时，由他的家人或者当地苏维埃负责耕种。但是，如果他不是苏区当地人，就会从“公田”（从大地主那里没收来的）的作物收成中拨出一份作为报酬，公田的收成也用于帮助解决红军的给养。公田由苏区当地的村民负责耕种。这种无偿劳动是义务性的，但在土地再分配中获益的大部分农民都愿意合作，以此来保卫改善了他们生活的制度。

从班长一直到军长的各级指挥员，红军指挥员平均年龄24岁，这些人虽年轻，但平均每人打过八年的仗。所有连长以上的指挥员都识字，尽管我曾遇见过好几个在参加红军之前还没有学会读写的指挥员。约有三分之一的红军指挥员来自国民党部队。红军指挥员中，有很多黄埔军校毕业生、莫斯科红军大学毕业生、张学良的“东北军”前任军官、保定军官学校学员、前国民军（“基督将军”冯玉祥的军队）官兵，还有从法国、苏联、德国和英国回来的一些留学生。我只见到过一名从美国回来的留学生。红军不叫

“兵”——这在中国是一个很令人厌恶的字眼——而自称“战士”。

红军战士和军官大多没有结婚。他们中有很多人“离婚了”，也就是说，他们离开了妻子和家人。在其中几个人身上，我有理由猜测，他们选择参加红军实际上可能与这种离婚的愿望有些关系，不过这种说法或许太尖刻了。

我在路上和前线进行过多次交谈，从中得到的印象是，这些“红军战士”大多仍然是童子身。在前线随军的共产党妇女很少，她们几乎都是苏维埃干部，或者嫁给了苏维埃干部。

就我所能看到或者了解到的情况而言，红军对农村妇女和姑娘很尊重，在道德品行方面，农民对红军的评价似乎很高。我从未听到凌辱农村妇女的事件，不过我也从一些南方士兵那里了解到留在家乡的“爱人”的情况。如果红军官兵与某个姑娘陷入“感情漩涡”，估计就会娶她。这里的男子人数大大超过女子，因此这种机会非常少。我还从未见过私生活混乱之类的情况。红军类似于“清教徒”，严格的日程安排使得这些年轻的部队官兵的生活很充实。红军很少有人抽烟喝酒；烟酒不沾是红军“八项注意”里的一项内容。虽然没有专门针对这两种坏习惯的处罚措施，但好几次，我在墙报上的“黑榜”中看到，对经常抽烟的人提出了严肃的批评。红军不禁止喝酒，但我从未听说过喝得烂醉如泥的情况。

彭德怀司令员原来当过国民党的将军。① 他对我说，红军非常年轻，这在很大程度上决定了它能够忍受艰苦，这一点可信度很高。也正因为如此，缺乏女性陪伴这一问题还没那么严重。彭德怀本人在1928年率领国民党部队发动起义，参加红军后，至今还未见过自己的妻子。

红军指挥员在战斗中的伤亡率非常高。他们一向与战士们战斗在一起，团长以下的指挥员都是如此。约瑟夫·史迪威②曾对我说，仅仅从一件事情上，就能看出红军在抗击占据极大优势的敌人时的战斗力。这就是红军军官经常说：“兄弟们，跟我上！”而不是：“弟兄们，给我冲！”在南京方面发动的第一次和第二次“最后围剿”行动中，红军军官的伤亡率常常高达50%。不过，红军经不住这样的牺牲，所以后来采取的战术力求在一定程度上减少有经验的指挥员所面临的生命危险。尽管如此，在第五次江西战役（第五次

① 彭德怀在平江起义前曾任国民革命军独立第五师第一团团长，未达到将官衔。——译者注

② 约瑟夫·史迪威在1937年担任美国驻华武官，在第二次世界大战期间担任中缅印战区美军部队总司令。参见《史迪威文件》（1948年出版于纽约）。

反“围剿”作战）中，红军指挥员的平均伤亡率还是在23%左右。人们在苏区可以看到许多相关的证据。这样的景象屡见不鲜，刚20岁出头的青年就失去了一只胳臂或一条腿，有的手指被打断，有的头上或身上留有吓人的伤痕——但他们依然欢欣鼓舞，对革命十分乐观。

红军各支部队中几乎遍布了中国各个省份的人。从这种意义上来说，红军或许是中国唯一的“全国性”军队，也是“征战地域最广阔”的军队。红军老战士走过了18个省的部分地区。比起其他任何军队，他们也许更熟悉中国地理。在长征路上，他们发现旧中国地图大多毫无用处，于是红军制图员重新绘制了许多途经区域的地图，特别是少数民族聚居地和西部的边境地区。

红一方面军约有三万人，南方人占的比重很高，大约有三分之一的人来自江西、福建、湖南或贵州，有近40%的人来自于西部的四川、陕西和甘肃等省份。红一方面军包括一些少数民族——苗族和彝族，还有一支新组建的回民部队。在独立部队中，当地人所占比重要高得多，平均占总兵力的四分之三。

从最高级指挥员到普通战士，他们吃穿都一样。不过，营长以上的指挥员可以骑马或者骑骡子。我留意到，他们如果得到美食，甚至会与大家平分——我和红军在一起的时候，这些美食主要是西瓜和李子。指挥员和战士的住处几乎没有差别，他们自由地来回串门，毫不拘礼。

有件事曾让我感到困惑。共产党人如何为他们的军队提供衣食和装备？我和其他许多人一样，本以为他们维持生计全靠没收。但正如此前所述，我发现这种猜测是错误的，因为我看到，他们每到一处，就会立即着手经济建设，自给自足。仅凭这点，他们就足以据守根据地，克服敌人的封锁。此外，让我难以理解的是，中国无产阶级军队竟然能靠几乎令人难以置信的微薄经费生存下来。

红军的军备产量非常有限，敌人是他们的主要供应来源。多年来，红军将国民党军队称作他们的“军火运输队”，声称他们80%以上的枪支和70%以上的弹药都是从敌军手中缴获的。我所看到的红军正规军（与当地游击队不同）的主要装备是英制、捷克斯洛伐克制、德制和美制机枪、步枪、自动步枪、毛瑟枪和山炮，这些武器都曾由上述国家大批销售给南京政府。[1]

---

① “在问及红军武器弹药的来源问题时，蒋介石承认，红军部队的军备大多取自被打败的国民党政府部队。”（1934年10月9日《华北每日新闻》刊载的一则访谈）

我看到红军使用的唯一一种俄制步枪，生产于1917年。我还亲耳听到几名曾在马鸿逵部队当兵的战士说，这些步枪是从马鸿逵的部队缴获的。当时，在还处于国民党治下的宁夏地区，马鸿逵担任省主席。他从冯玉祥将军那里继承了这些步枪。冯将军曾在1924年统辖过该地区，并从蒙古搞到了一批武器。红军正规部队瞧不上这些“老古董”，我只在游击队那里才看到过这种步枪。

我在苏区的时候，那里客观上不可能接触到苏联的武器来源。红军被总兵力将近40万的各路敌军团团包围，敌军控制着通向蒙古、新疆或者苏联的各条道路。外界总是抨击共产党从苏联那里获得武器，我想，如果上天真的能赐给红军这样一些武器，他们会很乐意接受。不过，只要看一看地图就会明白，在中国共产党的根据地向北方和西方进一步扩大之前，苏联无法供应任何订货，姑且当苏联有这种意向，但这一点也很值得怀疑。

其次，事实上，共产党党内没有拿着高额薪金、巧取豪夺的官员和将领。而在其他的中国军队里，大部分军费都被这样的官员和将领中饱私囊。红军和苏维埃大力践行勤俭节约。事实上，红军给民众造成的唯一负担，就是供给他们衣食了。

其实正如我在前面说过的那样，当时西北苏区的全部预算仅为每月32万美元，其中近60%用于维持武装力量。财政部长林祖涵老先生为此深感歉意，但他说，“这种状况在所难免，直到革命得到巩固。”当时中国共产党武装力量总数（不包括农民辅助部队）约4万人。这是在红二方面军和红四方面军抵达甘肃之前的数据。在这两个方面军到达之后，苏区面积大大扩大，西北地区的红军主力部队总兵力很快就接近9万人。

统计数据就这些了。不过，如果要了解中国红军为什么能挺过这些年，就有必要看看他们的内在精神面貌、士气和斗志，看看他们的训练方法。而且，可能更重要的是，看看他们的政治和军事领导。

例如，南京方面为了缉拿彭德怀的首级，悬赏金额之高，足以使他的整个部队维持一个多月（如果财政部长林祖涵的数据准确）的开支。那么，这个彭德怀究竟是怎样的人物？

第 2 节

彭德怀印象

Impression of P’eng Teh-huai

我在8月和9月造访前线时，红军尚未开始进行第一、第二和第四方面军的统一指挥工作。当时，从宁夏的长城到甘肃的固原和平凉一线，由红一方面军的8个“师”驻守。红一军团的一支先遣部队正在向南向西运动，为朱德领导的红二、红四方面军扫清道路，当时这两个方面军正从西康和四川北进，在甘肃南部突破南京方面部队的严密封锁。预旺堡是一座历史悠久的回民古城池，位于宁夏东南部，红一方面军的司令部就设在此地。我在这里找到了该方面军参谋部和彭德怀司令。①

彭德怀的“赤匪”生涯始于近十年前。当时，在家有“三妻四妾”的军阀何键的国民党军队中，他领导了一次起义。彭德怀出身行伍，先在湖南军校受训，后在南昌的另一所军校学习。毕业后，他很快显示出卓越的才干，迅速得到晋升，1927年，28岁的他就已担任旅长，是湘军中著名的“自由派”军官，因为他真的会跟士兵委员会商议问题。②

彭德怀当时在国民党左派、军队、湖南军校中的影响力，令何键头痛不已。1927年冬，何键开始大肆清洗部队中的左派分子，实施了臭名昭著的湖南“农民大屠杀”，成千上万名激进农民和工人都被当作“共产党”惨遭杀害。然而，由于彭德怀的广泛影响，何键犹豫着没有对他采取行动。就这一犹豫，何键付出了巨大的代价。1928年7月，彭德怀以自己声名远扬的第一团作为核心力量，加之第二团和第三团一部以及军校学员，发动了平江起义，

---

① 此时，黄华（王汝梅）也加入了我的旅程。他是燕京大学学生，我曾要求他来帮助我。

② 彭德怀出生于1898年10月24日，1927年10月升任国民革命军独立第五师第一团团长，时年29岁。——译者注

并与起义的农民联合，在湖南建立了第一个苏维埃政府。

两年后，彭德怀集结了约八千弟兄的“铁军”，这就是红三军团。他率领这支部队攻占了有着坚固城墙的湖南省会长沙，打垮了何键的6万军队——他们大多是鸦片鬼。红军在长沙城坚守了10天，抵御南京和湖南方面国民党军队的反扑，但因敌军优势巨大，再加上列强炮舰的炮击，最终被迫撤出。

没过多久，蒋介石开始向“赤匪”发动第一次“大围剿”。南方红军长征时，彭德怀是前卫部队的红三军团军团长。他突破了几万敌军的重重封锁，在进军途中一路攻占战略要地，确保了主力部队的前进通道，最后胜利挺进陕西，在西北地区的苏维埃根据地找到了安全地带。他的部下对我说，他在二万五千里的长征途中，大多数时候是徒步前进，经常将自己的马让给疲乏或者受伤的同志。

我发现彭德怀性格爽朗，喜欢笑，身体非常健康，只是胃不太好——这是因为在长征路上有一个星期只能吃生的麦粒和野草，吃带有毒性的食物，还有几天压根没有东西吃。他南征北战多年，但仅受过一次伤，而且只是皮外伤。

我住在彭德怀设在预旺堡的司令部院子里，所以在前线见过他许多次。顺便说一句，这座司令部——当时指挥3万多军队——只是一间简陋的屋子，里面有1张桌子和1条板凳、2只铁皮文件箱、红军自己绘制的地图、1部野战电话、1条毛巾、1只脸盆，还有1张炕，炕上铺着他的毯子。他和他的部下一样，只有两套军服，而且都不佩戴军衔领章。他还有1件自己的衣服，让他感到孩子般的自豪。这是在长征途中击落敌机后，用缴获的降落伞做成的背心。

我们常在一起吃饭。他吃得很节俭、很简单，伙食和部下一样——通常是白菜、面条、豆子、羊肉，有时还有馒头。宁夏产各种各样的瓜，彭德怀很喜欢吃。可是，贪嘴的我却发现，彭德怀在吃瓜方面表现不佳，在参谋部的一位医生面前只能甘拜下风。这位医生的吃瓜本事，为他博得了“韩吃瓜”的雅号。

彭德怀的言谈举止中有一种坦白、率直、不转弯抹角的风格，他动作敏捷，喜欢说笑，富有才智，身手矫健，是个优秀的骑手，坚忍不拔——部分原因或许是他烟酒不沾。有一天红二师进行演习，当时我刚好和他在一起，要爬上一座非常险峻的山。“冲到山顶上去!”彭德怀突然朝他上气不接下气的部下和我喊道。他像兔子一样跃出去，赶在我们所有人之前冲上了山顶。还有一次，在我们骑马的时候，他又这么呼喊着，向我们发起挑战。从这一点以及其他方面不难看出，他精力旺盛。

彭德怀晚睡早起，不像毛泽东晚睡晚起。据我所知，彭德怀平均每天晚上只睡四五个小时。他总是很从容，虽然他其实很忙碌。我记得那天早上一军团接到命令，要开拔到200里以外敌占区的海原：彭德怀在早饭前下达了所有必要的命令，然后下来和我一起吃饭；之后他立即出发，仿佛是去乡下郊游。他带领参谋人员沿着预旺堡的大街行进，停下脚步与聚集着跟他道别的穆斯林阿訇交谈。大部队似乎是在自行前进。

在红军前线，政府军的飞机经常空投传单，悬赏5~10万元缉拿彭德怀，无论死活。可在他的司令部门口，却只守着一名哨兵，他走在城里的街头，也不带任何警卫。我在那里时，空投下来的传单有成千上万张，要悬赏缉拿彭德怀、徐海东和毛泽东。彭德怀下令将这些传单保留着。这些传单都是单面印刷的，红军纸张短缺，就用另一面空白页来印制宣传品。

我注意到，彭德怀非常喜欢孩子，经常有一群孩子跟在他后面。有许多孩子担任勤务员、号兵、传令兵和马夫，组织成为红军正规部队，名叫少年先锋队。我经常看见彭德怀和三两个“红小鬼”坐在一起，很认真地和他们讨论政治问题或者个人的困难，给予他们充分的尊重。

有一天，我跟彭德怀和部分参谋人员一起去前线，视察一座小型兵工厂，参观工人的文娱室，也就是他们的列宁室，即列宁俱乐部。列宁俱乐部的一面墙上挂有工人们绘制的大幅漫画，上面是一个身穿和服的日本人脚踩东北、热河和河北，手里举着一把沾满鲜血的刀，朝着中国的其余部分砍去。漫画中的日本人有个大鼻子。

“那个人是谁?”彭德怀问负责管理列宁俱乐部的一名少先队员。

“那是日本帝国主义者!”那个孩子回答道。

“你是怎么知道的?”彭德怀问道。

“你看看他的大鼻子吧!”

彭德怀听罢，哈哈大笑地朝我看看。“那好吧。”他指着我说，“这里就有个洋鬼子，他是不是帝国主义者?”

“他还真是个洋鬼子。”那个少先队员说，“不过不是日本帝国主义者。他有个大鼻子，但没有日本帝国主义者的鼻子那么大!”

我向彭德怀指出，当红军真的遇到日本人时，会发现日本人的鼻子同中国人的鼻子一样大。到了那时，这种漫画可能会让他们很失望。他们可能会认不出敌人，不愿意打仗。

“你不必担心!”彭德怀说，“我们会认出日本人的，不管他有没有鼻子。”

有一回，我跟着彭德怀去看红一军团抗日剧团的表演，舞台是临时搭建的，我们同其他战士一起坐在舞台下方的草地上。他似乎非常喜欢那些演出，带头要求唱一首喜欢的歌。尽管当时还是 8 月下旬，黄昏之后，天气开始转凉，我将棉袄裹得更紧了。在演出中间，我突然疑惑地发现彭德怀脱下了自己的棉衣。随后我看到，他已将棉衣给坐在他身旁的小号兵披上了。

后来，我了解到彭德怀为何喜欢这些“小鬼”。那是在一天晚上，他被我说服，向我讲述了他童年的一些情况。他在童年时代吃的苦，可能会令西方人觉得吃惊，但这是非常典型的背景事件，足以说明，在中国青年中，为什么会有许多人像他那样“向往红军”。

第 3 节

为什么当红军？

Why Is a Red?

彭德怀出生在湘潭县的一个村庄，离毛泽东的家乡不远。这是一座富裕的村庄，坐落在江水碧蓝的湘江旁，距离长沙约 90 里。湘潭是湖南风景最美的地方之一——绿色的田园上，覆盖着幽深的稻田和成片挺拔的翠竹。100 多万人口在这里生活。湘潭虽是一片沃土，但农民大多一贫如洗，目不识丁，按照彭德怀的说法，“几乎和农奴差不多”。那里的地主大多是官吏豪绅，所以他们都很有势力，占据着最肥沃的土地，收取高昂的租税。

湘潭有几个大地主每年有四五万担[①]谷子的收入，在这个地方，住着一些省里最有钱的米商。

彭德怀自己家是富农。他的母亲在他 6 岁的时候就去世了，父亲再婚，第二任妻子很讨厌彭德怀，因为他总是让她想起他去世的母亲。她将彭德怀送到一所旧式私塾上学，那里的老师经常打他。彭德怀显然很能维护自己的权益：有一回，当他正在挨打时，他抄起板凳打了老师一下，然后撒腿就跑。老师把他告到了当地官府，继母则对他进行了痛斥。

他的父亲并没有把这次争吵放在心上，但为了安抚妻子，将这个摔凳子的孩子送到一位婶母家住。这个婶母是彭德怀喜欢的，她把这个男孩送到所谓的新式学堂上学。在那里，他遇到了一位不推崇孝道的“激进派”教师。有一天，彭德怀在公园里玩，那位教师走近他，坐下与他交谈。彭德怀问他是否孝敬父母，是否认为彭德怀本人也该对父母言听计从。那位教师说，他自己反正是不相信这些荒谬的说法的。孩子们是在父母作乐时被带到这个世

---

① 约合 2600—3300 吨。

界上来的，就像彭德怀在公园里玩耍一样。

“我喜欢这种观念。”彭德怀说，“回到家，我就和婶母提到了它。婶母被吓坏了，要我从第二天起就远离这种邪恶的‘外国影响’。”他的祖母听到他反对孝道的言论后，“每逢初一、十五、过年过节或者狂风暴雨的时候”就开始例行祈祷，祈求老天爷一道雷劈死这个不孝子孙。

用彭德怀本人的话说：

“我的祖母觉得我们都是她的奴仆。她抽鸦片烟抽得很厉害。而我讨厌闻鸦片烟的气味，有天晚上，我再也受不了了，爬起身来，一脚将她的烟盘从炉子上踢了下去。她暴跳如雷，将全族人都召来开会，郑重地提出要把我溺死，因为我是不孝子孙。她还列举了我的一大堆罪状。

“当时族人差不多已经准备按照她的要求行事。继母赞成要我的命，父亲声称，既然这是全家的意见，他也不会反对。这时候，我的舅舅挺身而出，严厉批评我的父母没有管教好我，还说这都是他们的错，在这种情况下，孩子不应该承担责任。

“我的性命保住了，可是我不得不离开家。我只有9岁，在那个寒冷的10月，我统共只有一身衣裤。继母还试图夺走我这身衣裤。不过，我证实了这身衣裤不归她所有，而是我亲生母亲给我的。”

彭德怀从此踏入了广阔的世界。他一开始当放牛娃，后来当矿工，每天有14个小时都在拉风箱。长时间的疲惫劳作令他筋疲力尽，于是他溜走了，跑去给鞋匠当学徒，每天只工作12小时。他没拿到任何工钱，过了8个月又跑了，这次他去了碱矿干活。矿井倒闭了，他不得不再次去找工作。除了一身破旧衣服之外，他依然一无所有。后来他去修堤坝，算是有了份“好工作”，到底拿到工钱，在两年的时间里攒了1500文——约合12元钱！可是换了军阀之后，原来的纸币一文不值，他又“失去了一切”。他万分沮丧，决定返回家乡。

当时彭德怀16岁，他去投靠一个有钱的舅舅，也就是那个曾经救了他命的舅舅。那个舅舅自己的儿子刚刚去世，他原先一直喜欢彭德怀，所以很欢迎彭德怀，给了他一个家。在这里，彭德怀爱上了自己的表妹，舅舅也赞成他们俩订婚。他们跟着一位国文先生一起学习，一起玩耍，计划他们的未来。

然而，这些计划被彭德怀压制不住的暴脾气给打断了。第二年，湖南爆发了一场很严重的粮荒，成千上万的农民破了产，变得一无所有。彭德怀的舅舅救助了许多农民，不过，经营当地最大的一些米店的是一个大地主，这个人从饥荒中牟取暴利。有一天，200多名农民一起找到这个人的家里，要求他将大米以成本价卖给他们——在饥荒的年份，这是对正直善良者的正常期待。但是，这个富人拒绝谈这件事，将农民们赶走，并且锁上大门。

彭德怀接着说道："我刚好路过他家，就停下来看农民们的示威。我看见有好多人都已经饿得快昏了过去，我知道他的粮仓里还有1万担大米，但他却完全不肯帮助饥民。我义愤填膺，于是领着农民们攻打他家，并且冲了进去，搬走了大部分存粮。这件事过后，我回头再寻思，也不知道当时自己为何要这么干。我只知道，他本该把米卖给穷人们，如果不卖，穷人们就该把米拿走。"

彭德怀只得再次逃命。这一次，他已经到了当兵的年龄。他就此开始了自己的军旅生涯。他不久就成为一名革命者。

他在18岁时当了排长，参与密谋，企图推翻当时统治该省的傅督军。那时，彭德怀深受军中一位学生领袖的影响，这个人后来被督军杀害。彭德怀担负着刺杀督军的使命进入长沙，一天，彭德怀等着督军从街上经过，向他扔了枚炸弹。但炸弹没有爆炸，彭德怀逃走了。

没过多久，孙中山担任西南联军大元帅，打败了傅督军，可是后来孙中山自己又被北洋军阀赶出了湖南。① 彭德怀与孙中山的部队一起撤退。后来，他奉孙中山属下的指挥官程潜之令返回长沙，从事间谍工作，但因被出卖遭到逮捕。当时在湖南掌权的是张敬尧。彭德怀讲述了他的这段经历：

"我每天要经受大约1个小时的各种各样的严刑拷打。有一天晚上，他们把我手脚反绑，用一根绳子捆住我的手腕，把我吊在梁上。狱卒们将大石头堆在我的后背上，站在四周不停地踢我，要我交代——因为他们一直没有得到对我不利的证据。有好多次，我都晕过去了。

"这种严刑拷打持续了1个月之久。每次受刑之后，我常常会想，下一次得交代了，因为实在忍受不了。但下次我又决定还是不招供，再坚持到第二天。最后，他们从我口中什么也没有得到。出乎意料的是，我被释放了。我一生中最痛快的一件事，就是几年之后我们（红军）攻占了长沙，将这座刑

① 1917年7月，以段祺瑞为首的北洋军阀解散国会，废弃《临时约法》，孙中山联合西南军阀，在广州建立军政府，他被推举为大元帅，进行护法战争。但孙中山在军政府内备受军阀、政客的排挤，不得不于1918年5月辞去大元帅职务。——译者注

讯室捣毁了。我们释放了关押在那里的几百名政治犯——他们中间有许多人因为毒打、虐待和饥饿，已经命悬一线。”

彭德怀重新获得自由后，回到舅舅家去看望表妹。他打算娶她，他还以为自己仍然有婚约，没想到她已经去世了。于是他又去参军，没过多久就第一次接到任命，并被派往湖南讲武堂学习。毕业后，他被任命为鲁涤平部下第二师的营长，被派到家乡驻防。[①]

“我的舅舅去世了。听到这个消息，我回家奔丧，途中得经过我童年时代的老家。我的老祖母还健在，当时已经 80 多岁，身体还很硬朗，她得知我要回来，走了 10 里地来迎接我，乞求我不要怨恨过去。她低声下气，十分恭顺。我对这个转变非常惊奇。这是什么原因？我随后想到这不是因为她个人感情发生了变化，而是因为我在外面加官晋爵，从一个社会弃儿变成每月有 200 元薪金的军官。我给了老祖母一点钱，她就在家里称赞我是‘孝子贤孙’的典范！”

我问彭德怀受到过哪些书籍的影响。他说，年轻时读司马光的《资治通鉴》，那时头一回开始认真思考军人应该对社会承担的责任。“司马光描述的战争毫无意义，只会让人民受苦——和这个时代里中国军阀之间的混战类似。我们能够做些什么，才能使我们的斗争有意义，才能实现长久的变革？”

梁启超、康有为以及其他许多同样影响过毛泽东的作者的著作，彭德怀都读过。他曾一度对无政府主义感兴趣。陈独秀的《新青年》使他了解到社会主义，并由此开始研究马克思主义。当时，国民革命正处于萌芽阶段，他担任团长，认为有必要用一种政治学说来振奋部队的士气。孙中山的三民主义“与梁启超相比有进步”，但彭德怀觉得“过于含糊不清”，尽管他已是国民党员。在他看来，布哈林的《共产主义 ABC》“第一次提出了合理可行的社会和政府形式”。

到了 1926 年，彭德怀已经阅读过《共产党宣言》、《资本论》纲要、《新社会观》、考茨基的《阶级斗争》，还有不少文章和小册子，它们都对中国革命进行了唯物主义解释。彭德怀说，“以前我仅仅是对社会感到不满，几乎看不到进行根本改变的机会。在读了《共产党宣言》之后，我摈弃了悲观主义

① 彭德怀 1923 年 8 月从湖南讲武堂毕业后，回湘军第二师六团 1 营任连长。1926 年 5 月任营长。——译者注

情绪，开始抱着‘社会能够被改造’的新信念进行工作。”

尽管一直到1928年，彭德怀才加入共产党，但此前，他将青年共产党员招募到自己的部队里，组织马克思主义政治训练班，并建立士兵委员会。1926年，一名女中学生嫁给了他，这个女学生是社会主义青年团团员，不过他们在革命期间分开了。[①] 1928年之后，彭德怀就再也没有见过她。那年7月，彭德怀发动了起义，占领平江，开始了他作为“反抗者”或者“匪徒”——看怎么称呼——的漫长生涯。

对于这些青年时代的故事和斗争的情况，他一边向我娓娓道来，一边在屋子里来来回回踱着步，乐呵呵地开着玩笑，手里拿着用蒙古马鬃做的蝇拂子，心不在焉地挥舞着，以加强语气。这时，通信员送来一沓电报，他开始看电报。此刻，他又表现出庄重严肃的司令员的样子。

“好啦！我要说的就这些。”他最后说道，“这已经能够解释一个人何以成为‘赤匪’了！”

① 彭德怀于1922年在亲友撮合下娶了货郎之女刘坤模，1928年平江起义后两人失去联系，直至抗日战争爆发后才再次见面，但此时刘坤模因生活所迫，已重新组建了家庭。——译者注

第 4 节

游击战争的战术

Tactics of Partisan Warfare

那时，我们坐在预旺堡前任县长的公馆里，这是一座两层楼的房子，阳台有栏杆围着。坐在阳台上，你的视线可以掠过宁夏平原，一直远眺到蒙古。

高人坚固的预旺堡城墙上，红军的一小队号兵在练习吹号，城墙的角上飘扬着一面鲜红的大旗，微风中，旗帜上黄色的铁锤和镰刀图案破空而来，好像后面有一只拳头在推着它们一样。我们从城墙一侧向下望去，可以看到整洁的院子，回族妇女在舂米做饭，另一边晾着洗净的衣服。在远处的一块空地上，红军战士在训练攀登围墙、跳远和投掷手榴弹。

虽是湖南同乡，但彭德怀和毛泽东在红军建立之前从未见过面。彭德怀说话带着明显的南方口音，像连珠炮那么快。只有当他放慢语速、简单讲述的时候，我才能听得懂，但他总是耐不住性子那么说话。在这次谈话中，黄华担任我的翻译，他的英语非常出色。

彭德怀开始解释道：“中国发生游击战争，主要是因为经济破产，特别是农村经济崩溃。帝国主义、封建主义、军阀战争交织在一起，摧毁了农村经济的基础。主要敌人不消灭，农村经济就无法得到恢复。巨额赋税加上日本侵略，包括军事和经济侵略，在地主的推波助澜之下加快了农民的破产。农村豪绅作威作福，使大多数农民生活艰难。失业问题在农村很普遍。各穷苦阶级都准备为了改变处境而战斗。

“其次，游击战术之所以得到了发展，是因为内地落后，交通、公路、铁路和桥梁缺乏，这就为老百姓武装起来、组织起来提供了条件。

“第三，尽管中国的战略中心几乎都被帝国主义者支配，但这种控制并不均衡，也不统一。在帝国主义的势力范围之间，有很多游击战可以迅速发展的空隙地带。

“第四，1925 年至 1927 年大革命，已经在很多人心中树立了革命理念，即使在 1927 年反革命政变、城市大屠杀之后，许多革命者也依然勇敢抵抗，探索反抗的办法。由于在大城市里实行帝国主义和买办①联合统治的特殊制度，加之共产党一开始没有发展武装力量，无法在城市地区建立根据地，所以，许多革命工人、知识分子和农民回到农村，领导农民起义。令人不堪忍受的社会经济状况催生了革命的要求：只需为这种农村群众运动提供领导、组织和目标。

“所有这些因素都促进了革命游击战争的发展和胜利。当然，这些道理说起来很简单，并没有深入到其中更深层次的问题。

“除了这些原因之外，游击战争之所以能够成功，游击队之所以能够克敌制胜，还因为人民大众与作战部队同仇敌忾。红军游击队既是战斗者，又是政治宣传者和组织者。他们走到哪里，就把革命的思想传播到哪里，不厌其烦地向农民群众讲解红军的真正使命，使他们认识到只有进行革命，自己的愿望才能得以实现，认识到为什么只有共产党才能领导他们进行革命。

“不过，关于游击战争的具体任务，你问到为什么在有些地方，游击战很快发展，成为一支强有力的政治力量，而在其他地方却很容易很快遭到镇压。这个问题很有趣。

“第一，中国的游击战争，只有在共产党的革命领导下，才能取得成功，因为只有共产党，愿意并且能够满足农民的需求，知道有必要在农民中间深入、广泛、持久地开展政治工作和组织工作，能够实行它所宣传的政策。

“第二，游击队作战指挥员，必须坚决、无畏、勇敢。若不具备这些领导者的素质，游击战不但不能得到发展，而且肯定会在反动派的进攻下迅速瓦解。

“因为群众首先关心的是他们的生计问题能否得到切实解决，所以只有立刻满足他们最迫切的需求，游击战才能得到发展。这就意味着剥削阶级的武装一定要立刻解除。

“游击队绝对不能停滞不前，否则会招来灭顶之灾。他们必须持续扩张，在他们周围持续建立新的外围力量和保护力量。政治训练必须伴随斗争的各

---

① 买办指的是在西方国家和本国商人之间担任中介的中国人。

个阶段，必须在每一支加入革命的新队伍中帮助当地领导人成长。可以适当地从其他地方吸收领导人，但如果游击运动不能达到鼓舞和唤醒当地民众的效果，不能不断地从当地民众中培养新的领导人，就无法取得持久的胜利。”

红军（原本是张学良剿灭的对象）之所以赢得了张学良少帅的尊重，其中一个主要原因是，红军运用这类作战方法的娴熟技能给张学良留下了深刻印象。他渐渐相信，这类作战方法也可以用于对日作战。他在与红军达成停战协议后，邀请红军教官前往陕西，到他为东北军新开办的军官训练学校讲课，共产党在那里的影响力迅速提升。张学良和他的大部分军官是坚定的抗日者，他们渐渐相信，中国在对日作战中最终必须依靠强大的机动能力和运动能力。红军经历了十年内战，在此期间积累了大量关于运动战的战略战术，这正好是他们一直迫切想要掌握的。

我曾经问过彭德怀，是否有可能对“红军游击战术的原则”进行归纳。他答应概括一下，并且做了一些笔记，此时他读给我听。关于这个问题的更详细的论述，他向我推荐了毛泽东撰写的一本小册子，这本书是在苏区出版的，但是我搞不到。[①]

彭德怀解释道，“如果新发展的游击队要取胜，必须遵守一些战术原则。这些原则是我们从长期的斗争中学到的，虽然根据具体情况而有所变化，但我相信，如果违背了这些原则，往往会导致覆灭。可以总结出以下十条主要原则：

“第一，对于游击队而言，打不赢的仗不要打。除非有很大的把握取胜，否则就不要与敌人交战。

“第二，领导有方的游击队主要采用奇袭的进攻战术。阵地战必须避免。游击队没有辅助力量，没有后方，没有补给线和交通线，除非利用敌人的补给和交通。在长期的阵地战中，敌人具有各方面的有利条件。一般来说，游击队取得胜利的把握与战斗持续时间长短成反比。

“第三，在主动或者被动交战之前，必须制订周密细致的进攻和撤退计划，特别是撤退计划。游击队实施任何进攻行动，如果事先没有充分掌握详尽的情况，就会给敌军留下克敌制胜的可能。强大的机动能力是游击队的巨

① 毛泽东撰写的《游击战争》，1935 年出版于陕西瓦窑堡，已绝版。

大优势，这种能力的运用如果出现差错，就意味着覆灭。

“第四，在发展游击战争中，必须将主要注意力放在民团①身上，这是地主豪绅的首道、也是最后一道最顽固的防线。必须从军事上消灭民团。但从政治上说，如果有可能，就努力将其争取到群众这一边。不解除乡村民团的武装，就无法发动群众。

“第五，在与敌军部队正常交战时，游击队必须在数量上超过敌军。不过，要是遇到敌军正规部队在移动、休整或者疏于戒备的时候，可以使用一支规模小得多的部队，向敌军战线上的要害部位实施迅捷果断的侧翼奇袭。红军的许多‘短促突击’都是由几百人的部队对成千上万的敌军实施的。这种奇袭要想完全成功，必须做到出其不意、迅捷、无畏、坚决、计划完备，选择敌军最容易受到打击、最致命的环节。只有经验丰富的游击队才能做到这些。

“第六，在实际战斗中，游击战线的弹性必须达到最大。一旦发现他们对敌军兵力、战备或者火力的预测有误，游击队员应该能够快速脱离接触，实施撤退，就像他们发动进攻时那样。每支部队必须培养值得信赖的干部，要完全能够接替在战斗中牺牲的指挥员。在游击战中，必须极大地依靠机警嬗变。

“第七，必须掌握分散兵力、诱敌、转移视线、伏击、佯动、扰敌等战术。在汉语中，这种战术叫作‘声东击西原则’。

“第八，游击队必须避免同敌军主力进行正面交战，要把火力集中在最容易受到打击的环节，或者最关键的地点。

“第九，必须采取一切防范措施，避免让敌军确定游击队主力的位置。因此，游击队员应避免在敌军向前推进时集中于某一地点，而应在发动攻击前频繁变换位置——一天或者一晚变换两三次。行动的隐蔽性是游击队取胜的绝对必要条件。对于进攻后如何迅速分散所制订的周密计划，与集中力量应对敌军进攻的计划同等重要。

“第十，除了强大的机动能力之外，游击队由于与当地群众的关系密不可分，在情报方面具有强大的优势地位，必须充分发挥这一优势。在理想状况下，每位农民都应该成为游击队的情报员。这样一来，敌人的每一步行动，

---

① 据彭德怀估计，民团至少有 300 万人（除了中国庞大的 200 万正规军部队之外）。

都尽在游击队的掌握之中。应谨慎保护获知敌情的信息渠道，并建立多条辅助情报线。”

在彭德怀司令员看来，这就是红军力量建设所依据的主要原则。每次扩大苏区的行动，都有必要应用这些原则。他最后总结道：

“所以你可以看到，游击战争的成功需要具备这些基本条件：勇敢、快速、周密的计划、机动性、隐蔽性、行动的突然性和坚决性。缺少其中的任何一项，游击队就难以赢得胜利。如果在战斗打响时，他们没有迅速决断，战斗就会拖延。他们必须快速行动，不然敌人就会获得增援力量。他们必须具有机动性和灵活性，不然就会丧失行动优势。

“最后，游击队绝对需要争取农民群众的支持和参与。没有武装农民运动，实际上就没有游击队根据地，军队就无法生存。只有深深植根于民众的心中，只有使老百姓的要求得到满足，只有巩固农村苏维埃根据地，只有在老百姓的掩护之下，游击战争才能走向革命的胜利。”

彭德怀在阳台上来回踱着步，每说完一个要点，就回到我做伏案记录的桌子旁。此时他突然停住脚步，站在那里沉思。

他说：“不过，没有任何事物，绝对没有任何事物，比这一点更加重要——那就是，红军是属于人民的军队。正是因为人民帮助我们，红军才能够发展壮大。

“我记得在1928年冬天，我的部队在湖南逐渐减少到2000余人，还被团团包围。国民党军队将方圆300里以内的房屋全部烧毁，将粮食全部抢走，然后对我们实施了封锁。我们没有布，就用树皮做短外衣，剪下裤腿做鞋子。我们的头发长了没法剪，没有住处，没有灯火，也没有盐。我们病倒了，忍饥挨饿。农民的情况也好不到哪儿去，我们不愿意动他们仅有的那一点东西。

“可是农民鼓励我们。他们将背着白军藏起来的粮食从地下挖出来给我们吃，自己吃芋头和野菜。他们痛恨白军烧毁了他们的家园，夺走了他们的粮食。甚至在我们到来之前，他们已经在和地主和税吏进行斗争，所以他们欢迎我们。还有很多人加入了我们的部队，几乎所有人都在通过某种方式为我们提供帮助。他们都希望我们能赢得胜利！正因为如此，我们继续坚持作战，突破了敌人的封锁。”

他转过身来，脸朝着我，简单地结束了这番讲述：“战术很重要，但要是大多数人民不支持我们，我们就无法生存。我们是人民打击压迫者的一记拳头！”

第 5 节

红军战士的生活

Life of the Red Warrior

中国士兵在国外的名声很不好。很多人觉得他们的枪主要是摆设，打仗只是用鸦片烟枪，双方交火都互相约好了要朝天放枪，战斗结果由银洋决定，士兵饷金用鸦片发放。从过去大多数军队的情况来看，以上说法部分属实。但此时，装备精良的一流中国士兵（无论是白军还是红军）已不再是“插科打诨”。

中国仍然有许多部队像滑稽戏一般。但这几年，新型中国战士已经成长起来，他们不久就会取代以往的那些战士。内战，尤其是红军与白军之间的阶级战争，已经付出了高昂的代价。战争往往打得既惨烈又残酷，双方都不打算让对方有喘息之机。如果说在其他方面，十年中国内战没能取得什么成就，但它至少创建了一支核心作战力量，培养了一批善于运用现代技术和战术的军事人才，并且很快就会建成一支强大的军队，不会再被视为没用的摆设了。

人才从来不是问题。在 1932 年淞沪战役期间，我就已经发现，中国人与其他任何国家的人一样能战斗。姑且不考虑技术上的局限性，真正的问题在于统帅没有着力于培养麾下的人才，培养他们的军事纪律、政治信念和夺胜意志的能力。红军的优势正在于此——它往往坚信自己是唯一为理想而战的作战方。红军在建军的教育工作方面更为成功，这使得他们能够与在技术及数量上占据巨大优势的敌军相抗衡。

红军中所占比重最大的是中国农民，他们有着顽强的忍耐力，能够毫无怨言地承受艰难困苦，是不可战胜的力量。这在长征中已经得以体现——红军在各个方面经受了严酷考验，他们长时间露宿野外，吃的是粗劣的食物，但仍然团结在一起，表现出一支强大军事力量应有的面貌。这还体现在红军对日常生活的严格要求上。

我在宁夏、甘肃见到的红军部队，都驻扎在窑洞、富裕地主以前的马厩、用泥土和木头草草搭建的营房、昔日官吏或驻军弃置的场院和房子里。他们睡在硬邦邦的炕上，没有草垫铺，每人只有一条棉毯可以盖——但这些房间却非常整洁，尽管地面、墙壁和天花板都刷了混有白粉的泥土。他们几乎没有饭桌或者书桌，用的椅子是堆起来的砖块或者石头，因为敌人在撤退之前就将大部分家具损毁或者运走了。

各连有自己的炊事员和给养员。红军的伙食极其简单：小米和白菜，加上一点羊肉，有时有猪肉，这就是他们通常的饭菜，但他们似乎过得很好。咖啡、茶、蛋糕、各种糖果或者新鲜蔬菜，这些几乎从未听说过，他们也不记挂这些。咖啡罐比咖啡宝贵；没有人喜欢咖啡，它喝起来像药。不过，一个好罐子可以当耐用的饭盒。热水几乎是唯一可以享用的饮料，喝凉水（常常被污染）则被明确禁止。

不打仗的时候，红军战士每天都很充实，也很忙碌。就像在南方一样，他们在西北也经常很长一段时间没有军事活动，因为红军每攻占一个新的地区，就要休整一两个月，以便建立苏维埃或采取其他“巩固”措施，这时他们只派一小支队伍去前哨值勤。除了定期发动大规模“围剿”的时候，敌军几乎一直处于防守状态。

在既没有作战也没有值勤的时候，红军战士执行每星期 6 天的作息制度。他们早上 5 点起床，晚上 9 点听“熄灯号”就寝。一日生活安排包括：起床后马上进行 1 小时晨练；早饭；2 小时军事训练；2 小时政治课和讨论；午饭；1 小时午休；2 小时识字课；2 小时娱乐与运动；晚饭；唱歌和小组会；“熄灯号”。

红军鼓励在跳远、跳高、赛跑、翻墙、爬绳、跳绳、投掷手榴弹和射击方面进行激烈比拼。由于红军动作迅速、爬山敏捷，中国报界给他们起了“人猿”的诨名，要是你观看过他们的跳墙、跳杆和跳绳等活动，你就很容易理解这其中的原委。在体育运动、军事训练、政治知识、读写能力和公共卫生等方面的团体比赛中，从班到团都为优胜者颁发锦旗。我看到获得这类荣誉的部队，将锦旗陈列在他们的列宁室里。

每个连和每个团都设有列宁室，所有社会和“文化”生活都以此为中心。

在部队的营房中，团的列宁室用的是最好的房间，但这也并不能说明什么；我所看到的列宁室大多很粗糙，像是临时搭建而成。这里让人感兴趣的是人在室内的活动，而不是室内的陈设。这些列宁室都悬挂了由各连或各团会画画的人绘制的马克思和列宁像。与中国的一些基督像一样，这些画像一般都有着明显的东方人外貌特征，眼睛细如线，前额突出，像孔子像，或者根本没有前额。红军战士给马克思起了个绰号，叫作“马大胡子”。他们对他似乎既感到亲切，又感到敬爱。回民战士尤为如此，在中国人中间好像只有他们喜欢大胡子，并且还留着大胡子。

列宁室的另一个特点是，室内有个角落有粘土做成的模型，专门用于研究军事战术。这些角落里建有微缩版城镇、山峦、堡垒、河流、湖泊和桥梁，学员们研究战术问题时，就用军队模具在这上面来回演示作战。因此，你在有的地方能看到中日淞沪会战的再现，在其他地方又能看到长城战役，但大部分模型用于重现红军与国民党军队之间的战役。这些模型也用于展现军队驻扎地区的地理特征，构拟一场虚拟战役的战术，或者仅仅用于增加地理课和政治课的趣味性——红军要学习这些课程，将它们作为军事训练的一部分。在一个卫生连的列宁室里，我看到展示有人体各部位的粘土模型，用来说明某些疾病的症状，并阐释人体卫生健康知识等。

列宁室还有个角落用于学习认字，在这里可以看到，墙上指定的钉子上挂着每一名战士的笔记本。这个角落有3个识字组：识字不到100个的编1个组；识字在100到300个之间的编1个组；能读写超过300个汉字的编1个组。红军为每个组印制了自己的课本（学习材料用的是政治宣传资料）。各连、营、团和军的政治部门都负责群众教育及政治训练。他们告诉我，在红一军团中，只有20%左右的人还是“文盲”，中国人把完全不识字者叫作“文盲”。

红二师22岁的政治部主任肖华向我解释道：“列宁室的原则很简单。它们的全部生活和活动必须与战士们的日常工作和发展相结合，必须由战士自行开展活动，必须要简单易懂，必须将有关军队当前任务的实际教育与娱乐相结合。”

列宁室的“藏书”主要是标准的中国红军课本和讲义、俄国革命史、可能从白区偷运或者缴获来的各种杂志，还有中国苏维埃出版物，例如《红色中华》《每日电讯》《党的工作》《斗争》等。

每间列宁室也都有墙报，由士兵委员会负责定期更新。这些墙报有助于充分了解战士们的问题和他们的进步情况。我完整记录了其中的许多墙报，把它们译成了英文。驻在预旺堡的红二师三团2连，他们列宁室里有张9月1日的墙报就是个典型的例子。内容有：共产党和共青团每日和每周通告；新识字者撰写的两篇简单稿件，主要写的是革命性箴言和口号；红军在甘肃南部打胜仗的电台公告；要学习的新歌；白区的政治新闻；最有意思的大概是红榜和黑榜，它们分别用来表扬和批评。

“表扬”的内容包括赞扬个人或者集体的胆略、英勇、无私、勤勉和其他美德。在黑榜上，同志们互相进行严肃的批评，还批评他们的指挥员（指名道姓），例如没有擦干净步枪，学习劲头松懈，丢失一颗手榴弹或者一把刺刀，值勤的时候抽烟，“政治落后”“个人主义”“反动习气”，等等。在一张黑榜上，我看到有个炊事员挨了批评，因为他做了“夹生饭”；在另一张黑榜上，有个炊事员指责某人“总是埋怨”他做的饭菜口味差。

许多人听说红军喜爱英国的乒乓球运动，觉得很有趣。这有些出人意料，但在每间列宁室的中央，都摆着一张大乒乓球桌，这张桌子平时还用作餐桌。到了饭点，列宁室便成为餐厅，但总是会有四五名“共匪”手拿乒乓球拍、乒乓球和球网，催促同志们赶紧吃完，他们要继续打球。各连都有乒乓球高手，我根本不是他们的对手。

有些列宁室配有从旧时官员或白军军官家中抄来的留声机。有天晚上，他们打开一台美国维克特罗拉留声机，用里面播放的音乐会来招待我，这台留声机被称为高桂滋将军送来的“礼物”，当时他在陕绥交界地区指挥国民党军队与红军作战。在高将军的唱片里，只有两张唱的是法国歌曲，其余的都是中国歌曲。法国唱片中，有一张唱的是《马赛曲》和《蒂珀雷里》，另一张唱的是一首法国滑稽歌曲。尽管吃惊的听众们一个词也听不懂，这两张唱片却惹得他们哄堂大笑。

红军有很多自己的游戏，还不断发明新游戏。有种叫“识字牌”或“认字卡”的游戏，实际上是帮不识字者学习基本汉字的比赛。另一种游戏有些像扑克，不过高分牌上分别写着“打倒日本帝国主义”“打倒地主”“革命万岁”和“苏维埃万岁”。低分牌上的口号会根据政治和军事目标的变化而有所不同。除此之外，还有许多团体游戏。共青团员负责列宁室的节目安排，并且每天带领大家唱歌。其中有不少歌是和着基督教赞美诗的曲调唱的。

因为有这一切活动，使广大战士相当繁忙，但也非常健康。据我所见，红军部队里没有任何随营商人或者娼妓。红军禁止吸食鸦片。不管是在路上还是在参观的营房，我都没在红军军中见到过鸦片或者鸦片烟枪。除了在值勤的时候，红军并没有被禁止吸烟，不过有反对吸烟的宣传，好像很少有红军战士吸烟。

这就是后方红军正规部队战士井井有条的生活。可能并没有很让人兴奋，但与散布的谣言截然不同。要是听那些谣言，你很可能以为红军整日花天酒地，有裸体舞女助兴，大吃大喝前后都要从事打家劫舍的勾当。事实正好相反，任何地方的革命军队都有过分禁欲的倾向。

红军的一些理念此时已被蒋介石的精锐“新军”和他的新生活运动所模仿——蒋介石在实现这些理念方面的条件要好得多。不过红军表示，有一样东西白军无法复制，那就是他们的“革命觉悟”。要知道什么是革命觉悟，最好见识一下红军的政治会议——在那里，你可以听到牢牢根植于这些青年心灵的信念，他们愿意为之去战斗、去牺牲的信念。

第 6 节

政治会议

Session in Politics

一天下午，我闲着没事，于是去找红军政治部的刘晓，他的办公室就在预旺堡城墙上的一间警卫室里。

事到如今，已经明显看得出红军指挥员都是忠诚的马克思主义者，都是共产党选派到红军各部队政治部门的代表，实际上接受共产党的领导。他们作为马克思主义者到底是好是坏呢？托洛茨基先生可能会探讨这个问题。不过，事情的关键是，他们按照自己的方式，自觉地为社会主义而战斗；他们知道自己的需求，相信自己是一场世界性运动的一分子。

刘晓是我在红军中遇到的最严肃认真、最努力工作的青年之一。他时年28岁，非常真诚，面容英俊，而且特别谦恭和善、温文有礼。我感觉他对于自己与红军的关系而打心眼里感到骄傲。他对共产主义的感情很纯粹，很绝对，如同对待宗教一般。我相信，如果接到命令，他将毫不迟疑地击毙千万的“反革命分子”和“叛徒”。

我无权打断他的工作，不过我知道他接到了命令，要竭尽所能地帮助我——他给我做过几次翻译，我得充分利用这个有利条件。我还觉得他不喜欢外国人，后来他向我简要介绍了自己的经历，这时我便没理由怨他了。他在自己的国家曾经两度遭到外国警察的拘捕和关押。

刘晓曾就读于朝阳中学，这所美国教会学校位于湖南辰州府。在1926年和大革命之前，他本是一位虔诚的基督教徒，一位善良的基督教青年会会员。有一次，他领导学生罢课，被学校开除，因此他的家人与他断绝了关系。认识到中国“教会的帝国主义基础”之后，他去了上海，积极参加当地的学生运动，并且加入了共产党，结果被法租界警察关押。1929年获释后，他再次找到了组织，在共产党省委领导下工作，后又被英国警察逮捕，关押在臭名昭著的华德路监狱，受到电刑折磨，被人逼着招供。后来，他被移交给中国当局，再次被监禁，直到1931年才恢复了自由。当时他刚刚23岁。没过多久，他通过共产党“地下交通线”来到福建苏区，此后一直与红军在一起。

刘晓答应陪我一起去参观一间列宁室，那里正在举行政治会议。参会的是红一军团第一师二团的一个连，有62人到场。这是该连的“高级班”，另外还有“初级班”。红军的政治教育通过三个大组展开，每个大组分成上述两个班。每个班选举产生自己的士兵委员会，与上级军官协商，并派代表参加苏维埃。这三个大组中，一个由连以上指挥员组成；一个由班长和战士组成；一个由后勤部队组成，包括炊事员、马夫、骡夫、通信员、清洁员和少先队员。

房间里有绿色树枝装饰，一颗纸做的大红星固定在门上方。室内有常见的马克思和列宁画像，另一面墙上挂着蔡廷锴将军和蒋光鼐将军的照片，他们是淞沪会战的英雄。[①] 有张大幅照片反映了苏联红军聚集在红场庆祝十月革命——那是从一本上海杂志上撕下来的。最后，还有一幅冯玉祥将军的巨幅石版画，底下写着“还我河山!”的口号。这句中国的古话如今因为抗日运动而再度流行。

战士们坐在自己带来的砖块上（人们常看到上学的战士一只手拿着笔记本，另一只手拿着一块砖），连长和政委管理这个班，这两人都是共产党员。据我所知，此次政治会议的主题是“抗日运动的发展”。发言的是一个瘦高个儿、面容清癯的青年。他好像是在为五年来中日“不宣之战”作总结，用尽气力在呼喊。他讲到日本侵略东北，讲到他本人在那里的经历，当时的他是一名士兵，隶属于少帅张学良的部队。他谴责了南京方面的“不抵抗”政策。接着，他讲述了日本对上海、热河、河北、察哈尔和绥远的侵略。他说，每次“国民狗党”都不战而逃。他们“将我们四分之一个国家拱手让给了日本强盗”。

“为什么？”他十分激动地问道，声调都有些变了。“为什么我们中国军队不为保卫中国而战斗？是因为他们不情愿吗？不是的！我们这些东北军战士

---

① 淞沪会战（或称“淞沪事变”）爆发于1932年1月。陈列这些非共产党抗日将领的照片，体现了中国共产党1935年执行的统一战线政策。

几乎每天都要求军官带领我们上前线，打回老家去。每个中国人都不想被日本奴役！但是，因为有‘卖国政府’的存在，中国军队打不了仗。”

“可要是我们红军带头打日本，人民就会去战斗……”他最后总结了共产党领导下的抗日运动在西北地区的发展。

另一个人呈立正姿势站了起来，他的双手紧贴着身子两侧。刘晓小声告诉我，他是个班长——一名下士[①]——参加过长征。“只有卖国贼才不愿意打日本。只有那些有钱人、军阀、税吏、地主和银行家在搞‘对日合作’运动，还喊起了‘联合反共’的口号。他们只是极少数人，他们不配做中国人。

“我们的农民和工人，每个人都想要抗战救国。只需要给他们指条明路……我是怎么知道的？我们江西苏区的人口只有300万，但我们招募了50万志愿者参加游击队！我们忠诚的苏区热情支援我们进行抗击卖国白军的战争。红军在全国取得胜利后，我们的游击队就会超过1000万。到了那时，日本人有种再来抢一抢我们看！”

发言越来越多，他们一个接一个站起来表达他们有多么痛恨日本，他们有时会强调或者反驳前一位发言者的意见，有时还会对带头发起讨论的人提出的问题做出自己的解答，或者给“扩大抗日运动”出谋献策等。

红军曾在去年远征至山西抗日，某个青年讲到人民对此次远征的反应。他高喊道，“老百姓欢迎我们！他们成百成千地来参加我们的队伍。他们在我们的行军路上端茶水、送馒头。有许多人丢下田地来参加我们的队伍，或者为我们鼓劲……他们非常清楚谁是汉奸，谁爱国——谁愿意抗日，谁妄图把中国卖给日本。我们的任务是像唤醒山西人民那样唤醒全国人民……”

一位发言者谈到了在白区组织的抗日学生运动，另一位发言者讲到西南地区的抗日运动，一名东北人提起张学良少帅的东北军为何拒绝再与红军作战。“中国人不打中国人，我们大家都要联合起来，反抗日本帝国主义，我们必须收复失去的家园！”他以如此生动而简明的方式结束了发言。第四位发言者讲到东北抗日义勇军，另一位发言者讲到在华的日本纱厂里的中国工人罢工。

讨论又进行了1个多小时。连长和政委有时会插话，总结大家此前的发言，进一步深入阐述其中某个观点，或者补充一些新信息，偶尔会纠正刚才

---

① 红军没有军衔，不过班长应相当于下士。

的某个说法。战士们都努力地在小本子上进行简要记录，他们一副淳朴农民的面孔，皱着眉头，认真思考。整个讨论很明显带有宣传意味，他们一点也不在乎渲染事实。这甚至在某种程度上有些传教的意味，论据经过了精挑细选，只为证明单个论点。但它卓有成效，这一点是显而易见的。简单有力的信念渐渐在这些年轻单纯的头脑中形成，在形式上非常符合逻辑——这也是任何一支征战大军都认为必不可少的信念，能够增加默契，鼓舞勇气，激励部属甘愿为事业而牺牲的精神——我们称这些为“士气”。

我插嘴问了些问题。大家都踊跃举手回答。我发现在场的62人中，有9人是城市工人阶级家庭出身，其他人都直接是农村出身。有21人曾经在白军部队当过兵，有6人来自前东北军。只有8人已婚，有21人来自“红色家庭”，这些贫农家庭在苏区土地再分配中分到了一些土地。有34人不满20岁，有24人在20岁到25岁之间，有4人超过30岁。

我问：“跟中国的其他军队相比，红军到底好在哪里?”有6个人马上站起来回答这个问题。“红军是革命的军队。”

“红军打鬼子。”

“红军帮助农民。”

“红军的生活环境与白军完全不同。我们这里人人平等；在白军中，广大士兵受到压迫。我们为自己和群众战斗。白军为豪绅和地主战斗。在红军这里，军官和战士过着一样的生活。在白军那里，士兵受着奴隶般的对待。”

“红军军官的出身和我们一样，提拔全凭自己的本事。白军军官的军衔是用钱买来的，或是靠玩弄政治手腕得来的。”“红军战士是自愿参军，白军士兵是强征入伍。”

“资产阶级组建军队是为了维护资产阶级。红军是为无产阶级而战斗。”

“军阀军队的任务是征收捐税，榨取人民的血汗。红军则为解放人民而战斗。”

“人民群众憎恨白军，喜爱红军。”

我又一次插嘴：“不过，说到农民真心喜爱红军，你又是怎么知道的呢?”这时又有几个人站起来要回答。政治指导员示意其中的一人来回答。这个人回答说：“我们去新区的时候，农民们总是自愿帮助我们进行救护。他们将我们的伤员从前线抬回医院。”

另一个人说：“我们长征经过四川时，农民把自己做的草鞋送给我们，还沿路给我们送茶和热水。”

第三个人说：“我随刘志丹的红 26 军在定边打仗时，我们小分队负责守卫一座偏远的岗哨，抗击国民党将领高桂滋的进攻。农民们给我们送来了食物和水。我们不需要派专人去运送给养，有人来帮助我们。高桂滋的军队被打败了。我们抓了几名俘虏，他们说他们已经有将近两天没水喝了。农民在井里下完毒就跑了。”

一名曾在甘肃当过农民的战士说：“人民群众在方方面面帮助我们。在战斗中，他们经常解除敌军小股部队的武装，剪断他们的电话电报线，发消息告诉我们白军的动向。但是他们从来不剪我们的电话线，还帮我们拉电话线！”

又一个人说道：“最近有架敌机在山西的一座山上坠毁，被几个农民发现了。农民们只有矛和铁锹做武器，但还是攻击了那架飞机，解除了两名飞行员的武装，把他们抓了起来，给我们送到了瓦窑堡！”

还有一个人说道：“去年 4 月在延长，有 5 座村庄建立了苏维埃，我刚好驻扎在那里。后来，我们遭到汤恩伯的进攻，被迫撤退。民团回来后，抓了 18 名村民，砍了他们的头。随后我们发动了反攻。村民们领着我们走一条秘密的山路去袭击民团。我们向他们发动了奇袭，解除了 3 个排的敌军的武装。”

一名脸上有条长疤的青年站了起来，讲述了长征路上发生的一些事。他说：“红军经过贵州时，我和其他几名同志在遵义附近负了伤。当时部队必须继续向前，无法带上我们一起走。医生给我们包扎好后，将我们交给一些农民，请他们照顾我们。他们供我们吃的，待我们很好，白军来到那座村子的时候，他们还把我们藏起来了。我们几周后就康复了。后来红军返回这个地区，第二次占领了遵义。我们归了队，村里还有一些青年跟着我们一起走了。”

另一个人说道：“有一次我们驻留在（陕西北部）安定的一座村庄，我们只有 12 个人和 12 支枪。农民为我们做豆腐吃，还给了我们 1 只羊。我们美美地吃了一顿，都吃撑了，然后就睡了，只留了 1 个人站岗。站岗的人后来也睡着了。不过，半夜里来了一个农村孩子把我们叫醒。他在山上跑了 10 里路来向我们报告，说是民团来了，企图包围我们。大约一小时后，民团果然来袭击我们，但我们做好了准备，打跑了他们。”

一个眼睛明亮、脸上一根胡子也没有的少年站起来说："我只想说，白军来到甘肃的村子里，没人帮他们，没人给他们吃的，也没人想加入他们。可红军来了，农民就组织起来，成立委员会，来帮助我们，青年人也自愿参加红军。我们红军就是人民，这就是我想说的！"

那里的每一名青年好像都可以引用个人经历来证明"农民喜爱我们"。我记下了 17 种对这一问题的回答。事实证明，这个问题很受欢迎，又过了 1 个小时，我才意识到自己耽搁了这些战士很多时间，他们早该吃晚饭了。我表达了歉意，正准备离开，这时连队里的一个"小鬼"站起来说："不用跟我们讲客气。我们红军打仗时可不会在乎吃不上饭。我们向外国朋友介绍红军时也不会在乎误了饭点。"

第9篇 与红军在一起（续）

Part Nine With the Red Army (Continued)

第 *1* 节

“红色窑工”徐海东

Hsu Hai-tung, the Red Potter

一天上午，我到彭德怀的司令部去，他的几名部下也在那里，刚开完会。他们请我进去，切了一只西瓜。我们围坐在桌旁，在炕上吐着籽。我注意到了一位此前我没见过的年轻指挥员。

彭德怀见我盯着那个人看，半开玩笑地说道：“那是个有名的‘赤匪’，你认出来没有?”新来的那个人脸红得厉害，很快便咧嘴笑了起来；他一副格外友善的模样，嘴张得很大，少了两颗门牙。他看起来就像是个顽皮的孩子，惹得所有人都笑了起来。

“他就是你早就想见的那个人。”彭德怀补充道，“他也希望你去看看他的部队。他是徐海东。”

在红军所有的军事领导人中，可能没有人比徐海东更加“声名显赫”，而且肯定没有人比他更像个谜。关于他的情况，外界知之甚少，只晓得他曾经在湖北一座窑场做过工，蒋介石曾称他是“文明的一大祸害”。最近，南京方面的飞机去红军前线投下传单，传单内容除了引诱红军离队（其中写道，红军战士携枪投奔国民党可获100元赏金）之外，还做了以下承诺：

“凡击毙彭德怀或徐海东者，投诚我军时赏10万美元。击毙其他匪首者，亦当予以相应奖赏。”

那颗脑袋如今就在这里，俏皮地稳稳长在徐海东结实却不失孩子气的双肩上。南京方面明显认为它的价值不亚于彭德怀的脑袋。

我表示自己很乐意去看看他的部队，想知道一条命对部下来说如此值钱到底是种什么感觉。于是我问徐海东是不是真的邀请我去看看他的部队。他是红军第十五军团军团长，司令部当时设在西北方向约80里外的预旺县。

“我已经在钟楼给你安排好房间了，”他回答道，“你想来的时候就告诉我，我派人接你。”

我们当场就说好了。

于是几天之后，我带着借来的一支自动步枪（我亲自从一名红军军官那里“没收”来这把枪）动身前往预旺县，与我同行的是10名配备步枪和毛瑟枪的红军骑兵——在某些地方，我们的行军路线位于红军阵地的边缘，距离前线很近。与陕西和甘肃境内随处可见的高山深谷相比，我们走的那条路——通往长城和孤寂美丽的内蒙古草原的道路——穿过高原，四周是大片的绿色草地，偶尔还可以见到高高的草丛以及圆润松软的小山，大群的绵羊和山羊都在那儿吃草。有时候，鹰隼会在我们头顶上翱翔。有一回，一大群野羚羊靠近我们，嗅了嗅空气，然后以不可思议的速度和优美的姿态迅速跳走，没入山冈隐秘处。

我们花了不到五小时就抵达了预旺县城，这是一座古老的回民城镇，砖石砌成的雄伟城墙里，住有四五百户居民。城外有座清真寺，有自己的围墙，精美的釉砖完好无损。不过，从其他建筑留下的痕迹来看，还是能看出红军占领这座县城前它曾经历过围城。曾经作为县政府的两层楼房已部分损毁，楼房的正面弹痕累累。我得知，红军开始围城时，这座建筑和郊外的其他房子就已经被马鸿逵将军的守备部队毁坏了。敌人先一把火烧掉城外所有的房子，然后从里面撤离，以防红军占领这些建筑，作为攻城的阵地。

徐海东告诉我：“拿下县城时，实际上只进行了一场小规模战斗。我们包围并封锁了预旺县10天。城里有马鸿逵的1个骑兵旅和大约1000人的民团。我们直到第十晚才发起进攻。当时天很黑，我们在城墙上架设了云梯，有1个连趁着敌军哨兵没注意爬上了城。然后，他们用1挺机枪守住云梯，接着我们又有1个团登上了城墙。

“登城之后没有发生什么战斗。我们在拂晓之前就解除了所有民团的武装，包围了骑兵旅。我们只有1人牺牲，7人负伤。我们给民团每人发了一元银洋，把他们送回了他们的农庄，给马鸿逵的部下每人发了两元银洋。他们有几百人留了下来，参加了我们的队伍。县长和旅长在他们的部队被解除武装时爬东墙逃走了。”

我跟红十五军团相处了 5 天，觉得每时每刻都特别有趣。[①] 而对于我这个“苏区调查员”（他们在预旺县这么称呼我）来说，没有什么材料能比徐海东自己的故事更有价值了。我每晚都会在他处理完工作后跟他交谈。我骑着马与他一道前往红 73 师前线，还与他一道去了红军剧社。他头一回向我讲起了鄂豫皖苏维埃共和国的历史，此前还无人充分了解此段历史。鄂豫皖苏区的面积仅次于江西中央苏区，徐海东作为该区第一支游击队的组织者，几乎了解其发展历程的所有细节。

在我看来，徐海东是我所见过的所有共产党领袖中“阶级意识”最强的人——在举止、外表、谈吐和背景方面都是如此。虽然红军中的大部分下级军官是无产阶级出身，但也有很多高级指挥员是中产阶级或中农家庭出身，或是知识分子出身。徐海东很明显是个例外。他对自己的无产阶级出身引以为豪，经常笑称自己是“苦力”。看得出来，他真诚地相信中国的穷人，农民和工人，都是好人——他们善良、勇敢、无私、诚实——而有钱人却坏事做尽。我认为，在他看来，问题就是那么简单：他奋斗不止，想要消灭这些罪恶。他说自己勇敢无畏，自己的部队所向披靡，正是因为这种绝对的信念，这些豪言壮语才不会让人觉得他很自负和狂妄。他曾经说过，“一红抵五白。”对他来说，这就是个无可辩驳的事实。

他为自己的部队感到非常骄傲——他们的人格，以及作为战士、骑兵和革命者所拥有的技能都让他感到骄傲。他为他们的列宁俱乐部，还有他们极具艺术表现力的海报——确实非常棒——感到骄傲。他也为自己的几个师长感到骄傲——其中两个“做过苦力，就跟我一样”，还有一个参加红军已有 6 年，却只有 21 岁。

徐海东非常看重能够展现强健体魄的行为。让他感到遗憾的是，他自己在 10 年的战斗生涯中曾 8 次负伤，这让他行动稍微有些不便。他不沾烟酒，身材依旧很修长，四肢依旧笔直匀称，身上每一寸肌肉都很结实。他的双腿、双臂、胸部、肩膀和臀部都受过伤。有一颗子弹曾从他的眼下穿过头部，又从耳后穿出。他看起来还是像个农村青年，似乎刚从水稻田里出来，把卷起的裤腿放下，就跟着路过的队伍参加了红军。

我也弄明白了他那两颗没了的门牙到底是怎么回事，它们是在他某一次

---

① 红十五军团政治部主任王首道在此向我讲述了他的一些个人经历。

骑马出了事故时磕掉的。有一天，他骑马在路上飞驰，马蹄踢着了一名战士。徐海东在马鞍上勒马转身，想看看那名战士是否受伤。马受了惊，把徐海东撞在了一棵树上。他两周以后才重新恢复意识，却发现自己的门牙已经嵌在那棵树上了。

“难道你就不担心某一天会受伤么?”我问他。

“不怎么担心。”他笑道，“我打小就老是挨揍，早已经习惯了。”

和其他大多数红军战士一样，他主要说打仗的事情。关于自己童年时代的讲述虽然很少，但对我来说似乎很有意义。

徐海东于1900年出生于汉口附近的黄陂县。他们家世世代代做窑工，祖父曾经有过田地，但之后，旱灾、水灾和捐税又让他们家一贫如洗。他的父亲和五个哥哥曾在黄陂的一座窑里做工，勉强能够糊口。他们都不识字，但对海东寄予厚望，因为他聪明，又是最小的儿子，所以他们凑钱送他去上学。

徐海东告诉我：“我的同学几乎都是地主或者商人的儿子，因为穷人家的孩子很少进学校。我和他们在同样的书桌上学习，但是他们很多人都厌恶我，因为我很少穿鞋，衣服破旧。他们骂我的时候我总免不了要跟他们打架。要是我去找先生帮忙，他肯定会打我。但如果地主的儿子打不过我，到先生那里告状，我还是会被先生打。

“我在学校第四年，也就是11岁那年，卷入了一场‘富人打穷人’的争斗，被一群‘富家子弟’逼到墙角。我们乱掷棍棒和石头，我扔出去一块石头，打破了一个孩子的脑袋，那人姓黄，是有钱地主家的儿子。那孩子边走边哭，不久就带着家里人回来找我。他父亲说我‘忘了自己的出身’，又是踢我又是打我。先生又把我给打了一顿。后来我就逃离了学校，拒绝再回去。这件事给我留下了深刻印象。从那以后，我就认定穷人的孩子不可能得到公平。”

徐海东去了一家窑厂当学徒。在“当学徒的几年”里，他没有工资。他16岁正式出师，在300名工人中，他的工资是最高的。他微笑着自夸道，“我做的窑器质量好，做工速度在全中国不输给任何人。所以说，到时候革命完成了，我还是个有用的公民!”

他回想起一件事，因为这件事，他对地主豪绅更没什么好感了：“一个流动演出的戏班子到我们这一带来唱戏，工人们都跑去看。那些官绅的夫人们也在那里看戏。工人们自然很好奇，想看看这些平日里被严密保护的有钱人的老婆是什么样子，便盯着包厢看。看到这一幕，豪绅们命令民团将工人们赶出戏院，然后双方就起了争执。后来，我们的厂主不得不宴请被冒犯的‘贵人’吃饭，还放了鞭炮，算是补偿那些被人注视过而‘清白受到玷污’的女眷。厂主原本想扣我们的工资来补偿酒席钱，但我们以罢工相威胁，他这才改变了主意。这是我头一回感受到组织的力量，这种力量是穷人自保的武器。”

21岁时，由于家庭纠纷，徐海东愤而离家。他走到汉口，又去了江西，在那里干了一年窑工，攒了些钱，打算回黄陂。不过，他又得了霍乱，在养病时花光了自己的积蓄。他羞于空着手回家，于是参了军，因为当时部队答应给他每月10美元的军饷。结果他得到的只是“挨打”。在这一时期，国民革命在中国南方开始兴起，共产党在徐海东所属部队开展宣传工作，其中有几名共产党员被砍了头。他对军阀的军队感到厌恶，和一名军官一道离开了部队，逃到广州，加入了张发奎将军的国民革命军第四军，在那儿待到了1927年。此时他已经当了排长。

1927年春，国民党军队分裂为左派和右派两个集团，这个冲突在张发奎的部队格外尖锐，该部队已抵达了长江流域。徐海东支持激进派，后来被迫逃亡，并秘密返回黄陂。此时的他因为早前受到了一些学生宣传人员的巨大影响，已成为一名共产党员。他在黄陂即刻开始建立当地的共产党支部。

1927年4月，国民党右派发动政变，共产党被迫转入地下。不过，徐海东却并没有这么做。他将窑厂的大部分工人和一些当地农民组织起来。他从这些人里招募组建了湖北省第一支“工农军队”。他们一开始只有17个人，1支左轮手枪和8发子弹——还都是徐海东自己的。

这批人便是红四方面军的核心力量，该方面军后来发展到六万人的规模。到了1932年，它控制的苏维埃区域已经与爱尔兰国土面积相当。它有自己的邮局、信贷系统、造币厂、合作社、纺织厂，还有总体上组织有序的农村经济体系。黄埔军校毕业生、前国民党军官徐向前成为四方面军总指挥。他的政治领导人是张国焘（共产党创始人之一，后来站在了以毛泽东为核心的中共中央的对立面）。他们在湖北、河南、安徽三省边界地区建立了中国式的苏维埃政府。这三个省份在古代分别称为鄂、豫、皖。因此，共产党将他们的三省边区政权称为鄂豫皖苏维埃，隶属于毛泽东在赣南领导的中华苏维埃共和国中央政府。

鄂豫皖苏区经受住了国民党的几度“围剿”，并且扩大了控制地区，这一局面一直持续到1932年10月。当时，国民党成功地深入到苏区最富庶的根据地。为了避免被包围，张国焘和徐向前将主力部队撤出，向西挺进。徐海东奉命与他的红二十五军留守，并将分散的游击队进行整编，重新发起抵抗[①]。而国民党军队主力则继续追击徐向前指挥的部队。出人意料的是，徐海东的游击队取得了许多重大胜利，再次将国民党部队赶出鄂豫皖苏区。1933年，国民党重新发动攻势。1934年，蒋介石在对中国南方发动第五次“围剿”的同时，企图扼杀徐海东留守的苏维埃区。1934年年底，徐海东率领2000人的部队突围向西，最终于1935年在陕北与毛泽东的部队会师。

南京方面的将领们显然在执行有计划、分步骤地清除或者消灭苏区民众的政策，不仅实施经济封锁，每天出动飞机轰炸，还在鄂豫皖苏区周围建立了由成千上万座碉堡组成的堡垒网。在第五次“围剿”中，湖北和安徽的反共部队当时达到了30万人，部队的军官曾在南昌和南京的军校中接受了蒋介石为期一年的反共思想“教育”，他们增强了部队的力量，结果导致内战达到了西方宗教战争那般惨烈的程度。

---

① 1932年秋红四方面军撤离鄂豫皖根据地时，留守的红25军由吴焕先任军长，王平章任政委，徐海东任隶属于该军的第74师师长。——译者注

第 2 节

中国的阶级斗争

Class War in China

三天以来，我每天下午和晚上都有几个小时在对徐海东和他的部下进行采访，以了解他们的个人经历、他们的部队、鄂豫皖苏区的命运以及他们目前在西北地区的情况。在回答我提出的“你家里人现在哪里”这个问题时，徐海东坦率地说，“我家人几乎都被杀了，只剩下一个哥哥，他现在在红四方面军。”

“你是说他们在作战的时候牺牲的？”

“哦，不是，我只有三个哥哥是红军。家族的其他人都是被汤恩伯和夏斗寅处决的。国民党一共杀了徐家 66 口人。”

“66 口人！”

“是的，我的 27 个近亲和 39 个远亲都被杀害了——黄陂县的人都姓徐。男女老少，甚至连婴儿都被杀了。徐家的人被赶尽杀绝了，活下来的只有我的妻子、在红军部队的 3 个哥哥和我自己。后来有两个哥哥在战役中牺牲了。”

“那你的妻子呢？”

“我不晓得她的下落。1931 年白军部队攻占黄陂县时她被抓了。后来我听说她被卖给汉口附近的一个商人做小妾。我那逃出来的哥哥们告诉了我这件事，还告诉我其他人被杀的消息。在第五次‘围剿’中，徐家有 13 个人从黄陂逃到了礼山县（今湖北大悟），但他们在那里全都被抓起来了。男的被砍头，女的和孩子被枪杀。”

徐海东见我露出惊讶的表情，便黯然神伤地苦笑，说道：“这不稀奇。很多红军指挥员的家里都有这样的遭遇，不过我家损失最大。蒋介石下了命令，如果占领了我的家乡，就要杀绝徐家。”

我记了许多页笔记，写下了我对徐海东及其他同志们的采访，还有国民党军队在鄂豫皖对平民百姓所犯暴行的日期、地点及详情。在此重述那些已被报道过的更为可怕的罪行的相关细节毫无意义。就像同时期在西班牙发生的悲剧一样，身处远方的怀疑论者在阅读到这些罪行的时候，似乎觉得不可思议。在那些并没有目睹这些罪行的人看来，所有这些仍然是传闻和猜想。接受这种人与人之间自相残杀的暴行，会伤害我们的自尊。不过，国民党的媒体多年来一直在讲述自己一方的阶级斗争故事。为了提升历史记述的完整性，了解这种彻底的“农民运动”（毛泽东坚持这种看法）的领导人如何讲述他们的同伴，如何看待自己的斗争表现，并非毫无启发性。

正如上文所述，在第五次反共“围剿”行动中，国民党军官在许多地区下令杀光所有平民百姓。有人认为出于军事上的考虑，有必要去这么做，正如蒋介石在一次讲话中所言，在苏维埃政权得以长期建立的地方，“无法区分赤匪和良民”。这种杀光的政策在鄂豫皖苏区得到了异常野蛮的执行，主要是因为负责剿共行动的部分国民党将领是本地人，是地主家的儿子，家里的土地早被共产党没收了，他们实施报复的欲望没有止境。苏区人口在第五次“围剿”结束时减少了大约60万。

在鄂豫皖地区，红军的战术取决于在广大地区作战的机动能力。每次“围剿”开始时，他们就将主力部队撤出自己的势力范围，到敌人的地盘与敌军交战。没什么重要的战略根据地需要他们去防御，所以他们很容易在各个地方之间流动，去引诱、调动、分散敌人兵力，并用其他方法取得机动优势。这导致他们的“人力基地”非常容易暴露。但在过去，国民党军队在占领的苏区并不会杀害各安其业的农民和城镇居民。

南京方面的军队在第五次“围剿”行动中采用了在江西时采用的新战术。他们不再在旷野与红军交战，而是集中兵力向前推进，躲在大量建造的碉堡之后，一点点地向苏区渗透。对于苏区边界内外大片区域的所有人，他们要么按计划分阶段全部屠杀，要么全部赶走。他们企图将这些地区变成荒无人烟的废地，就算红军后来收复这些土地，也无法从中获得补给。

数以千计的儿童被抓起来，送到汉口及其他城市，在那里，他们被卖作“学徒”。数以千计的年轻姑娘和妇女被带走，卖给工厂做包身工，或是卖作妓女。在城市里，他们被当作“逃荒的饥民”或者“家人被共产党杀害的孤儿”卖掉。我记得，据报道，在1934年有大批人口被运到大工业中心进行交易。一种颇具规模的产业应运而生，中间商都找国民党军官收购妇孺。这一产业一度盈利颇多，但也使部队面临军纪败坏之虞。外国传教士也开始议论起这种现象来，蒋介石不得不亲自下令，严格禁止这种“受贿”行为，并严厉惩处从事这种交易的军官。

徐海东说：“到了1933年12月，已经有一半的鄂豫皖苏区成为荒地。在曾经富庶的乡村，只有少数几间房屋还存在，牲畜都被赶走，田地无人耕种。白军侵占过的村庄，几乎都是尸横遍野。湖北有四个县，安徽有五个县，河南有三个县几乎完全成为废墟。在东西400里、南北300里的区域内，所有的人要么被杀，要么被撵走。

“我们在那一年的战斗中从白军手中收复了一些这样的地区，但我们回来时却发现，曾经肥沃的土地荒废了大半。只有少数老头儿老太太还在，他们给我们讲的那些故事让我们感到毛骨悚然。我们简直不敢相信中国人会对自己的同胞犯下如此罪行。

“1933年11月，我们撤出天台山和老君山，这里的苏区当时有6万人。我们两个月后回来时发现，这些农民已经被从土地上赶走，他们的房屋被烧毁或者炸毁，整个地区只有不到300名老人和一些生病的儿童。从他们那里，我们了解到了当时都发生了些什么。

“白军一到，他们的军官就开始将妇女和姑娘分开。凡是剪短发者或者未缠足者都被当作共产党枪杀。其他人先由高级军官过一遍，漂亮的都被他们挑给自己了，接着再由下级军官挑选。剩余的交给士兵当作妓女。士兵们被告知，这些都是‘赤匪家属’，他们可以对这些女人为所欲为。

“很多当地青年已经参加了红军，但留下来的许多人，甚至包括一些老人，见此暴行都想杀死白军军官。那些提出抗议的人被当作共产党枪杀了。幸存者告诉我们，白军官兵内部发生了多起斗殴事件，他们会为了如何分女人而争吵。这些妇女和姑娘在遭到奸污后会被卖到城里和镇里，只有少数漂亮的被那些军官留下当小老婆。”

“你的意思是这些都是国民党政府的军队？”我问道。

“是的，他们是汤恩伯的第十三军和王均的第三军。夏斗寅、梁冠英、孙殿才也脱不了干系。”

徐海东谈到另一个县——湖北省黄冈县，红军于1933年7月从王均手中收复了该县:“徐古镇如今已是一片废墟，只有几个老人还活着，而在过去，那里曾有一条街，街上的苏维埃合作社一派繁荣，人民安居乐业。老人们将我们带出镇，来到一条山沟，让我们看了山沟里散落着的17具年轻妇女的尸体，那些尸体半裸着暴露在阳光之下。她们都是被侮辱后遭到杀害的。白军显然很匆忙，只够时间剥下姑娘的一条裤腿。我们当天开了大会，军队在那里举行追悼会，我们全哭了。

“没过多久，在麻城，我们来到之前的一个运动场。在一座挖得很浅的坟里，我们发现了12名遇害同志的遗体。他们身上的皮被剥掉了，眼珠被挖了出来，耳朵鼻子都被割掉了。看到这残酷的景象，我们都无比愤怒，放声大哭。

“就在这个月，还是在黄冈，我们红二十五军来到欧公集。这里曾经生机勃勃，此刻却一片荒芜。我们走在镇外，看到一个农民的棚屋在半山上冒着烟。我们当中有些人爬了上去，但发现里面只住着一位老人，而且明显已经疯了。我们回到山下，然后看到了长长一堆男女尸体，共有400多具，这些人显然刚遇害不久。在有些地方，血有几寸厚。在一些女尸的旁边，她们孩子的尸体还紧抱着她们。许多尸体都是堆积在一起的。

“突然，我注意到一具尸体在动，过去一看，发现有个男人还活着。后来，我们发现还有几个人是活的，一共有十多人。我们把他们抬了回去，并处理他们的伤口，他们将事情的经过告诉了我们，这些人从镇上逃到山沟里躲起来，露宿空地。后来，白军军官带着部队来到这里，命令部队在山边架起机枪，朝着下面的人开火。他们扫射了几个小时，直到认为将这些人都打死了为止。然后，他们开拔离开此地，甚至没有朝下面看一眼。”

徐海东说，他第二天带领全军走出镇外，来到那条山沟，让他们看看这些死难者。有些战士在其中认出了他们认识的农民，这些农民有男有女，原来肯定给他们找过住处，卖过瓜给他们，或者在合作社做过生意。他们非常难过。徐海东说，这次经历坚定了部队的斗志，坚定了他们拼死作战的决心。因此，在历时整整十二个月的最后一次大“围剿”中，红二十五军没有一个人脱离部队。

他接着说道，“等到第五次‘围剿’即将结束时，几乎每家每户都有人丧生。我们曾经进入一座村庄，那里几乎空无一人。我们朝着毁坏的房子里一看，就发现有尸体倒在门口、地上或炕上，或是藏在某个地方。在许多村庄，甚至连狗都逃离了。那些日子里，我们不需要谍报人员侦察敌人的动向。烟雾会飘散在燃烧着的镇子和村落上方的天空，靠着这些迹象，我们能轻易找到他们。”

这些只是我从徐海东和其他人那里听说的那些事中的很少一部分。他们在那恐怖的岁月里继续战斗，最终向西跋涉。这并非是因为他们的军队被打垮了，而是因为他们的人力“基地”遭到了破坏，青年人的鲜血染红了村中的山谷，苏区的心脏已被撕开。我随后又与许多来自鄂豫皖的战士进行了交谈，他们讲述的那些故事更令人悲怜。他们不愿意回顾当时的惨状；只有在我追问的时候，他们才肯说。很显然，根深蒂固的阶级仇恨永久地留在了他们的思想深处，这全要拜他们的亲身经历所赐。

人们不禁又要问，这是否意味着共产党没有进行过阶级报复？我想不是的。在我和他们待在一起的四个月里，我的确进行了不受限制的调查，但据我了解到的情况，他们只处决了两名百姓。的确，我也没有看到过一座村庄或者城镇被他们烧掉，没有从我问询的许多农民那里听到过“红军喜欢放火”的说法。不过，我的个人经历自始至终仅限于在西北地区和他们待在一起的几个月。那他们会不会在其他地方干过什么“烧杀”的事情呢？我无法证实，也无法否认这一点。

上文曾提及两个不走运的“反革命分子”，其中一个并不是被共产党所杀，而是被宁夏的一些回民打死的，这些回民恨死了税吏。我在下文将介绍他到底怎么丧了命，不过先让我们看一看如何来管理这些回民。

第3节

西北四马

Four Great Horses

可以说，青海、宁夏和甘肃北部就是斯威夫特幻想小说[1]中的原型——“慧骃国”，因为管辖统治这些地区的乃是中国声名远扬的“西北四马”。在上述地区，统治权由一个马姓回民将领家庭瓜分——马鸿逵、马鸿宾、马步芳、马步青[2]。作为姓氏的“马”就是“骏马”的“马”。[3]

马鸿逵是宁夏省省主席，他的堂兄马鸿宾原先是该省省主席，此时正雄霸于甘肃北部一块动荡不安的封地。他们与马步芳是远亲，后者乃著名回族领袖马麒的儿子，有成群的妻妾。马步芳继承了父亲的职位，1937年被南京方面任命为该省绥靖公署主任。他的哥哥马步青则负责青海的事务；另外，他还统治着甘肃省境内一块巨大的狭长地带，这一地带位于省内西部，将青海与宁夏分隔开来。十年来，这个偏远之地由马家统治。

以马鸿逵为例，在四人中，他也许是家底最厚、势力最大的那一个。他娶了很多房太太，据说拥有宁夏城中六成的财产，并且靠着鸦片、盐业、皮草、捐税以及发行纸币大赚了一笔，收益达数百万元。最近，他给自己挑选了有名的“照片新娘”，这倒是可以证明他这个人足够紧跟时代的。他从上海雇了一位秘书，让他收集符合条件且受过教育的美女的照片，然后才敲定人选。价格定在5万元。马鸿逵选定后就包了架飞机，穿越了北方的漫天尘土，飞往苏州，在那里迅速地迎娶了后宫新宠——东吴大学的一名毕业生，然后像阿拉丁乘着飞毯一样风尘仆仆地飞回了宁夏，此事可谓轰动一时。当时国

---

① 即《格列佛游记》。——译者注

② 在共产党开始将“慧骃国”从他们大块领地挤出去之前。

③ “马”这个汉字很有意思，源自于古代的象形文字“馬”，人们可以清楚地看出这种演变。

民党媒体报道了这则新闻。报道的还有下文提到的一些“死亡与捐税”数据。

宁夏发布的一则政府公报列出了马鸿逵将军在该省征收的捐税：销售税、家畜税、驮运税、运盐税、用盐税、烟灯税、养羊税、商人税、脚夫税、养鸽税、土地税、捐客税、粮食税、特别粮食税、附加土地税、木材税、煤炭税、皮革税、屠宰税、船舶税、灌溉税、磨盘税、房屋税、木材税、磨面税、称具税、礼仪税、烟草税、酒水税、印花税、婚姻税、蔬菜税。[①] 虽然这还不包括征收的杂税，但足以说明，相形之下，人们并不怎么害怕共产党。

马鸿逵的食盐专卖方法非常独特。盐不仅专卖，每人每月还被要求购买半磅盐，不管他用不用得上这些盐。买盐者不得转卖；私自卖食盐要被处以鞭刑甚至死刑（据回族红军战士说）。其他招致民众抗议的做法如下：出售羊、牛、骡须缴纳 30% 的税，养一头羊须缴纳 25% 的税，杀一头猪须缴税一元，卖一石小麦须缴税 4 角。

许多农民因为沉重的税赋与负债而不得不卖掉牲畜，放弃田地。大片土地被官僚、税吏和债主以极其低廉的价格收购，但有许多都成为荒地，因为在沉重的捐税和地租负担下，没有佃户愿意耕种。土地、牲畜、资本越来越快地集中到一起，雇农人数大幅度增加。据调查，某个区域有 70% 以上的农民负债，大约 60% 的农民靠借粮维持生计。[②] 同一区域内，据说 5% 的人有 100 到 200 亩地、20 到 50 头骆驼、20 到 40 头牛、5 到 10 匹马、5 到 10 辆大车，还有 1000 到 2000 元的营运资金，而 60% 的人只有不到 15 亩的土地，除了一两头毛驴以外没有其他牲口，平均负债 35 元和 366 磅粮食——这比他们土地的平均价值高得多。

据共产党的媒体报道，马鸿逵涉嫌暗中争取日本支持其反共事业。日本军事使团已驻在宁夏城，马鸿逵将军准许他们在城北蒙古族的阿拉善旗境内修建机场。[③] 一些回民和蒙古人担心日本军队真的会武装入侵。

共产党看到这一情形备受鼓舞，他们相信自己能够“掀起一场巨大的风暴”，将马氏兄弟的帝国彻底颠覆。马鸿逵的军队可能没什么心思打仗，但共产党仍需克服回民与汉人合作的抗拒心理，给他们提出合适的纲领。共产党

---

① 《宁夏公报》（宁夏市，1934 年 12 月）。

② 刘晓：《预旺县调查》，载《党的工作》（保安），1936 年 8 月 3 日。这是共产党的信息来源，显然并非不受主观影响。不过，展现的情形在前文记述的斯坦帕尔博士报告的相关研究中大体上得到证实。

③ 日本人后来被迫撤出军事使团，放弃机场。1937 年，西北四马宣誓效忠国民党中央政府。

正在想方设法解决这一问题，因为回民地区在战略上显然很重要。他们占据了西北的广阔地带，这一地带不仅控制了通往新疆和蒙古的道路，而且还控制了直接与苏联发生联系的道路。正如共产党所说：

“西北地区有1000多万回民，其地位相当重要。我们眼下的任务和职责是保卫西北，在这五省中建立抗日根据地，从而更有力地领导全国抗日运动，争取立即对日作战。与此同时，依照我方的发展形势，我们可以联系苏联和蒙古。然而，若我们不能赢得回民的支持，争取让他们参加抗日统一战线，我们的任务就不可能完成。”①

好几年前，共产党便已经在西北地区的回民中开展工作了。早在1936年，红军取道宁夏和甘肃向黄河挺进时，年轻的回民先进分子就已经在宁夏部队中进行宣传，竭力号召大家打倒“国民党走狗”和“伊斯兰教叛徒”马鸿逵——一些人还为此掉了脑袋。共产党向他们做出了以下承诺：

废除一切苛捐杂税。

帮助建立回民自治政府。

废止征兵。

取消之前的债务和借贷。

保护回族文化。

保证各派宗教自由。

帮助建立和武装回民抗日部队。

想必这对于几乎每个回民都颇具吸引力。据说甚至连一些阿訇也认为这是打垮马鸿逵的一个机会（惩罚他放火烧毁老教和新教清真寺的行径）。到了5月，共产党声称，他们已经完成了怀疑论者认为是天方夜谭的事。他们自豪地宣称自己已经建立了中国回民红军的核心力量。

① 《连队讨论材料》，载《回民问题》，第2页，红一军团政治部，1936年6月2日。

第 4 节

回民与马克思主义者

Moslem and Marxist

一天上午，我与徐海东手下一位会讲英语的参谋人员一道拜访了隶属于红十五军团的回民教导团。该团驻扎在一个回民商人和官僚的大院里——这个大院有着厚厚的围墙和摩尔式的窗户，下面铺着鹅卵石的街道，街上穿梭着络绎不绝的驴、马、骆驼和行人。

住宅里面凉爽而整洁。在每个房间砖石地面的中央，有一个水池，水池连接着地下管道，是用来洗澡的。虔诚的回民每天要洗 5 次澡。不过，这些战士虽然仍然忠于自己的信仰，但显然只是偶尔用一下这些水池。我猜他们大概觉得不该把好事做到极端。但他们仍然是我在中国看到的最讲卫生的战士，总是小心翼翼地避免随地吐痰的陋习。共产党曾在前线组织了 2 个回民教导团，所招募的战士大多在马鸿逵和马鸿宾的部队当过兵。比起汉人来，他们更高、更结实、胡须更浓密、肤色更黑，杏眼又黑又大，具有突出的高加索人的特征。他们都带着西北的大刀，为我熟练地演示了各种刀法，这些刀法能让人迅速一击便砍下敌人的脑袋。

他们营房的墙上贴满了漫画、海报、地图和标语。“打倒马鸿逵!”“废除马鸿逵的国民党政府!”“反对日本建机场、制地图、侵略宁夏!”“建立回民自治政府!”“建设我们的回民抗日红军!”

由此或许可以推断，马鸿逵的士兵普遍对他颇为不满，宁夏的农民好像也有这种情绪。我记得有一天上午，我在路上停下来找一个回民老乡买瓜，这个老乡种了满山坡的瓜。他是个讨人喜欢的村民，满面笑容，幽默风趣，还有一个非常漂亮的女儿——在这种地方很少见到如此美丽的女孩，于是我在那里逗留了一会儿，买了 3 个瓜。我问他，马鸿逵手下的官员是不是跟共产党说的一样糟糕。他滑稽地举起双手，看起来很愤慨，嘴里还吐着瓜籽。“哎呀！哎呀！哎呀！”他高喊道，“马鸿逵，马鸿逵！征税征死我们，还把我们的儿子抢走，又烧又杀！妈的马鸿逵！”最后那个说法的意思是你可以非礼马鸿逵的母亲，不过这还算便宜了他。院子里的人都笑了。另一方面，对这个老汉来说，如果他真的这么恨马鸿逵，那么在真主安拉面前为他说好话显然是不合适的。

回民战士参加红军，是共产党在马鸿逵军队中开展宣传争取过来的，或者是他们在进入红军军营后参加政治课取得的效果。我问一名指挥员参加红军的原因。

“为了打马鸿逵。”他说，“马鸿逵掌权，我们回民的日子太苦了。没有哪家人可以安稳地过日子。如果哪户人家有两个儿子，就得让一个儿子去参加马鸿逵的军队。要是有三个儿子，就得有两个儿子去参加他的军队。你躲不过去——除非有钱，可以雇人替代。哪个穷人出得起这个钱？不只是这，每个人还要自带衣物，家里还得给他饭钱、柴火钱和灯油钱。一年得要大几十块呢。”

虽然组织起来还不到半年，但这两个回民团已经具备了相当的“阶级觉悟”。他们阅读或者听别人读了《共产党宣言》，参加了《阶级斗争》的简要课程学习，每天还要上关于回民当前问题的马克思主义观点的政治课。讲授这些课程的并不是汉人，而是共产党中的回民党员——这些党员以前上过共产党的党校。我得知，马鸿逵的部队中有90%以上的人是文盲，大多数参加红军的回民在参军时大字不识一个。如今，据说他们每个人都能认识几百个汉字，能够完成布置给他们的简单课业。共产党希望以这两个教导团为基础，培养出一大批回民红军干部，以保卫他们的回民自治共和国，他们早就梦想着有一天能看到这样一个共和国建立起来了。这些回民中有近25%的人已经加入了共产党。

人们觉得回民们应该会欢迎自治的口号；这是他们多年来的诉求。那么，他们当中的大多数人是否相信共产党真的会履行承诺呢？这可就得另当别论了。我很怀疑这一点。中国军阀的多年的欺凌，再加上汉回之间的宿怨，使他们有理由去怀疑所有汉人的动机；不可思议的是，共产党居然能在如此短的时间内消除回民的这种疑虑。

这些与共产党合作的回民可能自有道理。若汉人愿意帮他们赶走国民党，帮他们创建和装备自己的军队，帮他们建立自治政府，帮他们掠夺富人（没错，他们就是这么对自己说的），他们便会做好准备，抓住良机——若此后共产党未能信守诺言，他们就自行动用那支军队。不过，农民们态度友好，且愿意在共产党的领导下组织起来，从这两点来看，共产党的纲领似乎具有一定的吸引力；同时，他们注意尊重伊斯兰教风俗习惯的政策，这也给回民们留下了印象。

战士群体中，一些由来已久的民族宿怨似乎正得到克服，或者被逐步转变成为阶级仇恨。我问一些回民战士，他们觉不觉得回汉两族能在苏维埃的政体下互相合作，其中一人这样回答道：

“汉族人和回族人是兄弟；我们回族人体内也有汉族人的血统；我们都是华夏大地的一分子，我们为什么要你打我、我打你呢？我们共同的敌人是地主、资本家、高利贷者、压迫我们的统治者，还有日本人。我们的共同目标就是闹革命。”

“不过，要是革命干涉你们的宗教，你们怎么办？”

“不存在干涉行为。红军不干涉回民的宗教信仰。”

“我指的是这类情况。有些阿訇是有钱的地主和高利贷者，对吧？他们如果反对红军的话会怎么样？你们会怎么对付他们？”

“我们会劝他们参加革命。不过，绝大多数阿訇可不是什么有钱人。他们同情我们。我们有位连长原来就是阿訇。”

“不过，假设有些阿訇不听劝，反过来还联合国民党反对你们呢？”

“我们会惩罚他们。那他们就是坏阿訇，人民会要求对他们进行惩罚。”

与此同时，整个红一军团和红十五军团部队都在接受集中教育，以教导战士们理解共产党对回民的政策，以及建立“回汉统一战线”的具体行动。我参加了几次政治集会，在会上，战士们当时正在讨论“回民革命”，这些集会非常有趣。在其中一次集会上，与会者进行了长时间争论，着重讨论了土地问题。有人坚称红军应没收回族大地主的土地；其他人表示反对。随后，政治委员简要介绍了党的立场，说明回民为什么必须自己进行土地革命，而且革命必须由他们自己的、回民群众基础较好的坚强的革命组织来领导。

另一个连队温习了回汉关系的简史，还有一个连队讨论了严格遵守行为规范的必要性，这些行为规范已经向驻守在回民地区的全体战士下发。行为规范禁止红军战士有下列行为：未经房主允许，私闯回民住宅；随意骚扰清真寺或教职人员；将回民称作“小教”，将汉人称作“大教”。

这些做法都是为了争取全军自觉拥护共产党的回民政策。此外，共产党还在农民中间进行不懈的工作。这方面的宣传主要由那两个回民教导团负责，不过红军各个连队也派遣宣传队走访各家各户，讲解共产党的政策，鼓动农民组织起来；部队剧团造访各个村落，上演回民戏剧，这些戏剧都来源于当地形势和历史事件，创作出来就是为了“激励”民众；还有人分发汉文和阿拉伯文传单、报纸和标语；群众集会经常举行，这是为了建立革命委员会和村苏维埃。不论汉族或回族农民，他们或多或少会受到这种灌输式的宣传。到了7月，宁夏有数十座村庄推选了村苏维埃，并派代表前往预旺堡与当地的回民共产党举行会议。

再过4个月，红四方面军就要渡过黄河，继续西进200英里至肃州，那里是马步芳的地盘，横跨在通往新疆的大道上。早在9月，他们已在宁夏取得了足够的进展，召开了由300名回民代表参加的大会，这些代表来自于当时红军占领的各村庄选举产生的苏维埃委员会。代表中有一些阿訇、教师、商人和两三个小地主，但大部分是贫农，因为富有阶级已经在“汉匪”到达时逃走了。代表会议选举出了主席和临时回民苏维埃政府委员会。他们还通过决议，决定与红军合作，接受红军在建立回民抗日军队方面的援助，并且马上开始组织汉回团结同盟、贫农会和群众抗日会。

这次具有历史意义的小规模代表会议进行的最后一项议程——我猜这项议程对于那里的农民最重要——是处置一个国民党税吏。在红军到来之前，此人便已明显激起民愤。红军到来之后，他逃到附近一个叫张家寨的山村，并在那里接着收税。据说他将税率翻了一番——宣称这是新成立的共产党政府的规定，还自称代表共产党！但回族农民后来得知共产党并没有派人收税，于是他们找了六个人把这个恶棍抓起来，送到预旺堡公审。说到这件事，我个人觉得，此人在这种时候胆敢充当这样的角色，倒是有些才干，应该留他一条命。回民们可不这么觉得。代表们决定将他处决，没有一个人反对。

我在预旺堡待了两个星期，据我所知，在此期间只有他一个平民遭到了枪决。

第10篇 战争与和平

Part Ten War and Peace

第 1 节

再谈西北四马

More About Horses

8 月 29 日，我骑马去红城水，这座漂亮的小镇位于韦州县[1]，那里有美丽的果园，果园远近闻名，盛产梨、苹果、葡萄，灌溉渠里潺潺而过的清澈泉水“滋润”着这些园子。红 73 师一部就在此安营扎寨。不远处，有一个重兵驻守的关卡和一道临时防线。防线没有堑壕，却有一系列鼹鼠洞般的机枪阵地，还设有圆形的山顶碉堡——这些矮墙防御工事由泥土筑成——红军在此与敌军对峙，后者通常已后撤至 5 到 10 英里之外的城寨中。这道防线已有几个星期没有战事了，红军在此期间进行了休整，并“巩固”新区。

我又回到预旺堡，碰到部队正在举行“西瓜宴”，以庆祝从甘肃南部传来的电台消息，消息称，马鸿逵的国民党军队有整整 1 个师向朱德指挥的红四方面军投诚。[2] 这个国民党师的师长李中毅此前被派去堵截朱德部队北进。不过他手下的年轻军官们，包括其中一些地下共产党员，发动了起义，带领包括 1 个骑兵营在内的大约 3000 人马在陇西附近加入了红军。对于蒋介石在南线的防卫来说，这个打击很沉重，进一步加速了南方两支红军部队的北上进程。

两天之后，徐海东所部红十五军团的 3 个师中有 2 个师准备再次行动。一个师向南，为朱德的部队打开通道；另一个师向西，前往黄河流域。大约凌晨 3 时，军号就已吹响；到了 6 时，部队已经出发了。我自己在那天早上与两名红军军官一道返回预旺堡，他们要向彭德怀汇报工作。我从南门出城，

---

① 现为宁夏同心县韦州镇。

② 从时间上看，此次胜仗应为红四方面军进行的岷洮西战役，作战对象为王均、毛炳文及马步芳部。——译者注

同行的还有徐海东及其参谋人员，我们跟在大部队后面。在人们看来，这队蜿蜒前行的人马就像灰色的巨龙一般，穿过了漫无边际的大草原。

大军悄然无声地出了城，只听得见永不停息的军号声，给人一种指挥高效的印象。我得知进军计划几天前就已制订完毕，路上的每个细枝末节都得到了仔细的检查；在红军准备的地图上，敌军聚集点均已被精心绘制出来，哨兵拦住了所有打算穿越战线的行人。（红军平时允许这种行为，以此鼓励贸易；不过，在战时或行军时，这种行为并未获得许可）此时，他们正在向前挺进，国民党军队却毫无察觉，这一点在后来出其不意攻占敌军岗哨的行动中得到了证实。

在这支军队中，我没有看到随营的人，只有30多只甘肃猎狗。它们紧挨在一起，在平原上来回奔跑，追逐偶然出现在远处的羚羊或者野猪。它们开心地吠叫着，互相打斗，模样特别滑稽，而且显然很高兴去打仗。许多战士带上了他们喂养的动物。有几人用绳子拴着小猴子；有一名战士养了只蓝灰色的宠物鸽，鸽子就“栖息”在他肩上；有的带着小白鼠；有的带着兔子。这还算是军队吗？战士们都很年轻，长长的队伍里传来一阵歌声，这么看来，这更像是中学生在假日里的一次远足。

出城刚走几里路，部队突然接到了防空演习的命令。一班又一班的战士离开大路，他们戴上了宽大的草制伪装帽和草披肩，与高高的草丛融为一体。他们在大路边的草墩上架起了机枪（他们没有高射炮），满怀希望地期待会出现低空飞行的目标。几分钟后，整支队伍就在草原上不见了踪影，你无法在一望无际的草丛中辨别出人影。路上可见的只有骡子、骆驼和马，飞行员可能会以为这些牲口来自普通的商队。不过，骑兵（当时是先头部队，在我的视线之外）面临着很大风险，他们唯一可能的防范措施是在有遮蔽处的地方隐蔽起来，否则只得尽可能四散开来，但他们必须始终骑着马。这些蒙古马在空袭中要是没有人驾驭，就会失去控制，全团人马就会完全乱了套。听到飞机的嗡嗡声时，首先给骑兵下达的命令就是“上马！”

这次演习宣告圆满结束，我们得以继续前进。

李长林之前的那番话很有道理。红军的好马确实都在前线。他们的骑兵师是全军的骄傲，每个人都渴望自己得到晋升，被选拔到骑兵师。他们是军中体格最棒的，有大约3000匹漂亮的宁夏马供他们差遣。这些漂亮的快马比华北的蒙古马更高、更壮实，马的皮毛光滑，膘肥体壮。它们中的大部分是从马鸿逵和马鸿宾那里夺得的，不过有整整 3 个营的马，是近一年前与国民党骑兵第一军军长何柱国作战时的战利品，其中一个营全是白马，一个营全是黑马。这便是红军第一骑兵部队的核心力量。

在甘肃，我跟着红军骑兵骑了几天马；更确切地说，我是跟着他们走了几天路。他们借给我一匹配有缴获的西洋马鞍的好马。不过，每天临到结束时，我感觉反倒是我把马伺候得好好的，而不是马在伺候我。这是因为我们的营长非常担心，生怕累着他那四条腿的宝贝，便要求我们这些两条腿的每骑行 1 里路，就得下来牵着马走三四里路。我得出结论，凡有资格在这个人的部队担任骑兵的，必须是看护，而不是马夫，而且步行要比骑马还拿手。他们如此善待牲口——这在中国并不寻常，这令我感到钦佩。最后我终于脱了身，恢复了自由行动——我偶尔还能骑上马——对此我感到很开心。

我一直对徐海东委婉地抱怨这件事；我怀疑他存心要跟我开玩笑。他借给我一匹特别好的宁夏马，壮得像头公牛，让我回预旺堡时骑。这匹马是我这辈子骑过的最烈的马。我在草原上的一座大碉堡附近与红十五军团分开。我同徐海东和他的参谋人员道了别，很快就骑上了借来的骏马。此后，我一直处在摇摇欲坠的境地，真不知我们俩谁能活着到达预旺堡。

这次骑马颇费周折，问题就出在木制马鞍上，马鞍太窄了，我坐不进去，全程只能用两条大腿的内侧夹着，而又短又重的铁制马镫让我的腿很不自在。

这条道路很平坦，它横越平原，绵延了 50 里。一路上，我们仅仅下马走过一次。最后 5 英里，我的马稳步疾驰，最终掠过预旺堡大街，将我的同伴远远甩在后面。在彭德怀的司令部门前，我滑下马来，检查我的坐骑，以为它会累瘫了。但它只是微微喘着气，身上只有几颗汗珠，除此以外非常镇定，这畜生还真有些能耐。

第 2 节

“红小鬼”

“Little Red Devils”

一天早晨，我登上预旺堡宽阔厚实的黄色城墙。从城墙最高处俯瞰 30 英尺以下的地面，一眼就能看到那里正在进行着许多种不同的工作，不知怎的，这些工作有些不太协调，有些乏味，但也让人觉得亲切，这就像撬开了这座城市的盖子。有一大段城墙正要被拆掉。对于像红军那样的游击战士而言，城墙阻碍了他们，红军想方设法与敌人在开阔地带作战，若战斗失利，也不会在有城墙的城市里进行持久防御战而消耗自己的兵力，因为他们在这里有可能被封锁或者歼灭。红军会立马撤退，让敌人进入城池。等到红军力量足够强大，试图重新夺取城市的时候，损毁的城墙会让这个过程少一些阻力。

我在凿有枪眼的城垛上转了半圈，就遇到一小队号兵——我很高兴地注意到，他们这会儿在休息，毕竟他们嘹亮的军号声已经不间断地响了好几天。他们都是少年先锋队队员，而且都只是孩子。于是我停了下来，表现得像父辈一样，与其中一名号兵交谈起来。他穿着网球鞋和灰色短裤，戴着一顶褪色的灰帽子，帽子上有一颗模糊的红星。但帽子下面的那位号兵丝毫没有褪色：他的脸红扑扑的，明亮的双眼炯炯有神。我觉得他应该特别想家吧；我很快便意识到自己的猜测不对。他可不是什么乳臭未干的孩童，而是一位久经历练的红军战士了。他对我说他今年 15 岁，四年前就在南方参加了红军。

“四年！”我难以置信地大声问道，“所以你参加红军的时候只有 11 岁咯？你参加了长征么？”

“是的。”他很是神气，诙谐地答道，“我都当了四年的红军了。”

“你怎么就参军了呢？”我问道。

“我家住在福建漳州附近。我那时常常上山砍柴，冬天就去山上搜集树皮。我经常听村里人说起红军。他们说红军帮穷人，我很喜欢这一点。我们家很破，家里有六口人——父母、三个哥哥和我，我们家无田无地，收成的一多半用来交租，所以总是吃不饱。在冬天，我们用树皮烧汤喝，省下谷子来在春天播种。我总是饿肚子。

“有一年，红军来到漳州一带。我翻过山去找他们，请他们帮帮我们家，因为我们太穷了。他们对我很好，把我送到学校学习了一段时间，我吃得饱饱的。几个月后，红军攻占了漳州，还去了我们村。地主、放高利贷的和当官的都被赶走了。我们家分到了土地，而且再也不用向税吏和地主缴税缴租了。家人很高兴，以我为荣。我有两个哥哥也参加了红军。”

“他们现在在什么地方?”

“现在?我不晓得。我们的部队离开江西时，他们在福建的红军部队；他们那时候跟着方志敏。现在我就不知道了。”

“农民喜欢红军吗?”

“喜欢红军?当然喜欢了。红军给他们土地，赶跑了地主、税吏和剥削者。”（这些“小鬼”讲起马克思主义词汇来一套一套的。）

“可实话实说，你怎么会清楚他们喜欢红军呢?”

“他们给我们做了成千，不，是上万双鞋，亲手做的。妇女给我们做制服，男人侦察敌情。每家每户都把儿子送到红军队伍里。老百姓就是这么对我们的。”

许多像他这样的少年加入了红军。少年先锋队的组织者是共产主义青年团，按照共青团书记冯文彬的说法，当时在西北苏区共有大约4万名少年先锋队队员。仅在红军部队中，估计就有几百名少先队员：每一座红军军营都有一个少年先锋队“模范连”。他们都是12岁到17岁的少年（按照外国算法，实际年龄为11岁到16岁[①]），来自中国各地。像这个小号兵一样，他们中的许多人都在始于南方的艰苦长征中幸存下来。还有许多人在红军出征山西的时候参加了红军队伍。

少年先锋队队员在红军中当传令兵、勤务员、号兵、侦察员、无线电报务员、挑水员、宣传员、演员、马夫、护士、秘书，甚至教师。我曾看见某个少先队员站在一幅大地图前，给一班新兵讲授世界地理课。我这辈子见过

---

① 中国人计算年龄一般从受孕时起算，每到元旦增加1岁。

的最优雅的两个儿童舞者是红一军团剧社的少先队员，他们是从江西长征来到此地的。

他们怎么受得了这种生活呢？你也许很好奇。他们中肯定有成百上千个已经死掉或者被杀害。西安府肮脏的牢狱里关押着200多名这样的少年，他们是在实施侦察或者开展宣传工作时被捕的，或者因为在行军途中掉队而被捕。然而，他们不屈不挠，令人惊叹；他们对红军忠心耿耿、深信不疑，这是年纪很轻的人才会有的忠诚。

他们大多数人穿的军服太大，袖子垂到膝盖，上衣几乎拖到地上。他们自称一天洗三次手和三次脸，但他们还是一直脏着，常常拖着鼻涕，还经常用袖子擦鼻涕，边擦边咧着嘴笑。不过世界仍然属于他们：他们能吃饱，每人有条毯子，当干部的甚至还有手枪，他们佩戴着红领章，戴着大一号甚至大得更多，而且帽檐破旧的帽子，不过上面有红星。他们通常都身世不明：许多人连自己的父母都不记得了，还有许多人是在当学徒时逃走的，有些曾经做过苦工[①]，大多数人都从难以维持生活的贫困大家庭里逃了出来，他们全都自发加入红军。有时候，少年们会成群结队地出逃，跑去加入红军。

人们讲述着许多关于他们的英勇事迹。虽然身为孩子，但他们不会对敌人网开一面，也不会要求别人对他们网开一面，许多人确确实实上过战场。据说在江西，红军主力撤离后，许多少先队员和共青团员与成年游击队员并肩作战，甚至和敌人展开白刃战——他们个子太小，体重太轻，所以白军士兵才会嘲笑说自己能够夺下他们的刺刀，把他们拖进壕沟。蒋介石为“江西共匪”建立的感化院里有许多“红军”俘虏，他们还只是10岁到15岁的少年。

少先队员之所以喜欢红军，或许是因为跟红军在一起时，他们有生以来头一遭被当成人来对待。他们真正像人一样吃住；他们似乎参与到每件事中去了；他们自认为与其他人平等。我从来没见过他们挨过打，受过欺负。他们做通信员和勤务员时无疑“受到了剥削”（让人惊讶的是，许多来自最高层的命令最后传给了一些少先队员），但他们的活动也很自由，还有自己的组织来保护他们。他们学着做游戏，开展体育运动，还接受初级教育。而且他们非常相信那些简单的马克思主义口号——在大多数情况下，对他们来说，这

① 国民党法律废除童工，但很少得到执行，特别是在不懂法的地区；在其他地方，童工仍然很普遍。

些口号也只是让他们敢于向地主和师傅开枪。这显然要强过每天在师傅的工作台前干 14 个小时的活，伺候师傅吃饭，还有倒“他妈的”夜壶。

我想起了这样一个逃亡的学徒，我是在甘肃遇到他的，他的绰号是“山西娃娃”。他曾被卖给一家店铺，店铺在山西洪洞县附近的一个镇上，红军到那里时，他偷偷地爬过城墙，加入了红军，跟他一起的还有另外三个学徒。他怎么会认定自己应该参加红军呢？我不太清楚。尽管阎锡山做了那么多的反共宣传，尽管长辈们再三警告，但这一切明显只起到了适得其反的作用。他是一个胖嘟嘟的孩子，长着一张娃娃脸，年仅 12 岁，却已经能把自己照顾得很好，他在穿越晋陕两省，进入甘肃的行军中便证明了这一点。我问他为什么当红军，他答道：“红军为穷人而战斗。红军抗日。怎么会有人不想当红军？”

还有一次，我遇到一个骨瘦如柴的少年，他 15 岁，在甘肃河连湾附近的一所医院工作，是那里的少先队和共青团干部。他家在兴国，那是红军在江西的模范县。他说自己有一个兄弟还在那里打游击，他的姐姐以前当过护士。他不知道家里怎么样了。他们都喜欢红军，确实如此。为什么？因为他们“都明白红军是我们自己的军队——在为无产阶级而战斗”。我很想知道这段前往西北地区的艰苦跋涉在他年轻的心灵里到底留下了怎样的印象，但是我并不打算去刨根究底。这个严肃认真的少年觉得这些没什么了不起的，只不过是徒步走过相当于美国两倍宽度的距离而已。

“长征很苦，是吧？”我试探着问道。

“不苦，不苦。只要和同志们在一起，行军就不艰苦。我们革命青年不能惦记着事情困不困难，辛不辛苦；我们只能惦记着眼前的任务。如果要走一万里，我们就走一万里；如果要走两万里，我们就走两万里！”

“那你觉得甘肃怎么样？它是比江西好呢，还是不如江西呢？南方的生活是不是更好一些？”

“江西好，甘肃也好。哪里有革命，哪里就是好地方。我们吃什么，睡在哪里，这些都不重要。革命最重要。”①

我想，这个回答简直就是照搬照抄。眼前的这位少年把他从红军宣传员

---

① 我在 1960 年和 1964—1965 年重返中国期间，见到了几位昔日的“小鬼”，他们此时已担任要职。其中一位是戴春之（音译），此时已是皮肤病研究院副院长，我在 1936 年首次与他结识。我在这所研究院还与老相识约翰·海德姆（马海德）博士重逢，他是美国人，是 1936 年以来中国共产党军队中的唯一一位外国医生。

那里学到的那些话记得滚瓜烂熟。第二天，在红军战士的某个大规模集会上，我发现他是其中一位主讲人，他自己就是个“宣传员”，这着实让我吃了一惊。还听说，他是军中最好的讲演者之一。在此次集会上，他简短而雄辩地阐明了当前的政治形势，以及红军希望停止内战、与所有抗日军队建立“统一战线”的原因。

我遇见一位14岁的少年。他曾在上海一家机器厂当学徒，后来与三名同伴到达了西北地区，一路上可谓经历了种种艰险。我见到他时，他正在保安无线电学校上学。我问他怀不怀念上海，他却说不怀念。他说自己在上海无牵无挂，他唯一的乐趣就是看看商店橱窗里的美食——都是些他买不起的东西。

保安还有一个“小鬼”，是外交部联络局局长李克农的通信员。这个少年来自山西，年纪大约十三四岁，他参加红军的原因我并不清楚。他是少年先锋队的“公子哥儿”，并且极其认真地扮演着这个角色。他从某人那里弄到一根武装带，穿着一身量身定做的小军服，他还有一顶帽子，帽檐只要有破损，他就会衬上新的硬板纸。他的衣服洗刷得很干净，上衣领口露出衬着的一条白布。他可以说是整个城镇形象最为时髦的战士。跟他比起来，毛泽东看起来简直像个流浪汉。

这个娃娃的父母想得不够周全，结果碰巧给他起名叫“向季邦”。名字本身没什么问题，只不过“季邦”听起来非常像“鸡巴”，因此他常常被叫作“鸡巴”，这让他总是很窘迫。有一天，季邦来到我在外交部的小房间，他同往日那样严肃，脚跟咔嚓一声靠拢，给我来了个我在苏区看到的最具普鲁士风格的敬礼，并称呼我为“斯诺同志”。他接着向我倾诉起他那些心事来，诉说着他的些许忧虑。他就是想让我明白，他的名字不是“鸡巴”，而是“季邦”，两者天差地别。他仔细地把自己的名字写在了一张纸片上，并把它放在了我面前。

我吃了一惊，非常严肃地回答道，我一向只叫他“季邦”，从未叫过别的名字，而且也没有这么想过。他谢了谢我，又向我庄严地鞠了个躬，然后再次用那种可笑的方式给我敬了礼。他说：“我想确定，你在外国报纸上写到我时不会弄错我的名字。要是外国同志以为有一名红军战士名叫‘鸡巴’，他们肯定会留下坏印象的！”在此之前，我并没有打算将季邦写进这部非同寻常的作品中来，可他的这番话让我在这件事情上别无选择，于是他就与蒋介石一样成为书中记述的人物之一。

苏区的少年先锋队队员的一项任务是在后方检查过路行人，看他们有没有路条。他们非常尽职尽责，没有一丝犹豫，将所有没有路条的人带到当地苏维埃接受检查。彭德怀告诉我，有一次他被几名少先队员拦住，他们要他出示路条，还威胁要把他抓起来。

“我就是彭德怀啊。”他说，“那些路条都是我签发的。”

“就算你是朱德总司令，我们也不管。”他们怀疑地说道，“你必须有路条才行。”他们发信号请求援兵，于是几个孩子从田地里跑来帮忙。

彭德怀只好写了路条，亲自签上字，交给他们，他们才准许他接着上路。

总而言之，在红色中国，很难给“小鬼”这个群体挑出什么毛病来。他们精神昂扬。我认为，比他们年长的人看到他们，往往也会将自己的悲观情绪抛诸脑后，会振作起来，想到自己正在为像这样的少年的未来而斗争。这些“小鬼”总是很开心，很乐观；无论整天的行军有多累，每次别人问他们怎么样，他们都会答“好!”他们耐心、努力、活泼、好学，看到他们，你会觉得中国并非没有希望，就会感到任何国家最有希望的都是青少年。在这里的少年先锋队队员的身上看得到中国的未来，只要这些少年能够得到解放、得到塑造、得到启发，就能够有机会去建设新世界。这听起来有些说教意味，但是，所有人看到这些英勇的年轻人时，都会相信中国人并不是天生腐败的，他们的品格有着巨大的发展潜力。

第 3 节

实践中的统一战线

United Front in Action

1936年9月初，我在宁夏和甘肃前线，当时彭德怀率部开始一边西向黄河行进，一边南向西安—兰州公路挺进，准备与北上的朱德部队会合，此次行动后来于10月底圆满完成，两支大军会师后占领了西安—兰州公路以北的甘肃北部，几乎占领了全境。

不过，红军已决心寻求与国民党达成妥协，试图"迫使"国民党抗日；他们越来越像一支政治宣传队，而不是一心要用武力夺取政权的军队。中国共产党下达了新的指示，要求部队在今后行动中执行"统一战线策略"。那么，"统一战线策略"到底是什么呢？有关这个时期红军部队活动的每日记载，或许是回答该问题的最好答案：

9月1日，包头水：离开红一方面军司令部预旺堡，徒步行进约40里。彭德怀司令员跟骡夫开着玩笑，一路上常常是欢声笑语。他们经过的地区大多是丘陵和高山地带。晚上，彭德怀的司令部在这座小山村里的一位回族村民家过夜。

墙上立刻挂起地图，电台开始工作。电报来了。彭德怀休息时邀请回族老乡进来，向他们说明红军的政策。一位老太太坐着和他谈了将近两个小时，倾诉自己的苦难。与此同时，红军的一支收割队经过，去收割一个地主的庄稼。这个地主逃跑了，他被当作"汉奸"，土地被没收。另一个小队被派去守护和打扫当地清真寺里的房屋。他们与农民的关系似乎很融洽。这个县如今由共产党治理，农民已有几个月不用缴税。一星期前，县里的农民们派了代表给彭德怀送来了6大车的谷物和给养，感谢共产党免除了他们的缴税负担。昨天，还有一些农民给彭德怀送来一张好看的木床——他很是开心，将木床转送给本地的阿訇。

9月2日，李家沟：我们凌晨4时上路。彭德怀早已起床。我们路上遇到10位农民，他们随同部队从预旺堡来此，帮忙抬伤员回医院。他们自发地做这些事儿，目的是反抗马鸿逵。他们恨马鸿逵，因为他们的儿子被马鸿逵强征去当兵。南京方面的一架轰炸机从我们上空飞过，发现了我们。我们四处散开，寻找掩蔽处。全军都隐蔽在大自然之中。飞机盘旋了两圈，扔下一颗炸弹——按照红军的说法是“扔了一个铁弹”，或者“拉了一些鸟屎”——然后向马匹进行扫射，接着继续飞行，去轰炸我们的先头部队。有名战士在隐蔽时动作慢了，大腿受了轻伤，包扎后继续赶路，无需搀扶。

从我们过夜的小村庄放眼望去，几乎什么都看不见。有1个团的敌军驻守在附近的一座堡垒，红十五军团一部正在攻打。

预旺堡处发来无线电报称，今晨有敌机空袭该城，扔下10颗炸弹，一些农民不幸遇难，还有一些受了伤，战士无人伤亡。

9月3日，太保子：离开李家沟，路上有许多农民出来，给战士们送来白茶，也就是热水，这是这些地区最受欢迎的饮料。回族教师来向彭德怀告别，感谢他保护学校。我们走近太保子（此时已是距离预旺堡以西100多里）时，从孤立阵地撤出来的一队马鸿逵骑兵逃到我们后方，离我们只有几百码。红一军团①参谋长聂荣臻②派司令部的一队骑兵去追击，他们策马绝尘而去。红军一队驮马遭袭，另一队人马遂被派去夺回骡子和物资。运输队回来时完好无损。

今晚，一些有趣的消息被发布在布告牌上。李旺堡被包围，一颗迫击炮弹落在那附近的一座碉堡，几乎直接击中徐海东的司令部。1名少先队员牺牲，3名战士负伤。在附近的另一个地方，1名白军排长在侦察红军阵地时被红军突击队活捉。红军将这个受了轻伤的俘虏押送到司令部。彭德怀在电台里大发雷霆，因为他们打伤了这个排长。“这不是在严格执行统一战线策略。”他说，“一个口号价值十颗子弹。”他向参谋人员讲解了统一战线以及如何贯彻落实的问题。

农民们在路上卖瓜果，红军买任何东西都付钱。经过了长时间的讨价还

① 邓小平任红一军团副政委。
② 聂荣臻时任红一军团政委。——译者注

价，一位年轻战士用他心爱的兔子换了一个农民的三个西瓜。吃了瓜后，他很不开心，想把兔子要回来。

彭德怀开了一个大西瓜，庆祝今天的好消息：这里的西瓜价廉物美。

9月4日至5日，太保子：（政治部的）刘晓现在正在李旺堡附近的回民中开展工作。他在今天发来一份报告，报告反映了那里最近的工作动态。马鸿逵军队有个团要求红军回民团派一名回族战士与他们对话。这个团的团长拒绝接见红军代表，但准许红军代表同他的部下谈话。

王同志（红军回民代表）回来报告说，他在马鸿逵部队的营房里到处都能看到共产党的传单。他和官兵们谈了几小时后，官兵们越听越感兴趣，最后团长也听了起来，但是又担心，决定把他抓起来。官兵们提出抗议，于是他被安全护送到红军防线。这个团写一封信，对王同志从刘晓那里带去的信作了答复。他们说，他们不会后撤，因为他们奉命驻守在此，所以必须坚守；他们愿意达成抗日协定，但红军应该与他们的师长谈判；如果红军不攻击他们，他们也不攻击红军。信中还说，红军送去的信和小册子都已分发给了弟兄们。

两架飞机在今天轰炸了附近的一支红军骑兵部队。战士和马匹都未受伤，但有一颗炸弹炸掉了村中清真寺的一角，三名照看寺院的回族老人被炸死。这种行动不会让本地人更加喜欢南京方面。

9月6日，太保子：今天休息。红一军团全体指挥员到彭德怀司令部吃瓜，战士们休息，自行进行体育运动，大吃西瓜。彭德怀召开了连以上指挥员会议，还有一个政治会议。他们准许我旁听了会议。以下是彭德怀的讲话摘要：

“我们来到这个地区，首先是为了扩大和发展我们的苏区；其次是为了配合红二方面军和红四方面军（在甘南）的行动和进军；第三是为了消除马鸿逵和马鸿宾在这些地区的影响，直接与他们的部队建立统一战线。

“我们必须扩大此处的统一战线基础。我们必须果断地去影响那些目前同情我们的白军军官，把他们完全争取到我们这边来。现在，我们已经与他们当中的很多人有了不错的交情；我们必须借助信件、利用报刊、通过代表和秘密团体等继续我们的工作。

“我们必须强化部队内部的教育工作。最近有几次，我们的战士违反统一战线政策，向我们已经准许撤退的白军部队开枪。还有几次，我们的战士不愿意交还缴获的步枪，三令五申才交出来。这不是违反纪律的问题，而是不服从指挥员命令的问题，说明这些战士还没有充分理解这样做的原因。有些战士甚至指责他们领导下达的是‘反革命命令’。有个连长收到白军军官一封信，甚至连看都不看就撕掉了，边撕还边说‘这些白军都是一路货色’。这说明我们必须对我们的广大战士进行进一步的教育。我们第一次讲话，没有向战士们讲明面临的形势。我们要让战士们提出批评意见，在经过全面讨论和解释后，如果他们认为有必要，就据此修正我们的政策。我们必须让战士们有这么一个印象：统一战线政策可不是为了愚弄白军，它是一种根本方针，与党的决定相一致。

“东征（进入山西）以后，我们有许多同志来到甘肃宁夏这里，他们感到灰心，因为这与我们之前受到的欢迎相比，反差太大了。他们感到沮丧，因为这里很贫困，人民没有多少政治热情。别灰心！加倍努力！这些人民也是兄弟，只要我们对待他们像对待其他人一样，他们也会像别人一样欢迎我们。我们不能错过任何说服白军和回族农民的机会。我们的工作还没有做到位。

“至于群众，我们必须努力推动他们带头参加各种革命行动。我们自己不要去动回民地主，但必须明确告知人民，他们可以自主对地主采取措施，我们也会保护采取这些措施的群众团体。这是革命赋予他们的权利，这是他们的劳动成果，是属于他们自己的劳动成果。我们必须进一步努力提高群众的政治觉悟。要记住，他们迄今尚未具备政治觉悟，只有民族仇恨。我们必须唤起他们的爱国意识。我们必须对哥老会和其他秘密团体进一步开展深入的工作，使他们成为抗日统一战线的盟友，让他们积极参与其中，而非消极参与其中。我们必须巩固与阿訇的良好关系，促使他们在抗日运动中发挥领导作用。我们必须把每一名回族青年组织起来，以加强革命力量的基础。”

彭德怀讲完后，红一军团和红十五军团的两位政委作了长篇发言。两人均回顾了在“统一战线教育工作”方面做出的努力，并建议采取一些改进措施。所有的指挥员都记了很多笔记，后来又进行了长时间辩论，这一环节一直持续到吃晚饭。彭德怀建议两个军团各补充 500 名新战士，大家都支持并一致通过这个建议。

晚饭后，红一军团剧社以过去一个星期的经历为素材，表演了新剧。它以有趣的方式描绘了红军指战员和战士们在执行新政策时所犯的错误。有一个场景反映了指挥员与战士之间的争论；另一个场景反映了两名指挥员之间的争论；第三个场景反映了一位连长将他收到的白军那里送来的信撕掉了。

在第二幕戏中，这些错误大多得到了改正，红军和抗日回民军队共同前进，一路歌唱，并肩与日本人和国民党作战。文娱部门工作起来似乎快得让人觉得不可思议。

在此后的一个月里，中国每名红军战士的注意力都热切地聚焦在一系列机动作战上，如此一来，红军全部主力部队最终在一个广阔区域会师和集中，这在苏维埃历史上还是头一回。在此有必要特别介绍一下这次始于南方的第二次伟大进军行动的领导，介绍一下“中华全国”红军总司令朱德。他整个严冬都在西藏的冰天雪地里坚定地前进，此时终于率领第二和第四方面军进入西北地区。

第 4 节

关于朱德[①]

Concerning Chu Teh

孔子不像莎士比亚那样，他认为名字最为重要。至少“朱德”这个名字充分反映了这一点。朱德这个名字听起来格外响亮，按照发音，它在英文里应该被拼成 Ju Dch。这个名字很恰当，由于语言上某种奇特的巧合，这两个字在汉语中恰好意味着“红色的美德”。然而，他在遥远的四川仪陇诞生的时候，深爱他的父母给他取名时压根无法预见到这个名字后来具有的政治含义，否则他们肯定会在恐惧之下给他改名。

李长林告诉我：

朱德年轻的时候做事大胆，敢于冒险，勇敢无畏。对他产生影响的包括族人的传说，《水浒传》中“逍遥豪迈的农民起义军”的故事，《三国演义》中英雄人物的功绩——这些人物曾在他的故乡四川的山川大地征战。他很自然地被军旅生活吸引。得益于他的家族的政治影响，朱德被新近创办的云南讲武堂录取，成为中国首批接受现代军事教育的学员。从云南讲武堂毕业后，朱德被授予中尉军衔，随后进入中国人所谓的“西洋军队”[②]——称之为“西洋”，是因为这支军队应用的是西方的操练和战术模式，进入战场无需号角手和鼓手跟随，使用的武器是“西洋长矛”(步枪上刺刀)。

在 1912 年推翻清王朝的行动中，云南新军发挥了突出作用。当时朱德担任营长，很快就作为共和国的勇士脱颖而出。[③] 1916 年，袁世凯企图恢复帝

① 该节保留了原文的形式和内涵。这篇概要的主要依据是指挥官李长林（他在江西革命最初期就是朱德的参谋人员）向我提供的生平事略，并辅以来自毛泽东、彭德怀及其他人的简短资料。该节内容中有许多不确切之处，但因为当时无法获得文献资料，所以可被视为红军传奇的一部分，就像“贺龙轶事”一样。

② 朱德于 1911 年 8 月进入云南新军。——译者注

③ 1912 年 6 月，朱德因在辛亥起义和援川战斗中“指挥有方，战功卓著”，晋升为少校营长。——译者注

制。此时朱德已是旅长[①]，率领著名的蔡锷将军的滇军部队，第一个举起起义大旗，击碎了袁世凯称帝的野心。此时，朱德开始作为蔡锷麾下“四猛将”之一而闻名于南方诸省。

随着声望的建立，朱德的政治地位也迅速上升。他先是担任云南府警务厅长，后担任云南省财政厅长[②]。而对委任他职位的官僚系统来说，侵吞公款与其说是官员的特权，不如说是他们对家庭应尽的义务。

尽管朱德迄今仍然是纯粹的现实主义者，但他的性格中肯定具有某种潜在的理想主义和真正的革命热情。因为阅读书籍，再加上受到卷入云南革命洪流的一些归国留学生的影响，朱德逐渐认识到1911年辛亥革命完全没有惠及广大民众，仅仅是换成另一个专制的剥削官僚系统执掌政权。而且，他似乎已经为此感到担忧——就像其他生活在云南府这座拥有4万名男女童工的人们可能担忧的那样。他显然感到羞愧，同时还产生了效仿西方传奇英雄的雄心，希望使中国“走向现代化”。他读的书越多，就越能意识到自己的无知和中国的落后。他想学习，想去游历。

据说朱德在1922年离开云南、前往上海，在那里遇到了许多年轻的国民党革命者，并且加入了国民党。他还在上海接触到左派激进人士，这些人自视优越，将他当作老军阀，这样的人也能成为革命者？

当时朱德已年近40岁，但他的身体非常好，获得新知识的欲望很强烈。他随同一些中国学生前往德国，在汉诺威附近生活了一段时间。他在那里遇到了许多共产党员，这一时期他似乎认真地学习了马克思主义，并开始向往社会革命理论带来的新前景。在这方面的学习过程中，他主要由一些中国学生指导，这些学生年纪很轻，足以当他的儿子——因为他从未学过法语，只会少量的德语，外语水平很低。在德国做过朱德老师的一名留学生告诉我，朱德学习非常认真、耐心、刻苦、有毅力，在全新的思想世界造成的困惑中竭力抗争，努力接受基本真理和基本内涵。他以非凡的理性，与此前传统中国教育留给他的所有偏见和局限性彻底决裂。

通过这种方式，他阅读了一些关于第一次世界大战的历史，熟悉了欧洲政治。有一天，他的一位学友[③]来看他，与他兴奋地谈论一部名叫《国家与革

① 朱德于1916年担任团长，讨袁胜利后晋升为少将旅长。——译者注

② 朱德在云南府警务厅长之后担任的是云南省禁烟局会办。——译者注

③ 周恩来。

命》的著作。朱德请他帮助自己阅读这本书，就此开始对马克思主义和俄国革命产生了兴趣。他阅读了布哈林的《共产主义 ABC》以及关于辩证唯物主义的著作，后来读了更多列宁的著作。当时，大革命在德国风起云涌，促使朱德与其他数百名中国学生参与到世界革命的斗争中。他参加了在德国建立的中国共产党党支部。

在德国认识朱德的一名同志告诉我："朱德经验丰富，严格自律，注重实际。他真诚，谦虚，不摆架子，乐于接受批评意见；对于批评意见从不厌烦。朱德对于共产主义的兴趣最初源自对于穷人的同情心，这种同情心还促使他加入了国民党。他曾一度坚定地相信孙中山，因为孙中山主张耕者有其田，限制私人资本。但等到他开始理解马克思主义的时候，就认识到孙中山纲领的不足之处。"

朱德还在巴黎生活了一段时间，在那里进入了国民党元老、民族革命者吴稚晖为中国学生创办的学校。在法国和德国，他向年轻的法国、德国和中国老师请教，谦虚地听取讲解，冷静地询问和讨论，试图透彻地理解真理。他的年轻导师们再三强调："要想实现现代化，要想理解革命的含义，你就必须去俄国。在那里，你能够看到未来。"于是，朱德再次听从了他们的建议。在莫斯科，他进入东方劳动大学，在中国教师的指导下学习马克思主义。1925 年下半年，他返回上海。从那时起，他在共产党的指导下开展工作。

朱德再度投奔他曾经的上司和云南讲武堂的同学朱培德将军，当时朱培德在国民党的势力仅次于蒋介石。1927 年，朱培德的军队占据了长江以南的数个省份，他任命朱德为江西省省会南昌的公安局长。朱德在南昌还负责指挥军官教育团，并与驻在赣南的国民党第九军取得了联系。在第九军，有他曾经在云南指挥过的一些部队。这样一来，他为八一南昌起义做了准备，而此次起义拉开了共产党部队武装夺取政权的长期斗争的序幕。

1927 年 8 月 1 日对朱德而言是一个伟大的决定性的日子。他接到了总指挥朱培德关于镇压暴动的命令，但他却加入了起义者，宣布与过去的一切断绝关系。在贺龙的部队失利后，朱德率领他的警察部队和军官教育团与起义部队一道南下。南昌的城门在他的身后关上，标志着他与年轻时代的安定与腾达彻底决裂。等待他的将是多年持续不断的战斗。

第九军一部随同朱德一道前进[①]，与起义部队南下前往汕头，曾一度占领该城，后被迫退出，再度撤往江西和湖南。当时朱德的得力干将中有3名黄埔军校毕业生：王尔琢[②]（后来在战斗中遇难）；陈毅[③]；林彪，后来成为红军大学校长。[④] 他们当时并未将自己称作红军，只是更名为国民革命军。在从福建撤离后，朱德的部队因人员离队和伤亡，已减少至900人，火器方面只有500支步枪、1挺机枪，每人几发子弹。

在此形势下，朱德接受建议，与范石生将军联系。范石生也是云南的指挥官，他的大军当时驻在湘南，他虽然不是共产党员，但在部队中接纳共产党员，希望借助他们在政治上对抗蒋介石。[⑤] 作为云南人，他也愿意给同乡提供避难处。在这里，朱德的部队被编为第一四〇团，朱德本人担任第十六军的总政治顾问[⑥]。朱德在此经历了最惊险的死里逃生。

共产党在范石生部队中的影响力迅速扩张，很快就有反布尔什维克派别秘密与蒋介石勾结，企图针对朱德发动政变。一天夜晚，朱德留宿在一家旅馆，仅有40名随从，遭到政变头目胡其朗率部袭击。枪战立刻打响，但在黑夜之中，暗杀者无法看清面目。有几人将手枪对着朱德的脑袋，他激动地大喊道："别向我开枪，我只是伙夫。别杀一个给你们做饭的人！"这些士兵摸了摸肚子，难以下手，于是将朱德带出去进行更仔细的检查。随后，朱德被胡其朗的一个堂兄弟认了出来，后者大叫道："这是朱德！杀了他！"不过，朱德拔出藏着的武器，开枪打死了这个人，打败了他的卫兵，然后迅速离开。只有5名随从和他逃生。

正是因为此次事件，朱德的诨名——"伙头军"在红军部队中广为人知。

朱德与他的团重新会合后，告知范石生他打算离开，据说范石生给了他5万元的经费，继续向朱德表达善意。这是因为范石生与蒋介石之间的问题还没有得到明确解决，像年轻共产党员这样的"自由联盟"不可小视，特别是共产党在范石生的许多官兵中有着相当程度的影响力。不过，在此后几个月

---

① 第九军部队并未参加南昌起义，编入起义部队的实为朱德的军官教育团。——译者注

② 王尔琢于1928年5月井冈山斗争时期，在试图追回叛逃部队时遇害。——译者注

③ 陈毅未在黄埔军校学习，只是于1927年5月担任黄埔军校武汉分校政治部文书。——译者注

④ 李先念当时也与朱德在一起。（李先念当时并未与朱德在一起，他未参加南昌起义，而是于当年11月参加了湖北黄麻起义。——译者注）

⑤ 关于朱德与范石生关系的更准确版本，后来出现在史沫特莱著作的《伟大的道路》和约翰·瑞的著作《站在反对立场的毛泽东》中。

⑥ 朱德当时名义上担任第十六军参议、四十七师副师长兼一四〇团团长。——译者注

里，这笔经费并不够用。此时，这支小部队能够团结在一起，几乎完全依靠对朱德及其几名指挥员的忠诚。党务工作处于极大的混乱状态，没有建立确定的“路线”，也没有明确的军事战略。朱德的部队仍然身着国民党军装，但他们衣衫褴褛；许多人没有鞋子；伙食很差，或者常常没有食物，导致不断有人开小差。不过，关于广州公社的消息使他们受到一些鼓舞，这则消息向他们指出了明确的行动路线。朱德将部队改编为 3 个大队，称之为“农民革命军纵队”，并向湘赣粤边区挺进，在此与进步学生领导的一些武装组织会合，开始执行废除捐税、重新分配土地、没收富人财产的纲领。他们在经过血战之后占领了宜章县，作为根据地。这支年轻的军队依靠南瓜和政治辩论，勉强熬过了冬天。

与此同时，毛泽东的农民起义军已经神不知鬼不觉地穿过湖南，最终抵达湘赣南部边界的革命圣地井冈山。他们得到了绿林领袖王佐和袁文才的帮助，他们两人占领了周围的两座县城，并在山区建立了几乎坚不可摧的根据地。毛泽东的“工农红军”[①] 派了代表——毛泽东的弟弟毛泽覃——与相距不远的朱德取得联系。毛泽覃带来了共产党关于两支部队进行联合的指示，以及开展游击战争、农民革命和建设苏维埃的明确纲领。1928 年 4 月，这两支部队在井冈山会师，共控制 5 座县城，拥有 5 万人马。[②] 其中，只有 4000 人配备了步枪，有大约 1 万人仅配备梭镖、大刀和锄头，其他人员都是没有武器的党务工作者、宣传员或者战士家属，还包括许多儿童。

著名的“朱毛”组合由此拉开序幕，并在此后 6 年里在中国南方创造了历史。朱德作为一位令人敬畏的军事领导人，其人生历程始终与苏维埃发展史融合在一起。

在 1931 年中华苏维埃第一次全国代表大会上，朱德被一致推选为红军总司令。在此后的两年里，红军组建了 4 个军团，拥有约 5 万支步枪和数百挺机枪，大多是从敌军部队缴获得来的。苏维埃控制了江西南部以及湖南和福建一部的广大地区。政治训练得以强化，兵工厂得以建立。在整个苏维埃，正在初步实现具有社会革命性的经济和政治改革。苏区日夜生产红军军装，配发给新组建的游击队，革命士气日趋提升。在两年多的时间里，红军的兵

① 当时毛泽东的部队名称为“工农革命军”。——译者注
② 井冈山会师时，两支部队共有 1 万余人。——译者注

力增加了一倍多。

在南方的这些年里，朱德在军事上统领红军全军，进行了成百上千次小规模战斗以及大量的会战，并且抵御了敌人五次大“围剿”的冲击；其中，在最后一次反“围剿”行动中，他面对的敌人在武器装备上（包括重炮、飞机和机械化部队）预计要比他自己的部队先进八九倍，他的敌人的可用资源更是远远地超过了他。不管怎样去衡量他的成与败，我们都必须承认，朱德在战术方面足智多谋，其部队行动异常灵活，其作战策略千变万化，凭借着这三点，他无疑在游击战场上打造了一支具有令人生畏的战斗力量的中国革命军队。南方红军犯下了重大的战略性错误，政治领导人必须对此负主要责任。

众所周知，朱德很是体恤部属。自他掌控了全军的指挥权以来，他便像普通士兵那样生活和打扮自己，与他们共同吃苦，他在早期常常赤脚出行，靠吃南瓜撑过了一整个冬天，靠吃牦牛肉又撑过了一个冬天。他从不抱怨，也很少得病。他们说，他喜欢在军营闲逛，与战士们坐在一起，讲讲故事、玩玩游戏。他乒乓球打得很好，打起篮球来“打个不停”。部队的任何一名战士都能直接向这位总司令诉苦。向战士们讲话时，朱德往往脱下帽子。在长征中，他把马让给疲劳的同志骑，自己徒步走了许多路，似乎不知疲倦。

坊间流传着一些关于朱德的传说，据说此人有神力：能眼观八方、看清百里之外的事物，能在天上飞，精通道教法术，例如在敌人面前制造沙尘，掀起风暴。迷信者相信他刀枪不入，毕竟数千发枪弹炮弹都没能将他打死，难道不是么？其他人则说他能死而复生，毕竟国民党一再宣称他已“毙命”，还常常煞有介事地描述他断气时的样子，难道不是么？在中国，数以百万计的人都知道朱德的大名，有的将他当作威胁，有的将他视为救星，这取决于每个人所属的阶层。但是，对于所有人而言，“朱德”这个名字已经成了过去十年的历史中无法抹去的一部分。

在军事战略理论方面以及从战术层面上指挥大军撤退方面，中国没有人能与朱德相媲美，前文中也已描述了他在长征中展现出的杰出领导才能。他麾下的部队在西藏那狂风大作的冰雪高原之上，只有牦牛肉可吃，却抵御住了给他们带来困扰的寒冬，靠的就是坚不可摧的凝聚力，而这股凝聚力必须归功于领导者的个人魅力，以及某种罕见的个人特质，这种个人特质会激励下属，让他们拥有坚定信仰和奉献精神，为事业英勇献身。很难想象蒋介石或者中国其他国民党将领能够在这种条件下与部队一道生存下来，更不用说在这种苦难的经历结束时还真的能够东山再起，发动一场大规模进攻，在敌军实施阻截而从容布置了数个月的防线上打开一道缺口。在我策马穿越西北的时候，朱德正在做的便是这么一件事。

第11篇 回到保安

Part Eleven Back to Pao An

第 *1* 节

途中见闻

Casuals of the Road

我从宁夏再度南下进入甘肃。四五天之后，我返回河连湾[①]，又一次见到了蔡畅和她的丈夫李富春，同他们一道享用了一顿法国菜。我还碰见了红一军团聂荣臻政委年轻美丽的妻子。她最近从白区悄悄进入苏区，刚去看过丈夫回来，他们夫妇已经有 5 年没有见面了。

我在河连湾供应处住了 3 天，供应处设在一座大院里，这里原本属于一位回族粮商。从建筑上看，这是些很有趣的房子，外观差不多是中亚式的：平平厚实的屋顶，阿拉伯式窗户深嵌在墙上，墙壁起码有 4 英尺厚。我将马牵到宽敞的马厩里。这时，一位高个子的白胡子老人向我走来，举手行礼。他身着褪色的灰制服，长长的皮革围裙拖到地面，戴着一顶红星帽，脸庞晒得黝黑，没有牙齿，朝我微笑。他是来照管“马鸿逵”——我的马的。

我感到惊讶，这位老大爷怎么溜达到了我们童子军的营房？于是我停下脚步问他，请他讲讲自己的来历：他来自山西，在红军东征时参了军。他姓李，64 岁，说自己是最年长的红军战士。他带着歉意地解释道，他之所以不在前线，“是因为杨师长认为我在这里做管理马的工作更有用，所以我就留在了这里。”

老李在参加红军之前在山西省洪洞县的镇上卖猪肉，他严词斥责“模范省主席”阎锡山和一帮地方官吏，还有他们征收苛捐杂税的行为。“你在洪洞没办法做生意，”他说，“他们连人粪都要抽税。”听说红军来了，老李下定决心，参加红军。他的妻子已经去世，两个女儿都出嫁了；他没有儿子，除了

---

① 位于甘肃环县。

征税过重的猪肉生意外，在洪洞县无牵无挂；再说，洪洞县无非就是“死人”的地盘，他想活出点生气，因此这个冒险家悄悄溜出城，投奔了红军。

“当我要求报名参军时，他们对我说，‘您上了年纪。红军的生活苦得很。’我是怎么说的？我说，‘没错，我这副身子骨已经64岁了，确实如此。但我走起路来跟20岁的小伙子一样，我会打枪，别人能做的我都能做。如果你们需要人，也可以算我一个。’因此他们对我说，那您来吧，我跟着红军走过山西，跟着红军渡过黄河，如今又到了甘肃。”

我笑着问他，红军的生活是不是比卖猪肉强一些。他是否喜欢红军？

“哦！卖猪肉是王八蛋干的事！这儿的工作才值得一干。穷人的队伍是为被压迫者而战斗，对不对？我当然喜欢了。”老人在胸前的口袋里摸索着，掏出一个脏兮兮的布包，仔细地打开，里面是一个破旧的小笔记本。“看看这儿。”他说，“我已经能认识200多个字了，红军每天教我识4个字。我在山西生活了64年，从来没人教过我写自己的名字。你说红军好不好？”他非常自豪地指着自己笔下生涩潦草的字，那些字就像带着泥浆的鸡爪子在干净的草席上留下的印迹，他还结结巴巴地读着刚刚写上去的几个短语。随后，这次交谈的高潮出现了，他找出一截铅笔头，认真地挥舞着笔，把他的名字写给我。

“估计你在考虑再娶个媳妇吧。”我和他开着玩笑。他严肃地摇了摇头，说没有。他还说，一匹马接着一匹马，他没有时间去想女人的问题。说完后，他缓步走开，去照料他的牲口了。

第二天晚上，当我穿过院子后面的果园时，又遇到一个山西人，他比老李小20岁，却和老李一样有趣。我听到有个“小鬼”喊着，“礼拜堂！礼拜堂！”于是，我奇怪地四下张望，去找被他唤作“礼拜堂”[①] 的那个人。一座小丘上，我见一位理发师正在将一个青年的脑袋剃得光光的，就像鸡蛋那样。经过询问，我得知他真名叫贾河忠，以前在山西平阳一家美国教会医院的药房工作。“小鬼”给他取了这个绰号，原因在于他是基督教徒，每天还要祈祷。

贾河忠把裤腿拉起来，让我看他腿上的一处重伤，这个伤口导致他至今仍有些瘸。他又把上衣拉起来，给我看腹部的一处伤口。他解释道，这些都

---

① 字面意思是“周日庙宇”。

是战斗的纪念品，正因为此，他才没有上前线。理发并非他的本职：他是药剂师，也是红军战士。

贾河忠说，那家基督教会医院还有两名护理人员与他一道参加了红军。他们离开医院之前，与医院的一位美国医生商量过他们的计划。这位美国医生的中文名叫李仁。李仁医生“是好人，给穷人看病不要钱，也从不压迫人”。当贾河忠和同伴们向他征求意见时，他说，“去吧。我听说红军是好人，很诚实，不像其他军队，你们能与他们并肩战斗，应该感到高兴。”于是他们就去当了红军，成了“红色罗宾汉”。

“也许李仁医生只是想把你们辞掉。”我暗示道。

理发师愤慨地否认。他说李仁人很好，他和李仁的关系也一直非常好。他让我去告诉这位李仁——假如我有机会见到李仁——他还活着，活得很好、很幸福，等到革命结束就即刻回药房去干他的老本行。我非常不舍地离开了“礼拜堂”。他是位好红军，还是一名好理发师，也是真正的基督徒。

顺便说一句，我在红军中碰到过几位基督教徒和曾经的基督教徒。许多共产党员曾经是虔诚的基督教徒。红军医疗队队长纳尔逊·傅医生原来是江西一家卫理公会医院的医生。尽管他自愿参加红军的工作，热情地支持他们，但仍然固守自己的宗教信仰，故而没有加入共产党。①

唯一利用共产党的宗教新政策的，是一些比利时传教士，他们都是绥远的大地主。他们的一处地产有 2 万亩，另一处地产位于长城沿线上的定边，有大约 5 千亩。红军占领定边后，比利时人的地产有一边与苏区相邻，另一边则在白军控制之下。红军没想没收比利时人的地产，不过订了项“条约”——他们承诺保护教会财产，前提是传教士们允许他们在为天主教教会种田的佃农中间组织抗日团体。这个奇怪的协定还有一条规定，要求这些比利时人为中国苏维埃政府向法国总理布鲁姆发一份电报，向他祝贺人民阵线的胜利。

河连湾一带曾经发生过一连串民团袭击事件。我到此两天前，距离很近的一座村庄遭到了劫掠。一伙民团在黎明前偷偷摸到那里，杀死了独自站岗的哨兵，将一捆捆干柴堆在十几名红军战士睡觉的房子外面，然后放起火来。

① 此处指的是中央苏维埃医院院长傅连璋。傅连璋参加红军前，曾在福建长汀福音医院工作了 18 年，后于 1938 年加入中国共产党。——译者注

红军战士跑了出来，被烟熏得睁不开眼睛，结果被民团枪杀，还被夺走了枪支。后来，这些团丁就加入了另一帮约400人的民团，他们大多数由国民党将领高桂滋提供武装，从北方南下发动袭击，烧毁农场和村庄。红二十八军派了1个营对他们实施围捕，在我离开河连湾那天，年轻的战士们刚刚在成功实施追击后，得胜归来。

战斗在距离河连湾仅有几里路的地方打响，据说白匪正打算袭击河连湾。一些农民发现民团隐藏在山中，红军根据这个情报，将部队分为三路，中路与白匪进行正面交战，左右两翼实施包抄，红军在对敌军完成合围时，战局已经明朗。大约40名团丁被打死，16名红军战士牺牲，双方都有多人受伤。民团全被缴了枪，两名匪首被俘虏。

骑马返回陕西的时候，我们遇到该营押着俘虏回来。各村都组织了盛大的欢迎活动，农民们排列在道路两边，向凯旋的队伍欢呼。农民赤卫队举着红缨枪致敬，少先队员们为他们唱红军歌曲，姑娘们和妇女们为他们送来了糕点、茶水、水果和热水——她们已经倾其所有——这些东西使疲倦的战士们脸上浮现出笑容。他们都非常年轻，年纪比前线正规部队官兵小得多。在我看来，许多缠着染血绷带的人不过十四五岁。我看见马背上驮着位少年，已陷入半昏迷，两边各有一个战友撑着，他的前额缠着白色的绷带，正中心有一块圆形的血渍。

这一队少年携带的步枪差不多和他们一样高。两名匪首走在他们队伍中间，其中一人是满脸胡子的中年农民模样。人们可能会疑惑，他被所有这些年轻得可以做他儿子的士兵押着，会不会感到羞愧。但是他的神色中没有恐惧，倒是有些不同一般。我想他很可能和这些少年们一样都是贫农，也许他在与这些少年作战的时候也有他自己的理由，可惜的是，他将会被处决。但我问胡金魁时，他摇了摇头。

“我们不杀被俘的团丁。我们会对他们进行教育，给他们改过自新的机会，他们中间不少人后来成为很好的红军游击队员。”

红军消灭了这批匪徒，这不失为一桩幸事，扫清了我们返回保安的道路。我们从甘肃边界返回，用了五天的时间，在第五天走了100多里路。虽然路上经历了不少事件，却没有发生什么大事。我回去时除了沿途买了几个香瓜和西瓜之外，没有什么战利品。

第 2 节

保安的生活

Life in Pao An

再次回到保安之后，我又住到外交部去了，从 9 月底开始，一直住到 10 月中旬。我收集的传记材料够多了，可以完成一部《红色中国名人传》，每天上午，我都会再采访一位指挥员或者苏维埃干部。但是我对于离开苏区的问题却越来越惴惴不安：南京方面的军队正大批开进甘肃和陕西，逐步接替在各地与红军相持的东北军部队。蒋介石已做好一切准备，要从西、南两个方向再次发动“围剿”。这后面的故事将由其他人来写了。我希望能够将已经完成的部分交付出版。但除非我能活着出去，否则将无法实现这个愿望。我书中的主人公们需要花时间来确保有安全的通道，让我再度越过战线。我得立刻出去，不然有可能就走不了了：封锁线上的最后一丝缝隙也可能会被填上。

在此期间，保安的生活仍然非常平静，你不会感觉到这些人已经意识到他们将要被“剿灭”了。距离我住处不远，驻扎着一个新兵教导团。他们整天操练前进后撤，玩游戏，唱歌。有时晚上还演戏，整座城镇每天晚上都洋溢着歌声，住在营房、窑洞里各个部队的战士都朝着山下放声高歌。在红军大学，学员们每天有 10 个小时在努力学习。城里面，新的群众教育运动又展开了，就连外交部的“小鬼”每天也要上阅读课、政治课、地理课。

至于我本人，我过着闲散快乐的生活，骑马、游泳、打网球。这里共有两座球场：一座在临近红军大学的草地上，草地上的草被绵羊和山羊啃得很短；另一座是红土球场，在博古居住的小屋隔壁。博古身材瘦高，曾是中国共产党中央委员会总书记，现任中华苏维埃共和国临时中央政府西北办事处主席。在这里，每天清晨太阳刚刚升到山顶，我就与红军大学的 3 位教职工打网球，他们是：德国人李德、蔡树藩政委和伍修权政委。[①] 球场里到处都是石子，追接急球非常危险，但比赛还是进行得十分激烈。蔡树藩和伍修权与李德讲俄语，我与李德讲英语，与蔡树藩和伍修权讲汉语。因此，我们之间还在进行一场三国语言竞赛。

给当地人造成更多“腐化影响”的是我的“赌博俱乐部”。我有一副扑克，在我来到此地之前还从未用过。有一天，我将它拿出来，教蔡树藩政委打拉米牌戏。蔡树藩曾在战斗中失去了一只胳膊，但这对于他打网球和玩扑克牌几乎没有任何影响。他在学会拉米牌戏后，就可以用一只手轻松地战胜我。拉米牌戏曾在这里风行一时。就连妇女们也偷偷跑到这个外交部的“赌博俱乐部”来。我的土炕成为保安精英的集结地。在晚上，如果你在此环视被烛光照亮的脸庞，可以认出周恩来夫人、博古夫人、凯丰夫人、邓发夫人，甚至毛泽东夫人。人们对此议论纷纷。

不过，对苏区道德真正的“威胁”是保安开始进行扑克游戏之后才产生的。我们四个打网球的人起了头，晚上轮番在李德的屋子和我在外交部的那间“罪恶”的屋子里打扑克。我们还将博古、李克农、凯丰、洛甫及其他正派人都拖进了这个“罪恶的泥潭”。“赌注”越下越高。最终，独臂将军蔡树藩一晚上就从博古主席那儿“侵吞”了 12 万元，看来博古只剩下“挪用公款”这条出路了。我们通过裁决的方法解决了这个问题，规定同意博古从“国库”中提取 12 万元支付给蔡树藩，但蔡树藩必须用这笔钱为当时还没组建的苏维埃空军购买“飞机”。反正“赌注”都是火柴棒——而且不幸的是，蔡树藩购买的“飞机”也是火柴棒。

独臂将军蔡树藩才思敏捷，极富感染力，能言善辩，诙谐幽默。他加入共产党已有 10 年了，入党时还是湖南的一名铁路工人。他后来去了莫斯科，在那里学习了两三年，还抽空爱上了一个苏联女人，并同她结了婚。有时候，他会悲伤地看着自己空荡荡的袖子，拿不准他的妻子在看到他没了一只胳膊时会不会跟他离婚。“别为这种小事烦恼。”同样是归国苏联留学生的伍修权教授[②]这样安慰他，“你再次见到她时，如果你那传宗接代的宝贝没有被打掉，那算你走运啦。”不过，蔡树藩还总是要求我返回白区后寄给他一只假臂。

---

① 蔡树藩时任陕甘宁边区第二作战区政委， 伍修权时任红十五军团七十三师参谋长。 ——译者注

② 伍修权是红军大学讲授兵器学和射击学的专家。 ——译者注

我接到不少这种无法实现的要求，要我送东西进来，这只是其中一类。陆定一要我用出售红军照片的收入为他们买一个航空机队，并配备武器和人员。徐海东想要两颗假牙，补上他牙龈的缺口，因为他正在恋爱。每个人的牙齿都有些问题，他们许多年未看过牙医。年长的领导人大多受到某种疾病的折磨，特别是溃疡和其他肠胃方面的毛病，这是多年饮食不规律造成的结果。但我从未听到有人抱怨。

我本人吃这些食物倒是吃得很好，体重还增加了。每天看到总是那几样饭菜，虽然感到腻味，但并不妨碍我大快朵颐，饭量大得连我自己都为之汗颜。他们给予我一些特殊照顾，用全麦面粉做馒头蒸给我吃，口味还不差，有时我还能吃到猪肉串或者羊肉串。除此之外，我主要吃小米——煮的、炒的、烤的，颠过来倒过去地轮着吃。白菜多得很，还有辣椒、葱头和豆子。我很想享用咖啡、黄油、白糖、牛奶、鸡蛋，还有其他一些美食，可我只能接着吃小米。

有一天，图书馆来了一批《字林西报》的副本，我在上面看到有巧克力海绵蛋糕的做法，似乎非常简单。我知道博古的屋里还藏着一听可可粉。我想找一点可可粉，然后用猪油取代黄油，就可以做成那种蛋糕。于是，我请李克农为我写一份正式申请，交给那位中华苏维埃共和国临时中央政府西北办事处主席，请他给我 2 盎司可可粉。耽搁和犹豫了几天，其间有人怀疑、诋毁我做蛋糕的技能，还要同繁文缛节和官僚主义斗争，我们终于“迫使”博古给了我 2 盎司可可粉，还从粮食合作社弄来了其他原料。我还没来得及将作料调和在一起，我的卫兵跑进来看，这个可怜的家伙将我的可可粉打翻在地。后来又经过更多的“公务程序”，我最终重新搞到了需要的材料，开始进行伟大的试验。这番努力的结果自不待言。任何一位聪明的主妇都能预见发生的情况。我临时制作的烘箱没法正常工作，蛋糕发不起来，将它从火上挪开时，底层已经结了 2 英寸的焦炭，顶上却还是生的。不过，外交部那些好奇的观众还是有滋有味地把它吃了：里面好东西实在太多了，可不能浪费了。我丢尽了脸，从此以后老老实实地吃小米。

李德为了补偿我，邀请我同他一起吃了顿“西餐”。他有时会有本事搞到大米和鸡蛋，而且他是德国人，会自己做德国香肠吃。他家的大门就在保安大街附近，你在他家门外能看到成串地挂着的香肠在风干。他正在准备储存过冬的食物。他还给自己砌了壁炉，教他的中国妻子——从江西同他一道来到此地的一个姑娘——如何进行烘烤。他给我看，那些原料足够做一顿说得过去的饭菜。只是粮食合作社（我们的伙食一般都是合作社负责的）不知道应该怎么做。红军指挥员罗炳辉的夫人（参加长征的唯一一位缠足妇女）是合作社的大厨，我猜想李德的妻子同她关系不错，他的鸡蛋和白糖应该是从她那搞到的。

不过，李德当然不仅仅是个高明的厨师、打扑克的好手。这位中国苏区的神秘人物究竟是怎样的人？国民党的罗卓英读过在江西发现的一批李德著作，说他是共产党的“智囊”，这是不是夸大了他的重要地位？他和苏联有什么关系？苏联对于红色中国到底有怎样的影响？

第 3 节

苏联的影响[①]

The Russian Influence

这部书的主要目的并不是为了考察中国共产党同俄国共产党、共产国际或者整个苏联之间的关联。要完成这种任务，现有的背景材料还不够。不过，如果不谈及这些有机联系及其对于中国革命史更为深远的影响，本书就会让人感觉缺了些什么。

在过去十来年或者更长的时间里，在中国人如何看待本国社会、政治、经济和文化问题方面，苏联的影响非常确定、非常明显——特别是在受过良好教育的青年人中间，这是占主导地位的外来影响。这在苏区是一种公开的、引人自豪的事情，在国民党地区差不多也是如此，虽然没得到公开认可。在中国每一个地方，从那些抱有炽热的政治信仰的青年身上，都可以看到马克思主义意识形态的鲜明影响，它不仅作为一种哲学，还是宗教信仰的替代品。在这一类中国青年当中，列宁几乎是崇拜对象，斯大林是最受他们欢迎的外国领导人，社会主义自然被视为未来中国的社会形态，俄罗斯文学的追随者最多——例如，马克西姆·高尔基的作品要比除鲁迅之外的所有中国作家的作品更畅销，而鲁迅本身就是伟大的社会革命家，尽管不是共产党员。

这一切都非同一般，尤其是有一个原因。美国、英国、法国、德国、日本、意大利及其他资本主义或帝国主义国家曾经将数以千计的政治、文化、经济和宗教工作者派到中国，将他们自己国家的理念向中国民众积极传播。但许多年来，俄罗斯并未在中国创办学校、教堂，甚至没有可以合法宣传马列主义理论的辩论社团。除在苏区之外，很大程度上，他们产生的是间接的

① 参见第十篇第四节和第五节。

影响。除此之外，国民党还在全国强烈地抵制这种影响。但是，只要是在这十年期间来过中国、并且了解他们所生活的社会，就基本不会怀疑，马克思主义、俄国革命和苏联新社会对中国人民产生的影响比所有基督教传教士的影响要深刻得多。

我们得记住，中国共产党拥护共产国际、与苏联团结一致，这些都是基于自愿，任何时候中国人自己都可以改弦更张。对于他们而言，苏联的作用在于它是一个令人信服的、活生生的榜样，能够为他们带来希望和信仰。中国共产党人坚定地相信，中国革命并不是孤立的运动，在苏联乃至全世界，上亿名工人都在热切地关注着他们，并在时机到来时效仿他们，正如他们自己效仿苏联同志一样。在马克思和恩格斯的时代，“工人没有国界”的观点或许是正确的。但是中国共产党人坚信，除了他们自己治理的小片根据地以外，还有苏联这样强大的力量源泉。

中华苏维埃第一次全国代表大会通过的宪法明确提出：“中华苏维埃政府宣布准备与世界无产阶级和所有被压迫民族结成革命的统一战线，宣布实行无产阶级专政的苏联是忠实的盟友。”上文引用的这句话，对于大部分时期在地理、经济和政治上实际陷于完全隔绝状态的中国苏维埃，到底具有多么重大的意义，那些从不认识中国共产党人的西方人是很难能够理解的。

有强大盟友的思想在背后支持——尽管苏联在提供积极支持方面的表现越来越难以得到证实——但这个信念对于中国共产党的斗志极为重要，使他们的斗争具有一种世界性信仰的普遍意义，他们相当珍惜这一点。当他们高呼“世界革命万岁!”和“全世界无产者，联合起来!”的口号时，这是一种贯穿于他们所有教育和信仰的理念，他们由此重申他们忠于社会主义“世界大同”的理想。

在我看来，这种思想似乎已经表明它们能够改变中国人的行为。共产党对我的态度中，我从未感觉到“排外主义”。他们自然反对帝国主义，但民族偏见似乎已经升华至超越国界的阶级斗争。即使是他们的抗日宣传也并非站在种族立场上反对日本人。共产党在宣传中反复强调，他们反对的只是日本军阀、资本家和别的“法西斯压迫者”，日本人民则是他们潜在的同盟。他们的确从这个信念中获得了很大鼓舞。从源自种族主义的民族偏见上升到阶级斗争，这种变化无疑可归因于许多中国共产党领导人在苏联接受的教育，他们上过中山大学或者红军学院，或者培养国际共产主义运动组织者的其他一些学校，回国之后就做了本国人民的老师。

中国共产党人国际主义精神的例证之一是，他们怀着浓厚的兴趣密切关注西班牙内战。他们在报纸上刊行这一事件的专号，并且张贴在村苏维埃的会议室中，还向前线的部队通报。政治部举办了专题报告会，讲解西班牙战争的原因和意义，并将西班牙的“人民阵线”与中国的“统一战线”进行对比。他们还召开群众大会，组织公开宣讲，鼓励开展公开讨论。有时你会非常惊奇地发现，即使在偏远的山区，红色农民也知道诸如意大利征服阿比西尼亚[1]和德意“侵略”西班牙的一些大致情况，还将这两个国家称作是他们的敌人——日本的“法西斯同盟”！尽管地理上被隔绝，但这些庄稼汉通过广播新闻、墙报以及共产党的讲解和宣传，对世界政局的了解程度，比中国任何别的地区的农村民众都高得多。

共产党的思想和组织有着严明的纪律，在中国马克思主义者中间似乎已经形成了一种集体主义，以及对个人主义的压制。一般的“中国通”，或是通商口岸的商人，或是自诩“掌握中国人心理”的外国传教士对此无法相信，除非是他们亲眼所见。在中国共产党的政治生活中，个人只是整个社会和民众中的一分子，必得服从后者的意愿，无论是领导，或者是物质生产者，都必须自觉地或者无意识地服从社会全体或集体的意志。共产党人之间有过争论和内部争斗，但都没有严重到足以给党或军队造成致命损害的地步。

无论何时，如果南京方面能够将共产党的军事和政治力量分裂成为相互对立、长期交战的派别，就像它对付别的反对派那样（蒋介石对付国民党内争权者的做法），那么消灭共产党的行动最后就可能会得逞。然而，南京方面的企图失败了。比如几年前，南京方面曾经寄希望于利用斯大林与托洛茨基在国际上的争论来分裂中国共产党，但即便是所谓的中国“托洛茨基派”确实出现了，他们也从未在群众中间造成重大影响，也没有吸引多少追随者。

共产党摒弃了许多中国的传统礼法的繁文缛节，他们的心理和性格与我们对中国人的固有看法存在很大差别。他们直率、坦诚、纯朴、不绕弯子、有科学思维。他们坚决地反对中国传统家族观念。[2]

他们热烈憧憬着苏联，自然会有不少对于外国思想、制度、方法和组织

① 埃塞俄比亚。——译者注

② 我这里指的并不是全体农民群众，而是共产主义先锋队。但即使是在苏维埃化的农民中间，这种态度还是与诸如亚瑟·亨·史密斯的著作《中国人的性格》（纽约，1894年）等描述的情况形成了鲜明对比。

的复制和模仿。中国红军是按照苏联的军事组织建立起来的，许多行动战术知识源自于苏联的经验。社会组织总体上也是沿用苏联布尔什维克主义的模式。许多红色歌曲引用了苏联的音乐，在苏区广为传唱。有许多词语从俄语直接音译成汉语，“苏维埃”只是例证之一。

不过，他们在借鉴过程中也作了不少改动，苏联的思想或者制度很少有不经过大幅度改动以适应运用环境而保留下来的。十年的实证过程消除了不加区分全盘照搬的做法，结果产生了独具中国特色的苏维埃制度。当然，在中国的资本主义世界，借鉴西方经验并做出适当改动的进程也一直在推进——因为古代的封建遗产已经很少能够被中国人用于建设现代资本主义或者社会主义社会，以满足建设现代化国家的广泛新需求了，即使是被斯宾格拉称为“伟大历史的碎屑”的封建时代诗歌，也无法做到这一点。共产党组织青年的方法在很大程度上汲取了苏联的经验，而蒋介石不仅用意大利轰炸机来剿灭共产党，还效仿基督教青年会来组织反共的“新生活运动”。

最后，中国共产党的政治思想、方针路线、理论领导理所当然得到了共产国际的指导，即使不是明确详细的命令。毫无疑问，中国共产党由于共产国际的领导，从中受益匪浅，分享了俄国革命的集体经验。但中国共产党人在痛苦的成长过程中遭受的严重挫折，同样也可以归咎于共产国际。这也是事实。

第 4 节

中国共产主义运动与共产国际[①]

Chinese Communism and the Comintern

1923 年至 1937 年中苏关系史大体可分为三个时期。第一个时期是 1923 年至 1927 年，是苏联与国民革命者之间的三方同盟时期。后者由国共合作的旗帜下联合起来的“同床异梦者”组成，旨在通过革命来推翻当时的中国政府，恢复中国的全部主权。这项事业以右翼国民党胜利、成立南京国民政府，与殖民列强达成妥协、中苏关系破裂而告终。

1927 年至 1933 年是苏联与南京政府相隔离的时期。在此期间，南京方面力求完全摆脱苏联的影响。直到 1933 年下半年莫斯科恢复与南京方面的外交关系，这一时期才终告结束。

第三个时期始于南京与莫斯科半心半意地恢复友好关系，南京方面与中国共产党之间持续的激烈内战使这一过程遇到相当程度的阻碍。在 1937 年年初，这个时期即将戏剧般地结束。此时，共产党与国民党达成了部分和解，为中苏合作提供了新的可能。

中苏关系上述三个时期也准确地反映了共产国际性质的变化及其各个转变阶段。我们在此无法详述导致苏联和共产国际发生这些变化的复杂原因，包括国内原因和国际原因。不过，我们完全可以探究这些变化大体上如何对中国革命造成影响，又如何受到中国革命的影响。

中国革命在 1927 年发生的危机，正好与苏联和共产国际内部发生的危机相呼应，后者表现为托洛茨基主义和斯大林主义为争夺苏联理论控制权和实际控制权而进行的斗争。假使斯大林早在 1924 年之前就提出“在一国建设社

① 本节保留了原著的形式，但其中的不足之处反映了 30 年前可获得的信息的匮乏，阅读时应参照其他注释。

会主义”的口号，假使这个问题在此之前就已经得到了彻底解决，假使他在此之前能够主导共产国际，那么共产国际对中国的“干涉”很有可能根本不会发生。但无论如何，这种假设如今已经毫无意义。在斯大林开展斗争的时候，就已经设定了对中国的路线。1926 年以前，为中国国民革命积极提供军事、政治、财政和文化方面的协作，主要是根据季诺维也夫的指令，他当时是共产国际执行委员会主席。1926 年年初，斯大林开始主导共产国际以及苏联共产党的事务和政策，并不断加强对这两个组织的控制，这一点毫无争议。

因此，共产国际在 1926 年以及 1927 年春季发生大灾期间向中国共产党提供方针路线和“指示”，是在斯大林的领导下进行的。在这局势动荡的几个月里，当灾难聚集在中国共产党人头上的时候，托洛茨基、季诺维也夫和加米涅夫主导的反对派对斯大林的路线发起了持续攻击。季诺维也夫在担任共产国际执行委员会主席的时候，对于共产党与国民党合作的路线予以充分支持，但此时他却猛烈抨击斯大林执行的同样的路线。尤其是在蒋介石第一次“叛变”——1926 年在广州的政变企图流产后，季诺维也夫预言反革命行动已是不可避免，民族资产阶级会向帝国主义妥协，“出卖民众”。

在蒋介石第二次政变得逞一年多以前，季诺维也夫就已经提出，共产党人需脱离国民党“这个民族资产阶级政党”，他当时已经意识到国民党已不能完成革命的两项主要任务——反帝，即推翻外国在中国的统治；反封建，即摧毁土豪劣绅在中国农村地区的统治。就在此时，托洛茨基也开始催促建立苏维埃和独立的中国红军。总体而言，反对派预测他们在这一时期所期望的“资产阶级民主”革命将会失败——如果继续执行斯大林路线的话。

大失败之后，托洛茨基将共产国际的方针路线视为招致失败的主要原因。斯大林在为自己辩护时，则讥笑这一论点是非马克思主义的立场。他宣称：“加米涅夫同志说，共产国际的政策对于中国革命的失败负有责任，还说我们孕育了‘中国的卡芬雅克’……怎么能断言一个政党的策略能够完全破坏或者完全改变阶级力量的对比关系呢？这些人忘记了革命时期的阶级力量对比，想用一个政党的政策来解释一切，我们对此能怎么说？对这样的人，只能这么说——他们已经抛弃了马克思主义。”

托洛茨基无需外界帮助，就可以对斯大林的自我辩解做出适当的回击。不过，他的智慧并未能阻止此前匈牙利和巴伐利亚的共产党政权遭遇灭顶之灾，未能避免共产国际在整个东方的普遍失败，此时也未能拯救中国共产党免遭灾难的打击——这场灾难险些摧毁了中国共产党。只有斯大林赢得了胜利，他将托洛茨基赶出了圣殿。结果是，斯大林主导了此后共产国际在中国的活动——有一段时期，这种活动其实几乎等于零。苏联在中国的机构被封掉了，苏联共产党人或是被杀害，或是被逐出中国。来自苏联的财政、军事和政治援助越来越少。中国共产党陷入极大的混乱，其领导层一度失去了与共产国际的联系。苏维埃运动和（毛泽东的）中国红军开始在中国共产党人自己的领导下独立发展，这些发展实际上并未得到过苏联的认同，直到第六次全国代表大会之后，共产国际才给予迟到的认可。[①]

1927年之后，苏联已不可能与中国苏区进行任何直接的有效联系，因为中国苏区没有海港，完全处于敌军包围圈内。过去在中国有许多共产国际工作人员，此时只剩下两三人，并且常常近乎与世隔绝，极少能冒险停留几个月以上。苏联过去曾经向蒋介石的国民党提供了大量的资金和武器装备，此时提供给共产党的只能算是“杯水车薪”。过去，苏联全国上下都支持1925年至1927年的大革命，此时援助中国共产主义运动的共产国际已不再能支配“世界革命根据地”的大量资源，只能像可怜的养子那样踉踉跄跄，稍有闪失就可能被正式剥夺继承权。

苏俄和共产国际在这十年期间向中国共产党提供的实际财政援助似乎少得惊人。牛兰夫妇1932年在上海被捕，后来在南京作为共产国际在远东地区的主要负责人被宣判有罪。当时警方的证据表明，共产国际在整个东方（不仅仅是中国）的总经费最多不过每月15000美元。这与大量涌入中国、用于支持亲日宣传和纳粹法西斯宣传的巨额资金相比，可谓微不足道。这与美国于1933年向南京方面提供的5千万美元小麦贷款相比，同样是相当之少——据外国军事观察者报告，这笔贷款对于蒋介石进行反共内战具有关键性的作用。

美国、英国、德国、意大利向南京方面出售了为数众多的飞机、坦克、枪炮和弹药，但他们没有向共产党出售任何东西。美国军队派了许多军官训练中国空军，炸掉的却是红色中国的城镇。意大利和德国军事教官亲自指挥

① 一般意义上讲，这一评述如实地回顾了过去，但也反映出当时对于中苏两党之间的复杂关系了解有限。事实上，中共中央政治局与莫斯科之间的直接联系常常中断数月，但仍然致力于并且一直注意与共产国际的总路线和指示保持一致。直至1935年1月遵义会议后，毛泽东在党内的领导地位才超出那些在苏联接受培训和以苏联为导向的中国共产党人。

的几次轰炸行动最具破坏性——正如他们在西班牙所做的一样，只不过他们在西班牙的轰炸行动规模更大。为了帮助蒋介石，德国先后派来了冯·西克特和冯·法肯豪森，并派遣大批普鲁士军官改良南京方面的“围剿”方法。蒋介石在近十年里获得的外国援助比任何国家给予共产党的援助要多得多，蒋介石由此得以支撑下来。

也许中国共产党在作战时获得的外国物资援助，与中国近代史上任何一支军队获得的援助相比都要少。

第 5 节

那个外国智囊

That Foreign Brain Trust

在中国红军创建后的5年里，军中没有一名外国顾问。直到1933年，李德作为共产国际的德国代表来到江西苏区，在政治、军事上都占据重要职位。尽管这种“外国影响”具有开创性的意义，但西北地区几位负责的共产党员显然认为，李德的建议在很大程度上对于江西苏区的两次重大失误是负有责任的。第一次失误，正如毛泽东指出，是国民党第十九路军在1933年秋起义反对南京方面时，红军未能与他们联合。

1932年，由陈铭枢、蔡廷锴和蒋光鼐指挥的第十九路军在保卫上海抵抗日本进攻的行动中，表现出强烈的国民革命属性，给人们留下了深刻印象。[①] 在中日达成《淞沪停战协定》后，第十九路军被调到福建，逐渐成为政治反对南京方面“不抵抗”政策的主要力量。在南京方面与日本谈判签订丧权辱国的《塘沽协定》后，第十九路军领导人在福建省建立了独立政府，并开始进行致力于建立民主共和国和摧毁蒋介石政权的运动。

第十九路军是少数几支从未被红军打败过的国民党军队，对于其战斗力，红军予以高度重视。部队官兵大多为广东人，着实反映了组织松散的左翼反抗运动的政治特征。该部队是国民党外围，以中国社会民主党为首的几个政治派别的主要军事支持力量。

1932年下半年被调到福建参与镇压共产党行动后，第十九路军领导人反而迅速建立了自己的反蒋根据地。他们与红军达成了互不侵犯协定，并提议按照与后来在西北地区形成的东北军—西北军—共产党军队“三位一体”联

① 陈铭枢时任京沪卫戍总司令官兼代淞沪警备司令，蔡廷锴时任十九路军副总指挥，蒋光鼐时任十九路军总指挥。——译者注

盟大体相同的路线建立反蒋反日联盟。然而，红军并没有选择与十九路军合作，而是将主力部队从福建边界撤至江西西部地区。这使得蒋介石可以腾出手脚，几乎毫无障碍地调动部队从浙江南下进入邻近的福建。在十九路军做好军事和政治准备之前，蒋介石就发动了打击行动，迅速镇压了起义部队。红军由此失去了最强有力的潜在盟友。毫无疑问，十九路军的覆灭极大地方便了国民党实施摧垮南方苏维埃的行动，蒋介石立即于 1934 年上半年重拾信心开始这项行动。

红军的第二个重大失误是在应对蒋介石新一轮攻势——第五次“围剿”的战略战术制定方面。在前几次反“围剿”行动中，红军依靠的是在运动战方面的优势，以及迅速集结兵力实施突袭的战术，从而从蒋介石那里夺得主动权。红军在作战中，阵地战和正规战一贯只起次要作用。但在第五次反“围剿”行动中，根据红军指挥员在同我交谈时所述，李德坚持采用阵地战的策略，将游击队和游击战术降到从属地位。尽管共产党军事委员会“一致”反对，他还是强行使他的计划得到了通过（据他们告诉我）。

不过，无论李德做出了怎样错误的判断，他在作战方法和中国地形方面的丰富经验，无疑使他成为西方国家里最有资格的中国军事权威之一。他经受住了长征的艰难险阻，这种个人勇气令人称赞，也仍然是全世界的“理想主义革命者”努力追求的目标。对于李德这样一位身材特别高大的外国人而言，在长征中还面临着一些特殊的困难。他有胃病，迫切需要牙医，但他的首要问题是一直要有可容纳他那双 11 码[①]大脚的鞋穿。在中国几乎没有那么大的鞋。三年来，他几乎没有与欧洲人联系过，大部分时间没有书看。当我在保安时，他很高兴能够得到厚厚的一本《中国年鉴》。这本书他从头至尾认真领会，包括书中不计其数的统计表格——这也是他为数不多的可以自诩与年鉴编纂者、大英帝国司令伍德海德相媲美的壮举之一。这位金发碧眼的雅利安人在首次单独与东方国度的同志们在一起的时候，他一点都不会说汉语，至今在进行重要谈话的时候仍然需要翻译，或者用德语、俄语或法语。

人们几乎无法相信，有哪个天才能够指挥红军在第五次“围剿”中面对巨大的劣势，仍然赢得胜利。外国援助的情况并非有利于红军，而是在很大程度上有利于国民党，这也是江西苏维埃共和国最后一场战斗的重要特征。

① 美国的 11 码约合中国的 45 码。——译者注

很明显，中国红军并非“由苏联布尔什维克指挥”，并非“莫斯科卢布的雇佣军”，也并非“斯大林的傀儡部队”。反共战争期间的中国和外国报纸常常报道称，在国民党向红军发动进攻后，战场上可以看到多少“苏联军官的尸体”。事实上，战场上没有出现过任何外国人的尸体，但这种宣传如此有效，以至于中国有许多非共产党人士反而将红军看作某种外国侵略者。

江西的情况就谈这么多。在接下来两年的长征中，红军几乎与中国沿海城市中的党员完全失去了联系，共产国际也仅仅是偶尔与红军进行直接通讯联系。中国共产党驻莫斯科首席代表王明（陈绍禹）当时肯定感觉到，即使是关于红军主力部队的位置，也很难得到准确的信息向共产国际报告。他发表在《国际新闻通讯》[①] 的一些文章似乎也反映了这个情况。有一天送到几期《国际新闻通讯》，我当时刚好在保安，看到中国共产党中央委员会那位曾经留学美国的洛甫书记急切而贪婪地读着这些通讯。他顺口说道，他已经有将近二年没有看到《国际新闻通讯》了。

直到 1936 年 9 月，当时我还和红军在一起，整整一年前举行的共产国际第七次代表大会的详细报道终于传到了中国的红色首都。就是这些报道，首次给中国共产党人带来了关于国际反法西斯统一战线策略的详细论述，并将在未来几个月影响到他们的政策。而在未来几个月里，起义行动将扩展到整个西北地区，撼动整个东方。共产国际和斯大林将再一次将自己的意志推广到中国的事务中，进而对中国革命的进程产生了深远的影响。

我将在北平再次从侧面来观察这一事件。

① 《国际新闻通讯》是第三国际或者共产国际的出版物，在莫斯科出版。

第 6 节

告别红色中国

Farewell to Red China

我离开保安之前出了两件有趣的事情。10 月 9 日甘肃发来无线电报，通知我们红四方面军先头部队与陈赓率领的红一军团第一师在会宁胜利会师。[①]此时，红军所有正规部队都集结在西北，还建立起了良好的通讯联系。冬季军服的订单大量涌入保安和吴起镇的被服厂。三支大军共有八九万名经验丰富、装备精良的战士。保安和整个苏区都举办了庆祝活动。甘肃南部作战那段时间提心吊胆的日子已经过去了。现在每个人都对未来信心大振。中国最精干的红军部队全都集中在一大片新的地域，附近还有对他们持同情立场的十万名东北军，红军也将他们视为盟友。此时共产党相信，南京方面会带着更浓厚的兴趣来听取他们关于统一战线的建议。

第二件重要的事情是我在即将离开时与毛泽东进行了一次交谈，他首次明确提出共产党愿意与国民党达成和约、一致抗日的具体条件。这些条件有的共产党已在 8 月份发表的宣言中公开宣布。我在与毛泽东交谈时，请他解释了提出新政策的原因。[②]

他开始谈道："首先是日本侵略的严峻形势：日本的侵略行动日益严峻，威胁的严重性已达到中国所有力量都必须团结起来的地步。除了共产党之外，中国还有别的政党和力量，其中国民党最强大。如果不和国民党合作，我们当前的力量还不足以在战争中抗击日本。南京方面必须加入进来。国民党和

① 事实证明，共产党向我提供的捷报比预期时间更早。各个阶层"令人欢欣的重新联合"无疑是真实的，并在如何看待共产党领导层中张国焘和毛泽东阵营分歧的问题上揭开了新篇章。

② 毛泽东在此前（1936 年 7 月 16 日）接受我的采访时，曾提出与"所有反日力量"建立"统一战线"，但没有明确提出与国民党政府进行联合。这一变化的"直接"原因有可能是中共中央根据新近收到的对于共产国际第七次代表大会会议记录的解读做出的决定。

共产党是中国两支政治主力，如果他们现在还继续进行内战，那对于抗日运动是不利的。

“第二，自 1935 年 8 月以来，共产党一直通过发表宣言，呼吁中国所有党派联合起来，一致抗日。这个纲领已经得到了全国人民的响应和支持，尽管国民党仍在向我们发动进攻。

“第三，即使是国民党中也有许多爱国人士如今赞成同共产党重新联合，甚至连南京政府的抗日人士和南京方面的军队，如今也准备为了国家民族存亡而联合起来。

“这就是中国当前形势的主要特征，所以我们必须重新详细考虑具体方案，为实现民族解放运动而达成合作。我们所主张的团结，基本原则就是民族解放的抗日原则。为了实现这个原则，我们坚信必须建立一个国防民主政府，必须以抵抗外国侵略者为主要任务，赋予人民大众民主权利，推动国民经济发展。

因此，我们支持建立议会形式的代议制政府，支持建立抗日救国政府，保护和支持所有人民爱国团体的政府。如果这样的共和国建立起来，中华苏维埃将成为它的一部分。我们的地区将采取同样的措施以建立民主的代议制政府。”

我问道：“这是不是意味着苏区也会实施这个（民主）政府的法律？”

对此毛泽东给出了肯定的答复。他指出，这个政府应该恢复孙中山的遗嘱，以及他在大革命时期提出的三个“基本原则”，即联合苏联和世界上以平等待我之民族；联合中国共产党；保护中国劳动阶级的基本利益。

他接着说道：“如果国民党开展了这种运动，我们就准备与之合作，还要支持它，组成像 1925 年至 1927 年那样的反帝统一战线。我们相信，这是救国的唯一出路。”

“提出新建议是不是出于什么直接的原因？”我问道，“这些建议肯定会被看作你们党十年历史中最重要的决定。”

毛泽东解释道：“直接原因是日本又提出了苛刻的要求①。如果我们屈从，必然会极大地阻碍未来的抵抗行动。同时，民众正在发起伟大的人民爱国运动，来回应日本侵略威胁的加剧。这些条件也反过来促使南京方面一些人士

① 日本外相广田弘毅向南京政府提出的“三点要求”。

的态度发生转变。现在，在这种形势下，或许有希望实行我们提议采取的政策。假如一年前或者更早的时候以这种形式提出来，无论是全国民众还是国民党都还没有做好这方面的准备。

"现在正在谈判。共产党对说服南京方面抗日并没抱太大的希望，不过还是有这种可能性。只要有可能，共产党就愿意采取一切必要措施开展合作。如果蒋介石要把内战打下去，红军也会陪着他打。"

事实上，毛泽东正式宣布共产党、苏维埃政府和红军同意停止内战，不再通过武力颠覆南京政府，服从代议制中央政府的最高统领，条件是建立除国民党之外其他政党也可以开展合作的政治体制。毛泽东此时还表示——虽然不是正式谈话的内容——在没有从根本上影响红军和共产党独立地位的前提下，共产党愿意在名称方面做出某种改变，以促进"合作"。因此，倘若有必要，红军愿意更名为国民革命军，取消"苏维埃"的名称，在抗日备战期间修订土地政策。在此后局势动荡紧张的几个星期里，毛泽东的这番讲话将对时局产生重要影响。①

1936 年 10 月中旬，我在与红军相处了近 4 个月后，返回白色世界的安排已经就绪。这可不是件容易的事情。张学良的东北友军几乎已撤出各条战线，由南京方面或者其他抱有敌意的部队换防。出口只有一个，即在洛川附近，东北军一个师与红军相连接的一条战线，我可以从这条战线穿越。洛川这座城市位于西安以北，汽车行驶一天即可到达。

我最后一次沿着保安大街行走，越是接近城门，越是感到依依不舍。人们把脑袋伸出办公室，向我喊出最后的道别。我的扑克俱乐部成员全都来为我这位"高手"送行，有些"小鬼"一直陪着我走到保安城墙。我停下脚步，给老徐和老谢拍了照片，他们相互搭着肩膀。只有毛泽东没来，他还在睡觉。

"别忘了我的假肢！"蔡树藩叫喊道。

"别忘了我的胶卷！"陆定一催促道。②

"我们还等着航空队呢！"杨尚昆笑着说。

---

① 此次访谈的全文刊载于 1936 年 11 月 14 日和 21 日的《密勒氏评论报》（上海）。

② 我离开苏区时，如约将照相机和一些胶卷送回给陆定一——通过信使王林——作为交换条件，陆定一将不时向我提供一些具有新闻价值的照片。他向我送达的唯一一张照片，是他引以为豪的杰作——关于一些苹果花的放大版照片。

"给我送个老婆!"李克农要求道。

"把那4盎司的可可粉还给我。"博古"斥责"道。

当我路过红军大学时，大学的全体人员都在露天地里，正坐在大树下听洛甫讲课。这时他们都走过来同我们握手，我嘟囔了几句。然后，我转过身去，涉过小溪，与他们挥手告别，迅速骑上马，跟着我的小型旅行队走了。我想，也许我是最后一个看到他们个个都还活着的外国人了。我非常难过，觉得自己不是要回家，而是要离家。

五天之后，我们到达南部边界，在此等了三天，住在一座小村庄，吃的是黑豆和野猪肉。这是一片美丽的森林地带，到处都是野味。我一连几天都在山里，与农民和红军战士一起打野猪和鹿。灌木丛中到处是大个的野鸡。有一次，我们甚至看到射程之外有两只老虎，从秋天紫金色山谷中的空旷地带疾驰而过。前线一片平静，红军在这里只驻扎了一个营。

10月20日，我平安通过无人地带，绕到东北军防线的背后。第二天，我骑着借来的马进入洛川，有一辆卡车在那里等着我。一天后，我到达西安府。到鼓楼时，我从司机身旁跳下车，请一名红军战士（他身穿东北军制服）将我的包扔给我。他找了很长时间没有找到，接下来又找了更长的时间，这时候，我越来越担心。最后，毫无疑问，我的包不在那儿。那个包里有十几本日记和笔记，还有三十卷胶卷——那是第一次拍摄的有关中国红军的照片和影像——还有几磅重的共产党杂志、报纸和文件。这个包必须得找到。

我们在鼓楼下面手忙脚乱，交警在不远处好奇地盯着我们。于是我们小声商量，最后终于弄明白了。那辆卡车用麻袋满载着东北军送去修理的破烂枪械，他们为了防止我的包被搜查，将包也塞进其中一个麻袋里。在我们身后20英里、位于渭河对岸的咸阳，我的包已经和其他货物一道卸载在那里了。司机懊恼地瞪着卡车。"他妈的。"他这样安慰了我一句。

此时已是黄昏，司机提出他明天早晨再回去找。要到明天早晨！我下意识地感觉到明天早晨太晚了。我坚持将他说服，卡车掉头回去。我在西安府一位朋友的家中彻夜未眠，一直在想自己能否再见到那个"无价之包"。要是包在咸阳被人发现了，不仅我会丢掉所有的东西，就连那辆"东北军"卡车和全体乘客也都麻烦大了。咸阳驻有国民党宪兵。

好在那只包找到了！不过，我急于找包的直觉极为正确，因为第二天早晨，所有街道交通戒严，通往城里的所有道路都布满着宪兵和军队。沿路的农民都被从家中赶走。一些不美观的小屋干脆被拆除，以免让人看得不舒服。原来是蒋介石突然光临西安府。到了那时，我们的卡车就不可能再从原路返回渭河了，因为这条道路正好途经戒备森严的机场。

蒋介石驾到的派头与我仍然记忆犹新的场景——毛泽东、徐海东、林彪、彭德怀若无其事地漫步在红色中国的街道上——形成了令人难忘的对比。而且，蒋介石并没有被人悬赏要取他的首级。不过，在西安采取的谨慎的警卫措施后来证明还不够充分。就在保卫他的军队当中，也有太多他的敌人了。

第12篇 再回白色世界

Part Twelve White World Again

第一节　兵变序幕

第二节　蒋介石被扣留

第三节　蒋介石、张学良和共产党

第四节　『针锋相对』

第五节　友谊地久天长？

第六节　红色的地平线

第 *1* 节

兵变序幕

A Preface to Mutiny

就在我离开红色中国后，张学良少帅的东北军与蒋介石之间的紧张关系愈趋紧张。蒋介石此时不仅是中国武装力量的总司令，还是行政院院长——职务相当于总理。

正如我在上文[①]所述，东北军原先是被调到好几个省份与红军作战的“雇佣军”，但后来受到红军的民族爱国抗日口号的影响，在军事上和政治上逐步改变，他们相信继续进行内战已是徒劳无益。只有一个主张能够使他们奋发振作，他们也仅仅忠于一个核心思想——“打回老家去”，从日本人手中收复东北。之前，日本人将他们赶出东北老家，虐待和杀戮他们的家人。这些想法同南京方面当时奉行的原则背道而驰，因此东北军部队在感情上越来越亲近红军，觉得与他们意气相投。

东北军与南京方面的隔阂由于我旅行期间这四个月发生的一些重要事件而愈发严重。在西南地区，白崇禧和李宗仁领导进行了反对南京方面的运动，他们的政治诉求主要是针对南京政府的“亲日”不抵抗政策。在战争的边缘摇摆了几个星期后，这场运动终于以妥协告终，但这一举动对全国范围内的抗日运动产生了极大的刺激。在内地的几个地区，有三四名日本人被愤怒的群众打死。日本强势要求南京方面道歉赔款，并做出新的政治让步。目前看来，很有可能再度爆发一场中日“事件”，随后将发生日本侵略行动。

与此同时，左翼救国会领导下的抗日运动虽然受到铁腕镇压，但仍然在各地汹涌澎湃，南京方面正间接感受到民众的强大压力。民众要求政府采取

① 见第一篇第三节。

强硬态度。10月份，日本指挥的伪军在其控制下的热河和察哈尔进行装备和训练后，开始侵略绥远北部（内蒙古）。面对日本的侵略事实，南京方面压力倍增。各地民众普遍要求将此视为“最后限度”和全国“抗战”的信号，但南京方面仍然不予理会，也没有发布动员令。南京方面仍然坚持一贯的立场：必须先“安内”，也就是“剿灭”红军。许多爱国人士开始敦促南京方面接受共产党提出的建议，停止内战，基于“志愿统一”建立民族阵线，从而集中全国人民的力量抗击共同的外敌——日本。然而，提出这种主张的人却被当作“卖国贼”遭到逮捕。

全国各地群情激愤，而西北地区最为强烈。当时几乎没有人意识到东北军的抗日情绪同停止与红军作战的决心之间有多么密切的联系。对于大多数中国人来说，西安似乎很遥远，就像对于中国大通商口岸的外国人那样，因此很少有新闻记者去那里。唯一的例外是美国作家尼姆·韦尔斯女士，她在10月份前往西安，采访了少帅。韦尔斯女士进行了如下报道：

“推动局势紧张的中国抗日运动的并非是由北到南的诸多‘事件’，而是西安府的东北流亡者——人们可能认为在逻辑上理应如此。抗日运动在中国其他地区正在遭受镇压，但在西安府却公开得到了张学良少帅的热情支持。至于他属下的部队，即使不说张学良就是因为他们施压才采取了这方面的行动，这一举动得到了他们的热烈拥护。”①

韦尔斯女士在回顾她采访少帅的意义时说道：

“事实上，从这一背景看，这次采访有可能会被解读为试图影响蒋介石积极领导抗战……（在他的讲话中）隐含着威胁意味：‘只有抵抗外国侵略（也就是说，不是通过内战），才能表明中国真正实现了统一。’‘政府若不顺从民意，就无法立足。’最重要的是，这位副总司令（仅次于蒋介石）表示，‘如果共产党能精诚合作，并肩抵抗共同的外国侵略者，这个问题就有希望得到和平解决。’……”

然而，蒋介石显然低估了这番警告的严重程度。10月，他调遣最精锐的第一军继续进攻甘肃的红军。他来到西安府，就是想要确定第六次“围剿”行动的初步作战计划。西安和兰州已做好安排，准备设置100多架轰炸机。已经运来几吨炸弹，据报道还打算使用毒气。蒋介石自吹自擂道，他“将在

---

① 为1936年10月25日《纽约太阳报》撰写。

两星期内，至多一个月即可‘剿灭’残余赤匪”[①]。这些行动似乎是对这番奇谈怪论的唯一解释。

蒋介石10月份到达西安后，有个情况他一定有所察觉，那就是东北军对于剿共行动正变得越来越没用。蒋介石从他与东北军指挥官的谈话中可以觉察到，他们对于他的新攻势缺乏兴趣。张学良的一名参谋人员后来告诉我，少帅此次向蒋介石正式提出了成立民族阵线、停止内战、联合苏联、抗击日本的方案。蒋介石回应道，“在‘剿灭’红军、捉拿所有共匪之前，我决不谈论此事。只有到了那时，才可以同苏联合作。”就在此前不久，蒋介石通过时任外交部长的汪精卫拒绝了苏联提出的签署联合防御条约的建议。[②]

蒋介石返回他在洛阳的行营，为这场新战役的准备情况督战。如果必要，将向西北地区调遣20个师的兵力。到了11月下旬，10多个师已全员集结在陕西门户具有重要历史意义的关隘潼关附近。一列列火车装载着弹药和补给开进了西安。坦克、装甲车、摩托运输队也计划随同跟进。

激昂的民族主义情绪席卷全国，日方要求南京方面镇压救国会，认为正是救国会鼓动起了反日情绪。南京方面遵照执行。救国会7位最著名的领袖被捕，他们都是有名望的人士，包括一位知名的银行家、一名律师，还有教育家和作家。与此同时，政府查封了14家畅销全国的刊物。上海日商纺织厂的工人组织罢工，部分是出于抗议日本侵略绥远的爱国心理，结果日本人在国民党的合作下采取暴力行动对其进行镇压。当青岛发生爱国罢工运动时，日本派遣海军陆战队登陆，逮捕了罢工者，占领了这座城市。在蒋介石做出让步，同意禁止青岛日商纺织厂将来的一切罢工后，日本海军陆战队才撤了出去。

所有这些发生的事件，在西北地区进一步发酵。11月，张学良在所部军官的压力下，发出了他那份著名的请愿书，要求被派到绥远前线去。请愿书最后写道，“为了控制我们的部队，我们必须信守承诺，只要出现机会，就让他们实现与敌人作战的愿望。否则不仅是我本人，就连委座也会被当作骗子，他们不再会服从我们的命令。因此，请下达命令，至少能调动东北军一部立即开往绥远，增援正在那里履行以抗击日本帝国主义为神圣使命的部队。在

① 见蒋介石日记。

② 汪精卫后来担任日本傀儡政府的“首脑”。

此情况下，我本人和我部十万余官兵愿追随委座领导，至死不渝。”整个请愿书[1]情真意切，重振部队威名的情感溢于纸上。但是，蒋介石拒绝了这个要求。他仍然坚持东北军与红军作战。

不久之后，矢志不渝的少帅乘坐飞机前往洛阳，亲自再度陈述这一要求。与此同时，他还为被捕的救国会领袖求情。后来，在扣留了蒋介石之后，张学良这样记述了他们之间的谈话：[2]

“最近蒋委员长逮捕并囚禁了上海救国会的7位领袖。我请求他将这些领袖释放。这些救国会领袖并不是我的亲友，他们中的大多数人我甚至都不认识，但我对他们被捕表示抗议。他们与我秉持相同的原则，我提出释放他们的要求，但是遭到了拒绝。于是我对蒋委员长说：‘你对人民爱国运动冷酷无情，与袁世凯、张宗昌无异。’[3]

“蒋委员长答道：‘这不过是你的看法。我就是政府，我的行动就是革命行动。’

“‘同胞们，你们相信吗？’”

对于这个问题，聚集的数千民众以怒吼声予以回答。

不过，张学良此时飞赴洛阳，还是取得了一个积极的结果。蒋介石同意，下次他到西安，会向东北军师以上的将领详细解释他的计划与战略。于是，少帅回到西安，急切地等着上司的第二次来访。但蒋介石到来之前发生了两起事件，进一步激发了西北地区的对立情绪。

第一起事件是日本方面签署了《德日反共协定》以及意大利的非正式加入。意大利此前已经默许日本占领东北，以此换取日本对意大利控制阿比西尼亚的认可。意大利与“伪满洲国”公开建立关系激怒了少帅，他曾一度与齐亚诺伯爵结为好友。他得知消息后，公开抨击齐亚诺和墨索里尼，发誓要铲除意大利在中国的势力。他在对军校生讲话中表示：“这必是法西斯在中国的末日！”

接着，也是11月，胡宗南著名的第一军遭到惨败的消息传来，该军21日被红军打败。胡宗南将军是南京方面最具才干的军事将领，几周以来几乎一直所向披靡地向甘肃北部进发。红军缓缓撤退，除小规模遭遇战之外，避

① 1937年1月2日由西北军事委员会在西安府发表。

② 1936年12月17日《西京民报》（西安府） 刊载的一篇讲话。

③ 20年前屈从于日本要求的军阀头目。

免与之发生大规模作战。不过，他们以各种手段向南京军队宣传“统一战线”，设法劝阻他们的进攻，并发表宣言称，红军不打抗日的队伍，敦促敌军与他们一道抗日。“中国人不打中国人!”后来证明这种宣传取得了很大的收效。

胡宗南继续推进。红军接着后撤，直到撤至河连湾附近。此时他们决定行动，要给敌军一点颜色。[①] 需要让他们看看，统一战线也是有武装的。他们突然转向，巧妙地将胡宗南部引入一个黄土山谷，在黄昏空袭停止时对他们实施包围，在夜间发动正面突袭，辅以两翼刺刀攻击。当时正值寒冬，红军裸露在外的手都冻僵了，无法拧开手榴弹的盖子。几百名红军战士冲入敌军阵营，他们中的许多人就把木柄手榴弹当作棍棒使。红一军团带头猛攻，全歼敌军2个步兵旅和1个骑兵团，缴获数以千计的步枪机枪，政府军有1个团全体投诚参加了红军。胡宗南仓皇后撤，几天之内就把过去几星期“光复”的地盘丢得一干二净。

东北军将领一定感到好笑。这不就正如他们所说的那样？红军岂不比过去更有力量？这次新“围剿”开局不顺不是表明“围剿”行动将会非常困难？一年、两年、三年后，他们会在哪里？仍然在打红军。那日本呢？占领更大面积的中国领土。但是，顽固的蒋介石因为最精锐部队此番蒙羞而震怒，训斥了胡宗南，并且更坚定地要“剿灭”他的十年宿敌。

就在这样的大时代剧院里，蒋介石于1936年12月7日从他的私人飞机上走下来，踏上西安机场。

同时，在舞台的左右两翼也都有要事发生。东北军指挥官已经商定，要联合提出停止内战、抗击日本的要求。陕西绥靖公署主任杨虎城将军部队的军官也参与其中。杨虎城部约有4万人，比之东北军更不愿意继续与红军作战。在他们看来，这是南京的战争，他们不明白为什么要搭上身家性命去打红军，许多红军战士都和自己一样都是陕西人。对于他们来说，这场战争也很可耻，当时日本正在侵略邻省绥远。杨虎城的部队通常被称为西北军。几个月前已与东北军紧密联合，秘密加入了与红军停战的协议。

对所有这些情况，行政院长兼委员长肯定已经有所耳闻。他在西安没有正规部队，不过几个月前，宪兵三团——蓝衣社所谓的“特务团”——已有

---

① 根据马海德博士写给我的一封记载此次战役详情的信件。

约1500人在其侄儿蒋孝先的指挥下进驻西安。蒋孝先曾经抓捕、关押并杀害过几百名进步人士。他们在全省建立起特务机关，开始抓捕和绑架被认为是共产党的学生、政治工作人员和士兵。南京方面任命的陕西省政府主席邵力子则控制了省城的警力。少帅和杨虎城在西安城里只有卫兵，没有驻军，西安在蒋介石的实际掌握之下。

这种情况还引发了另一起事件。12月9日，即蒋介石到达两天后，几千名学生举行了抗日游行。学生向临潼前进，准备向蒋介石递交请愿书。邵力子下令驱散游行队伍。警察由蒋介石手下部分宪兵支援，对学生采取了暴力，还一度向他们开枪。有2名学生受伤，还恰巧是一名东北军军官的子女。因此，枪击事件引发了极大的愤怒。张学良进行了干预，制止了暴力行为，劝说学生返回城里，并同意将他们的请愿书交给蒋介石。蒋介石大发雷霆，斥责张学良"不忠"，企图当"两面派"。蒋介石后来记述道，他认为他们之间的这起事件是后来反叛行动爆发的直接原因。

蒋介石无视一切反对和警告，于10日召开参谋部会议，会议上正式通过了发起第六次"围剿"的最终行动计划，将向西北军、东北军、驻扎甘肃和陕西的南京军队以及在潼关待命的南京军队下达总动员令。且动员令将于12日公布。会议还公开声称，如果张学良拒绝从命，他的部队将被南京军队解除武装，他本人会被解除指挥职位。蒋鼎文将军已接到委任状，受命接替张学良，担任剿匪总部司令。① 与此同时，张学良和杨虎城还接到报告，蓝衣社和警察已经拟定了一份他们部队中共产党同情者的"黑名单"，等到动员令公布就立即实施逮捕。

这样一来，作为这一系列复杂事件的高潮，张学良于12月11日晚10时召开了东北军和西北军师以上指挥官联合会议。前一日已下达密令，将东北军1个师和杨虎城部1个团调至西安府郊外。此时，张学良做出决定，要动用这些部队"抓捕"蒋介石及其幕僚。17万大军的兵变已是板上钉钉。

① 1936年12月初，蒋鼎文被蒋介石召至西安，委任为西北"剿匪"军前敌总指挥。——译者注

第 2 节

蒋介石被扣留

The Generalissimo Is Arrested

对于西安上演的这出高潮迭起的大戏，无论如何评价其动机或者背后的政治背景，我们都必须承认，它选择的时机和实施的过程都手段高超。兵变计划事先没有向敌方泄露只言片语。等到12月12日早晨6时事件就已完全结束，西安处在东北军和西北军部队的掌控之下。蓝衣社特务尚在梦中，出其不意被缴械逮捕；几乎整个参谋总部人员都被包围在西安宾馆，监禁起来；邵力子和警察局长也被俘虏；西安警察部队向起事部队投降；南京方面的50架轰炸机和飞行员被扣留在机场。

不过，抓捕蒋介石的行动却成为流血事件。蒋介石下榻在10英里外闻名遐迩的温泉胜地临潼，其他客人此前都已被请走。张学良的卫队长、26岁的孙铭九上尉[①]于午夜时分赶赴临潼。他带领200名东北军官兵，于凌晨3时驱车抵达临潼郊外。他们在那里一直等到5时，第一辆卡车轰鸣着，载着15名官兵开到宾馆门口，被哨兵喝住，双方开了火。

东北军这批先遣队的增援力量很快赶到，孙铭九率部向委员长的住处发起攻击。蒋介石的卫队猝不及防，只进行了短暂的枪战——不过这点时间足以让惊慌失措的蒋介石逃走。当孙铭九到达蒋介石的卧室时，他已经逃跑了。孙铭九带领搜索队爬上蒋介石下榻地后面岩石林立、白雪皑皑的小山，很快发现了蒋介石的贴身侍从，不久之后就找到了蒋介石本人。他只穿着长睡衣，外面披着宽松的长袍，手脚都光着，匆忙攀山逃走时划伤了，在严寒中瑟瑟发抖，他也没戴假牙，蜷缩在一块硕大岩石旁的山洞里。

---

① 孙铭九当时27岁，任卫队2营营长，上校军衔。——译者注

“孙铭九向他敬礼，蒋介石的第一句话就是，‘如果你是我的部下，就开枪杀了我吧。’孙回答说，‘我们不会开枪。我们只想让你带领我们国家抗日。’

“蒋介石仍旧坐在大石头上，吞吞吐吐地说，‘你把张少帅叫过来，我就下去。’

“‘张少帅没在这里。城里发生了兵变，我们是来保护你的。’

“听了这话，委员长似乎宽心了不少。他吩咐备马送他下山。‘这里没有马。’孙铭九说，‘不过我可以把你背下去。’他蹲在蒋介石面前。蒋介石迟疑了一阵，同意了，费力地爬到年轻军官宽宽的脊背上。就这样，他们在部队的保护下神色凝重地走下山坡，等待从送来蒋介石的鞋子，然后在山下坐上汽车，向西安出发。

“‘过去的事情就过去了。’孙铭九对他说，‘从现在开始，中国应该有新的政策。你想怎么做？……中国面临的紧迫任务就是抗击日本侵略。这更是东北人民的要求。你怎么不打日本，反而下令攻打红军？’

“‘我是中国民众的领袖。’蒋介石叫喊道，‘我代表国家。我的政策是对的。’”①

就这样，蒋介石流了一点血，却并没有屈从。他来到城里，成了杨虎城和张学良手下的囚犯。

兵变当天，东北军和西北军所有师以上指挥官联合签名，向中央政府、各省领袖以及全国人民发出通电。这封简短的电文解释称，“为促其觉悟”，已要求蒋介石“暂驻西安府”。同时，他的人身安全将得到保证。向蒋介石提交的“救国主张”向全国进行了广播——不过处处遭到国民党新闻审查的压制，未能发表在报上。兵变者的八项主张是：

（一）改组南京政府，容纳各党各派共同负责救国。

（二）停止一切内战，实行武装抗日政策。

（三）立即释放上海被捕之（七位）爱国领袖。

（四）释放全国一切政治犯。

（五）保证人民集会自由。

（六）保障人民组织爱国团体的权利及政治自由。

① 摘自代我作为驻西安府记者为《伦敦每日先驱报》工作的詹姆斯·贝特兰采访孙铭九的报道。

（七）切实执行孙中山的遗嘱。

（八）立即召开救国会议。

对于这些主张，中国红军、中华苏维埃政府和中国共产党立即表示支持。[①] 几天后，张学良将自己的私人飞机派到保安，将共产党的3位代表接到西安，他们是：军事委员会副主席周恩来，东路军参谋长叶剑英[②]，中华苏维埃共和国临时中央政府西北办事处主席博古。东北军、西北军和红军代表召开了联席会议，三方成为公开的盟友。14日宣布成立抗日联军，有约13万东北军、4万西北军和大约9万红军。

张学良被推举为联合抗日军事委员会主席，杨虎城为副主席。在甘肃省会兰州，于学忠将军领导下的东北军12日也针对当地的中央政府官员和军队发动兵变，解除了驻扎在当地的南京方面部队的武装。在甘肃其他地区，红军和东北军一同控制了所有交通命脉，包围了该省5万人左右的南京部队。这样一来，兵变部队有效控制了整个陕西和甘肃。

事变发生后，东北军、西北军根据新成立的军事委员会下达的命令，即刻向东进至陕晋、陕豫交界处。红军也奉该委员会之令向南推进。在一星期之内，红军就将他们的“首都”迁至延安，并且占领了渭河以北几乎整个陕西北部地区。在彭德怀的指挥下，红军先遣部队驻扎在距离西安府仅30英里的三原。另一支一万人的红军部队在徐海东的指挥下正准备向陕豫边界开进。红军、东北军和西北军一道部署在陕西边界。在实施这些防御部署的同时，三支大军都明确声称反对发起新的内战。

为了实施八项主张，东北军、西北军立即采取相关措施。所有针对红军的作战命令都被撤销。西安府释放了400多名政治犯，新闻审查被取缔，压制爱国（抗日）团体的所有措施被废除。成百上千位学生获得了在民众中间开展宣传工作的自由，在各阶层建立统一战线组织。他们还深入农村，在政治、军事上训练和武装农民。部队上的政治工作者展开了空前的抗日宣传活动。大规模集会几乎每天都在召开。

然而，有关这些情况的消息在西北诸省以外被禁止披露。就连风评颇佳的《大公报》也指出，凡敢于发布西安方面传来的消息的编辑，均面临即刻

① 上述八项主张有七项与共产党和苏维埃政府在1936年12月1日发出的通电中倡导的“救国” 纲领完全一致。

② 叶剑英时任西北军事委员会参谋长兼红一方面军参谋长。——译者注

被捕的危险。同时，南京的宣传机器放出烟幕，使已经迷惑不解的公众更加困惑。南京政府得知兵变消息后惊愕万分，先是召开了国民党常务委员会(中央执行委员会和中央政治委员会）会议，立即宣布张学良为叛贼，革去所有职务，要求立即释放委员长，否则将起兵讨逆。

三天以来，几乎没有人知道蒋介石是死是活——只有美联社断然宣称，张学良已在电台中介绍他如何以及为何将蒋介石处死。几乎没有人确切地知道兵变者的意图。南京方面切断了西北与所有媒体的联系，西北的报纸和宣言都被审查官员付之一炬。

我本人的新闻报道也被大量删节。我几次试图将西北方面的八项主张发出来——这也许可以在一定程度上帮助西方读者解开这个谜团——但审查官员一个字也不许发。许多外国记者自己都完全不了解西北地区最近发生的情况。国民党及其党徒在严格禁止发布真实消息和事实的同时，却向全世界散布愚不可及的谣言，不顾实际情况，把中国说得像个疯人院似的：兵变者将警察局长钉在城门上；红军占领了西安，劫掠全城，红旗在城墙上飘扬；张学良被部下暗杀。南京几乎天天都说西安正在发生暴乱：红军劫持少年男女。妇女被“共妻”。东北军和西北军已全数沦为匪帮。到处都在抢劫。张学良要求蒋介石支付8千万美元的赎金等。①

许多最荒唐的谣言也源自派驻在中国的日本媒体，甚至是日本高官。日本人特别盛产想象中的“目击者”关于西安“赤色威胁”的报道。日本人还发现，兵变背后有苏联的策划。但是他们在莫斯科报界遇到了“高手”。《消息报》和《真理报》正式否认对此负有责任，并谴责张学良，赞颂蒋介石，还编造消息表明，西安事变是中国前任行政院长汪精卫和“日本帝国主义者”联手炮制的阴谋——这种如此违背事实的诋毁，即使是中国最反动的报纸也不敢提出来，害怕受到讥笑。列宁曾经说过，“撒谎是可以的，先生们，但要有限度！”

蒋介石被扣留一个星期后，南京方面掩盖事实的努力已是无济于事了。消息还是传出来了，而且后来被大量披露。地下报纸普遍刊登了八项主张，民众开始意识到，西北方面并非要发动内战，而是要停止内战。国内情绪已逐步开始从担心军事首脑的个人安危转变为担忧国家生死存亡。此时进行内

---

① 蒋介石夫人对这些谣言深感遗憾。她记述道：“任何时候都没有提出过金钱或者加官晋爵的问题。”

战，不仅不能救出蒋介石，反而可能毁掉中国。

得知蒋介石被扣留的消息后，南京方面开始进行争夺政权的密谋。军政部长何应钦踌躇满志，且与国民党内亲日的“政学系”关系紧密，他当时在南京身居高位——八项主张主要就是发给他的——但是他急不可耐，主张“讨逆”。在这个问题上，何应钦得到了亲法西斯的黄埔系、蓝衣社、（在野的）汪精卫派、西山会议派、CC派①以及南京的德国和意大利顾问的全力支持。他们的敌对者称，他们都将这个形势视为攫取权力的机会，可以打压国民党内的开明派、亲美派、亲英派、亲苏派以及统一战线团体，使其丧失政治地位。何应钦调集了南京方面20个师的兵力，向陕豫边界进发。他还派了成队的飞机在西安府上空咆哮示威，派步兵向兵变者的防线进行试探性攻击。南京方面的几架飞机（送给蒋介石的抗日“五十寿礼”）在陕西境内的渭南和华县进行试探性轰炸，据报道炸死了许多工厂工人。

现在最大的问题是：蒋介石虽然被“软禁”在西安，但是否仍然能够在南京号令足够的支持力量，以防止爆发内战，耗尽国内资源。内战很可能意味着他自己政治生命的终结——即使没有丢掉性命。在南京和上海，他的妻舅——中央银行董事长宋子文，他的连襟——代理行政院长孔祥熙，以及蒋介石夫人，紧急召集他们的亲信，极力阻止南京方面更为反动的派系借“反共讨逆”为名，发动内战。

与此同时，身在西安的蒋介石的想法也在迅速转变。被扣押后不久，蒋介石便开始意识到，他最大的“背叛者”或许并不在西安，而在南京。虑及此事，蒋介石大概心意已决，绝不作“殉道者”，不能让何应钦或者其他任何人踩着他的尸体往上爬，去夺取独裁专制的宝座。

① “CC”指的是陈立夫和陈果夫兄弟，他们掌控着国民党党务机构。

第 3 节

蒋介石、张学良和共产党

Chiang, Chang, and the Reds

中国还不是议会民主制国家，而是由政党或者独裁者统治的，在政治上常常会使用封建时期的做法。在新闻媒体受到压制、人民被剥夺公民权利的情况下，向南京方面提出批评或者试图改变其政策，只有一个有效途径，那就是武装暴动或者武装示威，即中国人所谓的“兵谏”——这是中国政治运动中一种公认的策略。张学良在对独裁政权的头目采取直接行动时，选用了最人道、最直接的手段，以实现自己的目的。这个办法付出的生命代价最低，流血也最少。这是一种封建手段，但少帅要对付的人物凭直觉就能认识到自己在半封建政治中的作用。张学良的行动达到了使中国团结起来应对国家危险的客观结果，因此我所认识的大多数中国人将他视为爱国者。

蒋介石的生命又是否真的受到过严重威胁？

看起来是的。不过危险既非源自张学良，也非来自于共产党。危险可能来自于杨虎城，不过最确凿的还是来自于东北军和西北军激进的少壮派军官，来自于心怀不满、头角峥嵘的士兵，来自于组织和武装起来的民众，他们都要求在处置委员长的问题上发表意见。少壮派军官通过决议，要对“卖国贼”蒋介石及其部属进行公审。部队的情绪显然赞成将委员长处决。令人不可思议的是，如今需要由共产党人来劝服他们，请他们放蒋介石一条生路！

共产党在整个西安事变中的政策，一直没有进行过明确解释。许多人想当然地认为，蒋介石针对共产党进行了十年的残酷战争，共产党为了报仇，此时会要求将他处死。还有许多人认定，他们会趁机联合东北军和西北军，大大拓展根据地，与南京方面进行新一轮大规模的夺权之争。但恰恰相反，他们不仅呼吁和平解决，将蒋介石予以释放，而且主张让他返回南京继续担任领导人。甚至连蒋介石夫人也记述道，“同外界的看法完全相反，他们（共产党）无意扣留委员长”。但是，为什么他们没有这种意图？在经济上、政治上、军事上，在各个方面，他们确实需要国内和平。

毛泽东指出：“中国民族解放运动的胜利将成为国际社会主义胜利的组成部分，因为在中国打败帝国主义意味着摧毁了帝国主义最强大的根据地之一。中国赢得独立，世界革命就将取得迅速的发展。如果我国屈从于敌人，我们就将失去一切。对于一个被剥夺了民族自由的民族，革命的任务就不是立刻实现社会主义，而是开展独立斗争。如果我们失去了进行共产主义实践的国家，就无从谈到共产主义。”①

因此，共产党向国民党提出的统一战线建议基本上就是根据这一论点，即使在蒋介石被扣留之前也是如此。在此次危机期间，他们认识到这是个机会，可以表现出他们的建议是出于诚心。如果说他们与蒋介石被扣留没有关系，那么他们对于事件的结局却起了很大的作用。

在得知事变的消息后，苏维埃政府和共产党马上召开联席会议，会议决定支持八项主张，参加联合抗日委员会。他们随后发出通电②，表示相信“西安领袖此次行动出于爱国热忱，望速定国策，立即抗日”。通电强烈谴责何应钦的发兵讨伐，宣称“如果发动内战，整个国家将陷入完全混乱的状态，日本强盗将借机侵略我国，我们将无法逃脱沦为亡国奴的命运。”为了确保和平解决，共产党呼吁在不打仗的基础上开启谈判，召开各党派和平会议，商讨全国联合抗日的纲领。通电清楚地表示了应张学良邀请前往西安的共产党代表贯彻执行的政策。

共产党代表团团长周恩来到达西安之后即去见蒋介石。③ 人们很容易想象到此次会见对蒋介石产生的效果。蒋介石当时身体还很虚弱，在心理上遭到此前经历的沉重打击。据说当周恩来走进房间，向他友好致意时，蒋介石吓得脸色煞白——周恩来曾经是蒋介石的政治僚属④，蒋介石曾悬赏 8 万元取他的首级。当时蒋介石肯定以为红军已经进驻西安，他将被作为俘虏交给红军。这种恐惧也曾困扰着美丽而又头脑冷静的蒋介石夫人。她曾说，她“觉得目

① 在保安与我进行的访谈。

② 《召开和平会议的建议》，保安，1936 年 12 月 29 日。

③ 蒋介石在自己的记载中并没有提到与周恩来的谈话。

④ 蒋介石担任黄埔军校校长期间，周恩来曾任该校政治部主任。——译者注

标（如果蒋介石被从西安迁至他处）可能会在红军战线后方的什么地方”。

不过，蒋介石的这种恐惧很快被周恩来和张学良打消了。他们都承认他是总司令，并坐下来表明共产党对于民族危亡的态度。蒋介石起初态度冷淡，一言不发，后来听着他们关于结束内战的提议——这在他长达十年的反共战争期间还是第一次，他才逐渐缓和下来。

10月20日，似乎已经在“原则上”达成了总协议。张学良于19日向外国媒体发表声明，从以下摘要中可以看到，起码他是觉得这起事件几乎已经完全解决：

> 委员长久留于此地，并非我们的责任。端纳先生[①]上周一到达后，委员长的愤怒情绪和不愿交谈的心情得到了缓解，他平心静气地商谈了我们所面对的问题，到星期二为止，原则上已同意我们所提各项主张……这也符合孙中山的遗志。
>
> 因此我发出电报，欢迎南京方面派人前来听一听委员长的意见，并与他安排必要的保障措施，防止内战的发展。委员长当然强烈要求将他放回南京，我个人完全相信委员长会信守承诺，但不能保证他到达南京后听人劝告继续进行内战……不过，他默认这个看法，此后他和我们一样，一直在等待南京方面有权处置此事（即提供适当保证）的人士来此，以便委员长可以回南京，但至今仍然没有结果。
>
> 所有情况就是这样。如此耽搁，着实令人费解。若派人前来，他几天之前就能回去……
>
> 张学良[②]

然而，东北军少壮派军官的意见发生了严重分歧。这些军官在张学良的军事委员会中已获得强有力的直接发言权，他们的意见颇具分量。由于受到西北地区广泛大力开展的群众运动的情绪感染，他们带头反对在南京方面开始实施八项主张之前释放蒋介石。事实上，他们中的绝大多数坚持要求召开

① 威廉·亨利·端纳是蒋介石和杨虎城的澳大利亚密友，是南京派到西安的首位使者（在蒋介石夫人的坚持要求下派遣）。

② 12月19日，西安府将这封电报发给伦敦《泰晤士报》驻上海记者弗雷泽，并要求他抄送给其他记者。但南京方面拦截了这封电报。另一份抄件被交给端纳先生，本文引用部分即源自端纳。

群众大会，对蒋介石的命运进行“公审”，并计划召集此次大会。

蒋介石也想到有可能这样当众出丑。没有人比他更清楚西北正在进行的运动可能会干出什么事来，因为1927年曾经有过类似的起义，险些把他推翻。蒋介石的毕生事业就是一场与他称为“暴民”的各种干扰因素进行的斗争，阻止这些因素打乱他既定的计划安排。甚至他周围的哨兵嘴上也挂着“公审”这种话。蒋介石记述了他听到门外看守关于他命运的交谈：“余闻其‘交人民公断’一语，乃知彼辈杀余之毒计，将假手于暴民之所为也。”

蒋介石之所以没有受到进一步羞辱，可能完全是因为共产党反对这种做法。即使在周恩来与蒋介石谈话之前，共产党已经开始表示，他们已经从他那儿得到充分的保证（除了从客观情况得出的保证之外），能够相信他如果获释将停止内战，并且基本上会执行全部“统一战线”纲领。但是要达到这样的结果，蒋介石的地位必须得到维持，必须让他在威望完好无损的情况下返回南京。如果他遭受“人民审判”的耻辱，内战将无可避免地蔓延开来，十年来国共内战的困局将大为延长，形成抗日民族阵线的希望将越发渺茫。对于任何一方来说，这样的前景都没有益处，受难的只会是中国，而日本则从中渔利。

到了12月22日，中央政府的几位使者和谈判者抵达西安，包括全国经济委员会主席（蒋介石的妻舅）宋子文、内政部长、军政部副部长、军事参议院院长、委员长侍从室主任——还有参谋总部的各类成员，这些人与蒋介石一同被“扣押”。他们中的大多数人参加了与张学良、杨虎城、周恩来及东北军高级指挥官的谈判。

拥护八项主张的人认为，这些主张的实质内容在重要性方面应按以下次序排列：（一）停止内战，国共合作；（二）执行武装抵抗日本进一步侵略的明确政策；（三）南京方面撤换某些“亲日派”官员，采取积极外交，与英、美、苏联建立更加紧密的关系（在可能的情况下结盟）；（四）在与南京军队（政治上和军事上）同等的基础上改编东北军和西北军；（五）赋予人民更广泛的政治自由；（六）在南京建立某种形式的民主政治体制。

以上几乎就是蒋介石和张学良离开西安之前达成协议的要点。蒋介石还亲自保证，再也不会进行内战。蒋介石说他从未在任何文件上签字，这肯定是真的，没有任何证据能表明他曾经签过字。不过，尽管南京方面和委员长保全了“面子”，但事情的后续表明，张学良也不是完全白白丢掉他的“面子”。

蒋夫人22日抵达西安，这无疑加快了会议进程结束。而且（她生动地记述了她在西安那三天的经历，正如其中充分说明的那样），她自己对张学良的强烈要求和斥责，也加快了委员长的获释。正如她的丈夫将他自己比作十字架上的耶稣基督，蒋夫人也认为她本人在扮演《圣经》中的某个角色。她引述道：“耶和华今将有新作为，将令女子护卫男子。”25日，蒋夫人还在苦苦思索“圣诞老人是否会经过西安”，这位尼克老人却“化身”为张学良，宣布他已完全说服了部下军官，当天就让他们飞回南京。他确实这么做了。

最终，还有最后一幕令人目瞪口呆的顾全面子的姿态。张学良乘坐自己的私人飞机与蒋介石一同回京，听候处罚！

第 4 节

“针锋相对”

“Point Counter Point”

此后的三个月里，西安事变引发的盘根错节的政治纠葛大多完全明了，最终局面发生了根本改变。有人赢得了大功勋、大胜利，也有人遭受了大损失、大溃败。不过，展开的角逐就像中国戏台上两个古代武士进行的决战。他们用力发出令人恐惧的呐喊声，大力挥舞着刀剑，但实际上并未碰到对方。最后，战败者瘫倒在地，表示“死亡”，过了一会儿却又重新振作起来，昂首阔步地自己走下舞台，宛如尊贵的“行尸走肉”一般。

这就是在南京进行的令人扑朔迷离的“打太极”。人人都是“胜利者”，只有历史被欺骗了——它被骗走了一个牺牲品。

“兹腼颜随即来京，是以至诚，愿领受委座之责罚，处以应得之罪，振纲纪，警将来。”张学良在到达南京后即对委员长如此说道。

蒋介石则故作大度地答道：“此史无前例之事变，皆由中正率导无方，督察不周之过……故该员有尊重国法悔悟自投之表示，理合呈钧会（府）鉴核，应如何斟酌情事，依法办理，以挽堕局。”

那么，挽救的措施是什么？所有严厉措施，都如此巧妙地因达成调解而得到减免，惩罚和赔罪安排得恰如其分。这正是精于妥协之道的大师的杰作，完美地掌握了中国人所谓“有实无名”和“有名无实”之间的微妙差别。

蒋介石返回南京后的第一个举动就是发表长篇声明，承认未能防止兵变，未能胜任行政院长的责任。他立刻下令政府军全体撤出陕西——从而履行了他所做出的停止内战的承诺——并提出辞职（按照惯例，他要连续 3 次提交辞呈）。事实上，他和他的政府均未将这个辞职当真，因为他在 12 月 29 日召开了中央执行委员会常务委员会紧急会议，“要求”这个国民党最高机构做四件要事：将惩处张学良一事移交军事委员会（他本人担任委员长）；解决西北问题一事托军事委员会执行；停止针对兵变者采取的军事作战行动；取缔“讨伐”司令部——该司令部是蒋介石缺席期间建立的，旨在进攻西安。他的“呈请”得以照办。

12月31日，张学良被法庭（蒋介石未出席）判处10年监禁，剥夺公民权利5年。第二天，他就得到了赦免。① 在此期间，他一直是蒋介石妻舅、近来前往西安的使者宋子文的座上宾。1月6日，蒋介石的西安剿总（反共“围剿”指挥部）被撤销。两天后大家就已得知，国民党政学系代表人物、会说日语且曾留学日本的外交部长张群倒台，西北方面攻讦南京“亲日派”官员，他首当其冲。接替张群的是曾留学美国的律师王宠惠博士，他是西北集团支持的国民党政客中反日的欧美派领袖之一。

同是应蒋介石的要求，国民党中央执行委员会于2月15日举行全体会议。过去，这种全会召开的意义显而易见，仅限于在法律上认可国民党政策的重要调整。而这种调整事先已由统治集团——实际上就是蒋介石独裁集团——决定了。此时，国民党的政策要进行哪些重要修改？有几百项议案准备提交给这个庄严的机构，其中绝大多数涉及“民族救亡”问题。

1月到2月初，蒋介石请了“病假”。他和张学良一起回到浙江奉化附近的老家。蒋介石的第一次辞呈遭到拒绝，于是他再度提交辞呈。同时，他表面上卸去官职，但实际上完全掌握着解决西北问题的指挥权，并且完全掌控着与东北军、西北军和红军指挥官谈判的进程。“失宠”的张学良就在他身边，实际上是他的阶下囚。

2月10日，共产党中央委员会向南京国民政府和国民党中央执行委员会第三次全会发出具有历史意义的电报。② 电报祝贺政府和平解决西安事件，祝贺“即将实现全国和平统一”。电报还向国民党中央执行委员会第三次全会提议，对政策进行四项重要修改：停止内战；保障言论、出版、集会自由，释放政治犯；制订抵抗日本侵略的全国性计划；恢复孙中山遗嘱中的“三大政策”。

共产党表示，如果这些建议在形式上或者实质上被采纳，他们为了“加

① 蒋介石从未饶恕张学良，也从未将他释放。30年后，张学良仍然被蒋介石监禁在台湾。

② 见共产党出版物《新中国》，1937年3月15日，延安。

速推进全国统一和抗日”，愿意停止一切推翻国民党政府的方针，并采取下列政策：（一）红军更名为“国民革命军”，服从蒋介石领导的军事委员会指挥；（二）苏维埃政府更名为“中华民国特区政府”；（三）在苏区内实行“彻底民主”的（代议制）政体；（四）停止没收地主土地政策，集中人民力量执行救国，也就是抗日的任务。

然而，国民党此次全会在2月15日召开时，并未认真理会这封来自“共匪”的电报。会议需要完成的事情“重要得多”。蒋介石在大会的第一次报告中，再次讲述了他在西安遭到扣押的全过程，他慷慨激昂、绘声绘色地描述了自己如何拒绝兵变者要求他提供的任何签字担保，他也介绍了兵变者如何改变态度，赞同他的观点，在读到他被抄去的日记中流露的爱国主义情感时感动得落泪。直到讲完所有这些内容，他才在最后以漫不经心和蔑视的态度，将兵变者的八项主张呈报全会。全会重申对蒋介石完全信任，拒绝了他第三次提交的辞呈，对张学良进行谴责，并且同样漫不经心和蔑视地拒绝了这八项“荒谬”的主张。

同时，国民党中央执行委员会却按照自己的安排从容不迫地完成了一些举措。影响最大的或许是汪精卫所致的开幕词，他在国民党领导层的地位仅次于蒋介石。自从开始进行反共战争以来，“汪同志”第一次发言中没有提到“安内”（剿共）是国家面临的最重要问题，没有重复他“攘外必先安内”的名言。他表示，现在国家的“当务之急”是“收复失地”。而且，全会确实通过决议，要先收复冀东和察北，并取缔日本炮制的“自治性”冀察政务委员会。当然，这并非意味着南京方面要向日本开战。其意义仅仅在于，如果日本继续对中国实施军事侵略，将会受到南京方面的武力抵抗。

不过，这已经是向前迈进了一大步。接着，在行政院长的建议下，中央执行委员会又决定将于11月12日召开拖延已久的“国民大会”，要在中国开始实行“民主”。更重要的是，常务委员会被委以重任，修订国民大会组织法，增加“各界”代表名额。蒋介石——还是通过汪精卫——宣布，全国面临的第二大问题是加快实现民主。

最后，蒋介石在全会的最后一天发表讲话，承诺给予所有民众更大的言论自由，除了卖国贼之外——并且他没有提到“文匪”。他还承诺“释放悔悟的政治犯”。另外，一道命令非常秘密地向报界下达，不再使用“赤匪”和“共匪”的措辞。少数监狱开始释放一些不太重要的政治犯。

然后，就像临时才想到的一样，在此次历史性全会的最后一天，即2月21日，一则长篇宣言发表出来，表面上是在抨击共产党。宣言扼要叙述了共产党十年来的罪恶和破坏。同土匪、盗贼、凶手谈论“和解”根本不可能，这难道还不明显？但结果却是，所有这些空话实际上是在为宣言结尾提出的和平条件做铺垫，这令那些仍然孤注一掷反对和平的保守派人士极其不高兴。

这些建议是什么？全会向共产党提供了一个所谓“改过自新”的机会，只是有四个条件：（一）取消红军，编入国军；（二）解散“苏维埃共和国”；（三）共产党停止与孙中山的“三大政策”背道而驰的宣传；（四）放弃阶级斗争。这样一来，尽管使用的是“投降”而不是“合作”的措辞，国民党还是接受了共产党提出的“和解”谈判的基本原则。[①] 需要注意的是，这些条件使共产党仍然可以控制他们小小的自治国、他们的军队、他们的组织、他们的党以及他们未来的“最高纲领”。或者说，至少共产党可以抱有这样的希望。事实上，他们就抱着这样的希望。因为共产党、苏维埃政府和红军于3月15日发表了长篇宣言，要求与南京方面开始进行谈判。

蒋介石的所有这些复杂伎俩是出于什么目的？以如此精心设计搞这一套，显然是为了在不削弱他本人和南京方面威信的前提下还可以与反对派和解。如果按照适当的顺序阅读他的命令和讲话，就可以看出他在一定程度上满足了所有反对派别的政治要求——恰巧足以打破他们对他进行公然反抗的团结和决心，且不至于引起国民党内部的反叛。内战已经停止，显而易见，南京方面最终担负起武装抗日的任务。他做出了扩大政治自由的承诺，并为实现“民主”确定了具体日期。最后，他还提出方案，要使国共可以据此武装停战和平共处，即使说不上是“合作”。与此同时，政府名义上拒绝接受兵变者的要求和共产党方面“合作”的建议。所有这些都非常绝妙。

不可忽视的是，这些调停手段是蒋介石在南京面对强大反对意见的情况下强行通过的，而且当时他刚刚经历了极大的惊吓，换了不及他有远见的人很可能会怒不可遏，丧失理智，进而鲁莽地进行报复——事实上，这正是蒋介石在南京的一些愤恨不已的部下提出的要求。但是蒋介石比他们精明。他确实是精于权谋的天才。他没有背弃在西安做出的承诺，也没有立刻公开报复那些扣押他的人，而是在进行了适当的威胁之后做出了必要的退让。通过

① 这些重要决议的全文，可参见《中国年鉴》（1938年，上海）。

这种方式，他最终成功瓦解了西北集团（他的第一个目标），将东北军安然地从陕西调到安徽和河南，对杨虎城将军的西北军进行整编，由中央指挥。到了2月，南京方面的军队得以在未受干扰和敌对的情况下占领西安及其近郊。到了下一个月，蒋介石在所属部队进至苏区边界的同时，开始与共产党进行谈判。①

① 关于中国共产党关于西安事变官方立场的文件，参见《毛泽东选集》第一卷，第255页。

第 5 节

友谊地久天长？

Auld Lang Syne?

西安事变期间，红军新占领了大片区域。在陕西省，红军目前占据了一大半地区，包括渭河以北几乎所有区域。红军控制了大约 50 个县——面积在 6 万到 7 万平方英里之间，约等于奥地利国土面积的两倍——这也是红军有史以来控制的最广大的领地。但这里经济贫困，发展前景极其有限，人烟稀少，可能只有不到 200 万居民。

但在战略上，这个地区极为重要。共产党可以选择从这里封锁通往中亚的贸易线路，或者直接与新疆或蒙古取得联系。中国的边境线仅有两条无法被日本封锁住，这是其中一条，同时也是补给来源之一。新疆一半以上的面积，约 55 万平方英里，已处于一个同情中国共产党和苏联的军阀统治下。它东北方向的蒙古自治共和国，一个面积为 90 万平方英里的中国前藩属国——中国对其宗主权仍然得到名义上的认可，就连苏联也承认——此时也必定在红旗的覆盖范围内，这是 1936 年与苏联缔结军事联盟（《共同防御条约》）造成的结果。

共产党在仍可称为"华夏大地"的地方控制的这三个地区，总面积大约相当于前中华帝国国土的三分之一。使它们三者相互隔绝、在地域上互不相连的，只有一些政治态度不明朗的缓冲地带，居住的是蒙古族和回族民众，以及一些边民。这些人与南京方面联系脆弱，而日本侵略的威胁正日渐成为现实。这些地区以后很有可能会加入到"抗日统一战线"中来，并受到苏联的影响。这将在未来形成广阔的红色根据地，从中亚、蒙古延伸至中国西北地区的心脏地带。但所有这些地方都很落后，有些还是贫瘠的草原和沙漠，交通不便，人口稀疏。该地区要想成为东方政治中的关键性力量，必须与苏联或华中地区，或者两者的先进工业和军事基地建立紧密的联盟关系。

中国共产党目前的收获仅限于这些方面：内战停止，南京方面的对内政策在一定程度上有了自由化和包容性，对日立场趋于强硬，苏区部分摆脱了长久以来的孤立状态。蒋介石派往西安的使者张冲和共产党在西安的代表周恩来将进行谈判，随后，4月、5月和6月发生了一系列重大变化。经济封锁被取消。苏区和外界建立了贸易联系。更重要的是，双方秘密地恢复了交通联系。在边界地区，红星旗和国民党的青天白日旗交叉着悬挂在一起，象征着联合统一。

邮件和电报也部分重新开放。共产党在西安购买了一批美国卡车，开通了公共汽车业务，连接自己控制区内的各个要地。各类所需的技术材料开始运进来。对共产党来说，最宝贵的是书。延安新建了一家鲁迅纪念图书馆，藏有全国各地共产党同志寄来的成吨的新书。大批的青年中国共产党员从大城市来到陕北红色新都延安。到了5月，已有2000多名学员进入红军大学（改名为“抗日大学”）学习，约500多名学员进入党校。

这其中还有蒙古人、回族人、西藏人、台湾人，以及苗族和彝族部落民众。另外有几十人在一些技术培训学校学习。热情的青年激进分子和经验丰富的党务工作者从全国各地前往此地，有的远道一路走来。到了7月，尽管学习要求严格，还是有很多人申请入学，以至于无法再接纳更多的人。不少人被劝回去等下一期，共产党准备再接收5000名学员。许多训练有素的技术人员也来了，或是当教师，或是参加已经在实施中的“建造计划”。这大概是和平带来的最大的直接利益：建立起了能够自由地为革命和抗日培训、武装和培养新干部的基地。

当然，国民党仍然没有放松对共产党与外界联系的严密监视。此时对于共产党行动的限制已经放宽，但还没有公开予以承认。许多共产党外的知识分子们也来到红色中国，考察那里的情况——许多人还留在那里工作。6月份，国民党也悄悄派了一个半官方代表团，由邵华带领，造访了红色首都。他们在苏区参观，在盛大的群众集会上发表自己的进步抗日演说。他们还主张恢复国共两党之间的反帝统一战线。不过，此类消息不允许在国民党媒体上发表。

在国民党统治区，列宁追随者的境况也得到了改善。共产党名义上仍然不合法，但得以扩大影响，发展组织，因为受到的压迫已在一定程度上得以减弱。监狱持续释放少量政治犯。特别宪兵（蓝衣社）仍然继续对共产党进行暗中监视，但已停止了抓捕和拷打行为。还有消息传出，蓝衣社此后的活动将主要集中于打击“亲日汉奸”。已有一些亲日汉奸被逮捕，据说有几个领取日本薪水的中国特务已被处死。

到了5月，作为这些退让的交换条件，苏区准备改用“边区政府”的名称，红军已要求编入国防部队，成为国民革命军的一部分。5月和6月分别召开了共产党和红军的全国代表大会。会议决定采用与国民党合作的新政策。这些会议上，列宁、马克思、斯大林、毛泽东、朱德和其他共产党领导人的画像与蒋介石和孙中山的画像并排悬挂。

共产党政策方面最重要的变化是停止没收地主土地的做法，停止反对南京和国民党的宣传活动，承诺赋予所有公民平等权利和选举权，不论阶级出身如何。停止没收土地并非意味着在已实现土地重新分配的地区将土地返还给地主，而是同意在共产党新控制的区域不再采用这种做法。①

在国民党方面，蒋委员长同意将苏区作为“国防区域”的一部分，并据此划拨经费。蒋介石返回南京后不久即拨给共产党第一笔经费（50万元）。国民党的货币一部分用于兑换苏区货币，一部分为合作社采购制成品，并购买必备物资。南京方面每月发放津贴的确切金额仍在谈判——实际上，今后合作的整个具体工作协议也在谈判之中，而华北地区正密布着日本的侵略风暴。

到了6月，蒋介石将他的私人飞机派到西安，让共产党首席代表周恩来搭乘前往中国夏都牯岭。周恩来在那里与蒋介石及其内阁成员进行了进一步的谈判。讨论的问题包括共产党要求参加国民大会——大会定于11月召开，并计划通过“民主”宪法。据报道，双方已达成一致，“边区”可以作为一个地区选派9名代表。

不过，几乎可以肯定这些代表不会以“共产党员”的名义出席大会。南京方面尚未公开承认所谓的“复婚”。它更愿意将此种关系视为“纳妾”——共产党的行为是否可靠还有待证实。而且，出于外交方面的原因，这种关系在家族范围之外还是少提为好。但即使是这种秘密的“门不当户不

---

① 不过，新的土地租赁政策并未对地主有利，“民主”政治组织在实践中偏向于贫农。共产党在任何时候都不会停止宣传他们的目标，也不会根本否定马克思主义纲领，即使是在两党短暂合作的最初几个月。

对的婚姻”同样使人惊讶，至于公开抗击日本，几个月前还是无法想象的。与此同时，日方（通过媒人广田弘毅）提出与南京方面体面地缔结“反共”联姻[①]的要求最终遭到拒绝。这可能是最终的明确表示，南京的外交政策已经发生了根本变化。

对于许多观察家而言，所有这些结果似乎是完全无法理解的，在对其进行分析时可能会犯严重的错误。经过十年最激烈的内战，红白双方突然齐声唱起了《友谊地久天长》。这其中有什么含义？是不是红军变成了白军，白军变成了红军？不，两者都没变。不过，肯定会有人获益，有人失利？是的，获益的是中国，失利的是日本。原因是，中国这种极端复杂的国内斗争，由于第三方面因素——日本帝国主义的侵略，再一次推迟了最后的决战。

① 日本方面提议的实质是将中国变成“罗马—柏林—东京”联盟的某种卫星伙伴国。

第 6 节

红色的地平线

Red Horizons

有一位颇具造诣的社会科学家名叫列宁。他曾写道："全部历史，特别是历次革命的历史，总是比最优秀的政党、最先进阶级的最有觉悟的先锋队所想象的内容更丰富，形式更多变，范围更宽广，更富有生机，'情况更微妙'。这是不言自明的，因为最好的先锋队也只能体现几万人的意识、志愿、激情和想象；而革命是在人的所有才干高度、全面地调动出来的时刻，由无数被最为尖锐的阶级斗争所激发出来的意识、志愿、激情和想象来实现的。"①

中国历史又如何显得比这位共产主义理论家大约 10 年前预见的"内容更丰富，形式更多变，范围更宽广，更富有生机，'情况更微妙'"？具体而言，为什么红军未能在中国夺取政权？要回答这个问题，我们得再次回顾共产党对于中国革命的认识及其主要目标，并且始终明确这一点。

共产党认为，中国的资产阶级并非真正的资产阶级，而是"殖民地资产阶级"。这是一种"买办资产阶级"，具有寄生于它所服务的国外金融和垄断资本的特质。它太过孱弱，不足以领导革命。它要想获得自身自由，唯一的途径是完成反帝运动，消灭外国统治。所以，只有工人、农民才能领导这样一场革命，并赢得最终的胜利。共产党的主张是，工人和农民不应将这种胜利果实轻易让与他们通过才革命解放出来的新兴资本家，在法国、德国、意大利就发生过这种情况——事实上除了苏联，到处都是这种情况。相反，工人和农民应该保有政权，经过"新经济政策"过渡时期——短暂的"受制约的资本主义"时期，然后进入国家资本主义阶段，最后在苏联的协助下快步

① 弗拉基米尔·伊里奇·列宁：《共产主义运动中的"左派"幼稚病》（1934 年，伦敦）。

过渡到社会主义建设时期。所有这些都在《中华苏维埃共和国的基本法律》中有着非常清楚的说明。[①]

毛泽东于1934年重申："驱除帝国主义，打倒国民党，为的是要统一中国，使资产阶级民主革命得以实现，并使这一革命有可能转化为更高阶段的社会主义革命。这就是苏维埃的任务。"[②]

在中国大革命（1924—1927）的高潮时期，农民大众和无产阶级中间都有着必不可少的革命激情，但与催生俄国革命的情况差异颇多。其中有一种差异非常明显。俄国的封建残余甚至比中国还要顽固，但中国是半殖民地国家，是"被压迫民族"，而俄国是帝国主义国家，是"压迫民族"。俄国革命中，无产阶级只需击败一个阶级，即本国的资本主义—帝国主义阶级，而中国革命却不得不与具有双重人格的本国敌人——新兴资产阶级和外国帝国主义的既得利益者——进行抗争。理论上中国共产党人在初期想通过自己双重性质的攻击，加之他们在世界上的"无产阶级盟友"和"苏联劳动者"的帮助，推翻具有双重性质的敌人。

中国有将近一半的产业工人云集在上海，处于世界强国坚船利炮的威胁之下。在天津、青岛、上海、汉口、香港、九龙和其他的帝国主义势力范围中，可能聚集着中国四分之三的产业工人。上海就是典型例证。这里有英国、美国、法国、日本、意大利和中国的士兵、海军和警察，所有的帝国主义势力与当地的土匪流氓、买办阶级——中国社会最堕落的分子相勾结，共同"合作"，挥动棍棒殴打手无寸铁的工人大众。

这些工人的言论、集会和结社自由被剥夺殆尽。只要本国和外国警察势力的双重制度继续维持，要发动中国产业无产阶级采取政治行动就几乎是不可能的。纵观历史，这种制度只打破过一次：1927年的几天里，蒋介石利用工人获得了同北洋军阀作战的胜利。但他们随即遭到镇压，这是史上一起最打击士气的流血事件，这一事件得到了外国列强的赞许和外国资本家的财政支持。

南京政权能够并且确实依靠外国列强在通商口岸占据的工业基地——依赖他们的军队、他们的枪炮、他们的军舰以及他们的内地警察和内河炮舰——还依赖他们的财富、他们的新闻机构、他们的宣传和他们的特务。尽

① 毛泽东等：《中华苏维埃共和国的基本法律》（伦敦劳伦斯书局1934年出版）。

② 《红色中国——毛泽东对于中华苏维埃共和国发展的报告》（伦敦劳伦斯书局1934年出版）。

管列强直接插手同红军作战的事例很少，但这无关大体。在必要的情况下，他们将会采取这种行动。他们的主要作用是控制产业工人，为南京方面提供武器弹药和飞机，沆瀣一气，并且他们通过将共产党概称为“土匪”，从而洋洋自得地否认内战的事实存在，使得“不干涉委员会”（类似于西班牙的情况）这个棘手的问题根本不可能出现。

无产阶级领导人被迫退至农村地区，那里的苏维埃运动保持着无产阶级的阶级意识目标和思想，并且在实践中开展了以农民为基础的国家社会革命。在农村地区，共产党希望最终能够集聚足够的力量，先向一些外国势力不太牢靠的城市基地发动进攻，进而想在世界无产阶级的帮助下，对通商口岸的外国势力大本营实施围攻。

但是，帝国主义强国客观上是中国资产阶级反共的盟友，而共产党期待世界无产阶级提供的援助却没能实现。尽管《共产国际纲领》[①] 明确指出，无产阶级运动要想在类似中国那样的半殖民地国家取得胜利，“必须从已建起无产阶级专政的国家（即苏联）获得直接援助才有可能”，但事实上，苏联并未向中国同志提供所承诺的与需求相适应的“无产阶级专政的帮助和支援”。相反，苏联在 1927 年以前却对蒋介石鼎力相助，这些援助足以影响时局，客观上造成了帮助他掌握政权的结果——尽管与此同时，苏联也帮助建立了革命的反对派，此后共产主义运动兴起、发展。当然，1927 年以后，向中国共产党提供直接援助与苏联的立场水火不容——因为这种做法存在着引发国际战争的危险，将危及“在一国建设社会主义”的整个纲领。然而，必须指出的是，这个因素对中国革命造成了非常巨大的影响。

没有外国盟友的物资援助，中国共产党人仍继续为争取“资产阶级革命的领导权”而孤军作战。他们相信，国内和国际政治的深刻变化将会产生对他们有利的新生力量。他们完全估计错了。

基于上述原因，国民党的势力在大城市中仍然相对稳固，但在农村的发展却非常缓慢。自相矛盾的是资产阶级在农村的贫血症与南京方面在城市中的力量存在的问题有着相同的根源——外国帝国主义，这一情况也是符合辩证法的。虽然帝国主义急于通过“合作”防范或镇压城市暴动，或者扑灭发生城市暴动的可能性，但同时却在客观上刺激了——日本这个远东地区最具

① 1929 年，伦敦。

扩张性的压迫势力，通过吞并新的领地（东北、热河、察哈尔和冀东），迫使南京进一步让步，掠夺属于中国的新财富，为这种合作征收高昂的费用。帝国主义侵略的这一最新阶段成为压在南京政府肩头的重负，使得国民党无法在农村地区开展必不可少的资本主义“改革”——发展商业信贷，改善交通和通信，集中征税和建立警务力量，等等，这类“改革”原本足以压制农村地区的不满情绪和农民暴动的扩张。而共产党则通过进行土地革命，满足农民的需求，执掌中国部分农村地区的领导权，甚至基于几乎纯粹的农业经济建立了几个强大的根据地。但与此同时，共产党的城市力量并未增强，他们的敌人继续以城市为基地。

在此形势下，共产党认为，国民党进犯苏维埃阻碍了中国人民完成驱逐日寇的“民族解放”运动。国民党自己不肯保家卫国，这就是资产阶级领导破产的明证。然而，国民党在恼怒之下反驳道，共产党阴谋颠覆政府，阻碍了他们抗日，而在严重的民族危机当头之时继续在内地实施“赤匪”行动，阻碍了国内改革的实施。这本质上就是中国革命现阶段特有的困局和根本的不足。

这十年来，帝国主义压力日益变得如此沉重，帝国主义为在城市中保护中国买办阶级利益，被日本方面勒索了过于昂贵的代价，以至于资产阶级和地主的政党——国民党与工人和农民的政党——共产党之间的阶级矛盾在当时情况下退居为次要矛盾。正由于此——也由于本书此前一些章节记述的时局——国共两党得以在持续十年的内战之后重新联合起来，在共同抗击日本帝国主义这个更大的矛盾面前表现出了必要的团结。然而这种团结并不稳定，也不能持久；只要国内矛盾超过了外部矛盾，就随时存在破裂的危险。但这种团结开启了一个新时代。

在十年阶级战争结束时，共产党被迫暂时放弃了他们的观点——“只有在无产阶级领导下”，资产阶级民主运动才能得到发展。相反，它承认只有“各阶级的联合”才能实现这些目标。其中的实际意义在于，它明确承认国民党在民族革命中现有的领导地位——此处与“政权”是同义词。正如毛泽东坦白承认的那样，对于共产党，这自然可以视为是自江西时代的“极大倒退”。在江西时代，他们竭力要“巩固工农专政，并将这种专政扩大到全国，动员、组织、武装苏维埃和民众，进行这场革命战争”。[①] 武装夺取政权的斗

① 《红色中国——毛泽东对于中华苏维埃共和国发展的报告》，第 11 页。

争已经停止。如今共产党的口号是：拥护中央政府，在南京领导下加快和平统一，实现资产阶级民主，组织全民族抗日。

共产党从这些让步中获得的实际利益，已在前文述及。但是，在保持这些利益方面，共产党有什么保证？维持国内和平，实现民主承诺，坚持抗日政策，又有什么保证？

列宁记述道："在这样的时期，应当把对共产主义思想的无限忠诚同善于进行一切必要的实际的妥协、'机动'、通融、迂回、退却等等的才干结合起来。"因此，虽说中国共产党人中间发生了这种战略上的重大转变，但他们仍然相信，此时有可能在一种比过去更为有利的环境中开展斗争。正像毛泽东说的那样，双方已经"互相做出了让步"，但这种相互让步是"有一定限度"的。

毛泽东接着说道："共产党在苏区和红军问题上保持领导权，在与国民党关系中保持独立性和批评自由。在这些问题上不能做出任何让步……共产党永远不会放弃社会主义和共产主义目标，它将通过资产阶级民主革命阶段达到社会主义和共产主义阶段。共产党保持自己的纲领和自己的政策。"①

很明显，国民党将最大限度地利用共产党在内部实行新政的益处。南京方面的领导地位得到了中国仅有的一个能向其发起挑战的政党的认可，故而蒋介石将继续把他的军事和经济力量延伸到军阀势力还很强大的边缘地带，例如广西、云南、贵州和四川。他在共产党周围加强了自己的军事控制，而后就能同时从共产党那里获得政治让步，以此换取他对共产党的暂时容忍。最后，他希望通过巧妙地运用政治和经济策略，在政治上削弱共产党。到最后要求他们彻底投降（蒋介石自然仍希望实现这个目标），他可以孤立红军，利用其内部政治纷争来瓦解他们，将这些桀骜不驯的残余力量作为单纯的地区军事问题进行处理。

共产党对此不抱任何幻想。他们同样不相信，不通过自己持续的积极反抗，就能实现"民主"的承诺。历史上从未有过独裁政党甘愿交出自己的权力，除非是在极其沉重的压力之下，国民党也不会例外。如果不是武装起来的共产党在这十年一直存在，如今有望实现的这种程度的"民主"也不可能

① 《向共产党的报告》（1937 年 4 月 10 日，延安），见《毛泽东选集》第一卷。毛泽东坦率地宣称，应该建立（共产主义领导的）无产阶级政权，并摒弃其他所有理念。数月之后，他在与我访谈时更加直截了当地讥讽了对于绝对共产主义目标的任何偏离。

实现。事实上，如果没有这种反对派，任何“民主”都没有必要，如今我们在中国开始看到的那种程度的中央集权的国家政权也是无法想象的。因为民主政府的发展，就像现代国家本身走向成熟一样，是一种需要获得政治权力和机制的表现，为的是在这种权力和机制之内调和资本主义社会的固有矛盾——阶级矛盾。

这些矛盾在中国并没有消减，反而在急速增长，甚至达到了国家不得不正视的尖锐程度。如果国内和平能够持久，这种和平的实现本身就无可避免地要求南京政府更广泛地代表社会各阶层。这并非意味着国民党真有可能实现资产阶级民主，准许共产党在公开选举中与自己竞争，以这样的方式平静地为自己签发死刑判决（因为很有可能，仅仅是农民的选票就可以使共产党获得压倒性多数），尽管共产党和别的政党提出了这项要求，而且还会继续进行这方面的宣传。但这确实表明完全把控国家经济和警力的极少数人不得不承认广大农民的一些要求。暂时准许苏区代表出席国民大会就是表征之一。

经济、政治和社会利益的向心延展，所谓的“统一”过程——产生这一制度的手段本身——是为了保存自身，同时也需要越来越多的群体集聚于中央，以期化解棘手的难题，例如阶级利益不断深化的矛盾。南京方面越是能代表全国范围内不同的、更为广泛的阶级利益，越是接近于实现民主，它就越发迫于形势，不得不抵制日本越来越贪婪的要求，从而找到自保的方式。

因此，共产党不断扩大的影响力，和以后不再有“围剿”行动的保障，共产党人认为是中国经济、社会和政治有机关系中原本存在的，正是这些关系才催生了当前的局势。此种保障首先是武装、非武装民众中的普遍要求，包括继续保持国内统一，改善民生，建立民主政府，共同斗争抵抗日本，争取民族自由。其次，共产党的“保障”基于它能继续领导革命运动，在全国范围内实现这种要求，在于共产党实际的军事和政治上的战斗力。

1937 年春，日本暂时减轻了对南京方面施加的压力，暂停侵略内蒙古，英日开始谈判“在华合作”。英国政府希望协调中日达成协议，在远东建立“基本和平”。这使得一些人感到怀疑，共产党是否错估了政治局势。将整个战略建立在中日不可避免即将开战这个大前提上，是不是一种冒险的赌博？他们认为，中国已经实现了国内和平，共产党已经停止了推翻国民党的计划，日本后来也向南京方面表示出了和解。日本帝国主义者业已认识到，他们要中国资产阶级走投降路线，这种做法走得太远、太急，导致中国的阶级斗争已经淹没于普遍的对日仇恨之中。他们现在已认识到，明智的做法是对中国资产阶级实行新的友好政策，这样可以让其再次放开手脚，去解决国内争端。东京和南京这种“重修旧好”的做法，可能会破坏共产党的政治影响，因为共产党过于坚持抗日运动了。

但是，按照力学法则，历史的洪流必须找到宣泄的出口。它不能被强行回流至汛前的河道。日本意识到它在中国无法回归到静态的政策，即使日本最具才干的领导人也认识到要迫切需要停下步伐。7月7日的卢沟桥事变，似乎使共产党的预言得到了充足的明证。日军部队在北平以西约10英里宛平县城的中国领土举行（完全非法的）“午夜演习”，声称遭到中国铁路警卫人员开枪袭击。这起事件成为日军的借口。及至7月中旬，日本人已经向北平—天津地区加紧征调了大约1万人的部队，并且提出了新的帝国主义要求。如果屈从于这些要求，将意味着实际上承认日本在华北建立保护国。

对于这种形势及其必然引起的千钧一发的事件，共产党的观点是，全国越来越强烈地要求抵抗，不仅在这里，而且在所有新的侵略行动发动的地方。这种压力将迫使蒋介石政权明确立场——如果日本不改变其政策，修正以往的错误，除了战争之外就别无选择。这意味着除了战争之外，没有别的出路。共产党认为，这不仅是争取民族独立的斗争，而且是一场革命运动。因为“在中国打败帝国主义意味着摧毁了帝国主义最强大的根据地之一”，还因为中国革命自身的胜利“与中国人民反对日本侵略的胜利是一致的”（毛泽东语）。根据毛泽东的分析，日本、中国以及全世界的政治、经济都已形成一触即发的紧张形势，这场决定人类命运的战争不可能再持续拖延下去了。

根据共产党的预测，在这场战争中，将有必要武装、装备、训练和动员千百万民众参加斗争，这场斗争就能取得铲除帝国主义外部肿瘤和阶级压迫内在癌症的双重外科手术的效果。他们认为，进行这场战争必须最广泛地发动群众，发展高度政治化的军队。而且，这场战争必须在最先进的革命领导之下才能赢得胜利。它可以由资产阶级发起，但只能由革命的工人、农民来完成。一旦广大人民被广泛武装和组织起来，共产党将会竭尽所能实现对日战争的关键性胜利。只要国民党领导抗战，他们就会与国民党共同前进。但是，如果国民党畏惧不前，转变为“失败主义”，或者表现出向日本投降的意愿——他们认为战争遭遇首次重大挫折之后立刻就会出现这种倾向——他们就准备接替其行使这种领导权。

南京政权可能也完全了解共产党的这些目标，因此他们会努力寻求一切可能的途径，进行妥协；只要能避免在国内造成严重影响，他们就会向日本继续让步，除非时机对他们非常有利，南京政权不仅有实力参战，而且战后依旧能够保持相当的实力，而国内革命仍被压制。但是共产党相当相信他们对于历史进程的分析，坚信他们为未来前进道路所选择的方向，认为今后的事件将使南京方面不得不为生存而战。他们预计南京也许会继续摇摆，日本可能还会以多种方式虚张声势，玩弄计谋，直到外部和内部的矛盾达到不可调和的尖锐程度——外部矛盾是在日本帝国主义与中国民族之间的利益冲突，内部矛盾是在中日民众与他们本国土豪劣绅、统治阶层之间的矛盾，直到所有实质的束缚和压迫都达到彻底无法忍受的时刻，历史的障碍将会垮塌，帝国主义滋生的巨大祸患就会像科学怪人弗兰肯斯坦一样爆发，摧毁帝国主义，像洪水一样滚滚泛滥。

因此，“帝国主义是自己的掘墓人”，帝国主义将会摧毁帝国主义，只有通过帝国主义大战，力量才会被释放出来，给亚洲各国民众带来武器、训练、政治经验、组织自由以及国内警力毁灭性的削弱，这些都是共产党为了要在相对较近的未来通过革命胜利夺取政权所必要的助力。即便那时，“武装起来的民众”会不会跟随共产党领导走向最终胜利，也还要取决于很多变幻莫测、难以预知的因素——首先是国内因素，但也有类似于美国、英国、法国、德国和意大利的东方政策这一类因素，并且也受到苏联的政策的影响。

我相信这就是共产党对未来的基本看法，中国已经在准备迎战日本的攻击。人们可能不会完全赞同这种看法，但起码有一点可以确定——列宁 20 多年前写下的话仍然正确：“不管各种‘文明’豺狼现在所磨牙欲噬的伟大中国革命，最后的命运如何，世界上绝没有一种力量能够在亚洲恢复旧有的农奴制度，能够从地球表面铲除亚洲和半亚洲国家人民英雄的民主精神。”

还有一点似乎也可以肯定。在中国，成千上万的青年已为了民主社会主义思想献出了年轻的生命，这种思想及其背后的动力都是坚不可摧的。中国社会主义革命运动可能会失利，可能会一时退步，可能会一度失去活力，可能为适应当前需求和目的而大大调整其策略，甚至可能会在一段时期陷入沉寂，不得不转向地下，但它不仅一定会继续走向成熟，而且将会在一次次沉浮之后最终获得胜利！原因很简单（如果此书能够证明什么，那正如本书所证明的情况），中国社会主义革命运动产生的基本条件，就包含着这项运动终将赢得胜利的强有力的因素。

后记（1944 年）

Epilogue, 1944[1]

1937 年 7 月卢沟桥事件后，日本加速了侵略中国的步伐。在此后的 7 年中，本书中所讲述的中国人现如今境况如何？随着时间的流逝，毛泽东和其他共产党领导人的判断已经被证实是正确的，即实现全民族联合抗日要比革命运动的其他目标都更加迫切。

因此，西安事变几乎被视为当代中国历史上最具有决定意义的重要事件。几乎没有人记得，就在西安事变发生前，中国曾经几乎要缔结反共产国际协定。但现在局势非常清楚，此时已是东京与南京最终决定胜负的时刻。西安事变使得中国最终确定了在即将到来的世界大战中加入到反法西斯阵营当中。

另一方面，时间也已经证明，本书讲述的故事中的那些革命者为之战斗和献身的信念是正确的。在这场此时已临近尾声的漫长严峻的考验中，这种正确思想为那些幸存者及其愈来愈多的拥护者带来了无上的威望。革命运动要求其领导人对于即将发生的局势具备超出他人的预见和判断能力。在这方面，毛泽东是如此成功，以至于千万的中国人如今对他判断的信任丝毫不亚于对蒋介石的信任。

无论人们对共产党人可能抱有怎样的态度，无论人们自身代表哪个阶层，大多数中国人都承认，毛泽东对国内和国际力量做出了准确的分析，并且正确预见了未来政治形势的基本走向。内战得以终止，共产党和红军不仅生存下来，而且得到了大力发展。毛泽东曾指出，在战争发展到一定阶段时，部分国民党人将会背叛中华民族，成为日本人的傀儡。这种判断曾遭到国民党的强烈不满。然而在国民党副总裁、仅次于委员长的二号人物汪精卫变节之后，人们不可否认，毛泽东对于南京政府的内部矛盾有着深刻的认识。

此外，毛泽东做出预测，这场战争将会旷日持久，并且充满艰难险阻。

① 节选自《西行漫记》（1944 年现代图书馆版）。

武装抗日斗争的倡导者未向其追随者做出将迅速取胜的承诺，这种做法在人类历史上非常罕见，毛泽东肯定是其中之一。他的实事求是提前打消了失败主义思想者们怀有的幻灭情绪。另一方面，毛泽东正确地预测到了中国的人力、物力资源在经过革命动员后将会形成巨大的持久生命力，从而帮助人们在全国范围内建立起更持久的信心。他还指明了中国为了在战争中坚持下来而必须采取的战略战术，指明了这场民族战争将融入世界反法西斯战争。这场世界大战包括日本人向英国人、法国人、荷兰人和美国人发起的进攻。他曾警告道，这场世界大战不可避免，而当时的许多欧洲人和美国人却并不认同。

到了1944年，中国共产党在华北地区领导着世界上最大的游击组织。从长江流域延伸到蒙古草原，再到东北地区南部的山川河流，日本防线背后的成千上万座村庄也加入到了这场“人民战争”的洪流中来。这场人民战争的组织者主要是由第十八集团军——由八路军和新四军合并而成，他们发起和训练了大批青年人[①]。这些部队在朱德、彭德怀以及昔日中国红军的其他老战士的领导下，经过17年的艰苦内战和民族战争，已经创造了令人叹为观止的生存和发展的历史。

曾于1943年采访过游击区的外国观察者统计，第十八集团军在日军防线背后组织和初步训练了大约700万民兵，他们成为主力作战部队的后备力量。此外，据说还有各类抗日团体约1200万，他们帮助向正规部队提供衣服、粮食、住处、装备和运输，是正规部队的眼睛和耳朵。官方数据显示，游击队已渗透至华北455个县和52800个村庄，覆盖人口超过6000万。在所谓的沦陷区中，有五分之三至三分之二在大多数时间被游击队控制。

近7年来，日本人一直在努力消灭这些坚忍不拔的“敌人”。1937年，八路军正规部队仅有9万人，仅仅吸引了日军几个师团的兵力。但这支先锋部队向四面八方成倍地发展壮大。到了1944年，中国本土（不包括东北）35万日军的一大半和约20万伪军都在防区内忙于应对第十八集团军，抵挡后者的惩罚性的打击行动。日本军事报告称，第十八集团军兵力在50万到60万人之间。

被日本占领的各个省份，总面积相当于法国国土的3倍。游击队在各省

① 第十八集团军系1937年9月11日由八路军改称，不辖新四军。——译者注

都建立了村委员会和县委员会。他们在根据地建立了4个“边区”政府，除了个别短暂的时期，这些根据地在整个战争期间一直控制在游击队手中。这些边区政府分别代表着几个邻近省份的解放区。这些敌后政权履行着正规行政机构的几乎所有职能。它们有自己的邮政系统和电台通信。它们出版自己的报纸、杂志和书籍。它们维持着庞大的学校体系，执行经过改良的法典，承认性别平等和成年人选举权。它们管理租赁，征收税费，控制贸易，发行货币，运营工业产业，经营许多试验性农场，发放农业信贷，实行粮食定量配给制，还在几个地区开始推进较大规模的造林工程。

1944年日军部队在中国控制的防线，在1939年年底之前就已经保持稳定。日军最初侵入沦陷省份时，国民党政府旧官僚及其部队大多撤至西部和南部地区。他们撤走之后，行政官僚机构已经崩溃。在城市，这些机构被日本人及其中国傀儡取代。但在位于敌军堡垒缝隙的内地城镇和村庄，却存在着政治上的真空。昔日的中国红军便进入这种暂时的真空——带着武装，带着教师，带着对人民的信任。

这种行动在开始时得到了蒋介石的默许。正如我们所见，这之所以成为可能，首先是因为张学良此前为了劝说蒋介石停止与红军作战、联合红军抗日，将他“扣押”在西安。在日军侵入华北后，国共两党达成了停止十年内战的协议。协议规定将红军编入国民革命军，取消苏维埃政府，由代表各阶层的政府取代，共产党放弃阶级战争口号，停止没收和重新分配土地。北方的红军部队摘下了红旗和红星，接受了“八路军”的番号。在上海东南方，红军剩余部队在叶挺将军和项英将军的带领下，于1938年改编为“新四军”。①

此时，国民党和共产党都宣称自己是中华民国创建者孙中山的合法继承人，两党在革命初期都支持过他。但即使是在1937年以后，两党仍未就践行孙中山“民族、民权、民生”的三民主义达成协议。共产党仍然将孙中山视为社会革命者，要求对他提出的原则进行彻底贯彻。简而言之，他们希望进行一场“彻底的民主革命”，实现均田制、普选制，建立立宪政府，确立人民权力——即确立共产党权力，最终实现“无产阶级专政”。由于国民党在国内

---

① 关于红军改编以及1937—1941年游击战争发展状况的记述，参见埃德加·斯诺：《为亚洲而战》（1941年，纽约）。

的支持力量主要来自于地主阶级，它自然反对实行彻底的土地改革。它希望继续维持目前经济和政治关系的完整性，在中国陈旧的半封建体制基础之上建立自己的独裁统治。如果它承认其他党派的合法性，承认这些党派做出的与其相冲突的阐释，特别是如果它承认成年人选举权，就等于承认这个半封建体制将被推翻。

阶级权力以及国家和社会最终的形态问题暂时被搁置，共产党和国民党至少在日本入侵中国时已就“民族主义”原则达成了共识。此后，红军执行蒋介石的军事命令。1937 年，他将红军派到华北作战前线。许多国民党领导人满怀信心地认为，红军的力量将会在日军强大的攻势中被消灭殆尽。然而，红军并没有像北方军阀的一些军队那样崩溃瓦解。他们勇敢迎击日军的进攻，虽然在城市作战中失利，但并未退却或投降，而是撤至村庄和山区，继续战斗。

经验丰富的游击队首领和政治工作者潜入北方各省，并很快从越来越多逃离城市的难民中招募到大批的增援力量：学生、工人以及各行各业的男男女女，包括一些属于非共产党的开明政治党派的知识界人士，他们长期受到中国和日本政权的双重压迫。从背后被切断退路的国民党败军整师整师地投奔共产党的领导。在华北地区，在国民党正规部队被日本赶出去之后，民团失去了中央指导和内聚力。支付薪饷的地主豪绅逃走了，或是留下来与日本人做交易，民团只能给日本人当伪军，或者逃往蒋介石统治区，再或者加入共产党领导的游击队。日本客观上摧毁或挫败了整个农村的警察权力体系，而农村地主豪绅原本是通过这个体系来维系与城市有产者之间的联盟的。开始时，正是由于这种警察系统的瓦解，而不是对日作战的胜利，才使得八路军有可能实现迅速发展。而且，他们的枪支配备情况稳步改善。到了 1939 年，他们的堡垒已经如此难以攻克，以至于日军被迫竭尽全力向他们发动进攻。此后，日军每半年就要发动这样一场进攻。

第一个游击政权建立在黄河以东山西东北部山区，包括北至热河、内蒙古地区，完全位于沦陷区之内。另一个游击政权的首府位于山西东南部，指挥着横跨河北南部和山东、向东延伸至黄海、绵延 300 多英里的已收复地区的作战行动。第三个边区以上海北部的苏北为中心，由近 10 万人的新四军部队控制。第四个地方政府建在长江以北汉口上游的山区，位于安徽和湖北的边界线以及河南的南端。

组织民众的政治和军事的方法大量沿袭了陕北苏区发展的模式。在1937年取消苏维埃政府后，"陕甘宁边区政府"取而代之，首府设在被称为"中国游击队之母"的延安。1939年，新政府建立之后，我重访延安。这也是1944年之前外国新闻记者最后一次造访延安，因为该地区不久之后就遭到国民党的军事封锁，与外界的联系被切断。

在黄河对岸的日军后方，社会、政治和经济生活的组织自然比延安更加困难，但总体上能达到类似的目标，即使并非总能取得同等程度的成功。尽管"自由中国"的新闻记者无法到陕西和河北地区进行采访，但在北平还是有各种各样的外国人摆脱了日本人的控制，南下穿过游击区，相对完整地展现了这种体制的全貌。这些观察者中包括威廉·班德教授，他来自著名的美国教会学校——燕京大学，我于1934年到1935年在该校讲课时与他相识。另一位是林迈可教授，也来自燕京大学，他关于游击区情况的报告于1944年刊载在《美亚》杂志。[①] 这份报告在一段时期内成为向外部世界传播游击区情况的最全面报告的媒体，由作者的父亲、牛津大学贝利奥尔学院院长林赛交付出版。

根据林迈可教授的报告，游击区政府是从由人民及其组织直接提名的候选人中选举产生的。中国游击队的目标是建立由所有群体组成的统一战线，因此共产党将自己的成员限制在任何选举机构总人数的三分之一。林迈可称，这项独特的政策得到了严格执行，其目的是给予地主（不包括在外地主）和商人在政府中的代表权，但最重要的是在贫农和工人中间发展政治领导人。按照游击队领导人的说法，这是"在民主实践中进行民主教育"。

不过，在群众组织中对于共产党领导的人数没有限制。这些组织是游击队的力量和生命源泉，包括农民、工人、青年、儿童、妇女等独立联盟或协会，其成员人数分别达到上百万。最重要的是，此类组织都是自卫团、民兵和少年先锋队。这些都是初级的基础性军事组织，在当地为第十八集团军主力部队提供支持。

花旗银行北平分行前任经理马特尔·霍尔是最后一位逃离日本人控制、穿越游击区的美国人。他告诉我，他没有其他方式能够解释游击队领导人如何真诚地对待农民，"只有通过他们自己的清廉和正直、他们充满活力的爱国

① 1944年3月31日—4月14日，纽约。

热情、他们对于民主实践的奉献精神、他们对于人民大众的信任，还有他们为激发人民采取行动而付出的不懈努力和责任感。”

对日本人的共同仇恨，使这些积极的革命者能够把人民在爱国主义旗帜下团结起来。在推行政治改革的同时，还带来了经济和社会变革。在妇女问题上执行了一些新的法律，例如一夫一妻制、符合结婚年龄者婚姻自由、免费教育以及18岁女性享有选举权，从而赢得了令人震惊的社会反响。林迈可教授称，游击区的妇女组织有300多万名成员。许多妇女被选入村委员会和镇委员会，大批年轻姑娘承担起政治和军事方面的重任。

小学教育系统广泛开展于所有的“永久性”游击根据地，理论上实行免费义务教育，但因为经济上的贫困，事实上很少有机会能够完全实现。不过在许多地方，多达80%的学龄儿童都能接受到教育。基本的改革措施是大幅度削减地租。在外地主的土地由大家共同耕种；目标是耕种所有可耕地。税收主要采取谷物的形式征收，并且保持在日本人征收水平的10%左右。消费者、市场交易和工业合作社广泛建立。林迈可声称，在山西有4000多家合作社，仅在河北中部地区就有5000多家合作社。

游击组织迈出的每一步都伴随着无法想象的艰难险阻。[①]日本人不但未能摧毁游击队力量，也未能阻止他们发展壮大，这是事实。毫不夸张地说，日本人针对他们实施了千万次大小规模的讨伐行动，劫掠并烧毁了万千个村庄，奸淫妇女，屠杀的平民不计其数，企图以一种恐怖的方式扼杀所有抵抗的企图。虽然，游击队总能找到办法化解这些策略，避免其打击士气，但他们同样付出了像苏联在二战中所承受的那种痛苦的牺牲。事实上，日本人最终仍然无法控制远离华北铁路和公路沿线驻军的村庄，日军的据点一再大幅度增加，现在他们只有付出沉重代价才能将其占领。

以上就是目前的大概情况。中国当下抗日的局势如何有力影响美国打败日本的计划？

“毕竟你们拯救了国民党。”当我以《星期六晚邮报》战地记者的身份重返中国（1942—1943）的时候，重庆的一位中国知识分子对我如此说道，“它现在是站在你们这一阵营的，你们对此不能推卸责任。”

---

① 对于战争中这些痛苦历程进行的栩栩如生而又几乎令人心酸的现实主义目击记录，参见艾格尼丝·斯梅德利的巨著《中国战歌》。

他指的就是美国向国民党当局提供了金钱、武器和经济援助，却没有在政治层面上有所跟进。美国政府代表曾数次向重庆表明，我们不赞成在联合对日作战过程中重新发动内战，但美国人并未做出更多的努力，也没有试图让国民党解除针对游击区的封锁。

重庆方面建立了针对第十八集团军的封锁线，原因是国民党领导人对于共产党在日军防线背后成功收复失地日益感到恐慌。委员长将他们的活动称为“非法占领”。国民党战区政治和党务委员会的态度是，所有游击行政机构都是“非法”，应该被取缔，等待国民党系统对其进行重建。

1940 年，新四军部队奉蒋介石的命令，从长江以南靠近上海的根据地开拔，向完全位于日军防线背后的地区运动。在此期间，国民党部队与新四军后卫部队发生交战。[①] 这显然是一场突然袭击，据报道国民党部队的兵力比游击队多 8 倍。新四军大约 4000 人的小规模分遣队并非作战部队，很容易被包围和剿灭。[②] 新四军军长叶挺将军（他本人并非共产党员）负伤被俘[③]，战地指挥官项英将军[④]牺牲，同时遇难的还有许多参谋人员、卫生队的医生和护士、正在恢复的受伤战士、一些军校学员、男女学生以及附属于该军的工业合作社工作人员。

然而此次事件并未能消灭新四军。新四军主力部队已到了长江以北，正在与日军部队作战。不过，这实质上意味着国共两党协同作战的终结，标志着两党开始在联合抗日中公开争夺领导权。蒋介石的裁决是，此次事件是因新四军“违抗命令”引起，因此不仅撤销了向新四军提供的所有援助，还撤销了提供给八路军的援助。

在这一事件发生之前的几个月中，第十八集团军所属部队就未能得到军费。事件发生之后，他们不仅无法从国民党政府那里接收军饷和武器弹药，还再次被强大的政府军设置的包围圈封锁，无法从“自由中国”获得补给，他们原本可以向那里的民众购买，或者从他们那儿获赠。更具有讽刺意味的是，实施封锁行动的国民党部队却从苏联获得了大量补给。有两个集团军

① 此次事件发生于 1941 年 1 月，遇袭的为新四军军部直属部队等。——译者注

② 皖南事变中遇袭的新四军部队有 9000 多人，包括老一团、新一团、老三团、新三团、老五团、特务团等作战部队。——译者注

③ 叶挺系谈判时遭国民党军队扣押。——译者注

④ 项英时任新四军政委兼副军长。——译者注

（第三十七集团军和第三十八集团军）专门执行此项封锁任务。美国军官曾于1942年建议，这两个集团军需要投入到收复缅甸的战役中，但重庆方面认为它们在西北地区的“警务职能”更为重要，因此将它们留在原驻地。

在中国的美国人都知道这些事实，但国内几乎没有人意识到，我们按照《租借法案》提供的援助全部落入国民党当局之手。我们在延安一直没有领事代表，也没人与游击队取得军事联络。我们的所有供给都是通过“驼峰航线”进入中国——包括现代轰炸机和战斗机、火炮、运输车辆和武器弹药——当然也仅有一个政党（国民党）获得了这些支援。美国产业工业联合会、劳工联合会和铁路工人协会向中国提供的财政援助，也完全落入国民党集团之手。

我们对于中国的这种“内政事务”能做些什么？我们与中国达成的新条约（1943年）废除了治外法权，向中国政府归还全部主权。我们此时还能否在影响到现任政府如何开展工作的同时，不被贴上“新帝国主义”的标签？但不可避免的是，战争已经促使我们以经济和军事援助的方式进行干预，支持国民党。如果我们再装作未来向中国提供的经济援助没有隐含重大的政治意图，这难道不是逃避现实吗？

一旦日本被打败，蒋介石随后是否会剿灭共产党和他们的游击队联盟？在1937年之前，国民党为了这个目的已经白白花费了10年时间。即使是使用美国轰炸机和战斗机，蒋介石在与这些经验丰富的游击战士作战方面也不可能取得比日本人更多的胜利。重庆政府确实已经不可能消灭这支反对力量，除非在盟军部队的全力支持下进行一场旷日持久的血腥战争。

到了1944年夏，形势已经越发明朗——1928年在人迹稀少的井冈山举起红旗的那批为数不多的青年发动的示威行动，已经演变成为一场具有伟大信仰的战争，并且最终上升为一场声势浩大的全国运动，以至于中国的裁决者再也不能拒绝它代表广大民众发言的要求。